# 내가 키운 S급들

근서 장편소설

내가 키운
S급들

# CONTENTS

1장　　　형제 싸움 (2)　　　7p

2장　　　선생님이십니다　　　37p

3장　　　두 번째, 세 번째　　　85p

4장　　　처음 뵙겠습니다　　　143p

5장　　　비밀인데　　　179p

6장　　　잠깐 나갔다 올게　　　211p

7장　　　차오후 특별지구　　　289p

[외전]　　운전면허증　　　343p

[부록] 운전면허 필기 기출문제　365p

1장 형제 싸움 (2)

# 1장
## 형제 싸움 (2)

 심장이 크게 뛰었다. 팔의 통증도 이내 잊힐 정도로 속이 뜨거웠다. 한유현은 자신의 형을 바라보았다. 부서지고 무너지고 녹아내리는 풍경 속에서 유일하게 온전히 눈에 들어오는 존재.
 건물의 상층부가 기울어지며 와르르, 땅을 향해 쏟아진다. 훤히 드러난 하늘에서 달빛이 비쳐 들었다. 둥글게 떠오른 달은 지난 추석의 만월보다 더욱 크고 새하얬다. 그 하얀 빛무리가 타오르는 불길과 뒤섞인다.
 사방은 온통 열기로 가득 차, 한유진의 발치에도 불꽃이 날름거렸다. 신발을 타고 길게 기어오르는 불길에도 아무렇지 않게 파삭, 무너져 가는 바닥을 밟으며 걸음을 옮기는 형의 모습에 한유현은 더욱 가슴이 두근거렸다.
 아이템이나 장비로 인한 것이 아닌 자신과 같은 화염 저항을 지니고서 검은 불을 손에 쥔 형제. 하나뿐인 혈육이지만 많은 것이 달랐던 그가 지금 이 순간 세상에서 유일한 동류, 동족으로 느껴졌다.

그 누구도 발 들일 수 없는 단둘만의 검고 푸른 불길.

"진통제로 반감 가능한 스킬이다만."

한유진이 입을 열었다. 한유현은 홀린 듯 그 목소리에 귀를 기울였다.

"권유는 안 하마. 감각도 떨어지거든."

그 말과 함께 파악, 금빛 날개가 펼쳐졌다. 훌쩍 날아오르는 한유진의 모습이 두 눈 가득 들이박히고 한유현은 온몸의 피가 달아오르는 것을 느꼈다. 손끝이 반사적으로 꿈틀거렸다. 진득한 전의에 휩싸여 푸른 버들잎을 펼치며 뛰어오르면서도, 머릿속은 냉정히 상황을 파악했다.

호수 쪽이다. 유리한 장소로 옮겨 가게 두어선 안 된다. 유인을 하려는 듯 한유진의 비행 속도는 그리 빠르지 않았다. 은신 스킬도 푼 상태다. 하지만 따라잡기엔 이미 거리가 벌어졌다.

한유현은 군림자의 검을 인벤토리에 집어넣고 한쪽 팔을 앞으로 뻗었다. 그 손끝에서 불길이 일렁이며 활의 모습이 되었다. 역시나 불로 이루어진 화살이 금빛 날개를 향해 겨누어졌다. 이렇게 해도 피하지 못할 형이 아니다. 그러니.

"이린."

나지막한 부름과 함께 활이 쏘아졌다. 공기를 가르고 데우며 연이어 두 발, 세 발, 네 발! 빠르게 연사된 화살이 날아간다. 단순 비행으로는 전부 피하기 힘든 그 광포한 기세에 한유진이 날개를 반쯤 접으며 짧게 순간이동했다. 그 순간!

화르르륵!

거친 불길과 함께 거대한 이무기가 나타나 한유진의 몸을 휘감았다. 서툴러서 순간이동 스킬을 연속으로 쓸 수 없는 틈을 노린 것이었다. 금색 용의 날개를 붉은 이룡의 발톱이 할퀴고 움켜쥔다. 검은 불길의 검날을 푸른 불길을 머금은 이빨이 카각, 사납게 물고 흔들었다.

두 용인과 이무기가 한데 뒤엉킨 틈을 타 한유현이 버들잎을 밟고 공중을 달려 빠르게 접근해 왔다. 어느새 손에 군림자의 검이 다시 쥐어져 있었다. 가장 우선적으로 처리해야 할 것은.

'은신 스킬.'

은신과 순간이동. 둘 중 하나라면 대응하기 어렵지 않았지만 동시에 사용하자 여간 까다로운 것이 아니었다. 심지어 한유진은 속임수까지 섞어 능란하게 스킬을 써먹었다. 순간이동은 보유 스킬이니 막을 방법이 없다. 하지만 은신은 버프만 없애면 A급으로 떨어진다.

바로 앞까지 다다른 한유현과 한유진의 눈이 마주쳤다. 이린을 떨쳐 내기 위해 부분 수화해 가느다래진 동공의 눈이 동생을 바라보며 웃는다.

"야, 이 상태 린이는 반칙 아니냐. 알파 때잖아."

"그런가? 미안."

짧은 사과와 함께 한유현의 손이 반쯤 꺾인 날개를 움켜잡았다. 그러곤 그대로 힘을 주어 한유진의 몸을 아래로 내리눌렀다. 이린이 사라지고 찍어 내리는 힘을 버티지 못한 한유진이 그대로 추락한다.

쿵!

요란한 소리와 함께 도로의 파편이 튀고 흙먼지가 솟았다. 한유현은 형을 짓누른 그대로 검을 휘두르려 했다. 하지만 그보다 먼저 독기가 치솟고 용의 꼬리가 창처럼 찔러 들어왔다. 한유현은 검으로 꼬리를 막고 독기를 불로 태우고 피하면서 다른 쪽 손으로 한유진의 재킷을 움켜쥐어 강하게 뜯어냈다.

드드득, 날개를 드러내느라 일부 변형되었던 재킷이 요란한 소리와 함께 뜯겨 나간다. 그 틈을 타 바닥을 굴러 한유현의 밑에서 벗어난 한유진이 너덜너덜해진 재킷을 보고 인상을 조금 찌푸렸다. 제구실을 못 할 만큼 크게 손상이 가 버렸다.

"아깝게! 진짜가 아니라 다행이지!"

대답 대신 군림자의 검이 날아들었다. 몸을 잔뜩 낮추어 미끄러지듯 베어 들어오는 공격에 한유진이 재빠르게 뒤로 뛰었다. 공중으로 몸을 띄우기 무섭게 와이어가 뻗어 오고 군림자의 검 또한 검신을 휘며 한유진을 따라붙었다.

각기 다른 방향에서 동시에, 그것도 허공에 머문 상태에서 공격이 가해지니 전투 예지고 뭐고 피할 수 있는 방법이 없다. 심지어 순간이동 스킬에도 실패해, 한유진은 급한 대로 군림자의 검을 수화한 손톱으로 받아 내고 와이어에 다리를 내주었다. 와이어가 강하게 당겨지며.

"윽!"

균형을 잃고 바닥에 처박힌 몸뚱이가 드드득, 거칠게 끌려간다.

콰득! 한유진은 손톱을 바닥에 박아 넣고 버티며 뒤쪽으로 총을 쏘았다. 마탄이 검에 가로막혀 텅, 텅! 가볍게 튕겨 나간다. 연이어 검격이 내리치고 한유진은 바닥을 데굴데굴 구르며 간신히 공격을 피했다. 칼날이 그의 몸을 스칠 때마다 땅이 움푹 파이고 파편이 튀어 올랐다.

흙투성이가 된 한유진이 몸을 일으키려 했지만 매번 한유현이 와이어를 당겨 막았다. 공격이 끊이질 않으니 와이어를 잘라 낼 여유도 없었다. 몇 번이고 고꾸라진 한유진이 입안에 들어간 흙을 퉤 뱉었다.

"이건 안 쓰려고 했는데."

조금 치사한 방법이라도 쓰지 않고선 벗어날 수가 없겠다. 한유진은 몸을 틀어 허리를 스치는 공격을 피한 뒤에.

"잘 자라, 우리 유현이~"

뜬금없이 노래를 불렀다. 자장가였다. 자장자장, A급 스킬. 상대를 잠재우기 위한 행동을 하면 잠들게 만들 수 있다. 그리고 자장가 또한 잠재우기 위한 행동에 들어갔다.

"…혀, 형!"

예상치 못한 스킬 사용에 한유현이 일순 비틀거렸다. 틈을 놓치지 않고 한유진이 다리를 묶은 와이어를 잘라 냈다.

"자장자장 우리 유현이, 잘도 잔다 우리 유현이!"

"형! 너무해!"

"전투 중에 너무한 게 어딨냐?"

강력한 스킬 효과에 눈앞이 일순 흐려지는 것을 느낀 한유현이 손바닥을 검날에 대고 길게 긁었다. 피가 배어 나오며 정신이 번쩍 들었다.

그사이 한유진이 거리를 벌리며 건물 쪽으로 뛰어올랐다. 바닥에 착지하지 않고 건물 벽에 발을 디디며 그대로 달려 나간다. 물론 견제사격도 잊지 않았다.

탕, 탕, 탕!

정확하게 날아드는 마탄을 피하며 한유현 또한 한유진의 뒤를 쫓았다. 그의 발이 땅을 박찰 때마다 금이 쩍쩍 번져 간다. 녹아내린 마지막 문의 범위는 벗어났지만 스킬이 유지되고 있는 한 쌓인 스탯은 그대로였다. 여기에 예장의 순간가속 스킬이 더해지자 순식간에 한유진을 따라잡는다.

벽을 달리는 형과 도로를 달리는 동생이 나란히 서는 순간, 폭탄과 검격이 동시에 터져 나갔다. 쾅, 콰앙! 무너지는 건물과 두꺼운 먼지가 시야를 가린다. 한유현은 당황하지 않고 곧장 푸른 버들잎에 마력을 깃들이며 주위를 탐색했다. 하지만 그의 감각에 아무것도 걸리지 않았다.

"…형?"

이번에는 정말로 의아해졌다. 제아무리 몸놀림이 빨라도 무수히 흩어진 잎을 모두 피하기란 불가능하다. 한유진이 쓸 수 있는 순간이동으론 한 번에 벗어날 수 있는 범위도 아니다. 그런데도 없다.

한유현은 급히 잎을 밟으며 위로 뛰어올라 흙먼지를 벗어났다. 공중으로 치솟은 그의 눈에 저 멀리 호수로 향해 가는 금빛이 들어왔다. 반용화한 한유진이 유독 작아 보인다. 거리 탓이 아니다.

"아."

미니미니 쿠키. 몸의 크기를 줄여 버들잎을 피해 빠져나간 것이었다.

20센티도 채 되지 않는 크기라면 충분히 잎에 닿지 않을 수 있다. 그 잠깐 사이 쿠키를 사용할 생각을 하다니.

"놓쳐 버렸네, 형."

아쉬운 듯 말하면서도 미소 짓고 있었다. 그 어느 때보다도 강렬한 자극이 전신을 휘감았다. 여태까지의 전투는 실없는 장난쯤이었다 해도 좋을 정도로, 지금 이 순간이 즐거웠다. 가슴의 두근거림이 멈추지 않는다. 오히려 더해 가고 있었다.

구구구궁―!

한유현의 뒤쪽으로 빌딩이 무너져 내렸다. 녹아내린 마지막 문의 스킬이 발동 중인 곳이 마치 용암지대처럼 변해 가고 있다. 건물을 삼키고 땅이 끓어오르며 범위 밖으로도 불길이 번져 나갔다.

도로도 집도 가로수와 차량, 그 밖의 온갖 것들이 모조리 불타오른다. 녹고 끓고 피어오르는 열기가 달에 닿을 듯 치솟았다.

한유현은 스탯이 한계까지 누적 상승 될 때까지 기다렸다가 움직였다. 화염 또한 그의 뒤를 따르듯 빠르게 퍼져 나가고, 이윽고 호숫가에 다다랐다.

"유현아."

호수의 일렁이는 수면 위로 한유진이 가볍게 떠 있었다. 물안개가 새하얗게 얼어붙고 커다란 물의 구가 수십, 수백 개 흔들거린다. 순수한 물이 아니다. 전류를 품은 것도, 독기를 머금은 것도 있었다. 한유진의 손에 들린 검은 불길 또한 독기가 서려 있었다.

방대한 수량을 바탕으로 하는 냉기가 한유현의 코앞까지 훅, 다가왔다. 열기가 이내 맞받아쳤지만 서로 쉽게 밀리지 않았다.

한유현은 하얀 물안개 너머의 한유진을 황홀하게 올려다보았다. 등골이 저릿해졌다. 당장에라도 검을 쥐고 뛰어들어, 그리고.

"형, 정말 좋아해."

"…뭘 새삼스럽게 여기서 그러냐."

설마 저것도 일부러 말한 건 아니겠지, 하고 한유진이 어깨를 으쓱했다. 호수 밖은 온통 붉고 검었다. 도시 전체가 불길에 휩싸이는 것도 시간문제였다. 그 화염의 가장 앞에 한유현이 서 있었다. 기분 탓일까, 한유현을 휘감은 불의 빛깔이 더욱 푸르게 느껴졌다.

콱! 일본에서 가져온 S급 장검이 한유현의 앞에 내리꽂혔다. 이어 또 다른 검과 단검과, 태도가. 그것을 본 한유진이 눈꼬리를 조금 치켜올렸다.

"유현아, 야. 형 좋아한다며."

"응. 좋아해, 사랑해. 군림자의 검을 녹일 수 없어서 아쉬울 정도로. 너무 좋아."

환하게 웃는 동생을 보며 한유진이 마른침을 꼴깍 삼켰다. 그러면서 도검포식자까지 쓰려 드냐. 막아야 한다고 생각은 했지만 방법이 없었다. 박예림이라면 호수 물을 통째로 움직여 퍼붓거나 지반을 무너뜨리겠지만 한유진은 그 정도의 컨트롤 능력까진 지니지 못했다.

치이익—

장검을 중심으로 무기들이 달아오르며 순식간에 녹아내린다. 시뻘건 쇳물이 매끄러운 선을 그리며 한유현의 주위를 맴돌았다. 어느새 그의 두 눈도 붉게 물들어 있었다. 내내 억누르고 있던 것이 한유진과 전력으로 맞붙을 때마다 조금씩, 조금씩 풀려났다.

어디까지 괜찮을까, 언제쯤 다시 참아야 할까. 그런 생각들도 흥분 속에 쓸려 나갔다. 이 전부를 쏟아 내도 괜찮지 않을까. 괜찮을 것이다. 눈앞에 가득 찬 푸른 물이, 서늘한 냉기가 더욱 불길을 뜨겁게 부추겼다.

"형."

애정을 듬뿍 담은 부름에 한유진이 짧게 숨을 삼켰다. 유리한 장소로 옮겨 왔다고 해도 여전히 감이 좋지 않았다. 스탯과 장비가 여러모로 불리하다. 지금이라면 멈출 수 있을 것이다. 그만하고 나가자, 라고 말하면 동생은 아쉬워하면서도 들어줄 게 분명했다.

하지만 그는 입을 떼지 못했다.

망설이는 사이 한유현이 움직이기 시작했다. 거침없이 호수로 뛰어들어 버들잎을 밟으며 마치 평지처럼 수면을 미끄러진다. 자신에게로 빠르게 달려드는 동생을 바라보던 한유진이 버튼을 눌렀다.

펑! 퍼엉!

물속에 던져 두었던 폭탄이 터지며 물기둥이 솟아올랐다. 한유진은 박예림처럼 직접적으로 대량의 물을 다루긴 힘들었다. 대신 폭탄의 힘을 빌린 것이었다. 치솟은 물기둥이 그대로 한유현을 향해 쏟아져 내린다. 그 사이사이 얼어붙은 창날이 섞여 들었다.

엄청난 수량에 더해 수십 개의 날카로운 창의 공격에도 한유현은 일말의 머뭇거림 없이 그대로 달려가며 녹아내린 무기를 머리 위로 던져 올렸다. 무시무시한 열기와 차디찬 호수 물이 격돌했다. 요란한 소리와 함께 수증기가 피어오르고 얼음창이 캉, 카강 깨어져 나간다. 구름 같은 수증기를 뚫고 한유현이 한유진을 향해 뛰어들었다.

한유현은 군림자의 검을 길게 휘두름과 동시에 왼발로 버들잎을 밟고서 몸 전체를 강하게 회전시켜 킥을 찔러 넣었다. 턱! 한유진이 수화한 두 손으로 한유현의 발차기를 받아 내듯 막았다. 동시에 그의 머리 주위에서 물방울이 순식간에 얼어붙었다가 칼날에 두들겨 맞고 산산이 부서진다. 휘어지는 연검을 완전히 막진 못했으나 방향을 바꾸기엔 충분했다. 비틀린 군림자의 검이 아슬아슬하게 한유진의 정수리를 스치고 지나갔다.

한유진은 몸을 낮추며 받아 낸 한유현의 발을 그대로 잡고 뒤틀었다. 수화에 더해 노아의 보조 스킬로 근력 스탯을 집중해 올린 악력에 한유현은 버티는 대신 따라 몸을 빙글 돌렸다. 짜자자작, 냉기가 한유현의 다리를 타고 올라가 얼어붙는다. 하지만 그것도 잠시, 푸른 불길이 일고 한유현에게로 돌아온 녹은 쇳물이 수십 개의 화살이 되어 한유진에게로 쏘아졌다.

정면에서 막아 낼 엄두를 내기 힘든 무시무시한 기세였다.

한유현의 발을 놓고 재빨리 물러난 한유진의 앞에 얼음방패가 나타났다. 얼음판 위로 화살이 콰드득 들이박히고.

파지지직―

순식간에 금이 간 얼음판이 산산이 부서졌다. 하나하나가 SS급 무기인 화살을 막아 내기엔 역부족이었던 것이다. 그러나 물은 얼마든지 있었다. 겹겹으로 얼음방패가 나타나고 화살은 다섯 개의 얼음판을 꿰뚫고 나서야 겨우 기세를 멈추었다.

"진짜 사기, 헉!"

화살을 겨우 막았나 싶은 순간, 다시 군림자의 검이 한유진의 가슴을 파고들었다. 근접전은 도저히 답이 없다. 한유진은 순간이동으로 거리를 벌리며 수면 가까이 내려갔다. 동시에 미리 만들어 두었던 독 물방울을 창처럼 길게 늘린 뒤 겉만 얼어붙여 한유현을 향해 던졌다.

독을 품은 수 개의 얼음창이 빠르게 날아들었다. 한유현은 피할 생각도 없이 군림자의 검을 앞세운 채 그대로 얼음창과 충돌했다.

콰작! 콰드득!

얼음창들이 부서지며 그 속에 품은 독물이 퍼져 나갔다. 차디찬 얼음이 한유현을 휘감은 불길을 잠시나마 누그러뜨리고, 그 틈을 놓치지 않고 독기가 스며들었다. 독 저항 아이템을 차고는 있지만 등급의 차이가 심하다. 분명 중독되었음에도 한유현은 아랑곳없이 그대로 한유진을 향해 치달았다.

그런 그의 앞을 이번에는 전류가 담긴 물방울이 막았다. 물방울 속의 전류가 사납게 꿈틀대더니.

펑! 퍼엉!

요란하게 터져 나갔다. 제대로 된 전기분해는 아니었다. 겨우 흉내만 내는 수준이었지만 시간을 벌기에는 충분했다.

흩어지는 물방울과 다시 치솟은 물줄기. 수면 아래로 폭탄이 연신 터져 나가며 물의 벽이 한유현을 가로막고 얼음의 창이 한유현의 전신을 노렸다. 그 사이로 물을 가르며 마탄 또한 날아들었다.

반면 한유현의 원거리 공격은 겹겹으로 끝없이 생성되는 물과 얼음의 벽에 가로막히고 말았다.

"호수물이 전부 사라지기 전까지는 내게 접근하기 힘들 텐데, 유현아."

어떻게 할래, 유현아. 한숨 돌린 가벼운 물음에 한유현이 입술 끝을 올렸다.

"형의 말대로."

"응?"

"전부 없애면 돼."

여러 가닥으로 갈라져 물과 얼음의 공격을 막아 내던 녹아내린 검들이 한데 모여 한유현의 손에 쥐어졌다. 짙게 푸른 불꽃이 녹은 검을 휘감고, 한유현이 그것을 힘껏 호수를 향해 내던졌다.

치이이익!

순식간에 물을 증발시키며 호수 바닥까지 꿰뚫어 박힌 검이 어마어마한 열기를 내뿜기 시작했다. 그리고.

콰아아앙!

"윽, 뭐―!"

호수 밑바닥에서부터 불기둥이 치솟아 그대로 폭발했다. 밀려드는 열기의 폭풍우에 한유진의 몸이 두들겨 맞은 것처럼 밀려 바닥에 처박혔다. 반쯤 메마른 호수 바닥이었다. 영문 모르고 깜박이는 그의 눈에 텅 빈 거대한 구덩이가 들어왔다. 이내 하늘에서 후두둑, 비가 쏟아졌다.

쏴아아아―

십수 초간 내린 비가 끝이었다. 호수가 사라졌다. 텅 빈 호수 가운데에 우뚝 선 한유현이 자신의 형을 바라보았다.

굵직한 빗줄기가 온몸을 적셨다. 머리부터 발끝까지 흠뻑 젖은 채로 믿기 힘든 광경을 쳐다보았다. 내린 비로 인해 군데군데 작게 고인 웅덩이. 그게 다였다. 호수는 온데간데없었다. 어이가 없어서 헛웃음이 나올 지경이었지만 여유 부릴 형편이 아니었다.

자신들을 막고 있던 물이 사라지자 불이 선을 넘어오기 시작했다. 약간 비틀거리며 몸을 일으켰다. 젖은 흙이 발치에 챘다.

"대단하다."

절로 새어 나온 감탄에 유현이가 만개하듯 활짝 웃었다. 도검포식자로 녹여 낸 무기는 사라진 듯했다. 스킬의 힘을 한 번에 써서 호수를 날려 버린 것일까. 그렇다 해도 정말 대단했다.

동시에, 가슴이 뿌듯하게 벅차올랐다.

"이 정도로 전력을 다하는 건, 내가 처음이지?"

일대일로, 같은 헌터 상대로 말이다. 유현이가 고개를 끄덕였다.

"응. 무엇보다도 내겐 형이 있으니까."

지금의 유현이도, 회귀 전의 유현이도 모든 힘을 다한다는 건 마지막의 마지막까지 남겨 놓아야 할 선택지였을 것이다. 특히나 도검포식자는 리스크도 큰 스킬이다. 그런 스킬을 사용하기에는 뒤에 남는 내가 있었다.

랭킹전에서도 마찬가지였겠지. 전투가 아무리 즐겁다 해도 혹여 일정 이상의 피해를 입기라도 한다면 나를 보호하는 데 지장이 생길 수 있으니 참았을 것이다. 심지어 유현이는 해외에서 치러지는 시합에는 아예 나가지 않기도 했었다.

송태원에게 주로 시비를 건 것에도 아마 그런 이유가 포함되었겠지. 귀중한 인력인 S급 헌터를 함부로 해칠 수 없을 안전한 상대니까.

"내가 족쇄였지."

동시에, 지금 이렇게. 유일한 해방구다.

나만이 유일하게 묶고 나만이 유일하게 풀어 줄 수 있었다. 수화한 손톱으로 팔을 길게 긁어 피를 머금은 불길의 검을 쥐었다. 검을 가볍게 내리 든 채로 동생을 마주 보고 웃었다.

"그렇게 말하지 마, 형. 나는 지금 무척이나 즐거워."

"응. 그래 보인다."

젖은 흙냄새 짙은 공기를 깊게 들이마셨다.

"나도 물론, 즐거워."

비록 현실은 아니지만 동생에게 이런 경험을 줄 수 있다는 사실이 더없이 기뻤다.

내내 부러워했다. 질투도 했다. 내 동생인데. 내가 보호자인데. 그런데 나는 지켜보는 것 외엔 아무것도 할 수가 없었다. 동생을 빼앗아 가고 그 곁에 선 해연 길드 사람들이 얄밉기도 했다. 동생과 나란히 설 수 없는 스스로가 한심하기도 했다.

그러니까.

여기서 끝내고 싶지 않았다. 불리하다. 조금 더 버틸 수나 있을 뿐 승산은 보이지 않았다. 그래도 싫었다. 유현이 때문만이 아니라 나 스스로도 멈추고 싶지 않았다. 조건이 나쁘다 해도 스탯도 S급이고 스킬도 S급 이상이다.

F급으로도 수년간 유현이에게 다가가려 발버둥 쳤는데 S급씩이나 되어 가지고 먼저 항복한다는 게 말이 되냐.

삼킨 숨을 짧게 내뱉고 땅을 박찼다. 마치 공격해 달라는 듯 정직한 경로로 유현이에게 달려들었다. 붉은 기 짙은 눈이 일순 가늘어진다. 대책 없이 뛰어드는 내 행동을 의심하면서도 가차 없이 군림자의 검을 휘두른다.

피해라! 전투 예지가 검로를 알려 주며 경고해 왔다. 하나 몸을 빼내는 대신 급소만을 피했다.

콰득!

검은 칼날이 내 어깨를 꿰뚫고 동시에 통증을 두 배로 전이하며 흑혈검을 휘둘렀다. 내가 노아의 스킬을 쓸 것이라고 예상했는지 유현이는 크게 동요하지 않았다. 하지만 대비했다더라도 극통은 극통이다. 반사적으로 움찔거리는 몸뚱이를 향해 검을 찔러 넣었다.

텅!

불길로 이루어진 검과 사람의 팔이 맞부딪쳤다. 방어력이 중첩 상승 된 예장이라 해도 완벽히 버티진 못하고 찢어지며 길게 상처가 남았다. 힘껏 검에 힘을 주며 유현이의 발아래 젖은 바닥을 얼어붙였다. 순식간에 생겨난 미끄러운 빙판에 일순 유현이의 균형이 흐트러지고, 그것을 놓치지 않고 몸을 강하게 돌려 어깨의 칼을 빼내면서 발차기를 날렸다.

끼이익—

내가 만들어 내는 빙판을 따라 유현이가 그대로 밀려 나갔다. 하지만 얼마 가지 않아 발끝으로 빙판을 부수며 멈춰 선다. 그 멈춰 서는 지점을 정확하게 예지해 한발 앞서 순간이동했다.

카강! 검과 검이 요란한 소리를 냈다. 반응하기 힘들 타이밍임에도 유현이는 재빠르게 공격을 막은 것이었다. 하지만 그와 동시에.

파지직! 붉은 눈동자 앞에서 전류가 튀었다. 시야를 어지럽히면서 동생의 쇄골을 향해 금색 비늘로 단단히 감싸진 팔꿈치를 찍어 넣었다. 인체에서 유독 약한 뼈에 속하는 쇄골이다. 원래라면 S급이라 해도 부러질 정도의 공격이 들어갔지만 예장의 방어력에 막혀 타격이 반감되고 말았다.

생각보다 약한 공격에 유현이가 바로 반격해 왔다. 어느새 동생의 손에 들린 단검이 아직 다 회복되지 않은 어깨를 찔러 온다. 급히 몸을 빙그르 돌리며 날개를 화악, 드러냈다.

퍼억!

갑자기 나타나 강하게 펼쳐지는 용의 날개가 유현이의 손목과 가슴을 정확히 후려쳤다. 피막 때문에 얼핏 약해 보이나 고속비행을 가능하게 해 주는 날개의 힘은 강력했다. 전신을 강하게 두들겨 맞은 유현이가 그대로 뒤로 날려 가며 와이어를 던졌다. 휘리릭, 거둘 새도 없이 날개에 와이어가 휘감기고 내 몸뚱이 또한 함께 끌려갔다.

철퍽.

흙탕물이 튀고 둘이 거의 동시에 바닥을 굴렀다. 날개를 없애 와이어에서 벗어나며 인벤토리의 폭탄들을 꺼내 진흙 위로 미끄러뜨리듯 던졌다.

콰아앙! 쾅! 무른 호수 바닥이다 보니 물기 머금은 흙이 시야를 온통 가리며 치솟아 올랐다. 비처럼 쏟아지는 진흙을 뚫고 다시 달려들었다. 유현이 또한 그새 일어나 불길을 화악 일으킨다. 치솟은 진흙덩어리들이 순식간에 구워졌다?

열기를 품고 단단해진 진흙덩어리가 채찍처럼 휘둘러진 연검에 맞아 나를 향해 날아들었다. 평범한 불로 인한 게 아니라서인가, 무슨 쇳덩어리가 쏟아지는 듯했다. 실드를 써 흙덩어리들을 막기가 무섭게 유현이가 코앞까지 다가왔다.

쾅!

내려쳐진 군림자의 검과 실드가 격돌했다. S급 방어막 스킬이 순식간에 파괴되고 칼날이 내 어깨를 향해 떨어져 내린다. 무릎을 굽혀 뒤로 홱 누워 버리며 총을 쏘았다. 텅! 검과 탄이 부딪치며 옆으로 약간 밀려난 칼날이 내 어깨를 아슬아슬하게 스치며 박힌다. 그대로 옆으로 몸을 굴리자마자 내가 있던 자리에 푸른빛이 더욱 짙어진 불길의 창이 꽂혀 터져 나갔다.

지근거리의 폭음에 귀가 살짝 멍멍해졌다. 튀어 오르는 진흙 사이로 꼬리를 꺼내 휘둘러 유현이의 다리를 걸었다. 동시에 날개를 펼쳤다. 날개가 땅을 미는 힘에 튕기듯 일어나며, 그 가속력 그대로 다리가 걸려 균형을 잃은 동생을 덮쳤다.

"따끔할 거다!"

호수로 이동할 때 상점에서 사 두었던 아이템, 셀름해 밤고동 가시. 내 독 저항 스킬을 끄고 긴 바늘 같은 갈색 가시를 예장의 찢어진 틈으로 정확히 찔러 넣었다. 물론 동생도 얌전히 있지는 않아 군림자의 검이 내 날개를 반쯤 뜯어 놓았다. 날개의 상처는 동일 부위가 없으니 통증 전이도 불가능했다. 유현이가 재빨리 거리를 벌리며 가시를 뽑아냈지만 SS급 마비독은 순식간에 퍼져 나갔다.

"윽……!"

동생이 비틀 바닥으로 쓰러지고 나 또한 힘없이 엎어졌다. 날개에서 흘러나온 피로 등이 뜨뜻미지근해지는 게 느껴진다. 얼른 치유 스킬을 사용했지만 출혈이 생각보다 컸는지 몸에 힘이 들어가지 않았다. 포션을 꺼내며 고개를 돌리자 저만치서 동생 녀석 또한 해독제를 꺼내 들고 있었다. 유현이의 귀에 달린 보일 듯 말 듯 작은 이어커프가 희미하게 반짝거린다. 못 보던 거라 뭔가 했는데 독 저항이 아닌 일시 해독류 아이템인 듯했다.

원래 있던 독 저항 아이템에 일시 해독에 해독 포션까지 더해지면 SS급 마비독이라 해도 오래는 못 버틸 것이다. S급 각성자라 자체 저항력도 높은 편이고.

그래도 내가 먼저 일어날 수 있을 거라고 생각했는데.

챙그랑!

"뭐, 야!"

들고 있던 포션 병에 열기가 확 오르더니 깨져 버리고 말았다. 흘러나온 포션도 순식간에 증발했다. 유현이의 불이다.

"아니, 어떻게 손에 든 걸… 나도 화염 저항 있는데!"

심지어 손가락에 화상도 입었다. 설마 지금 유현이의 불이 내 화염 저항보다 우위라는 건가. 하지만, …회귀 전의 스킬이다. 당연히 등급도 높았다. 녹아내린 마지막 문의 범위 내에 있는 것도 아닌데.

"나도, 될 줄 몰랐, 어."

동생 녀석이 굳은 혀로 더듬거리면서도 웃었다. 해독제를 마신 유현이가 억지로 상체를 일으켰다. 검은색보다 푸른색에 가까워진 불길이 동생의 주위를 휘감듯 맴돈다. 색이 변하면서 뭔가 특별한 능력이라도 가지게 된 걸까. 흑혈염에도 상대의 회복을 늦추는 능력이 있다. 그래서 유현이의 상처에 가시를 쉽게 찔러 넣어 중독시킬 수 있었던 것이고.
　포션을 쓰는 것을 포기하고 꼬리를 꺼내 몸을 지탱하며 일어났다. 생명력 포션은 둘째 치고 마나 포션을 쓸 수 없다는 게 더 큰일이었다.
　'…은혜가 없으니.'
　그나마 다행인 건 현실의 몸에는 은혜가 있어 성현제와 싸웠을 때처럼 마나가 부족할 일은 없을 터였다. 확실히 그때에 비해 현실 육신에 부담이 간다는 느낌은 별로 들지 않았다.
　유현이가 마비독에 걸리며 힘이 빠져 놓친 군림자의 검을 다시 쥐려 들었다. 저 검이 제일 골치 아파! 지금 뛰어들어 봤자 늦겠지만, 내 발로 움직일 필요 없다. 순간이동 스킬을 쓰고.
　"으, 형!"
　동생의 목에 팔을 감고 그대로 바닥을 굴렀다. 마침 약간 경사진 바닥이라 빙판길을 깔아 주자 주욱- 둘이 한데 엉켜 한참을 미끄러져 간다.
　"큭!"
　유현이가 제 등에 달라붙은 내 옆구리에 팔꿈치를 강하게 찔러 넣었다. 순간 숨이 턱 막혔다. 직후 동생이 그대로 몸을 뒤집어 나를 내리깔았다. 그와 동시에 꼬리를 휘둘렀다. 퍽, 소리와 함께 유현이의 몸이 옆으로 날아갔다. 마비독 효과가 아직 남아 있어 움직임이 둔하다. 둔해야 하는데.
　화르륵!
　불길로 창을 만들며 득달같이 덤벼드는 속도가 평소 못지않았다. 예장의 순간 가속 스킬. 카강! 흑혈염을 끌어낼 틈이 없어 총으로 창끝을 막았다. 하얀 총의 표면에 그그극 실선이 그어진다.

"내가 줬지만 정말, 까다롭네!"

잘 쓰는 거 보니 뿌듯하긴 하다만. 총구를 간신히 비틀어 방아쇠를 당겼다. 마탄이 유현이의 머리칼을 스치고 지나간다. 몇 가닥의 흑발이 흩날리고 평소보다 약간 느린, 하지만 가속 스킬에 힘입어 위력은 여느 S급 헌터 못지않은 주먹이 날아들었다.

고개를 젖혀 주먹을 피한 직후, 유현이가 손을 쫙 펼쳤다. 펼쳐진 손 안에서 흑녹색 가루가 흩어진다.

"독이야."

해독해 줄래? 하는 목소리에 기가 막혀 왔다. 내 머리 가까이 뿌려진 독 가루라 이내 몸에 영향을 미치기 시작한다. 하는 수 없이 독 저항을 다시 켜자 바싹 붙은 덕에 덩달아 마비독이 완전히 회복된 유현이가 따라잡기 불가능한 움직임으로 공격을 가해 온다.

아슬아슬하게 친 실드가 박살 나고 정통으로 가슴을 걷어차여 뒤로 내동댕이쳐졌다. 뱉은 기침 사이로 피가 섞였다. 치유 스킬을 쓰는 사이 유현이의 손에 군림자의 검이 들렸다. 가장 안쪽만 검은빛이 남은 푸른 불꽃이 화라락, 검날을 타고 오른다.

어느 사이엔가 호수 구덩이에도 불길이 가득 흔들리고 있었다. 금방이라도 모든 것을, 나까지 전부 집어삼킬 듯이 제 영역을 넓히고 열기를 더해 온다.

"…유현아."

뜨거운 공기가 숨을 삼킬 때마다 폐를 가득 채웠다. 여기저기 상처가 나고 흙투성이가 된 채로 동생이 미소 지었다. 더할 나위 없이 만족스럽게 웃는다. 배부른 포식자의 얼굴이다.

만약에 여기서, 이대로. 어떻게 될지는 몰라도 이대로 끝까지 마음대로 하게 내버려둔다면. 그럼 얼룩처럼 남은 검은 불꽃도 완전히 푸르게 변하게 될까.

기울어진 달이 천천히 다가오는 동생의 뒤로 여린 빛을 흩뿌린다.

가슴 깊은 곳에서 이러고 싶지 않았냐는 속삭임이 들려왔다. 완전히 성장할 때까지 도와주고 싶었다. 어쩔 수 없이, 이르게 손에서 놓는 게 아니라 끝까지 돌보고 키워 주고 싶었다.

그것을 완전히 빼앗겼다고 생각했는데. 실은 내 동생은 내가 아니면 안 되었다. 그러니까 지금 전부 다 내어주면, 내 의무는 끝이 날 것인데.

'…한 명이 더 있어서.'

그래서. 어느 쪽도 놓지 못해서 다시 몸을 일으켰다.

"이제 그만 깨어나자."

"왜?"

유현이가 고개를 갸웃하며 말했다. 아니, 왜냐고 해도.

"나도 네가 원하는 만큼—"

"형도 즐겁다고 했잖아."

첨벙! 얼마 남지 않은 물웅덩이에서 물이 튀었다. 강하게 땅을 박차며 유현이가 순식간에 내 앞으로 다다랐다. 군림자의 검이 공기를 가른다. 내 가슴팍이 길게 찢어졌다. 흘러나온 피로 검을 만들어 연이어지는 공격을 쳐 냈다.

"유현아!"

급한 외침에도 돌아오는 대답이 없었다. 디아르마의 정신계 스킬의 가장 큰 단점은 양쪽 모두 나가고자 해야 해제된다는 것이었다. 휘몰아치는 공세에 나는 계속해서 밀려났다. 어느새 가파른 벽이 등 뒤로 다가왔다.

퍼억!

나를 스친 공격이 벽에 박히며 흙덩이가 우수수 쏟아져 내렸다. 주위는 온통 불길로 뒤덮여 시야를 가리는 수법도 더는 통하지 않았다. 사방을 하늘하늘 날아다니는 불티가 유현이의 감시자가 되었다.

공기는 바싹 말라 물을 끌어내거나 얼음을 만드는 것도 힘들었다. 불가능하진 않았지만 마나 소모가 극심했다. 순간이동으로 위기를 모면해도 잠깐일 뿐, 이내 따라잡히고 말았다. 바다로 간다면 방법이 생기겠지만 빠져나갈 수가 없었다. 자장자장 스킬도 빠르게 자해하거나 불꽃을 터트려 폭음으로 막아 버렸다.

"커읔-!"

군림자의 검은 간신히 비껴 냈지만 이어 찔러 드는 발길질에 맥없이 튕겨 나가 벽에 처박혔다. 유현이의 불길이 내 발목을 휘감았다. 화염 저항 덕분에 약간 뜨거운 정도였지만 이상하리만치 힘이 죽죽 빠졌다.

불꽃으로 이루어진 창이 거세게 던져졌다. 겨우 비튼 목덜미를 창날이 화끈하게 할퀴었다. 새어 나온 피가 옷깃을 적신다. 시간이 얼마나 지난 건지, 입안이 달았다.

이거 진짜 위험할지도. 은혜가 있었다면 스탯, 스킬 차이가 좀 난다 해도 유현이를 제압할 수 있었을 텐데.

그래도 이렇게까지 유현이가 자제를 못 할 줄은 몰랐다. 빠르게 접근해 오는 기세에 전신이 살짝 떨렸다. 포인트가 남아 있으니 아이템을 어떻게 잘 써서 바다로, 라고 생각한 순간.

콰득!

"…한유현!"

군림자의 검이 내가 아닌 주인의 몸을 꿰뚫었다. 유현이가 붉은 기가 옅어진 눈을 느리게 깜박였다.

"무슨 짓이야!"

당장 달려가 붙잡으려 했지만 비틀거리면서도 내 손길을 피한다. 마나를 소모해 없는 물기를 억지로 쥐어짜 내어 차가운 탄식을 썼다. 움직임이 둔해진 유현이에게 바싹 붙자 사나운 불길이 나를 막으려는 듯 휘몰아쳤다. 그 기세를 버티지 못하고 뒤로 밀려났다. 탄식 또한 순식간에 사라졌다.

'젠장, 저 상태로 자장가는 통하지 않을 테고.'

유현이의 초점이 약간 흐릿해졌다. 목숨이 위험할 정도의 치명상까지는 아니다. S급 헌터에게는 말이다. 하지만 평범한 사람이라면 죽느니 사느니 할 수준이었다. 오래 끌면 위험해질 수도 있다는 뜻이었다.

"정신 차려! 한유현!"

이미 제정신은 아닌 듯하고, 본능적으로 스스로를 보호하기 위해 반격하는 듯했다. 급하게 마나 포션을 마시고 순간이동 스킬을 썼다. 유현이의 뒤쪽으로 접근하자 사정없이 단검을 찔러 온다. 그것을 팔로 받아 내며 다른 손으로 동생의 등을 토닥거렸다.

"진정해라, 형이야."

"……."

무어라 입을 달싹이던 유현이의 몸이 힘을 잃고 그대로 무너져 내렸다. 그것을 얼른 받쳐 안았다. 스킬이 통해서 천만다행이다.

"너 진짜……! 여기서도 즉사할 정도의 충격을 받으면 위험하다고 말했잖아!"

둘 다 S급 각성자라면 싸움판을 벌인다 해도 스탯 차이가 웬만큼 크지 않는 한 서로 목숨까지 해치긴 쉽지 않았다. S급 헌터가 괜히 사망률이 낮은 것이 아니다. 머리가 단번에 날아가는 수준이 아니라면 포션과 치유 스킬을 퍼부어 살려 낼 수 있었다. 그래서 귀하디귀한 S급 헌터들 대상으로도 랭킹전이 열렸던 것이고.

아예 상대를 죽일 작정이 아니라면 S급 헌터들보다는 그 주위가 더 위험한 수준이었다. 게다가 내겐 노아 씨의 치유 스킬이 있고 포션도 넉넉히 챙겨 왔으니 안전을 장담할 수 있었던 건데.

"일단, 칼을 뽑아야 치료를……."

"…형."

장기가 손상되었는지 나를 부르는 목소리와 함께 핏물이 흘러나왔다.

그나마 정신계니 다행이지 현실이었으면 미치고 팔짝 뛸 판이다. 여기서도 이 꼴 보고 있자니 속이 아파 왔다.
"입 다물고 이 악물어."
출혈이 심하니 자칫 혀 깨무는 것보단 이가 상하는 게 낫다. 군림자의 검 손잡이를 움켜쥐었다. 화끈한 열기가 손바닥으로 전해졌다. 숨을 짧게 들이마시고 단번에 검을 뽑았다. 으득, 강하게 이가 다물리는 소리가 들려왔다. 피에 질척하게 젖어 든 검을 등 뒤로 내던지고 얼른 치유 스킬을 쓰며 포션을 꺼내 들었다.
"고인 피 뱉어. 폐는 괜찮냐? 숨 쉬기 어렵진 않지?"
A급 치유 스킬로는 중상을 단숨에 회복시키긴 힘들다. 던전산이 아닌 포션이야 더 말할 것도 없고. 역시 엘릭서를 하나쯤은 구해 둬야 하는데.
그래도 흘러넘치던 피는 이내 멎었다. 유현이가 콜록거리며 기침과 피를 토해 내고 포션을 받아 마셨다. 초점도 정상으로 돌아왔다. 나도 마나를 보충하며 동생을 끌어안은 채 자리에 주저앉았다. 내게 기대어 오는 몸을, 등을 재차 토닥이며 안정시켜 주었다.
주인이 제어력을 잃어서인가 주위의 불길도 점차 사그라져 갔다. 태울 것도 없다시피 하니 빠르게 열기가 줄어든다. 내 어깨에 머리를 기댄 동생이 길게 숨을 내뱉었다.
"…미안해."
"내가 아니라 너 자신한테 사과해야 할 일 아니냐."
내 말에 유현이가 기분 상한 듯 낮아진 목소리로 대꾸했다.
"싫다고 했잖아."
"응?"
"형을 삼키려고 드는 내가."
아… 검은 소의 숲 던전에서 나누었던 이야기가 떠올랐다. 스스로를 억누르지 않으면 모두 불태워 버릴 거라고 말했었다. 그것이 본성이라고.

"하지만 즐거웠잖아. 그리고 방법이 어찌 되었든 멈추었지. 네가 직접 말이야."

 보고 있는 나조차도 그냥 원하는 대로 하게 해 주었으면 싶어질 정도로 만족스러워 보였는데. 그런데도 멈추었다. 유현이가 잠깐 침묵하다가 입을 열었다.

 "나는 형이 만들어 주고 키워 낸 내가 좋아."

 "…내가 만들었다고 할 것까지야. 키우긴 했다만."

 "맞잖아. 지금의 나는 형이 만들어 낸 게. 형이 없었으면 완전히 달랐을걸."

 그렇게 말해도 잘 상상이 가진 않았다. 내가 없이 자라난 한유현이. 성현제와도 리에트와도 다를 것이다. 말이 같은 태생 S급이지 다들 제각각이니까. 공통점이라면 포식자의 위치에 있다, 정도일까. 사자와 독수리와 상어를 한 테두리에 묶어 놓은 것과 비슷한 느낌이었다.

 "으음, 길드는 만들지 않았겠지. 지금보다 더 사람들과 멀어졌을까. …오래 못 살 거라고도 하던데."

 "각성하기 전부터 범죄자가 되어 있었을 수도?"

 동생 놈이 가볍게 말했다.

 "아니, 그렇게까지야."

 "형이 없었으면 거슬리는 사람을 왜 참아야 하는지 납득 못 했을 테니까. 그래도 비각성자일 때는 생존본능 같은 걸로 몸을 사렸을지도 모르지만, 각성한 뒤엔 재난이었을걸."

 "…현대사회에서는 네가 꽤 곤란하긴 했겠다."

 옛날이었으면 나라 하나 세웠을지도. 강하다는 것만으로도 추종자가 붙는 시대라면 말이다. 아니, 그보다는 몬스터가 득시글거리는 세계의 사냥꾼 같은 게 더 어울리려나. 건드리지 않는 게 상책인 위험한 헌터 같은 걸로 유명하고.

 "난 지금의 네가 좋은 정도가 아니라 다른 모습은 떠올릴 수도 없어."

"어릴 때 이상하다고 생각 안 했어?"

"나도 어렸는데 뭘 알았겠냐. 그냥 애라서 그렇구나 했지. 어쨌든 귀엽긴 귀여웠고."

누가 봐도 귀여운 아이라서 잠깐 마주친 사람들이야 예쁘단 소리를 더 많이 했지. 그래서 더 부모님을 이해할 수 없기도 했다. 지금은 내가 특이했던 건가 싶지만. 유현이를 키워서 양육자 칭호를 얻게 되었지만 그런 소질 자체는 원래 가지고 있었던 게 아닐까. 어린애 상대라면 태생 S급이라 해도 이질적으로 느끼지 않는다, 라거나. 타고나기를 겁이 없다거나 정이 많다거나 하는 사람들처럼.

"하지만 유현아."

"싫어."

말머리를 꺼내기가 무섭게 동생이 대답했다.

"형이 뭘 말하고 싶은 건지는 알아. 나도 억누르고 사는 게 좋은 건 아니야. 그렇지만, 나쁜 것도 아니잖아. 형도 그랬잖아. 형도 많은 걸 포기했다는 거 나도 알고 있어."

"나야 뭐……."

그렇게 말하면 할 말이 없긴 했다. 하지만 곰곰이 되짚어 보아도 그러지 말걸, 싶은 일은 딱히 없었다. 던전이 나타나고 유현이가 각성하기 전의 일들은 전부 내 선택이었고 후회하지도 않았다.

포기한 건 분명 많았지만 희생이라고 한다면 글쎄. 힘들었지. 그래도 행복했는걸.

"버리고 참고서 얻은 게 내겐 훨씬 더 가치 있었으니까."

"나도 그래."

유현이의 시선이 아직 조금 남은 불길에 가 닿았다. 검은빛이 남아 있는 푸른 불에.

"내가, 꼭 완벽해야 해?"

"…아니."

아니라고 재차 말했다.

"네가 나한테 말해 준 것처럼 말이다, 나도 어떠한 너라도 사랑해. 그래서 나 때문에 억지로 참지 않았으면 싶었던 거고. 그리고 말이야, 사람에게 완벽한 게 어딨겠냐."

그저 좀 더 나아지려고 노력하는 것뿐이지. 애초에 완벽하면 그걸로 끝이다. 무언가 더 노력할 필요도 변할 이유도 없이 멈춰 버린 사람이 정말로 완벽하달 수 있을지도 모르겠고.

"나도 실수하기도 하고 너도 실수하기도 하고. 야, 성현제도 편식은 하잖아. 그렇게 잘났어도 나한테 도움받았지."

"나는 형이 주는 건 다 좋은데."

그것도 따지고 보면 편식이긴 하다만. 동생의 머리를 약간 거칠게 쓰다듬어 주었다.

"그래, 유현아. 어쨌든, 음. 잘했어. 잘 참았다."

왜 참느냐는 말 대신 칭찬을 해 주자 유현이가 기쁜 듯 웃었다.

"나도 형이랑 싸운 건 정말로 좋았어. 진짜 최고였어, 형."

"말 안 해도 그렇게 보이더라."

"또 이럴 수 있을까?"

"자주는 힘들겠지만 당연히 또 붙어 볼 수 있지. 그게 너한테도 좋을 거고. 적절할 때 멈출 수 있기만 하면 되는 거 아니겠냐. 다음번에는 안전하게 말이야."

무조건 참는 건 역시 안 될 일이다. 반대로 전부 놓아 버리는 것 또한 안 되고. 마음껏 활개 치는 동생의 모습이 여전히 눈앞에 어른거렸지만, 아쉬움은 남았지만 유현이 스스로의 의지가 가장 중요했다.

"불꽃 색 말이다. 나가서도 그대로 유지될까."

내 물음에 유현이가 고개를 갸웃했다.

"잘 모르겠어. 여긴 좀 특수한 곳이잖아. 게다가 형이 쓴 불에도 영향을 받은 거 같거든."

"흑혈염에?"

"응. 5년 후의 내가 쓰는 불이라고 했지? 그래서인지 확실히 지금 나보다 더 강해. 스킬이 많이 변하긴 했지만 근본적인 부분은 같으니까, 계속 부딪치면서, 담금질하듯? 덩달아 내 스킬도 강해진 듯해."

물론 나와 마음껏 싸운 영향도 클 거라고 유현이가 덧붙였다.

"밖에선 내가 도와줄 수 없으니까 여기 또 들어오긴 해야겠네."

"던전이 안전해졌으니까 길드 정비만 끝나면 시간 많아, 형."

"야, 너 길드장이다."

"나 없어도 던전 관리하는 건 문제없을 텐데."

괜찮지 않을까, 하고 동생 녀석이 어리광 부리듯 말했다. 마음 같아선 여기서 나가기 싫다고도 했다.

"좀 쉰 다음에 한 번 더 붙어 봐도 될 거 같은데."

"날도 다 샜다만. 저기 봐라, 해 뜬다."

"장소 바꿀까? 형한테 유리한 곳이랑 나한테 유리한 곳으로 번갈아 한 번씩."

유현이의 눈이 기대와 흥분을 담다 못해 숫제 반짝거렸다. 한 번이라더니 왜 두 번으로 늘어났냐.

끼리릭 키긱—

그때였다. 등 뒤쪽으로 이상한 소리가 들려왔다.

"방금 이 소리…….."

여긴 우리 말곤 아무도 없을 텐데. 당황하며 뒤를 돌아보았다. 유현이 또한 내게 기대고 있던 상체를 일으켰다. 재차 카가각, 비늘과 비늘이 서로 부딪치는 소리가 났다. 침식하는 군림자의 검. 피에 물든 흑검이 잘게 떨리고 있었다.

검이.

 순간 어린 혼돈의 말이 머릿속에 떠올랐다. 지금은 잠든 상태지만 가끔 잠꼬대 정도는 한다던. 잠들어 있다고 해도 어쨌든 검의, 흑룡의 의식이 남아 있다는 뜻이었다.

"…미친!"

"형?"

 전신에 소름이 쫙 돋았다. 정신세계다. 자신이 가지고 있던 예전의 힘도 기억만 하고 있다면 사용할 수 있는 곳. 그곳에 한때 L급이었던 괴물이 들어왔다는 뜻이었다. 잠에서 깨어난다면, 아니 잠꼬대만 한다 해도.

 곧장 유현이를 안아 들고 순간이동 스킬을 사용했다. 군림자의 검으로부터 최대한 먼 거리로 이동하고 쉬지 않고 달렸다.

"형! 왜—"

"젠장, 유현아! 밖으로 나가려고 해 봐. 나갈 수 있겠어?"

 잠깐 멈칫하던 유현이가 고개를 저었다. 역시 안 된다. 그 직후, 등 뒤쪽에서 무시무시한 위압감이 폭발했다.

"…큭."

 순간 다리가 풀릴 뻔했다. 공포 저항 스킬 메시지가 눈앞에 떠오른다. 유현이의 몸 또한 뻣뻣하게 굳어졌다. 이를 악물고 다시 순간이동했다. 겨우 호수였던 구덩이를 빠져나가자마자.

 쿠구구궁!

 땅이, 온 사방이 흔들렸다. 결국 더 버티지 못하고 동생을 끌어안은 채 자리에 주저앉았다. 출혈 때문만이 아닌 창백하게 질린 유현이의 얼굴이 보였다. 고집스럽게 몸을 움직이려 하지만 등급의 차이는 어쩔 수 없어 내 팔을 잡아 오는 것이 고작이었다.

"…형, 이거……."

 짧은 헐떡임 속의 목소리가 가늘다. 왜 이 상황을 예상하지 못했을까.

자책감이 들었지만 억지로 밀어냈다. 후회나 하고 앉아 있을 때가 아니다. 어떻게든 방법을 찾아야 한다. 말이 통할까. L급쯤 되면 단순한 괴물은 아니겠지.

주먹을 꽉 쥐었다. 변형한 손톱이 손바닥을 파고드는 고통에 공포 저항으로도 다 몰아낼 수 없었던 위압감이 조금 옅어졌다. 크게 숨을 몰아쉬며 뒤를 돌아보려는 그때.

| 어린 혼돈을 소환하시겠습니까?

메시지창이 떴다. 물어볼 필요 있냐, 당연히 예스다! 메시지창에 대답하고 고개를 돌렸다. 그렇잖아도 넓던 구덩이가, 끝이 보이지 않을 만큼 커졌다. 바다 쪽을 향해. 아니, 아예 바다와 연결되어 버렸는지 물이 차오른다.

그곳에 거대한 검은 형체가 있었다. 반사적으로 동생을 더욱 강하게 품에 안았다. 치이이익! 바닷물이 검은 형체 주변에서 끊임없이 증발하고 차오르고 증발했다. 열기와 수증기가 뒤섞여 아지랑이처럼 흐리게 보이는 그것을, 제대로 직시하기 힘들었다.

심장이 거칠게 뛰고 전신에 소름이 달렸다. 고개를 돌려 바라본다는, 아주 잠깐의 그 시간이 영겁처럼 길게 느껴졌다. 새벽의 빛이 마치 몰락하는 황혼처럼 비쳤다. 감히 상대할 엄두조차 나지 않았다. 품 안의 온기가 없더라면 모든 것을 포기한 채 마지막을 기다렸을 것이다.

하지만 억지로 막힌 숨을 토해 냈다.

"조금만, 참아. 유현아."

괜찮아. 괜찮을 거다. 어떻게든 정신을 차리려는 그때.

키이이잉—!

날카로운 소리가 귀를 찢을 듯 울려 퍼졌다. 본능을 이기지 못하고 눈을 감았다. 천지가 다시금 떨리고 무시무시한 포효가 이어졌다. 괴성이 끝나고, 돌연 주위가 잠잠해졌다. 전신을 억누르던 위압감 또한 조금 옅어졌다.

동생을 온몸으로 감추려 애쓰면서 간신히 가늘게 눈을 떴다. 흐린 시야 속으로 누군가의 뒷모습이 들어왔다. 익숙한 로브. 하지만 헐렁하지 않고 몸에 딱 맞았다. 하나로 묶인 검은색 긴 머리카락이 세찬 바람에 흔들린다.

"오랜만이야, 도마뱀."

그가 가볍게 인사를 건넸다. 용이 재차 사납게 으르렁거렸다.

2장 선생님이십니다

## 2장
## 선생님이십니다

 어린 혼돈. 지금의 모습으로는 어울리지 않는 호칭이었지만 그가 새하얀 검을 손에 쥐었다. 검은 용이 몸을 웅크리는 것이 어렴풋이 보였다. 훤칠하게 큰 키에 너른 어깨와 등을 지닌 혼돈이었지만 용에 비하면 작디작은 뒷모습이었다. 미미하다 못해 가냘프다 해도 좋을 정도로. 그럼에도 밀린다는 생각은 조금도 들지 않았다.
 오히려 그 반대다. 흑룡이 가진 위압감이 보이지 않는 막에 막히다 못해 뒷걸음질 치는 듯했다. 산책이라도 나온 듯 가볍게 선 자세에 일말의 긴장도 없다.
 "…유현아."
 동생을 감싸고 있던 몸을 옆으로 틀었다. 유현이가 눈앞의 광경을 볼 수 있게끔.
 "잘 봐 둬."
 "…형."

"보기 힘들다면 정신 똑바로 차리고 몸으로라도 느껴 둬. 아무런 제약을 가지지 않은, 세상 밖의 존재의 힘을."

나와는 다르게 유현이는 언젠가 다다를 수 있는 곳이다. 아직은 멀고 먼 그 힘을 단순히 경험해 보는 정도만으로도 도움이 될 것이다. 실질적인 능력이든 정신적인 마음가짐이든. 겁을 먹고 위축되어 버릴 수도 있겠지만 내 동생은 그렇게 약하지 않다. 설사 움츠러든다고 해도 내가 다시 일으켜 세워 주면 된다. 언제든지 몇 번이든지.

유현이가 내게 의지해 비스듬히 기대 있던 상체를 일으켜 세웠다. 안색도 거의 평소대로 돌아왔다. 나와는 달리 공포 저항도 없는데, 대견하다.

"형은, 괜찮아?"

"그럴 리가 있겠냐."

좀 나아졌다 해도 여전히 목이 조여 오는 기분이다. 무엇보다도 자칫 또다시, 동생을 잃을 수도 있다는 사실에 등이 축축하게 젖었다. 그저 겁먹고 포기하면 그걸로 끝이니까 버티는 것뿐이다.

— 크르르르르.

위협적인 목울림 소리가 새어 나오고 용의 입이 벌어졌다. 무심코 다시 유현이를 부둥켜안았다. 이빨은 물론 혓바닥까지 시꺼먼 너머, 무저갱 같은 목구멍이 드러났다.

그 속에서 광풍이 일고 뭉치고 얽히다가— 단숨에 토해졌다.

콰과과과—!

가득 들어찼던 호수 물이 일순 증발했다. 수증기조차 생겨나지 못한 채 완전히 사라진다. 직접적인 힘이 닿아 오지 않았음에도 전신이 떨렸다. 우리로선 잠시 잠깐도 버티지 못할 공격이었다.

그러나 앞을 막아선 남자에게는 아무런 영향도 미치지 못했다.

스르륵. 닿는 모든 것이 녹아내리는 용의 숨결 앞에서 흰 검을 든 손이 움직였다. 늘어진 소맷자락이 젖혀졌다. 새끼 고양이에게 강아지풀을 흔들 듯 가벼운 검로가 흉포한 기세의 열기와 맞부딪친다.

구구궁—

사방의 공기가 수천 개의 북이 된 것처럼 묵직하게 울렸다. 숨이 콱 막혔다. 귀를 막고 두 눈도 감아 버리고 싶은 충동을 억누르며 앞을 바라보았다.

저것을 단순한 마력의 움직임이라 감히 말할 수 있을까. 까마득히 덮쳐 오는 파도를 막아 내는 방파제라 생각했던 하얀 칼이 어느 순간 거대한 산이 되어 그대로 쏟아져 내렸다. 단 한 번의 휘두름이 엉망으로 녹아내린 대지를 휩쓸며 단단하게 굳혀 버린다.

팔의 움직임을 따라 소맷자락이 다시금 손등에 닿을 듯 흘러내리고, 새하얀 칼날이 빙그르 맴을 돌았다. 희미한 빛이 칼날 위를 데구르 구른다.

"그때는 꽤 애먹었었는데."

혼돈이 춤을 추듯 가볍게 걸음을 떼며 말했다.

"나도 어릴 적이었으니. 천지가 끓어오르는 땅이라 덥기도 더웠고."

하지만 지금은. 보이지는 않았지만 분명 웃고 있을 목소리로 그가 말을 이었다.

"정말로 한낱 도마뱀 같구나."

혼돈의 모습이 사라졌다. 스킬을 쓴 것 같지는 않았다. 내 눈이 그의 움직임을 따라가질 못했다. 갈피를 잡지 못하고 흔들리던 시야에 검은 물체가 들어왔다. 태양에 닿을 듯 높게 치솟아 오른 거대한 머리통이 그대로 쿵! 땅에 처박힌다. 꺾어진 외뿔이 그 서슬에 튕겨 나가 바닥에 깊게 들이꽂혔다.

용의 머리가 단숨에 잘려 나간 것이었다.

그리고도 용의 몸은 움직이고 있었다. 마지막 발악을 하듯 넓게 날개가 펼쳐지자 무시무시한 광풍이 여기까지 몰아닥쳤다.

"윽!"

급히 유현이를 감싸며 실드를 쳤지만 낙엽 한 장 들이민 수준이었다. 실드가 산산조각 나자마자 유현이가 예장을 넓게 펼치며 되레 나를 보호해 주었다. 방어력이 중첩 상승 한 채인 예장도 단순한 바람을 버티지 못했다. 크게 얻어맞은 듯 둘이 엉켜 주르륵 밀려나고 얼른 동생에게 치유 스킬을 써 주었다.

"으… 유현이 너 괜찮—"

콰르르릉!

쓰러진 몸을 추스르기도 전에 또다시 땅이 흔들렸다. 만 번의 벼락이 동시에 내리치는 듯 하늘이 요란하게 번쩍이다가 검게 물들어 간다. 조금 전 해가 떠올랐던 하늘이 끝도 없이 어두워졌다. 공기는 탄내와 피 냄새로 축축이 젖었다. 폭탄이 터져 나가는 전쟁터 한가운데에 떨어진 비무장 민간인이 된 기분이었다.

여파를 버티는 게 고작인 힘의 소용돌이 속에서, 동생이 나를 부축하며 일어섰다. 잦아들지 않은 바람에 예장의 자락이 나부꼈다. 피투성이에 흙투성이에 머리카락도 엉망으로 헝클어지고. 난민이라 해도 과언이 아닌 꼴이었지만 유현이는 어느새 평소와 다름없는 얼굴을 하고 있었다.

차분해진 눈으로 치솟고 녹아내린 땅의 너머를 바라본다. 입술을 살짝 깨물었다가 입을 열었다.

"역시 무서워."

"유현아."

"저걸 상대로는 형을 지키지 못하겠지."

냉정하게 판단하면서도 체념한 목소리는 아니었다. 지금의 자신이 얼마나 미약한지 잘 알고 있었지만, 그럼에도 동생은 끝까지 내 앞을 막아설 거라는 생각이 들었다.

"…혹시라도 네가 모자라단 생각은 하지 마라. 세월이 달라, 세월이. 넌 충분히 강하고 저들에게도 닿을 수 있어. 언젠가는."

유현이가 작게 고개를 끄덕였다. 말은 그렇게 했지만 솔직히 막막하기는 했다. 유현이보다는 내가 말이다. 채터박스가 원래의 힘을 고스란히 지닌 채 쳐들어오지는 못하겠지만, 젠장. 라이트미니멈과 헤비도 양반이라 말할 체급 차이로 복수라니, 양심이 없다.

쿠르릉!

또다시 땅이 크게 흔들리고 하늘이 무너질 듯 회오리쳤다. 평범한 지진 같은 게 아니라 공간 자체가 뒤흔들려 둘 다 다시 자리에 주저앉았다. 피부가 따끔할 정도의 진득한 살의가 확 퍼져 나가더니.

일순 고요해졌다.

하늘 또한 씻어 낸 것처럼 맑아지고 저 멀리서 물 흐르는 소리가 경쾌하게 들려오기 시작했다. 사방에서 짓눌러 오던 위압감과 천지를 뒤흔들던 마력의 움직임 또한 깨끗이 사라졌다.

이거, 끝난 건가. 제대로 쉬기 힘들었던 숨을 크게 토해 내는데 다가오는 기척이 느껴졌다. 높게 솟은 땅을 누군가가 가볍게 뛰어넘어 우리에게 다가왔다. 당연히 어린 혼돈이겠거니 했는데.

"어?"

어린애였다. 조금 전의 모습은 온데간데없이 처음 봤을 때처럼 헐렁한 로브 자락을 끌고 있다. 여전히 어릴 적의 유현이를 빼닮은 얼굴이었다.

"…저 사람."

어린 혼돈을 본 유현이가 내게로 시선을 돌렸다.

"형은 내 어릴 적 모습 정말 좋아하는구나."

당연히 내 영향으로 저 모습이겠지, 하는 투로 유현이가 말했다.

"아니, 그게."

좋아하기는 한다만… 솔직히 귀여운 건 사실이잖아. 안 좋아하는 게 더 이상한 거 아닌가. 그사이 어린 혼돈이 빠른 걸음으로 바로 앞까지 다가왔다. 일단 감사인사부터 해야 하나 입을 열려는데.

"악!"

조그만 손이 대뜸 내 귀를 잡아당겼다. 그러곤 강하게 틀었다.

"형!"

"아파! 아파요! 좀 놓, 아악!"

그냥 귀를 비틀었을 뿐인데도 눈물 나게 아팠다. 반사적으로 혼돈의 팔을 붙들어 떼어 내려 했지만 꿈쩍도 하지 않는다. 무슨 쇠뭉치 같다. 유현이가 당황하며 나를 구하려 손을 뻗었다. 하지만 닿기도 전에 하얀 칼이 칼집째 툭, 유현이의 손을 쳐 냈다.

어린 혼돈이 찌푸린 눈으로 나를 쳐다보며 말했다.

"목숨 아까운 줄 모르지."

"그건, 악!"

"형! 읔!"

유현이가 자꾸 끼어들자 흰 칼집이 이번에는 동생의 옆구리를 콱 찔렀다. 겉보기엔 명도 들지 않았을 듯한 가벼운 공격임에도 유현이는 그대로 몸을 웅크리며 주저앉아 버렸다.

"남의 동생은, 으윽, 왜 때려! 악, 아프다고!"

"동생 챙기는 놈이 스킬은 잘 알지도 못한 채 막 쓰고."

"아니, 윽, 잠까……!"

진짜 아파, 진짜! 정말로 눈물이 다 새어 나왔다. 스킬을 써 보려고 해도 무슨 짓을 했는지 마력이 움직이질 않았다. 상대의 키가 작다 보니 엉거주춤 자세가 굽혀진 채로 버둥거리는 것 외엔 할 수 있는 일이 없었다.

"…혀, 형!"

마비라도 된 듯 꼼짝 못 한 채 고개만 겨우 든 유현이가 어쩔 줄 몰라 하며 울상을 지었다. 동생이 날 놓아 달라고 소리쳤지만 어린 혼돈은 들은 척도 하질 않았다.

"저게 내 검이 아니었다면 들어오지도 못했다."

"으흑, 잘못했, 흑, 제가, 악! 아, 아!"

"이래 봐야 안 쓸 놈이 아니니, 수상한 이력이 있는 물건은 무조건 빼놔."

"알겠, 알겠어요!"

 잘못했다고 몇 번 더 빌고 나서야 겨우 귀가 놓였다. 얼얼한 귀를 감싸며 풀썩 쓰러지자 유현이가 나를 감싸며 어린 혼돈을 노려보았다.

"괜찮아? 많이 아파?"

"괜찮, 아. 으… 아니, 대체 귀를 어떻게 비틀면 칼 맞은 것보다 더 아픕니까?"

 웬만큼 아픈 건 잘 참는 편인데 진짜 장난이 아니었다. 목숨이 위험하겠다 싶은 그런 고통과는 또 달랐다. 아프다는 사실을 머릿속에 억지로 밀어 넣어지는 기분이었다. 고작 귀를 비틀 뿐이지만 넌 아주 많이 아파야 해, 라고 최면에라도 걸린 듯하다고 할까.

"…어쨌든 감사합니다. 도와주셔서."

 눈물을 대충 닦아 내고 말했다. 잔뜩 골이 난 유현이도 달랬다.

"네 검 주신 분이야. 덤비면 안 돼. 방금도 우리 구해 주셨잖아."

 덤벼 봐야 지금은 쪽도 못 쓴단다. 떨어져 나갈 듯 아프던 귀는 금세 멀쩡해졌다. 자리에서 일어나며 유현이와 닮은 소년을 바라보았다.

"아까는 어른이더니 왜 또 그 모습입니까."

"일종의 저주야."

"그래도 굳이 제 동생 모습을 할 건 없잖아요. 여긴 현실도 아닌데."

 내 말에 어린 혼돈이 눈썹을 치켜들었다.

"지금은 내 모습이다."

"…예?"

"정신계 스킬을 쓴 네 녀석이 선입견을 가진 탓이야. 제대로 봐라."

그 말대로 어린 혼돈은 내 동생 모습이 아니다, 염불을 외며 눈을 감았다 떴다. 음… 그래도 비슷한데. 붉은색 눈은 원래 그랬고 머리칼의 곱슬기는 적어졌다. 얼굴선도 좀 다른 듯하고 키는 약간 더 작은가? 어른 모습일 땐 유현이보다 더 큰 거 같았는데.

"여전히 비슷하긴 하네요. 혹시 제 동생 닮으신 겁니까?"

"네 동생이 나를 닮은 거지."

그러면서 유현이를 쳐다보았다.

"내가 더 잘생겼지만."

뭐라시냐. 유현이를 잠시간 살펴보던 혼돈이 고개를 갸웃 기울였다. 여전히 유현이와 비슷하다 보니 귀엽긴 귀여웠다.

"이거 신기하네."

"뭐가—"

혼돈의 모습이 사라졌다. 거의 동시에 유현이의 신음성이 낮게 들려왔다. 급히 고개를 돌리자 소년의 손아귀가 유현이의 목을 잡아채 그대로 바닥에 엎어뜨리는 것이 보였다.

"무슨 짓이야!"

저 겉 어린 노인네가! 급한 대로 손만 수화해 덤벼들었다. 하지만 제대로 움직여 보기도 전에 로브에서 빼낸 허리끈이 찰싹, 내 손을 때렸다. 이번에도 악 소리 나게 아팠다. 본능적으로 움츠러드는 몸을 억지로 움직여 허리끈을 움켜쥐었다. 내리누른 유현이를 바라보던 혼돈이 나를 돌아보았다.

"요 어린것이."

어째서인지 웃고는 허리끈을 휙 내 손목에 감는다. 반항할 틈도 없이 두어 번 빠르게 허리끈을 움직이자 어느새 내 양 손목이 단단히 묶여 있었다. 뭐가 어떻게 된 건지 이해도 가질 않았다.

"네 형을 해칠 생각은 없다."

어린 혼돈이 유현이를 놓고 일어나며 나를 툭 밀쳤다. 균형을 잡지 못하고 주저앉아 버린 내게 얌전히 있으라 말하곤 다시 유현이에게 시선을 돌린다. 유현이 또한 일어나 혼돈을 마주 보았다. 동생의 목에 손자국이 선명하게 남아 있었다.

"역시."

짧게 말한 소년이 움직였다. 여전히 따라잡기 힘든 움직임으로 칼집째 칼을 휘두른다. 유현이의 팔이 아슬아슬하게 가슴을 노리는 칼을 막았지만.

퍼억!

"유현아!"

방어가 무색하게 유현이의 몸이 그대로 붕 떠 뒤로 십여 미터쯤 날아가 땅에 처박혔다.

"야! 멈춰!"

망할 늙은이가 남의 애를 잡으려고! 일어나지도 않은 채 허둥지둥 순간이동 스킬을 썼다. 유현이 옆으로 이동하자마자 혼돈의 발길질이 날아들었다. 공격한다기보단 밀쳐 내는 수준이었지만, 아니 어떻게 순간이동보다 더 빨리 움직이냐.

바닥을 데굴 구르는데 스르릉, 섬뜩한 소리가 귀에 꽂혔다. 칼 뽑았어. 미친, 뭐, 뭘 하려고!

"미친놈아! 내 동생 잘못되면 나도 죽어!"

"말버릇 봐라."

쯧, 혀를 차는 소리와 함께 내 손목을 묶은 허리끈이 깔끔히 잘려 나갔다. 얼른 몸을 일으키자 유현이가 앉아 있는 게 보였다. 큰 부상은 없었지만 목덜미에 붉은 선이 그어져 있다. 칼날이 스친 흔적이었다. 얼른 동생에게 가 앞을 막아섰다.

"말로 해요, 말로! 뭐가 문젭니까!"

"문제라기보다는."

어린 혼돈이 칼을 허리에 차며 나를 올려다보았다.

"사람이 아닌 걸 어떻게 사람 노릇 하게 만들어 놓았지."

"…네?"

"네 동생 말이다."

…인상이 절로 확 찌푸려졌다. 이젠 남의 귀한 동생을 아예 사람 취급도 안 하네.

"무… 슨 말씀이신지요."

억지로 공손하게 물었다. 몇 안 되는 우리 편이라 할 수 있는 초월자다. 아직 확실하게 믿음이 가는 건 아니지만 검도 주고 내 몸 상태도 살펴봐 줬다. 다른 초월자들이 시스템 휘두르고 다니는 거 안 좋게 생각하는 듯도 하고.

그러니 잘 보이려고 노력은 해야지. 비록 방금 전에 욕하긴 했지만.

"설명하려면 길어."

"길면 좋지요. 포인트도 드릴 수 있습니다."

바깥에 있는 놈들에 비해 우리가 가진 정보는 극히 적었다. 알아낼 수 있는 거라면 부스러기 한 조각이라도 긁어모아야 할 판이었다.

어린 혼돈이 눈썹을 약간 모았다가 한쪽 발로 바닥을 툭, 가볍게 굴렸다. 그러자 땅의 일부가 불쑥 솟아 올라온다. 커다란 바위처럼 솟아난 땅에 올라앉은 혼돈이 느릿이 입을 열었다.

"원맥자에 대해 말해 줬던가."

"오래 살고 강하긴 하지만 일반인보다 한계를 넘기 더 힘들다고 하셨죠."

"근원의 존재에 대해서는 알고 있지?"

"네."

"이런저런 의견은 분분하다만 우리가 사는 세계들을 만들어 낸 존재라는 것만큼은 확실해. 말하자면 세상 모든 존재에는 근원의 힘이 조금씩은 들어가 있다는 뜻이다. 그렇다고 해도 보통은 아주 미미하지만."

어린 혼돈이 손끝으로 자신이 걸터앉은 땅덩어리를 두드렸다.

"여기에 섞인 흙 알갱이 하나쯤 되려나."

"거의 없네요."

"근원은 자신의 힘을 흙 알갱이처럼 미세하게 나누어 흩뿌리고 그 흙 알갱이가 바위만 해지면 수확한다, 라는 설이 대세지. 다른 의견도 조금은 있긴 있고."

방목 사육 같은 건가. 문득 성현제가 떠올랐다. 그는 수확보다는 사육 그 자체에 더 관심이 있어 보였지만. 반면에 근원은 방치에 가까울 거고. 어찌 보면 정반대라 할 수 있을 것이다.

"하지만 극히 드물게 근원의 힘을 다른 존재들에 비해 많이 가지고 태어나는 경우가 있다. 근원의 맥에 가까운 사람, 원맥자들이지."

반사적으로 유현이를 돌아보았다. 그새 일어나 나를 지키듯 옆에 붙어 선 동생이 마주 봐 온다.

"많이라면 저 흙덩이 절반쯤 됩니까?"

"흙 알갱이 서넛쯤."

"…예? 그게 많아요?"

"보통 사람의 서너 배다. 당연히 많지."

사람 둘이 팔을 벌려도 다 감싸지 못할 흙덩어리의 알갱이인데 많다니. 티나 나겠냐 싶어 하는 내 표정에 어린 혼돈이 귀찮아 죽겠다는 얼굴을 했다.

"이런 건 내 담당이 아니건만. 지성체가 존재할 수 있게끔 만들어 주는 근원적인 힘이야. 너희 동네식으로 비유하자면… 최초의 세포쯤 되겠지. 혹은 수정란이나. 그것보다 더욱 근본적인 시작점이지만 대충 그렇게 이해해라."

그러니까 씨앗 같은 거라는 뜻인가. 태생 S급은 나무 씨앗이고 F급은 풀씨고. 하지만 진짜 씨앗과 달리 정해진 한계를 벗어날 순 있어서 풀이 거목만큼 자랄 수도 있는 뭐 그런 것일까.

"그리고 알갱이 하나는 어디까지나 일반인을 두고 하는 말이다. 원맥자는 달라."

혼돈이 늘어뜨리고 있던 한쪽 발을 옆으로 옮겨 가볍게 건드리듯 흙덩어리를 쳤다. 흙덩어리의 가운데가 쩌저적 갈라지며 두 동강이 났다.

"실질적인 양은 알갱이 서넛이지만 비율은 네가 말한 대로지."

"…절반이요?"

"최소 절반 이상. 이미 타인의 몇 배나 되는 존재력을 지녔으니 굳이 불순물을 덕지덕지 붙일 필요가 없기 때문이야. 그래서 원맥자는 자신이 가진 힘의 성질에 크게 영향을 받곤 하지. 또한 한 가지 주요 성질을 가지고 그 힘을 자유롭게 사용하고."

유현이는 불이고 성현제는 전기였다. 리에트는 뭔지 잘 모르겠지만. 절단력 같은 걸까. 인어여왕도 원맥자 출신이라면 그녀는 물이었겠지. 신입은 뭐지.

"스킬로 치면 일반인은 불의 창, 불의 검, 화살, 방패 이런 식이라면 네 동생은 그냥 불일 거다."

정확히는 흑염이지만 혼돈의 말대로 불 그 자체를 다루었다. 반면에 예림이는 인어여왕의 힘을 얻기 전에는 얼음화살을 쏘아 내는 창백한 비와 얼음안개를 만들어 내는 차가운 탄식이라는 특정한 형태가 정해진 속성 능력만 가지고 있었다.

"그렇다 해도 원맥자는 사람이야. 여느 동종에 비해 자신이 지닌 힘의 성질의 영향을 크게 받아 비인간적인 면모를 다수 보이긴 해도 일단은 사람이고, 굳이 나눈다면 원맥자라는 종족이라 할 수 있겠지."

"그럼 제 동생은요?"

"9할 이상."

흙덩어리에서 내려선 어린 혼돈이 오른손을 가볍게 휘저었다. 늘어진 소맷자락이 흔들리며 일어난 바람에 두 개로 나뉜 흙덩어리들이 죄다 날아가 버리고 주먹보다 조금 더 큰 조각만이 남았다.

"네 동생의 사람으로서의 부분은 이 정도다. 이것보다 더 적을 수도 있고."

"예? 그게 무슨……."

"가끔 있어. 근원의 힘이 영향력을 과도하게 나타내 원맥자가 아닌 원맥일 뿐인 녀석이. 네 동생으로 치자면 불 그 자체다. 사람 껍데기를 뒤집어쓰고 있지만 사람 같은 짓은 하지 못해. 머리는 좋을 테니 살아남기 위해 사람인 척까지는 할지도 모르겠다만, 감정은 없겠지."

"…감정이 무딘 사람은 원래 있는데요. 사이코패스 같은 것도 있고. 아, 정령도 있잖습니까. 정령도 속성 그 자체라고 하던데."

"허튼소리 말고. 그리고 정령은 여느 종족 중 하나일 뿐 불 그 자체까지는 아니야. 오히려 그 녀석들은 감정이 풍부한 편이지."

이린을 보면 그렇긴 했다. 물의 정령들도 시끌시끌했었지.

"하지만 네 동생은 그 성질 그대로 움직이는 것 외엔 관심이 없을 거다. 불이라면 모든 것을 태울 뿐이지. 그러니 싸우는 건 좋아할 테고."

반박하고 싶었지만 나도 유현이가 주위 다른 사람들에게 별다른 관심이 없다는 건 느끼고 있었다. 하지만 내 앞에서는 평범한 동생이었으니까. 나와 같이 있을 땐 뭘 하든 즐거워하고 잘 웃고 운 적도 있고 화낸 적도 있고 투정도 부리고.

그래서 유현이가 각성하기 전까지는 그냥 낯가림이 심하구나 정도로만 생각했다. 친구를 잘 못 사귀는 건 걱정했지만 형이랑 같이 있는 게 더 좋아, 하며 웃는 동생을 어떻게 무감정하다 느낄 수 있을까. 그 반대면 모를까.

"…애가 너무 착하고 순해서요, 키우면서도 걱정 많이 했거든요. 각성한 직후에는 진짜 미칠 거 같았고요. 저한테는 정말로."

"그러니까 신기하다는 거야."

혼돈이 성큼 다가왔다. 반사적으로 유현이 앞을 막아섰다. 설마 또 손대려고!

"말로 해요, 말로!"

"내가 지금 제 팔을 잘라 버린다 해도 저놈은 원망은커녕 날 아무렇지도 않게 느끼겠지. 이성적으로 벗어날 방법을 찾을 뿐, 감정적으로 대해 오진 않을 거다. 반면에 이렇게."

작은 손아귀가 내 손목을 덥석 붙잡았다. 동생이 흠칫 긴장하는 것이 느껴졌다.

"노려보는 것 좀 봐라. 저놈은 널 통해서만 반응을 보여."

유현이가 나를 등 뒤에서 끌어안았다. 이를 바득 가는 소리가 들려왔다. 상대가 되지 않는다는 사실을 잘 알고 있음에도 여차하면 당장에라도 덤벼들 기세다. 붉은 눈이 재미있다는 듯 살짝 가늘어졌다.

"네가 관련되지 않은 일이나 사람에게 감정적인 반응을 보인 적이 있었냐. 싸움박질 말고."

"그……."

음……. 유현이를 슬쩍 돌아보았다. 표정을 딱딱하게 굳히고 있던 동생이 내 시선을 느끼곤 마주 봐 왔다. 걱정이 가득한 눈빛이었다. 저렇게나 감정이 뚜렷한데.

"…없지?"

"없어."

당연하다는 듯 동생이 대답했다.

"저 녀석의 모든 감정 앞에는 네가 들어간다고 생각하면 될 거다. 어떻게 그럴 수 있었는지는 나도 모르겠지만."

너는 아냐는 눈빛에 고개를 저었다. 아니, 난 그냥 동생 열심히 키운 것뿐인데. 유현이가 갓난아기 때야 잘 기억도 나지 않고 대여섯 살쯤에는 곧잘 반응도 보였다. 어린애치곤 너무 차분하긴 했지만 갈수록 다양한 감정을 나타냈었고.

"…그래도 제가 돌봐서 변하긴 했으니까 앞으로 여러 사람들과 잘 지내다 보면 저 말고 다른 사람에게도 직접적인 감정을 나타낼 수 있지 않을까요."

"글쎄다, 가능성은 있겠지만 지금 저 녀석이 20년쯤 살았나. 그럼 최소 10년은 걸리겠지."

"난 형만 있으면 돼."

"최소 백 년."

어린 혼돈이 말을 바꾸었다.

"아니, 왜 두 배도 아니고 열 배로 늘어나는 겁니까?"

"당사자한테 의지가 없잖아, 의지가."

10년이면 할 만한데 백 년은 너무했다. 그것도 최소잖아. 어린 혼돈이 나를 올려다보다가 몸을 휙 돌렸다.

"애초에 지금 저런 상태도 난생처음 본다. 들은 적도 없고. 단순히 변한 게 아니라 없는 걸 만들어 낸 수준이야."

앞서 걸어가는 소년을 쫓아갔다. 유현이도 내게 바싹 붙어 따라왔다.

"혹시 그것 때문에 뭔가 문제가 생길 수도 있을까요? 본성과 다른 모습이잖아요."

"처음 보는데 어떻게 알아."

"세상 경험은 많으실 거 아닙니까. 만약 저 때문에 동생에게 안 좋은 영향이 갔다거나, 그런다면— 윽!"

정강이를 걷어차였다. 유현이가 비틀거리는 나를 부축하며 혼돈을 노려보았다.

"형에게 손대지 마… 십시오."

"쓸데없는 걱정이나 사서 하고. 동생이 사람 된 게 싫으냐."

"아니, 그건, 아니지만요."

"그럼 뭐가 문제야."

어린 혼돈이 다시 걸음을 옮겨 갔다. 저 어르신 진짜 아프게도 때리네.

"그래도 걱정은 된다고요! 유현이는 괜찮다고 해도, 그래도. 저흰 잘 모르니까요."

"나도 몰라. 모른다만 경험에 기대고 싶다 하니 대답하자면, 사람 사는 것에 잘못된 길은 없다."

로브 자락이 흔들리며 작은 몸이 중력에서 벗어난 듯 가볍게 높게 솟은 절벽 위로 올라선다.

"네? 아니, 잘못 사는 사람들 많은데요."

혼돈의 뒤를 따라 절벽 위로 올라갔다. 그 아래로 내리비치는 광경에 일순 말문을 잃었다. 바다였다. 호수는 사라지고 멀리 떨어져 있던 바다가 그 자리를 대신 차지하고 있었다.

넘실거리는 물결 위로 검은 덩어리가 솟아나 있다. 머리도 날개도 꼬리도 잘려 나가고 몸뚱이만 남은 흑룡이었다.

"사는 건 그냥 사는 거지. 뭘 기준으로 잘못되었다고 말할 거냐. 평탄하기도 하고 힘하기도 하고 빙글빙글 꼬이기도 하고 직선으로 쭉 나아가기도 하고, 제각각이어도 길은 길이야. 너도, 네 동생도."

"그냥 살아가기만 하면 된다는 겁니까."

"살기는 할 거고?"

…아니, 그렇게 말씀하시면. 죽을 생각은 없는데, 설마 내 몸 상태에 대해 유현이한테 말해 버리는 건 아니겠지.

"도덕적인 관점에서 본다면 남의 길 일부러 망치려 들지만 않아도 잘 사는 거고. 그 정도 수준이라도 전체로 치자면 1할도 안 돼. 종족 자체가 이상한 것들도 한둘이 아니라."

"되게 관대하시네요."

"그보다 저건 어쩔 테냐."

어린 혼돈이 파도를 맞고 있는 용의 머리를 가리켰다. 어쩌냐고 해도… 그때 용이 감고 있던 눈을 번쩍 떴다. 붉은 기 도는 시커먼 눈알이 우리를 향해 희번덕 움직인다. 공포 저항이 있어도 가슴이 섬뜩해져 유현이의 팔을 붙잡았다.

"저, 저거 살아 있어요?"

"죽이면 군림자의 검도 죽어. 지금 등급 이상으로 성장하지 못하겠지."

SS급이니 여전히 좋은 무기기는 하겠지만 그래도 아쉬웠다. 성장시킬 방법도 이미 준비되어 있으니 더더욱 포기할 수는 없지만.

"하지만 저놈이 순순히 나가려고 할까요? 이 스킬 여기 있는 사람들이 전부 동의하지 않으면 해제가 안 됩니다만."

"그게 문제라 물은 거야. 죽일까, 아니면 설득할 거냐."

"…설득이 가능하겠습니까."

"나는 못 해."

혼돈이 한쪽 손바닥을 들어 보였다. 저 흑룡을 잡아다 두들겨 검으로 만든 장본인이니 말을 들을 턱이 없겠지. 그럼 어쩐다. 죽이고 나가는 게 제일 편하긴 한데. 내 시선에 어린 혼돈의 허리춤에 차인 칼이 들어왔다.

"저기, 교환 안 될까요."

"응?"

"군림자의 검이랑 그거랑."

어린 혼돈이 어이없다는 듯 나를 쳐다보았다. 양심이 약간 따끔거렸지만 내 동생 검인데 이대로 물러날 순 없었다.

"아직 산 지 한 달도 채 안 지났는데 교환 가능한 기간 아닙니까. 겉은 멀쩡하잖아요. 수리 안 되면 교환이라도 해 주세요, 네? 품질보증 기간 같은 거 없어요? 솔직히 비싸기도 더럽게 비쌌는데 최소 2년 무상 A/S 해 줘야 하는 거 아닙니까."

"…말문이 막히는 것도 참 오랜만이다."

"로마에 가면 로마법을 따르라고, 저희 동네는 다 A/S 기간 길어요. 고가품이면 더 그렇고요. 추가금 더 낼 수 있는데 한 번만 해 주세요. 네? 부탁하겠습니다, 어르신."

"야, 이놈아. 내가 만든 검을 고작 그 포인트 가지고 살 수 있는 줄 아냐. 게다가 이 칼은 저놈이 다룰 능력도 못 돼."

…쳇. 역시 안 되나. 하는 수 없이 눈 부릅뜨고 있는 머리통으로 시선을 돌렸다.

"그럼 말이라도 걸어 보죠. 그건 도와주실 거죠?"

"A/S 해 줘야 한다며."

어린 혼돈이 조금 시큰둥하게 고개를 끄덕였다. 그리고 내게 물었다.

"흑룡의 심장은?"

"네? 어, 잘 가지고는 있습니다만."

"아직 안 넣은 모양이니 그걸로 설득해 볼 수 있을지도. 그런데 왜 안 넣은 거냐."

붉은 눈이 나와 유현이를 번갈아 바라보았다. 유현이가 무슨 소리냐는 듯 고개를 갸웃 기울였다. 아니, 말할 생각이었는데.

"그게, 제 몸 상태가 좀 안 좋았잖아요."

"죽으려고 발악하긴 했지."

"…형?"

"눈 안 보였던 거 말이야, 눈. 어르신이 과장되게 말씀하시는 거야. 지금은 시력도 많이 회복되었잖냐."

혼돈 님, 어르신, 제발! 다행히 혼돈은 더 말하지 않고 팔짱을 꼈다. 하지만 유현이는 여전히 미심쩍은 눈으로 나를 쳐다보았다.

"세성 길드장 도와줬던 거, 많이 무리한 거였어?"

"아냐. 물론 힘들지 않았던 건 아닌데, 그냥 과로지. 평범한 야근 같은 거."

검은 눈이 가늘어졌다. 붉은 눈도 가늘어졌다. 혼돈이 유현이와 닮았다 보니 동생이 둘이 되어 나를 탓하는 것만 같았다.

"사, 사람은 구해야 했으니까⋯⋯."

"세성 길드장이란 놈은 또 뭐냐."

"아, 그⋯⋯."

"형을 귀찮게 구는 인간입니다."

"네가 내버려둔 거 보면 그 녀석도 원맥자인 모양이지."

"네. 하지만 곧 해외로 나갑니다."

유현이가 거추장스러운 장애물을 처리한다는 듯 말했다. 뭔가 변명을 해야 할 거 같은데 내가 성현제를 감싸 줄 필요가 있나. 그래도 일단 말은 꺼냈다.

"도움은 되는 사람이에요. 저와는 일종의 동업자나 협력자 같은 거기도 하고요. 성격은 좀 문제가 있긴 한데 그래도 얼굴은, 아니 능력은 좋고요. 그리고⋯ 빵도 잘 만들더라고요."

외모 빼니 음식밖에 안 떠올랐다. 이래서 먹는 게 남는 거라고 하는 건가. 뜨개질도 쓸데없이 잘하긴 했지.

"⋯아무튼 뭐 괜⋯ 찮은 사람인데. 나쁘지는, 않죠."

성현제를 칭찬하려니까 송 실장님 얼굴이 눈앞에 어른거렸다. 송 실장님, 죄송합니다. 어린 혼돈이 그런 나를 묘한 눈으로 쳐다보았다.

"그 녀석과 만난 지 얼마나 되었냐."

"예? 한 넉 달쯤 됐을걸요. 가짜 세계 시간까지 더한다면."

"넉 달? 그런데 말하는 꼴이 영⋯ 네 녀석 정이 헤픈 거냐, 그놈이 원맥자답지 않은 거냐."

"형이 속아 넘어간 겁니다."

유현이가 나 대신 못마땅하게 대답하곤 말을 덧붙였다.

"아무나 쉽게 좋아하기도 하고요."

"아무나라니, 그런 적 없어. 내 주위에 사람이 몇이나 된다고 그러냐."

"형은 원래 그랬으니 어쩔 수 없지만 조심은 해. 심지어 내가 모르는 사이에도 자꾸 늘어나잖아. 저… 분은 또 언제 친해진 거야?"

좀 억울했다. 오히려 그 반대였는데. 낯선 사람이 접근해 오면 의심부터 깔고 간 세월이 5년이다. …그 와중에도 몇 번 넘어가긴 했으니 동생의 말도 아주 틀린 건 아니지만. 진짜 괜찮은 사람인 척, 이해해 주는 척 하면 어쩌겠냐고. 남의 약점 쑤셔 가며 속인 놈이 나쁜 거지.

"혼돈 선생님이랑은 딱 두 번밖에 안 만났어. 친하긴. 그리고 어르신, 저 성현제, 세성 길드장이랑 별로 안 친합니다. 그 인간 자기 입으로 친구 같은 거 한 명도 없댔거든요. 제가 봐도 평생 없을 거 같던데. 잠깐 친구 하기로 한 건 옛날 옛적에 유효기간 지났고요."

"그래, 그래. 만난 지 넉 달 된 원맥자더러 괜찮은 사람이라고 얼빠진 소리 하는 주제에 잘도 안 좋아하겠다. 타고나길 그 꼴인 거냐, 저놈 키우다가 그리된 거냐?"

어린 혼돈이 절벽 끝으로 다가가며 말을 이었다.

"본바탕은 평범한 수준의 인간인 듯한데 뭐 저런 게 다 있을까. 고작해야 30년 산 어린놈이."

"30살인 줄 어떻게 아셨어요? 신입이 말해 줬습니까?"

"보면 알아."

티가 나. 그거 말고도 내 몸 상태를 바로바로 알아차리긴 했지만. 뭐 해파리도 진단 내려 줬었지. 문득 어린 혼돈에 대해 궁금해졌다. 초월자라고 해도 다양한 듯하던데.

"저기요, 어르신이 신입 대하는 거 보면 꽤 높은? 아무튼 한가락 하시는 게 아닐까 싶던데요. 다른 초월자들에게도 요즘 것들이라 하셨고, 그러니 어르신은 훨씬 오래 사셨겠죠?"

"살 만큼 살았지."

 혼돈의 몸이 공중으로 가볍게 떴다. 절벽 아래로 뚝 떨어진 그의 발끝이 수면에 닿았다. 참방, 둥글게 파문이 일더니 바다가 순식간에 밀려 나간다. 마치 썰물을 촬영한 영상을 빠르게 재생하는 것만 같았다. 가득 차 있던 바닷물이 요란한 소리와 함께 빠져나가고 젖은 바닥과 동강 난 용의 몸뚱어리들이 드러났다.

 예림이처럼 물을 조종하는 것도 아닌 듯한데 대체 무슨 재주로 저런 광경을 만들어 내는지 코앞에서 보고도 모르겠다. 같은 초월자라고 해도 만약 무해의 왕 대신 어린 혼돈과 붙었다면 이기지 못했을 거라는 생각이 들었다. 설사 내 스탯이 더 높다고 해도 말이다.

 나도 따라 내려가려는데 유현이가 내 허리를 낚아챘다. 버들잎이 흩날리고 계단을 내려가듯 사뿐사뿐 물이 빠진 땅에 다다랐다.

"지금은 나 혼자서도 내려올 수 있다만."

"그래도 굳이 직접 움직일 필요 없어. 무엇보다도… 솔직히 말해 줘, 형. 지금 이 정신계 스킬도 형에게 부담 가는 거 아니야?"

 유현이가 걱정과 의심이 섞인 눈으로 물었다.

"진짜 솔직하게 말해서 예전이라면 부담 갔을 거야. 스킬을 쓰면 마나가 소모되는데 내 마나통이 템빨 받아 봤자 작잖냐. 의식 없는 상태로는 마나 포션도 못 먹고. 근데 지금은 은혜 덕분에 괜찮아."

 성현제 때와는 달리 마나가 부족한 느낌은 전혀 없다. 여봐란듯이 혼돈을 돌아보며 말했다.

"그렇죠? 어르신."

"나와 저 도마뱀 놈만 없었다면 말이야."

"예?"

"하루쯤 앓아누울 거다."

말은 하루 앓고 만다는 식으로 했지만, 나를 향하는 붉은 눈이 엄했다. 유현이 앞이라고 줄여 말해 준 거구나 싶었다. 그것만으로도 동생은 충분히 당황했다.

"형……!"

"어쩌겠냐, 이미 벌어진 일인걸. 다음부턴 어르신 말대로 조심하면 돼."

유현이를 다독이는 사이 혼돈이 흑룡의 잘린 머리통 쪽으로 다가갔다. 닫혀 있던 용의 주둥이가 벌어지며 날카로운 이빨이 좌라락 드러났다. 기둥처럼 거대한 송곳니 사이로 으르렁거림이 새어 나온다.

"시끄러워."

혼돈이 돌멩이를 발로 찼다. 날아간 돌멩이가 용의 콧등에 부딪치고 벌어졌던 주둥이가 망치로 내려치기라도 한 듯 꽉 다물려졌다.

"…어르신이 무해의 왕보단 강하죠?"

"내가 제일 강해."

"…네?"

어, 그러니까.

"그, 초월자들 중에서요? 제일이요? 혹시 초승달보다 말입니까?"

"그래."

그가 당연한 사실을 말하듯 덤덤하게 대답했다. 믿어도 되는지 모르겠네. 보통이 아닌 건 확실한데, 그래도 제일 강하다니. 흑룡을 힐끔거리며 혼돈에게로 다가갔다.

"저기요, 어르신. 그럼 저희 좀 도와주세요. 제발요. 초월자들이 쓸데없이 간섭만 안 해도 알아서 잘 살아남을 자신 있거든요. 만족하실 만한 대가를 지불할 능력은 없지만 뭐든 원하시는 대로 다 해 드릴게요. 가여운 애들 적선해 준다 생각하시고—"

"형! 뭐든지라니! 차라리 내가 대신할게!"

"뭐? 대신하긴 뭘 대신해!"

"…두 놈 다 입 다물어."

어린 혼돈이 눈가를 찌푸리며 말했다. 호통도 아닌 나직한 목소리였음에도 유현이도 나도 꼼짝 못 하고 입을 딱 다물었다. 감히 반항할 엄두가 나질 않았다.

"나는 먼저 덤비는 놈 아니면 공격 못 한다. 게다가 지금 내가 끼어들면 더 난장판이나 되겠지."

크게 기대한 건 아니지만 역시 안 되는구나. 하긴 아무리 강해도 혼자서 다른 초월자들을 모두 상대할 순 없을 것이다.

"당장은 걱정할 필요도 없어."

혼돈이 혀를 쯧 차며 말했다.

"두 무리가 협상을 끝내면 어느 쪽이든 이 세계에 직접적인 개입은 하지 못할 거다. 간접적인 수작질이야 해 대겠지만, 흠."

겉모습은 열두엇 소년이면서 나이 든 티 팍팍 나는 태도로 느슨히 팔짱을 끼며 어린 혼돈이 흑룡의 머리를 돌아보았다.

"우선은 이놈 마저 처리하고."

흑룡이 분한 듯 낮게 그르렁거렸다. 어떻게 설득한다지. 일단 통성명부터 해 볼까.

"안녕하세요, 흑룡 씨. 저는 한유진이라고 합니다. 이쪽은 제 동생인 한유현이고요."

바늘처럼 가는 새빨간 동공이 나를 향해 움직였다. 마치 검은 암벽 사이로 스며 나오는 끓은 용암 같았다.

"충분히 오래 사시긴 했겠지만 그래도 여기서 죽는 것보단 사는 게 더 낫지 않을까요. 제 동생 무기도 아끼는 편이에요. 관리도 잘해 드릴 수 있고 가능한 한 편의도 봐드리겠습니다. 인벤토리 갑갑하실 텐데 꺼내 놓고 다니라고 할까요? 무선 이어폰 달아서 음악이나 오디오북 같은 거 틀어 드릴 수도 있어요."

요즘 선 없는 것도 음질 깔끔하다던데.

- 사는 게 더 낫다고?

잔뜩 긁혀서 걸걸한 목소리가 흘러나왔다. 열기가 훅, 뜨겁게 닿아 왔다.

- 내 몸뚱이로 만든 검 속에 갇혀서 의식만 간신히 이어지는 걸 산다고 말하는 거냐.

"어… 그건 저도 할 말이 없네요. 그래도 여기서 덜컥 죽는 것보단 딱 몇 년만이라도 마음의 준비를 하고 천천히 떠나시는 걸 권하고 싶습니다만. 여생의 마지막을 즐길 수 있도록 최대한 도와드리겠습니다."

- 몇 년? 그걸 어떻게 믿을 수 있지. 다시 구할 수 없는 좋은 무기를 그냥 버리겠다는 소리 아닌가.

흑룡이 비웃었다. 확실히 어떤 미친놈이 L급으로 성장 가능한 무기를 스스로 없애려 들까. 나 같아도 믿지 못하겠다. 그때 유현이가 입을 열었다.
"약속할 수 있어."

- 그까짓 말로만.

"내겐 인벤토리에서 꺼낸 도검은 모두 녹일 수 있는 스킬이 있다. 하지만 군림자의 검은 L급 이하의 불에서는 녹지 않는다는 특성 때문에 스킬이 통하지 않았어."

도검포식자 스킬 설명은 등급 상관없이 녹이는 게 가능하다고 했지만 그 반대되는 군림자의 검 특성이 더 우위였던 모양이었다. 하긴 군림자의 검은 원래 L급 수준이고 도검포식자 스킬 등급은 그보다 낮으니까.

"도검포식자 스킬이나 불길이 더 강해지면 군림자의 검 또한 삼킬 수 있겠지."

- 그래서, 그때 녹여 주겠다고?

"형을 지키기 위해서라면 아무리 귀한 무기라 해도 아낄 생각 없어."
여차하면 녹여 사용할 것이라고 유현이가 담담하게 말했다. 내 심정으로는 아무리 그래도 L급 검을 막 녹이려고! 싶었지만 입 다물고 있었다.
"지금 여기서 죽어도 네 육신으로 만든 검은 그대로다. 깨끗하게 녹아 사라지고 싶지 않아? 나라면 그럴 텐데."
"야! 뭐가 나라면이야!"
"형이 없어서 더 살 필요가 없으면 말이야. 이린이 처리해 주겠지."
당연하다는 듯 말하는 꼴을 보니 속이 답답해졌다. 역시 어떻게든 백 년은 더 살아야 하나.
흑룡이 잠시간 침묵했다. 말을 하려는 듯 주둥이를 약간 들썩이다가 다시 다물어 버린다. 그것을 쳐다보던 어린 혼돈이 나섰다.
"막상 죽여 준다 하니, 죽기는 싫은 모양이지."

- 그…….

"맞네요, 어르신. 생각해 보니 진짜 죽고 싶었다면 어르신 오기 전에 자살해 버리면 되는 거 아닙니까. 역시 살고 싶었구만, 흑룡 씨."

혼돈에게 맞장구치며 솔직해지라는 내 말에 흑룡이 크르렁거렸다.

- 검에 갇혀 살기 싫다는 거지 벗어날 방법이 있다면 당연히!

"새 육신을 얻을 방법이 있다면 어쩔 테냐."
혼돈의 말에 흑룡이 다시 침묵했다. 검은 눈이 의심스러운 빛을 띠었다.

- 만들 수 있는 건 도검뿐이고 부수는 것밖에 못 하는 늙은이가.

"나보다 네놈이 오천 살이나 더 많잖아."
참 의미 없는 나이 타령이다. 혼돈이 손을 뻗어 내 팔을 잡고 당겼다.
"그리고 육신을 만들어 주는 건 이 녀석이다."
"예?"

- 뭐?

"형을 끌어들이지 마, 십시오. 제 검이고 제 일입니다."
유현이가 내 다른 쪽 팔을 붙잡으며 인상을 찌푸렸다. 흑룡이 의아한 듯 나를 살펴보았다.

- 옆의 원맥자와 다르게 평범한 인간인데.

"이 녀석은 양육자다. 키워 내는 능력만큼은 정원사 뺨칠걸. 남은 게 심장 한 조각뿐이니 원래의 육신에는 훨씬 못 미치겠지만 자유롭게 돌아다니는 건 가능할 텐데, 어쩔 거냐."
정원사는 또 누구야. 단순한 직업을 말하는 건 아닌 듯한데. 어린 혼돈의 말에 흑룡이 머뭇거리다 입을 열었다.

- 정말로 가능하다고? 고작 심장 조각으로?

"저놈도 있지. 너와 가까운 성질의 원맥자 말이다."
"가까운 성질이라고요? 흑룡과 유현이가요?"
내 물음에 혼돈이 고개를 끄덕였다.
"그래. 척 봐도 불의 성질을 가진 원맥자잖냐. 네 동생과 달리 근원의 비율은 절반 좀 넘는 정도지만."
새삼스럽게 흑룡을 바라보았다. 같은 불의 원맥자라니.
"그럼 유현이와 동족에 가까운 거겠네요."
"저것보다 형이 훨씬 더 가까워."
"그건 또 무슨 헛소리냐. 둘이 혈육이라 해도 완전히 다르게 느껴질 텐데."
그러게. 나도 고개를 갸웃하며 유현이를 돌아보았다.
"지금 형은 나와 같잖아. 완전히 똑같은 힘을 쓰고 있고."
똑같은 힘이라니, 그것 때문에? 혼돈에게 선생님 스킬에 대해 간략히 설명해 주었다. 내 이야기를 들은 어린 혼돈이 별 희한한 일 다 보겠다는 표정을 지었다.
"아무튼, 네 동생은 순도 짙은 원맥이라 별다른 정제를 거치지 않고서도 육신을 재료로 쓸 수 있어."
"재, 재료라뇨! 아니, 왜 멀쩡한 사람을! 설마 그것 때문에 초월자들이 유현이를 노리거나 하는 건 아니겠죠?"
해파리도 관심을 보이긴 했었다. 기겁하며 유현이를 끌어안자 혼돈이 방정 떨지 말라며 설명을 이었다.
"손이 털 갈 뿐이지 그 자체가 귀한 건 아니니 걱정 마라. 평범한 인간에게도 근원의 힘은 깃들어 있어. 초월자라면 네 동생을 갈기보다는 지성체 만 명을 정제하겠지. 드문 원맥을 찾아 헤매느니 그게 더 편하고. 여느 원맥자라면 백 명쯤 들려나."

"…그렇게 차이가 많이 납니까?"

"불순물을 거르다 보면 근원의 힘도 같이 깎여 나가니까. 정제할 능력이 없는 자들이라면 귀히 여기겠지만 그런 놈들이야 원맥자를 사로잡질 못해. 잡아 봐야 제대로 다루지도 못할 거고."

그래도 원맥자를 잡아다 불로장생의 영약을 만든다느니 한 자들이 없는 건 아니라 하였다. 그런 점만큼은 현대사회라 다행이었다. …아니, 현대에도 안 늙고 오래 살 수 있다면 눈 뒤집어지는 인간들 많긴 하지만. 각 성자 상대로 떠도는 살벌한 미신도 꽤 있고.

"흑룡의 의식이 완전히 깨어난 것도 제 본성과 비슷한 순도 높은 원맥의 힘을 머금은 탓일 거다. 그러니 심장 조각에 불의 원맥도 좀 넣으면 그럭저럭 쓸 만한 몸뚱이가 나오겠지."

어떠냐는 어린 혼돈의 말에 흑룡이 눈을 느릿이 끔벅였다. 그러곤 대답했다.


― 좋아, 받아들이겠다.


"그렇다니 얼른 하고 끝내라."

어린 혼돈이 귀찮아 죽겠다는 표정으로 우리를 향해 손을 내저었다. 하고 끝내라니.

"뭘… 어떻게요?"

"여태까지 뭘 들었냐."

"어… 일단 스킬 끌까요?"

여기선 진짜가 아니니까 밖에 나가서 해야 하겠지. 하지만 혼돈은 고개를 저었다.

"그냥 나가면 저 도마뱀 다시 잠든다. 정신계라 해도 현실과 연결은 되니 여기서 저놈 의식부터 옮겨 놓아야지."

- 내 심장 조각을 꺼내라.

혼돈에 이어 흑룡이 말했다. 시키는 대로 흑룡의 심장 조각을 인벤토리에서 꺼내 들었다. 손바닥보다 약간 작은, 날카롭게 깨진 흑요석 파편 같다. 새카만 표면 위로 붉은 기운이 은은히 비치고 있었다.

'…이거 체인질링 때와 비슷하지 않나.'

그때도 성현제의 정신계로 들어갔다가 파편을 받았다. 신입은 평범한 인간이라면 별 영향 못 줄 거예요~ 라고 했지만 성현제는 평범한 인간이 아니었고 결국 체인질링이 태어나고 말았지.

"원래라면 마수 조합 스킬인데, 그럼 단순히 심장만 키워서 검을 성장시키는 게 아니라 흑룡이 태어나는 겁니까?"

"애완동물 하나 들인다고 생각해라. 그 조각으론 F급짜리나 나올 테니."

- 애완동물이라니.

"S급 이상 마석을 추가하면요?"

"등급은 높아지겠지만 저놈 자의식은 뒤섞이게 되겠지."

그래도 F급이면 내가 귀찮다. 내 몸뚱이 건사하기도 힘든 판에 다 늙은 용 수발까지 드는 꼴이잖아. 유현이 검 때문에 아무렇게나 내버려둘 수도 없고.

"흑룡 씨, F급이면 여러모로 불편할 거예요. 이래저래 치이는 것보단 마석 추가해서 등급 높이는 게 어떨까요. S급 마석을 무료로 드리겠습니다. 속성도 잘 맞춰 줄게요."

흑룡이 잠깐 고민하다가 대답했다.

- 고작 S급 마석이면 별 영향 못 주겠지.

"저놈 저렇게 방심하다가 골로 간 거야."

- 얼마 살지도 않은 인간 따윌 얕보지 않는 게 더 이상하다고! 심지어 원맥자도 아닌데!

혼돈의 말에 흑룡이 억울해하며 버럭 소리쳤다. 그 말에 깜짝 놀라며 어린 혼돈을 돌아보았다.
"원맥자가 아니셨어요?"
"예전에는 초월자 중에 원맥자 출신이 더 드물었다고 말했다만. 아, 초승달은 원맥자였다지."
"초승달이요? 어떤 속성이었는지 들을 수 있을까요."
"모른다. 마주친 적도 거의 없어."
친한 사이는 아니구나. 그편이 나로서는 더 반갑지만. 어린 혼돈이 원맥자가 아니었다니. 그렇긴 해도 타고나길 대단한 사람이었을 거 같아 보였다. 태생 S급은 아니어도 S급 각성자쯤은 되었겠지. 흑룡이 뜨거운 숨결을 흘리며 투덜거렸다.

- 중앙 대륙의 재앙이라고 불렸지만 내게 있어선 저놈이 재앙이었다. 기껏 세계를 지켜 냈더니 엉뚱한 놈이 튀어나와서는!

"세계를 지켰다니, 근원으로부터 말입니까?"

- 근원이 풀어놓는 몬스터는 전부 나보다 약했으니까.

흑룡이 으스대며 말했다. 하긴 저런 괴물이 버티고 있다면 근원도 몬스터를 풀어 세상을 삼키지 못할 것이다. 일단 L급 각성자가 있다면 세상은 확실히 지킬 수 있다는 뜻이구만. 초월자들이 행패 부리지만 않는다면 말이다.

"지키면 뭐 해. 결국 다 망해 가고 있었는데. 저 도마뱀 놈이 중앙 대륙에 버티고 앉아 산을 녹이고 강을 끓는 쇳물로 채워 그 열기 탓에 가뭄만 지속되는 판이었다."

"진짜 재앙이었네요."

근원으로부터 벗어난다 해도 저런 부작용이 있을 수 있겠구나. 세상을 구한 용사님이 새로운 멸망이 된다는 건가. 팀플이면 그래도 좀 나을 텐데. 서로 견제가 되니까.

어쨌든 흑룡이 세상을 구했다 하니 존경 어린 눈빛을 만들어 내며 사근사근하게 물었다.

"근원이 보낸 몬스터들 상대하기 많이 어렵진 않으셨나요. 그때 L급이셨어요? 몬스터 등급은 어땠습니까. 설마 혼자 다 해치우신 건 아니시죠?"

- 강한 놈들은 내가 다 잡았지.

또다시 우쭐하는 흑룡에게 어린 혼돈이 찬물을 끼얹었다.

"캐물어 봤자 얻을 거 없다. 자기가 세상 구하는 줄도 모르고 사냥만 하고 다닌 놈이야."

흑룡도 불속성이라 했으니 본성대로 동료 하나 없이 전부 불태우고 다닌 거였나. 어린 혼돈이 낮은 목소리로, 하지만 흑룡도 다 들을 만한 크기로 내게 속삭였다.

"원맥자치곤 좀 아둔해. 원래도 강한 편인 용종이 원맥자이기까지 하면 가끔 저런 부작용이 생긴다더라. 존재력이 과해 자아를 먹혀 버리곤 아예 이지를 잃은 괴물이 되기도 하지."

그리고 보니 디아르마도 다른 초월자에 비해 살짝 멍청한 것 같았어. 혼돈의 말을 죄다 들은 흑룡이 사납게 으르렁거렸다. 하지만 자기도 동의하는지 반박은 못 하더니 돌연 눈을 감아 버린다. 동시에 내 손바닥 위의 심장 조각이 후끈해졌다. 붉은 기운이 순간 강해지더니 흡수되듯 사라지고 완전히 새카만 빛만을 띠었다.

"…옮겨 온 거예요?"

묻자마자 흑룡의 머리가 서서히 무너져 내리기 시작했다. 저만치 떨어져 있던 몸뚱이도, 사지와 꼬리도 마찬가지였다. 한여름 햇살 아래 눈 녹듯이 스르르 허물어진다. 거대한 몸 너머로 바다까지 뻥 뚫린 대지가 드러났다.

"네 등에 심장을 심을 때 저 녀석의 일부도 같이 넣거라. 피 정도면 되겠지."

혼돈의 말에 그렇잖아도 뚱하던 유현이의 표정이 더더욱 딱딱해졌다.

"왜 또 형이야."

"유현아."

"제가 대신할 순 없는 겁니까."

"될 거 같으냐. 싫으면 그냥 검을 포기해."

포기하라니! 허튼짓하기 전에 얼른 유현이를 말렸다.

"그냥 내가 가진 스킬 쓰는 것뿐이야, 스킬. 흉터 좀 남긴 하는데 나도 헌터다. 목숨 걸고 던전 공략하는 것에 비하면 양반이지. 심지어 내 경력이 따지고 보면 너보다—"

"경력?"

유현이의 목소리가 한층 차갑게 가라앉았다.

"경력이라니, 형. 설마 회귀하기 전에, 던전에 들어갔어? 지금과 다르게 스킬도 별거 없었다며."

"들어가기야 당연히 들어갔지."

속이 뜨끔했지만 침착하게, 아무렇지 않게 대답했다.

"야, 내 성격에 얌전히 있었겠냐. 지금도 이런데. 그래서 너도 맘고생 꽤 했어."

"……."

"그래도 난 안 죽었다."

그 말에 유현이가 겨우 표정을 풀고 나도 한숨 돌렸다. 입조심해야지.

"부탁할게. 아까 흑룡 말 들었잖아. L급이 혼자 몬스터를 막을 수 있었다면 다수의 SSS급으로도 가능할 거야. 하지만 우린 장비를 포함해도 준SS급 정도일 뿐이잖아. 그러니 L급으로 성장할 무기를 버릴 순 없어."

"…알아. 아니었으면 포기했어."

동생이 시무룩하게 말했다. 그래도 한바탕 치고받은 후라서인지 예상보다는 거부감이 없었다. 현실이 아니라 해도 이미 내 몸에 칼 박아 넣었으니 말이야.

"어르신, 여러모로 도와주셔서 감사합니다."

이제 슬슬 나가려고 인사하자 혼돈이 나와 유현이를 동하게 쳐다보다가 한 걸음 앞으로 내디뎠다. 그러곤 갑자기.

"유현아?"

동생이 의식을 잃고 풀썩 쓰러졌다. 어느새 유현이 옆에 서 있던 혼돈이 한 손으로 가볍게 유현이의 뒷덜미를 잡아 땅에 처박히지 않게 했다. 이어 내게 동생을 넘겼다. 던져지다시피 한 유현이를 받쳐 안다가 비틀 바닥에 주저앉았다. 스탯이 다시 F급으로 떨어졌는지 영 힘이 없다.

"잠깐 기절만 시킨 거다."

"갑자기 왜요!"

"동생이 듣는 거 싫어하잖아."

어린 혼돈이 퉁명스럽게 말했다.

"이 망할 어린놈아. 진심으로 오래 살 생각이 있긴 한 거냐."

"네."

그를 올려다보며 대답했다. 혼돈의 눈썹이 크게 찌푸려졌다.

"말은 잘하지."

"세상이 안전해지면 진짜 얌전히 살 자신 있거든요. 오래 살기 위해 노력도 할 거고요. 일단 백 년이 목표인데, 얼마쯤 남았을까요."

대답 대신 작은 손이 내 머리를 꽉 누르듯 쓰다듬었다. 아프지만 동시에 따스한 손길이었다.

"철없는 망아지 같은 놈."

"소 다음엔 말입니까. 이러다 개도 되겠네."

"개는 말이라도 잘 듣지. 뭣보다 말이다, 첫째 망아지 가면 둘째 망아지도 따라갈 판 아니냐."

"그게 제일 걱정이죠."

품에 안은 유현이를 내려다보았다. 동생 녀석 때문에 갈수록 걱정이 쌓인다, 쌓여.

"그래도 어울리는 사람들 있긴 한데. 저희 집 셋째도 있거든요."

"뭐? 네놈들 같은 게 또 있어? 말세답구나."

"착한 애예요!"

"둘째도 착하다 하였지."

아니, 유현이도 착하긴 착한데… 예림이에게 미안해졌다.

"아무튼 피스랑도 친하고. 조금씩 변하긴 할 테니까요. 어르신도 가능성이 있다면서요."

"변해 봤자 근본은 그대로야. 여전히 네 녀석만 바라보겠지. 그럴 성질이고. 설사 네가 동생을 버린다 해도, 매일생한 불매향이다."

"버리긴 뭘……."

무심코 이를 악물었다가 말을 돌리며 투덜거렸다.

"어르신 어째 점점 말투가 늙어 가네요. 한자까지 쓰시고. 그러고 보니 한국어 술술 하시는 거 같은데 언어 관련 스킬이라도 있습니까?"

"스킬이 아니라 시스템이 동기화해 준 것인데, 늙어 간다고? 토끼 녀석 짓인가."

"신입 말하는 거면 강아지상이잖습니까. 귀가 길다고 다 토끼인 건 아니에요. 귀 처진 토끼도 있긴 한데, 치아 구조 보면 육식이나 잡식입니다."

"육식성 토끼도 한번 못 본 어린애가 뭘 알겠냐."

"아 누가 봐도 강아지라니까요?"

"토끼다."

별 의미 없는 논쟁이 잠시간 오갔다. 결론도 나질 않았다. 쓸데없는 소리는 멈추고 유현이에 대해 다시 물었다. 언제 또 만날지 알 수 없으니 최대한 알아내야지.

"어르신은 유현이 같은 원맥자 여러 번 보셨을 텐데 조금만 더 자세히 말해 주시면 안 될까요. 어땠습니까? 누구 씨는 단명할 상이랬는데 오래 산 사람도 있긴 하죠?"

"팔 할은 어릴 때 죽어."

"…그렇게나 많이요?"

"원맥자도 꺼려지는 판에 원맥 그 자체라면 갓난애라 해도 내다 버리는 게 대부분이다. 사회제도나 윤리관에 따라 어린애 보호가 잘되는 세상이면 살아남지만."

…아무리 잘난 태생 S급이라 해도 걷지도 못한 채 버려지면 살아남을 수 없을 것이다. 그나마 현대는, 우리나라는 어린애를 버리기 쉽지 않으니까. 고아원행이 아닌 것도 천만다행이었다.

"보호자가 같은 원맥자인 경우는 없었습니까? 원맥자끼리는 잘 지낼 수 있을 거 같은데."

"원맥자는 대부분이 제 욕구에 따라 움직인다. 그런 놈들이 무반응하게 재미없는 애를 키울 리가. 잠깐 호기심이 생겨도 이내 도로 버리겠지."

하긴 성현제도 유현이가 특이하다는 거 알고 잠깐 관심 가졌다가 이내 거두었지. …떠올리니 또 열받네. 두 번 다시는 우리 애 건드릴 생각도 하지 마라. 다른 사람들도 마찬가지고. 설마 예림이에게 관심 가지는 건 아니겠지. 예림이도 평범한 S급 헌터가 아니잖아. 사육소와 해연 길드 근처론 얼씬도 하지 말라고 할까.

"일반인이 재능을 눈치채고 이용할 생각으로 키우는 경우는 가끔 있었다만 대부분 원맥에게 살해당했다. 길들여지는 성질이 아니야. 내가 알기론 네 동생이 최초일걸."

그리고 전부 백 년은커녕 50년도 못 가 죽었다, 라고 어린 혼돈이 말했다.

"본능적인 성질 하나만 가진 채 아무 욕구도 없는 존재가 오래 사는 건 불가능하지. 네 동생은 다르니 얼굴 펴라. 너만 오래 살면 저 녀석도 오래 살 거야."

"…예."

긍정적이라곤 할 수 없는 이야기들에 절로 울상이 지어질 수밖에 없었다. 그런 나를 혼돈이 골치 아프다는 듯이 쳐다보았다.

"입만 열면 동생 타령이지."

"사흘 밤낮도 떠들 수 있습니다."

"네 이야기를 해."

"저요?"

내 이야기야 뭐. 음.

"열심히 살고 있습니다."

동생 키우면서 열심히 살려고 했는데 망했습니다. 그래서 두 번은 안

망하려고 노력 중이죠. 그냥 그것뿐이었다.

"열심히 살고 있어요."

"그래."

"어르신은."

유현이를 내려다보다가 고개를 들었다. 유현이와 비슷한 얼굴이 내 눈에 들어왔다. 시큰둥한 표정을 짓고 있지만 그래도 나를 바라보고 있다. 고작 세 번째 만나는 건데. 그렇지만.

"믿어도 됩니까."

"그건 네가 판단할 일이지."

"왜 이렇게 도와주시는 겁니까. 신경 써 주시는 건, 맞잖아요."

"약해 빠진 어린 것이 제 살 뜯기는 것도 모른 척 아등바등 기어가는 꼴이 기가 차서 그런다."

"불쌍해서 도와주는 거예요?"

동정심도 좋았다. 동정받고 자존심 상해 하는 것도 목숨이 붙어 있어야 하지. 나를 불쌍하게 여기고 손 내밀어 주겠다면 얼마든지 환영이었다.

"세상에 불쌍한 애가 너 하나뿐인 줄 아냐. 그저 네 녀석이 내 눈에 띄었고, 내가 그러고 싶어서야."

혼돈이 다시금 내 머리를 토닥토닥 쓰다듬었다.

"그뿐이다."

내 머리 위에 있던 손이 아래로 미끄러지더니 유현이의 뺨을 툭 두드렸다. 그러자 감겼던 동생의 눈이 뜨였다.

"…형?"

"나가거든 네 형 바로 병원에 데려가라."

어린 혼돈의 말에 유현이가 찬물이라도 맞은 듯 벌떡 내게 기댔던 몸을 세웠다.

"병원이요?"

"그래. 포션이나 치유 스킬은 오히려 독이 되니 쓰지 말고 마나나 마력이 깃들지 않은 방법으로 회복시켜."

"또 다른 주의할 사항이 있습니까."

유현이가 진지하게 물었다. 방금 자신을 기절시켰건만 손톱만큼의 불만도 없어 보였다.

"평소에도 그런 것에 의지하는 건 삼가고, 평범하게 잘 먹이고 잘 재워. 첫째 망아지는 어떻게 손대기가 힘들고, 둘째 너는."

혼돈이 솜털 하나 없이 매끈한 턱을 매만지며 가는 눈으로 유현이를 쳐다보았다.

"나한테 배워 볼 테냐."

순간 귀를 의심했다. 이어 가슴이 두근거렸다. 저거, 그러니까 저거. 혼돈 선생님께서 유현이를 가르쳐 주겠다는 뜻이겠지. 설마 엉뚱하게 요리나 그림이나 수학 과학 같은 건 아닐 테고 당연히 싸우는 법을 말이다.

"아이고, 어르신! 선생님! 보는 눈이 정말 탁월하십니다!"

세상에, 전국도, 전 세계도 아닌 무려 전 우주급 1위가 일대일 교습을 해 주겠다는 말 아니냐. 초월자들 중에서 제일 강하다는 건 자칭이니 백 퍼센트 믿을 순 없지만, 어쨌든 장난 아니게 잘나신 분이다.

어쩌지, 내가 뭘 해 드릴 수 있을까. 가능한 오래오래 많이 가르쳐 주셨으면 좋겠는데. 어떻게든 발목 붙잡고 늘어져서…….

"거절하겠습니다."

"유현아아아!"

동생 녀석이 말도 안 되는 소리를 내뱉어 버렸다. 야! 너, 너 이게 어떤 기회인데!

"아니에요, 선생님! 제 동생이 말이 헛나왔―"

"형."

…어째서인지 동생의 목소리가 딱딱했다. 이번에는 진짜 이유를 모르

겠다. 고분고분하게 구는 것처럼 보였지만 사실은 어린 혼돈이 싫었던 걸까?

"그새 잊었어? 저자 정도로 강한 존재가 정신계에 들어오는 건 형에게 부담이 간다고 했잖아. 난 형을 힘들게 하면서까지 강해지고 싶은 생각 없어. 군림자의 검만으로도 충분히… 짜증 나. 답답해."

어… 참, 그렇구나.

"아니, 난 거기까진 미처 생각 못 했지. 그러고 보니 어르신과 만나려면 정신계 스킬을 써야 하는구나."

몰랐다는 내 말에 유현이가 표정을 풀었다. 하지만 아까운데. 진짜 아까운데. 뭐 다른 방법 없나. 내가 고민하는 사이 유현이가 대뜸 어린 혼돈을 노려보았다.

"그러니 필요 없어."

"유현아! 잠깐만!"

"내가 강제로 가르치려 든다면 어쩔 거냐."

혼돈이 옅게 미소를 머금었다. 순간 그의 기세가 변했다. 수십 개의 바늘이 전신을 쑤시는 듯했다. 공포 저항도 별 소용이 없어, 이를 악물며 유현이를 끌어안았다. 기껏 보인 호의를 거절당해서 화가 난 것일까. 아니, 그럴 것 같진 않았다. 그럼.

"형은, 절대로……."

혼돈의 위압감에 힘겨워하면서도 유현이가 으르렁거렸다.

"꼬맹아."

붉은 눈이 무겁게 가라앉았다.

"지키고자 하는 열의는 좋다만, 네가 뭘 할 수 있느냐."

"……."

"그 좁은 세계에서는 적수가 별로 없었을 거다. 토끼 굴의 여우 새낀 줄도 모르고 호랑이처럼 굴었겠지."

손이 뻗어 와 나를 붙잡았다. 어린애가 아닌 어느새 커다래진 어른의 손이었다. 꼼짝도 못 하고 가볍게 들렸다. 나를 빼앗기고 혼자 남겨진 유현이가 눈을 동그랗게 떴다. 일어나진 못한 채 두 손으로 바닥을 짚고서 나를 간절하게 바라봐 왔다.

"초월자 중 하나가 네 형을 노리고 있다."

혼돈이 대뜸 말해 버렸다. 끼어들고 싶어도 입술 하나 달싹일 수 없었다.

"그걸 네 녀석이 무슨 수로 막을 거냐."

"형은……."

"지금처럼 손 하나 까딱 못 하고 빼앗기기밖에 더할까."

유현이의 손가락이 굽어지며 바닥을 긁었다. 틀린 소린 아니지만, 뼈저리게 사실이지만, 그래도 말이 너무하잖아.

"하지만 나는 다르지."

나를 든 채로 혼돈이 한 걸음 뒤로 물러났다. 유현이가 움찔거렸다. 그리고 다시 한 걸음 더 멀어졌다.

"그렇게나 형을 보호하고 싶다면, 어떠냐. 내가 데리고 가 줄까."

조금 전과 달리 한층 가벼워진 목소리였다. 하지만 동생은 칼에 찔린 듯 몸을 파득 떨었다.

"첫 번째 근원의 세계에서는 선공에 반격만 할 수 있다는 제한도 없다. 이 녀석 하나 지켜 주는 것쯤이야 쉽지. 평화로운 세상에 두고서 제 수명 이상으로 편히 살게 해 줄 수 있다."

달래듯 부드러운 어조가 이어졌다. 유현이가 작게 숨을 삼켰다.

"그럼, 저는……."

"하지만 너는 올 수 없다. 단순히 다른 세상으로 넘어가는 게 아닌 속한 근원을 벗어나는 것이다. 내 능력으로도 온전히 데리고 갈 수 있는 건 한 명뿐이야. 네가 초월자로 성장하여 스스로 근원을 넘는 것은 가능하겠지만 그때까지 이 녀석이 살아 있을지도 모를 일이거니와."

단호하게.

"나 이외의 초월자는 첫 번째 근원의 세계에 발 들일 수 없다."

혼돈이 영원한 이별을 고했다. 우리가 두 번 다시는 만날 수 없을 것이라고. 유현이가 눈을 느리게 깜박였다. 가늘게 떨고 있었다.

나를 지키기 위해 멀어지는 것을 선택했던 동생이다. 웃으며 죽어 갔던 그 애라면, 길게 망설이지 않고 대답했을지도 모른다. 형을 보내겠다고.

하지만 내 눈앞의 동생은 입을 떼지 못했다. 창백하게 질린 얼굴이 젖어 들어갔다.

"…싫어."

울음기 가득한 목소리가 매달려 왔다.

"싫어, 형… 가지 마, 미안해……."

묶인 듯 꼼짝 않던 내 몸이 움직였다. 얼른 유현이에게 다가가 안아 주었다.

"야, 미안하긴 뭘……."

"형이, 안전하려면… 하지만……."

이성적으로 냉정히 생각하면 어린 혼돈의 말을 따르는 것이 옳다. 완벽하게 안전해질 수 있는 방법을 두고 불확실한 미래에 기대 도박하는 건 명청한 짓이다. 심지어 적대적인 초월자까지 있는 마당이다. 그렇지만.

"괜찮아, 괜찮아. 나도 너 두고 가기 싫어."

내 안전을 위해 자기 욕심을 버리지 못해 미안하다는 동생을 달랬다. 쉬운 길 버리고 가시밭길로 들어서는 꼴, 미련하게도 보이겠지. 하지만 어쩌겠어.

"혼자 덩그러니 떨어져 목숨만 붙어 있다고 해서 내가 행복하겠냐. 다 함께 살아가고 싶어서 발버둥 치는 거지."

동생은 울고 있지만 나는 슬쩍 미소가 지어졌다. 이제는 날 지키겠다고 억누르기만 하는 짓은 진짜 안 하겠구나. 유현이가 눈물을 닦아 내고 고개를 들어 어린 혼돈을 바라보았다. 혼돈은 그새 다시 어린애 모습으로 돌아가 있었다. 어쩌다 저렇게 된 건지 궁금하네.

"형에게, 얼마나 부담이 가는 겁니까."

"안 가."

…엥? 잠깐만요, 말이 다르잖아.

"토끼 녀석이 만들어 놓은 공간이 있지 않냐. 내가 거들어 주면 유지 시간도 더 늘릴 수 있으니 주 1회 두어 시간 봐주겠다는 거였다만."

진짜 과외 같았다. 유현이가 멍하게 혼돈을 쳐다보다가 안도했다. 어휴, 왜 거기서 안심부터 해. 분하지도 않냐. 대신 나라도 투덜거렸다.

"그럼 괜히 심술부리신 거예요?"

"능력도 안 되는 놈이 무조건 감싸려고 들어 봤자 두 놈 다 죽기밖에 더 하겠냐. 분수에 맞게 포기할 선은 정해야지. 조금의 희생도 없이 완벽한 결과를 내는 건 나 정돈 되어야 가능해."

"그건 그래요. 유현이는 절 너무 싸고, 악!"

또 귀 비틀었어!

"억지로 버티기나 해 대는 고집 센 송아지 놈이 뭘 잘했다고. 네 녀석이 스스로를 챙기지 않으니까 둘째 놈이 더 저러는 거 아니냐. 적당한 선을 지켜, 적당 선을."

"그게요, 매번 사정이… 잘못했습니다. 죄송합니다."

얼른 손으로 귀를 가리며 말했다. 하지만 어르신은 더 야단치는 대신 내밀었던 손을 거두며 씁쓸한 표정을 지었다.

"밖의 놈들이 먼저 선을 지키지 못한 탓이긴 하다만. 둘째야, 이리 와 봐라."

어린 혼돈이 앞으로 걸어갔다. 유현이가 몸을 일으켜 그 뒤를 얌전히 따랐다. 걸음을 멈추고 돌아선 혼돈이 천천히 유현이를 살펴보았다. 그러

곧 칼집째 칼을 휘둘렀다. 명치를 노리는 공격을 유현이가 옆으로 빙글 몸을 돌리며 피했다. 동시에.

"탁!"

칼집이 튕겨 오르며 유현이의 아래턱을 향해 쏘아졌다. 예상치 못한 공격에 유현이가 짧은 숨을 들이켜며 상체를 뒤로 확 젖혔다. 칼집이 아슬아슬하게 턱 끝을 스치고 지나간다. 그대로 무릎을 꿇은 유현이가 바닥에 손을 짚으며 반쯤 눕다시피 낮은 발차기를 날렸다. 좋은 반격이었지만 혼돈은 그 자리에서 꿈쩍도 하지 않은 채 날아드는 다리를 마주 걷어찼다.

퍽 소리와 함께 유현이의 몸이 1미터 넘게 밀려 나간다. 반면에 혼돈은 흔들림 하나 없이 들었던 다리를 내렸다.

"주위에 근접전 잘하는 놈이 있었냐."

"네, 송태원이라고 S급 각성자가 있습니다. 여러 번 붙어 봤대요."

내 말에 혼돈이 작게 고개를 끄덕였다. 그러곤 떨어진 칼집을 발끝으로 쳐올려 유현이를 향해 던졌다. 유현이가 칼집을 받고 튕기듯 몸을 일으켰다.

"몸으로 받을 생각 하지 마라. 못 버틴다."

새하얀 칼날이 공기를 갈랐다. 유현이가 칼집으로 공격을 맞받아친다. 힘 조절을 해 줬는지 비등하게 탕, 터엉, 연속으로 서로 부딪치고 미끄러지길 반복했다.

"검 쓰는 놈은 없었고."

"S급 각성자 중에 있긴 했어요."

죽었지만.

"영향을 전혀 못 줬으니 없는 거나 마찬가지야."

어린 혼돈이 순식간에 유현이 앞으로 스윽, 이동했다. 그의 손에 들린 칼이 칼집에 턱, 꽂혔다. 칼집째 칼이 수거되는데도 유현이는 별다른 반응을 하지 못했다. 어린애 손에 들린 사탕도 저것보다 빼앗기 어렵겠다.

이어 혼돈이 몇 번 더 다양한 공격을 가했다. 근거리는 물론 원거리, 중거리 공격에 허리끈을 교묘하게 다루기도 했다.

"그 밖에도 깔끔하네. 불의 원맥 주제에 몬스터 사냥만 주로 한 모양이지."

"아까 말한 송태원 실장님 외엔 싸워 본 적이 별로 없다고 했어요."

"확실히 다른 놈 영향은 없어. 근접전만 조금 버릇이 잡혀 있을 뿐이고. 193쯤? 덩치가 크고 무게감이, 제 무게를 조절할 수 있는 녀석인가. 공격계지만 방어적인 느낌이 강한 게 갑갑하게 살고 있겠군."

…와, 점쟁이다. 어떻게 저렇게 잘 알지.

"전체적으로는 첫째 영향을 7할쯤 받았지만."

"예? 저요? 전 유현이와 오늘 처음 싸워 봤는데요."

"일상이 영향을 안 미칠 거라고 생각하냐. 너만 바라보고 네게 맞춰서 살아왔는데 당연히 그게 몸 깊이 깃들어 있지. 타고난 버릇은 2할쯤 되고 나머지에 몬스터 사냥과 송태원이란 녀석이 섞였고."

의외다 못해 놀라웠다. 헌터로서의 유현이에겐 내가 영향을 거의 미치지 못했을 거라고 생각했는데 무려 7할이라니.

"전투 습관은 잘못 든 게 거의 없군. 둘이 죽고 못 사는 거 같더니 왜 오래 떨어져 있었냐."

"네? 그런 것도 보여요?"

"저보다 한참 약한 상대를 보호하려 들었던 버릇이 적어. 각성 직후 떨어져 지낸 모양이군."

"같이 지냈어도 제가 던전에 안 들어가면 그런 버릇이 생기지 않을 텐데요."

"일상이라고 말했다. 평소 행동거지가 그대로 스며들기 마련인데, 정말 첫째밖에 모르는 놈이야. 다른 사람은 눈 씻고 찾아봐도 안 보이는군. 갑갑한 녀석도 전투 때 외엔 신경 안 썼고. 덕분에 가르치기는 좋겠다만."

이것저것 뒤섞이면 손도 많이 가고 배우는 것도 느리다며 혼돈이 말했다. 유현이가 남에게 관심 없는 게 다행인 경우도 있구나. 이번만큼은 잘됐네.

"저기요, 어르신. 혹시 다른 사람도 한번 봐주실 순 없을까요? 시간이 부족하니 본격적으로 가르쳐 주진 못해도요, 그냥 상태 확인이라도요."

저렇게 잘 아니까 조언만으로도 도움이 될 거 같은데.

"검 쓰는 녀석이 또 있냐."

"아뇨. 예림이라고 저희 집 셋째인데 인어여왕의 힘을 쓸 수 있어요. 물의 힘이요. 태생 S급, 원맥자는 아니지만 S급 각성자이긴 하고요."

"인어여왕이면 토끼가 말해 준 그 애인가. 그건 나보단 인어한테 부탁하는 게 나을 거다. 나는 잡기는 못 다뤄."

잡기라니. 그래도 원하면 봐주긴 할 테니 데리고 오라고 했다. 신입의 공간이라면 아무나 다 데리고 갈 수 있으니 다른 사람들도 봐 달라고 해야지. 성현제는… 그의 상태도 바로 알아챌까. 초월자들이 성현제에 대해 알게 되면 위험하겠지만.

'어르신은, 괜찮을까.'

믿고 싶었다. 물론 성현제에게 동의를 구하는 게 우선이고. 최근에 알게 된 초월자 할아버지 있는데 무척 용하니까 한번 만나 보지 않겠냐고 물어봐야지. 해외로 뜨기 전에 시스템 연결이 되어야 하는데.

오래 머물면 내 상태가 더 나빠질 거라며 어린 혼돈은 유현이에게 검에 마력을 깃들게 하는 것만 가르쳐 주었다. 무기에 마력을 넣는 건 웬만한 헌터라면 다 사용하는 기본적인 전투법이긴 했지만 검이라는 무기 성질에 맞는 더욱 효과 좋은 방식이라고 하였다.

"앞으로, 잘 부탁드리겠습니다."

유현이가 조금 어색해하며 어린 혼돈에게 인사했다.

"유현아, 예림이 너무 놀라지 않게 내 상태 설명 잘해 줘야 해."

"응."

"어르신, 포션은 언제까지 쓰면 안 됩니까?"

"계속."

"네?"

그건 좀 곤란한데. 어떻게 포션을 안 쓰고 사냐.

"네 녀석이 앞으로 절대 무리해서 스킬 쓰지 않겠다 하면 이삼 일만 쉬면 되겠다만 그럴 리가 없으니 평소에 몸 관리 하라는 거다. 포션과 치유 스킬은 신체에 직접적으로 깃들어 영향을 미치는 것이라 마력 과부하가 잦은 몸뚱이는 더욱 약화시켜 버리기 쉬워. 대충 면역력이 약해진다고 생각해라. 정상적인 상태라면 포션 좀 쓴다고 마나 면역이 약해질 일 없지만 첫째 넌 아니니까."

…스태미너 포션의 꿈이 사라지는 소리였다. 그래도 모르고 몸뚱이 막 다루는 것보단 나으니까. 덧붙여 다른 스킬도 몸에 직접 스며드는 종류는 가능한 삼가라고 했다.

마지막으로 혼돈에게 감사하다 인사하곤 스킬을 거두었다. 눈앞이 어두컴컴해지고 전신의 감각이 일순 사라졌다가 다시 느껴졌다. 화끈하게.

"…윽."

"아저씨?"

예림이의 목소리가 들렸다. 간신히 눈을 뜨자마자 사방이 빙그르 돌았다. 몸이 뜨겁다. 열이 꽤 높구나, 라는 생각을 마지막으로 의식이 흐려졌다.

3장 두 번째, 세 번째

## 3장
### 두 번째, 세 번째

곱슬곱슬 포근한 털을 지닌 커다란 분홍토끼 인형이 한유진의 품에 안겨졌다. 그 옆의 한유현에게는 하늘색 긴 갈기의 포니 인형이 기대져 있었다. 두 사람 사이에도 큼직한 얼룩 강아지 인형이 앉아 있다.

박예림은 인형에 반쯤 파묻힌 형제를 향해 휴대폰을 들이대었다. 신중하게 방향을 이리저리 바꾸고 필터도 다양하게 고르며 사진을 찍었다. 카메라음이 연신 울렸지만 둘 중 누구도 깨어날 기색이 없었다.

"삐약아, 한유현 머리 위에 올라가 봐."

- 삐약.

"아니, 아저씨 말고."

한유진의 머리 위에 앉아 있던 삐약이가 둥실둥실 날아가 리모컨 위에 내려섰다. 조그만 발가락으로 꾹 전원 버튼을 누르는 모양새가 능숙했다.

이리저리 채널을 돌리는데 박예림이 리모컨을 확 빼앗아 TV를 꺼 버렸다. 삐약이가 박예림을 돌아보며 삑, 울었다.

"안 돼. 아저씨가 TV 보는 거 줄이랬잖아."

― 삐약!

"벨라레랑 장난감 가지고 놀아."

― 삐약삐약!

무어라 항의하던 새끼 새가 포기하고 날아올랐다. 피스는 한유진의 발치에 얌전히 웅크리고 있었다. 침묵이 내려앉고 나란히 앉은 형제를 바라보던 박예림이 자기 전용 욕실로 향했다. 욕실 옆에 붙은 화장대 위에 포장만 뜯었을 뿐인 화장품 몇 개가 뒹굴고 있었다. 광고 효과를 바라면서 들어온 선물들 중 케이스가 예뻐서 집어 온 것들이었다.

박예림은 립스틱 두 개를 챙기고 인형용 머리핀과 머리끈도 몇 개 꺼내 들었다.

"한 번쯤 해 보고 싶었는데~"

던전이 생긴 이후 수학여행이 사라졌다. 타지에서 던전 브레이크가 발생할 시 아이들을 안전하게 통제하기 힘들다는 이유에서였다. 지금은 분위기가 많이 완화되었지만 등하교 시 철저한 감시를 넘어 등교 자체를 꺼리는 경우도 많았다. 학생이 없는 학원이 줄줄이 문을 닫기도 했다. 대피시설을 만들고 하급이나마 헌터를 고용해서 집에 혼자 두는 것보다 안전한 학원을 내세워 전보다 더 성황인 곳도 있었지만.

박예림은 가볍게 떠올라 다시 거실로 향했다. 형제는 여전히 세상모르게 잠들어 있었다. 둘의 표정이 제법 비슷해 보였다. 처음에는 별로 닮지 않았다는 소리를 듣던 두 사람이었다. 외양 자체는 피를 속일 수 없다는 듯 비슷한 점이 더러 보였지만 분위기가 너무 달랐던 탓이었다.

어린 나이임에도 모두의 위에 서는 냉정하고 강한 S급 헌터와 위태롭고 불안정한 기색의 잔뜩 위축된 비각성자. 이따금 두 명이 같이 기사나 방송에 비춰지거나 하면 가족이라도 S급은 다르긴 다르구나, 라는 평이 대부분이었다.

하지만 지금은 닮았다는 소리가 더 많았다. 한유진은 편안해지고 한유현은 부드러워졌다. 비슷한 웃음을 머금은 얼굴은 정말 형제 같았다.

그럼 나는 어떨까. 박예림은 무심코 자신의 뺨을 손바닥으로 꾹 눌렀다. 완전히 타인이라도 같이 살다 보면 표정 같은 건 닮아 간다던데. 추석 방송을 떠올려 보았다. 비슷해 보였던가? 한 가족 같다는 댓글은 많았었다. 보기 좋다고, 잘 어우러진다고들 했었지.

박예림은 어깨를 으쓱하곤 손가락 끝에 작은 물방울을 만들어 냈다. 검지의 움직임을 따라 휙, 물방울이 날아가 한유현의 뺨에 찰싹 부딪쳤다. 평소라면 잠들었다 해도 물이 뺨에 닿기도 전에 깨어나 증발시켜 버렸겠지만 지금은 아무런 반응이 없다.

"좋아, 이번엔 꼼짝도 못 하겠네."

박예림은 활짝 웃으며 가운데 빨간 큐빅이 박힌 겹겹의 프릴 리본 머리핀을 곱슬기 있는 검은 머리카락에 가져다 대었다. 약간 오른쪽으로 치우쳐 달아 주고는 만족스럽게 그 모습을 바라보았다.

그냥 자는 사람 머리에 핀을 꽂았을 뿐이다. 하지만 상대가 한유현이었다. 저 머리에 리본 핀을 꽂을 수 있는 사람은 자신과 아저씨 외엔 없다. 그것이 무척이나 뿌듯했다.

"깨면 지랄하려나?"

미리 물 한 양동이 퍼다가 놓을까. 분명 싫어하겠지. 하지만 그뿐이었다. 리본 핀은 불타겠지만 박예림은 그대로일 것이다. 이런 장난을 친다 해도 사이가 틀어지거나 갈라질 일은 없었다. 눈치 볼 필요도 없다. 아무 일 없었던 것처럼 소파에 앉아 TV를 보고 저녁을 먹겠지.

박예림은 이번에는 립스틱 뚜껑을 열며 한유진을 바라보았다. 단순한 애정의 양은 당연히 한유현보다 한유진을 향하는 것이 훨씬 더 컸다. 비교가 무색할 정도였다. 많은 애정을 받았고 자연스럽게 돌려주었다.

다만, 한유진과의 관계에는 어쩔 수 없는 불안함이 존재했다. 어느 날 갑자기 하늘에서 뚝 떨어지듯 주어진 사랑이었다. 네가 S급 각성자라서 그래, 라는 이유로는 부족했다. 심지어 한유진의 곁에는 뛰어난 사람들이 넘쳐 났다. 한유진은 박예림을 분명 아껴 주었지만 박예림은 그에게 있어 자신이 특별한 존재라고 생각하기 힘들었다.

갑자기 얻은 것은 갑자기 사라질 수도 있지 않을까.

애써 무시하려 했던 그 불안감을 잠재워 준 것은 다름 아닌 한유현이었다.

한유현은 박예림을 싫어했었다. 형이 그녀를 좋아하니까. 한유현은 박예림을 받아들였다. 그녀가 형을 좋아하니까. 한유현은 박예림을 인정했다. 그녀가 형을 지킬 능력을 갖추었으니까.

전부 한유진을 바탕으로 한 관계였지만 박예림은 오히려 그래서 더 안심되고 좋았다. 한유진이 자신의 전부이며, 그와 관련해서는 더없이 까다롭게 구는 한유현이었다. 그런 까칠한 녀석이 형의 옆에 박예림이 서는 것을 수긍한 것이다.

"이 색이 더 어울릴까?"

박예림은 립스틱의 색을 신중하게 비교했다. 장난이라고 해도 이왕이면 더 좋은 걸로 발라 드려야지.

한유현은 자기 머리의 핀보다 형의 입술을 더 신경 쓸 것이다. 투덜거리겠지만 그래도 박예림을 밀어내지는 않을 것이다. 한유진의 안전은 물론 자신의 안전까지 맡길 만큼 그녀를 믿고 있었으니까.

그리고 박예림도, 한유현이라면. 이라고 망설임 없이 말할 수 있었다.

서로 가장 믿을 수 있는 동료였다. 피스까지 포함해 셋은 같은 것을 바라며 같은 마음으로 움직였다.

한유진을 보호하여 지금의 생활이 계속되길 바라는 마음. 만약 한유진이 위험하다면, 그를 지키기 위해서라면 셋 다 다른 둘을 가차 없이 뒤에 남겨 둘 의리이기도 했다. 그런 믿음이자 동료애였다.

어쩌면 가족 이상으로 든든한 소속감에 박예림은 안심할 수 있었다. 형제가 서로를 누구보다도 우선시한다는 건 잘 알았다. 이따금 저 사이에 끼어들어도 되나 하는 생각이 조금도 들지 않는 건 아니었다.

하지만 박예림의 자리는, 위치는 확고했고, 그녀의 세계는 빠르게 넓어져 갔다. 언제든지 돌아갈 수 있는 든든한 집이 있기에 거리낌 없이 나아갈 수 있었다. 일본행을 큰 망설임 없이 수락한 것도 그런 안정감이 기초한 덕분이었다.

"잘 칠해졌다! 그치, 피스야."

한유진의 얼굴을 올려다본 피스가 뭐 하는 거냐는 듯 머리를 갸웃했다. 박예림은 잠깐 고민하다가 이번에는 매니큐어를 가지고 왔다. 한유진의 오른손을 펼쳐 놓고 파스텔톤 펄이 살짝 들어간 연분홍 색상을 곱게 정성 들여 발랐다.

이어 한유현의 한쪽 손에도 바르고 나서 나란히 놓아 보다가 자신의 손톱도 한쪽 손만 칠했다.

"피스 너도 발라 줄까? 자, 여기 발 올려 봐."

머뭇하던 피스가 앞발 하나를 내밀었다. 톡 튀어나온 발톱 위에 브러시가 닿았다. 동물에게 발라도 될까 잠깐 고민되었지만 여느 인간보다 훨씬 튼튼한 S급 몬스터니 해를 끼치긴 힘들 것이다.

"아저씨랑 똑같은 색이야."


- 크흥.

"그럼 이제 제일 중요한."

매직. 절로 올라가는 입꼬리를 애써 내리며 박예림이 근엄하게 굵은 매직펜의 뚜껑을 열었다.

"뭐라고 써 줄까. 일단 이마에다 형바보라고. 아냐, 좋아할지도 몰라."

뻔뻔하게 지우지도 않고 나다닐지도 모른다. 한유현이라면 그럴 가능성이 충분히 있었다. 그럼 뭐라고 적지. 한유현이 짜증 낼 만한 말이 뭐가 있을까. 고민하는 그때였다.

─ 뻑! 나쁜 도마뱀!

갑자기 파랑새가 튀어나와 화가 난 듯 뻑뻑거렸다. 이어 이린이 한유진의 어깨 위로 올라가 소리쳤다.

─ 저리 가!
─ 뻑! 삐이!

은혜가 파드득거리며 재빠르게 날아가 붉은 도마뱀의 꼬리를 콱 깨물었다. 이린이 몸을 돌리며 덩달아 은혜를 물려고 덤벼들었다. 둘이 엉켜 뒹굴뒹굴 한유진의 무릎으로 떨어졌다.

"…너희들, 뭐 하는 거야?"

─ 쟤가 먼저 덤볐어!
─ 삐익! 도마뱀 나빠!

"싸우지 마, 싸우지 마. 갑자기 왜들 그래?"

영문을 알 수 없어 하면서도 박예림이 둘을 말렸다. 은혜와 이린이 한참을 씩씩거리다 각자 자신의 주인에게로 돌아갔다. 그리고 얼마 지나지 않아.

"형!"

한유현이 번쩍 눈을 뜨고 이어 한유진도 정신을 차렸다. 하지만 자리에서 급히 일어나는 한유현과 달리 한유진은 다시 의식을 잃고 말았다. 박예림이 놀라 한유진을 불렀다.

"아저씨? 아저씨! 왜 그래요!"

- 끄우웅!

"구급상자 가지고 와. …입술은, 립스틱?"

한유현이 재빠르게 한유진의 상태를 살피며 말했다. 피스가 안절부절못하고 삐약이와 벨라레도 다가왔다. 당황하면서도 얼른 구급상자를 가지고 온 박예림이 물었다.

"무슨 일이야? 어떻게 된 건데!"

"무리했어."

"뭐?"

"나 외의 다른, 우리보다 강한 자들이 침입해서… 형, 형! 잠깐만 정신 차려 봐. 독 저항 풀어야 해."

구급상자를 열어 주사기 형태로 된 해열제를 꺼내며 한유현이 말을 이었다.

"하루 정도 앓는다고 했어."

"하루? 아저씨 괜찮은 거야?"

"일단은. 포션과 힐러는 쓰면 안 되고, 일반 병원에 입원시키라고 했는데."

한유현이 한유진에게 주사를 놓았다. 독 저항이 통하지 않는 약제로 만든 특별한 해열제였지만 그런 만큼 효과는 약한 편이었다. 멍하게 그 모습을 바라보던 박예림이 퍼뜩 정신을 차리며 휴대폰을 꺼내 들었다.

"일반, 병원이면. 그래도 헌터 전용이 낫지 않아? 세성 길드장한테 연락할게."

"세성 길드장이라니?"

한유진을 깨우려 애쓰면서도 한유현이 의아하게 물었다.

"박예림 너, 연락처를 알고 있다고?"

"비상용이야. 아저씨한테 급한 일 생기면 연락 달라고 해서. 아무튼 세성종합병원이 안전하잖아."

연락한다, 하고 박예림이 전화를 걸었다. 얼마 지나지 않아 상대가 전화를 받았다.

"세성 길드장님!"

[무슨 일인가, 꼬마 아가씨.]

"무슨 일이긴요. 아저씨 병원 가야 한대요! 근데 힐러랑 포션은 쓰면 안 되고요."

짧은 침묵 후 휴대폰 너머에서 한숨 소리가 옅게 새어 나왔다.

[헬기를 보낼 테니 옥상정원으로 나와 있게. 자세한 것은 병원에서 듣지.]

"네, 고맙습니다. 한유현, 빨리 가자!"

한유현이 자신의 형을 안아 들었다. 해열제가 통했는지 한유진이 힘겹게 눈을 떴다.

"유현, 아. 예림이······."

"아저씨! 저 여기 있어요!"

"형, 독 저항!"

"별일 아니니까, 걱정 말고."

"걱정 안 하는 건 힘든데 너무 많이는 안 할게요. 아저씨야말로 걱정 마세요."

한유진은 고개를 작게 끄덕이곤 독 저항을 끈 뒤 다시 잠들었다. 집 밖으로 나가는 둘의 뒤를 피스와 삐약이, 벨라레도 쫓아갔다. 박예림이 삐약이와 벨라레를 안아 들었다.

"진짜 크게 아프신 건 아니지?"

"…몰라."

"모른다니!"

"처음 보는 초월자가 있었는데. 믿을 수 있는지는 알 수 없어."

한유현이 인상을 조금 찌푸렸다. 어린 혼돈. 한유진은 이미 그를 많이 믿고 있는 듯했지만 한유현으로서는 꺼림칙했다. 도움이 필요하니 받기는 하겠지만 믿음까진 가지 않았다. 오히려 경계심이 더 컸다.

언제든 형을 빼앗아 갈 수 있는 상대다. 그에 더해, 한유진의 안전을 포기한 스스로에 대한 죄책감이 어린 혼돈을 더욱 꺼리게끔 만들었다.

"…아저씨한테 또 이상한 게 붙었어?"

"…어."

긴말이 필요 없었다. 둘이 동시에 한숨을 내쉬었다. 옥상정원을 올라가 헬기를 기다리던 한유현이 조금 꺼림칙한 눈길로 박예림을 돌아보았다.

"세성 길드장과 개인적으로 연락하는 건."

"아저씨를 위한 비상용이랬잖아. 아저씨가 사고는 잘 치는데 한유현 넌 잘 모르는 남의 연락 안 받고 안 하니까. 다 비서실 통하고. 송 실장님 것도 있어. 물론 현아 언니 것도 있고."

내가 한유현 너 같은 줄 아냐며 박예림이 휴대폰을 들어 보였다.

"목록 보여 줄까?"

"필요 없어."

"에휴, 나 아니면 누가 꽉 막힌 길드장님이랑 어울려 줄까. 박예림 진짜 천사가 따로 없다."

"형만 있으면 돼."

"네, 네. 그 소리 귀에 새겨지겠어. 이마에 적어 줄까? 아예 문신으로 새기시지요. 아저씨는 어때?"

"열은 좀 내렸어."

그때 헬기가 나타났다. 옥상정원에 착륙한 헬기에서 내린 사람들이 한유현을 보고 순간 당황했다. 그들의 시선이 향한 곳을 눈치챈 박예림이 앗, 하고 재빨리 손을 뻗어 한유현 머리의 핀을 뜯어냈다. 우직, 리본핀이 박예림의 손아귀에서 형체를 알아보기 힘들게 일그러졌다.

"…뭐야."

"아니, 아무것도. 머리에 뭐가 묻었는데 몰랐어?"

한유현은 알았지만 신경 쓸 필요 없었다는 눈빛을 던지곤 걸음을 옮겨 갔다. 이내 헬기가 다시 공중으로 떠올랐다.

병원 옥상에는 환자를 위한 준비가 모두 갖추어져 있었다. 하지만 한유현은 형을 다른 사람에게 넘길 생각이 조금도 없었다. 각성자라 해도 낮은 등급은 눈도 감히 마주치지 못할 분위기의 한유현을 대신해 박예림이 앞으로 나섰다.

"부상을 입거나 한 건 아니니까 이대로 가도 돼요. 힐러 괜히 접근시키지 마시고요, 병실로 안내만 해 주세요. 포션도 쓰면 안 된다는 거 전해 들으셨죠?"

박예림의 말에 병원 직원이 멀찍이 떨어진 채 특별실 전용 엘리베이터로 안내해 주었다. 예전에도 한유진이 한번 신세 진 적 있는 병동이었다.

박예림은 병실로 향하며 여기저기 연락을 넣었다. 해연에 상황을 알린 뒤 유명우와 노아에게도 간략하게 사정을 설명해 주었다.

"브레이커에도 말해, 요?"

"길드장에게만 알려 두죠."

"송 실장님에게도 전해 둬야겠죠?"

한유현이 고개를 끄덕였다. 그러는 사이 엘리베이터가 멈춰 섰다. 문이 열리기도 전에 한유현의 미간이 찌푸려졌다. 피스 또한 나직이 그르렁거렸다. 박예림이 먼저 엘리베이터에서 내리며 얼른 오라며 손짓했다.

"싫은 건 알겠는데 어쩔 수 없잖아. 아저씨가 평범하게 아픈 것도 아니고."

박예림이 작게 말했다. 헌터 전용 병원은 아직 세성 소속 외에는 없었다. 다른 곳도 대형 병원이라면 힐러가 있고 해독, 해주 등의 시스템도 갖추고는 있었지만 전문적이진 않았다. 무엇보다 던전과 스킬로 인한 특수한 부상에 대한 이해도가 부족한 경우가 많았다. 그게 아니더라도 안전상 이곳이 최선의 선택이었다.

하지만 얼마 걸어가지 않아 박예림 또한 눈살을 약간 찌푸렸다. 길게 뻗은 복도 저편에서 기다리듯 서 있는 두 사람이 보였다. 뒤따라오던 병원 사람들이 바싹 굳어 멈춰 저만치 멀어졌다. 벨라레가 움찔 박예림의 팔에 제 몸뚱이를 단단히 감았다. 삐약이만이 태연하게 인사라도 하듯 작은 날개를 파닥거렸다.

"한유진 군."

나직한 목소리가 복도를 울렸다. 금색 눈은 한유진만을 정확히 바라보고 있었다. 시선만 두고 있을 뿐이라면 이상한 일도 아니다. 하지만 주위를 가득 메우고 있는 위압감이 대놓고 시비를 걸어오고 있었다. 금방이라도 무기를 빼 들어도 이상하지 않을 긴장감이 공기 중에 퍼져 나간다.

박예림이 한유진을 가리듯 앞에 서며 성현제를 마주 보았다. 똑바로 부덮치는 눈빛에 한 치 물러섬도 없었다.

"아저씨 깨어나기 전까지는 병문안 안 받아요. 빈손이면 더더욱요. 두유라도 들고 오셔야죠."

"급히 나오느라 준비가 부족했군."

"아시면 비켜 주세요."

"이미 옆으로 비켜나 있네만."

복도는 충분히 넓으니 얼마든지 지나갈 수 있다. 성현제가 친절히 손을 들어 저쪽 끝의 방이라고 병실의 위치를 가르쳐 주었다. 한유현이 잠시 멈추었던 발을 떼었다. 발소리가 작게 복도를 울렸.

성현제와 한유현이, 한유진이 점점 가까워질수록 주위의 공기가 더욱 팽팽히 당겨졌다. 작은 불씨 하나만 던져지면 바로 터져 버릴 듯한 분위기 속에서, 성현제가 눈을 감았다. 일순 긴장이 풀어지며 한유현이 그의 옆을 지나쳐 갔다. 박예림이 짧게 한숨을 토해 내곤 피스와 함께 한유현을 뒤따랐다. 얼마 지나지 않아 문이 여닫히는 소리가 들려왔다.

"왜 그러세요?"

숨죽이고 얌전히 서 있던 강소영이 이해할 수 없다는 듯 물었다.

"시비 걸려고 온 것도 아니시고, 걸어서 좋을 것도 없잖아요. 여기 오실 땐 한 소장님 상태 또 안 좋다고 불만이시더니 행동은 완전 반대인데요."

성현제의 입술 위로 느릿하게 미소가 맺혔다. 강소영은 눈을 깜박이며 그의 얼굴을 올려다보았다. 천천히 떠지는 금안이 신비스러운 빛을 띠다 못해 비인간적으로 느껴졌다. 문득 성현제와 처음 마주쳤을 때가 떠올랐다. 그녀는 그가 인간이 아니라고 생각했었다. 가장 강력하고 아름다운 용이 인간의 껍데기를 뒤집어쓴다면 이런 모습일까.

본능은 위험신호를 보내왔었지만 강소영은 위험 속에 뛰어들기를 주저하지 않았다. 자신의 선택에 따른 대가는 만족스러웠고 최근에는 내 인생 최고다 싶을 정도로 행복했지만 여전히 자신의 상관은 이해하기 힘들었다. 일단은 같은 인간인데 오히려 그녀 주변의 진짜 용들이 더 가깝게 느껴졌다.

"최대한 눌러 참은 것이라고 한다면 믿겠나."

"네?"

"이번에는 또 뭘 한 건지."

성현제가 쥐고 있던 주먹을 펼쳤다. 손가락을 타고 피가 몇 방울 뚝뚝 떨어졌다. 강소영이 놀란 눈으로 그것을 쳐다보았다.

복잡한 감정이었다. 충동을 쉽게 참기 힘들 만큼. 무엇보다도 지금 성현제에게 있어 한유진은 위험한 존재였다. 성현제라는 인간의 유일성을 위협하며 그의 일부를 빼앗아 가기까지 했다. 그리고 그 일부분은 한유진의 몸에 남아 있었다.

자신의 일부다. 되찾고 싶은 본능이 당장 저것을 잡아 이를 박아 넣으라고 속삭였다. 그래도 참을 만은 했다. 날 선 그 감각 자체는 꽤 즐겁기도 하였다. 언제 또 이런 기묘한 감각을 느껴 볼 수 있을까.

하지만 조금 전의 한유진은 더욱더 자극적이었다. 순간 전신이 쭈뼛해질 정도였다. 아직 성현제와 연결이 완전히 끊기지 않은 그의 일부가, 한유진이 무언가 어마어마한 상대를 마주쳤었다고 전해 왔다.

또 무슨 일이 있었던 것인지. 당장이라도 속을 파헤치고 싶은 욕구를 참기 힘들었다. 만약 한유진 혼자 그 앞에 서 있었다면 견디지 못했을지도 모른다. 잃고 싶지 않으면서도 동시에 직접 갈라 놓고 싶다.

"매번 이렇게 두근거리게끔 해 주니 내가 좋아하지 않을 수가 있나."

"또 그런 식으로 말씀하신다. 일단은 아픈 사람 만나러 온 거예요."

사라진 위압감에 슬금슬금 눈치를 살피던 병원 사람들이 두 사람의 앞을 조심스럽게 지나갔다. 반대쪽 벽에 최대한 붙어 꾸벅 인사를 하는 모양새가 퍽 우스웠다. 강소영이 그들에게 미안한 미소를 지어 보였다.

"한 소장님이 길드장님 관심을 끌어서 저희는 편하긴 하지만요, 그래도 조금쯤은 조심해 주세요. 제발요. 사육소 소장님이고 해연 길드장 형님이 잖아요. 저는 평화를 사랑합니다."

"그렇긴 하지. 도련님에게 좀 더 신경을 쓸 걸 그랬나."

드물게도 후회가 어린 말에 강소영이 또다시 놀란 표정을 짓다가 정색했다.

"이제는 안 됩니다. 해연 길드장을 건드렸다간 한 소장님이 가만있지 않을걸요."

"지금은 관심 둘 생각 없어. 3년 전을 말하는 것이지."

한유현이 각성한 것은 던전이 생기고 몇 달이 지난 후였고, 그때의 성현제는 이미 해외로 세력을 넓혀 가는 중이었다. 한국에 새로운 S급 각성자가 나타났다는 사실도 국외에서 전해 들었다. 그 후 헌터 협회가 주최한 최초이자 마지막 S급 각성자 모임에서 한유현을 만나 그의 본성을 눈치채곤 그대로 스쳐 지나가 버렸다.

성현제에게 있어선 흥미 둘 가치가 없는 상대였기 때문이다. 리에트보다도 더 독립적인 성질이니 굳이 손댈 필요가 없었다.

"만약 그때 자세히 살펴봤더라면 한유진 군에 대해서도 눈치챌 수 있었을 텐데."

하지만 그러지 않았다. 한유현이 제 본성답지 않게 길드를 세우고 키워 나가기 시작했을 때에도 마찬가지였다. 꽤 오래 버티기에 잠깐 눈길을 두었지만 그때도 타인에게 무감각한 모습에 이내 관심이 사라졌다. 엉뚱하게 석시명과 장난질 좀 치고 말았다.

한국을 맡길 후보로도 두었건만 대체 왜 가족을 조사하지는 않았을까. 그런 생각도 들었지만 사실 지금도 한유진과 한유현의 관계는 신기하기 그지없었다. 짐작할 수 없는 게 당연할 만큼 예외적인 케이스니 그로서도 놓칠 만하였지만 그래도 아쉬움이 남았다.

만약 3년 전에 한유진을 알게 되었다면 어떠했을까. 지금과는 분명 많이 달라진 관계가 되었을 것이다.

"형제가 막 갈라졌을 때라면 파고들기도 쉬웠을 거고."

여러모로 즐거웠을 터였다. 안타까워하는 상관을 강소영이 모가 난 눈으로 쳐다보았다.

"안 그래도 힘들었을 한 소장님을 괴롭히지 못했다고 아쉬워하시는 거예요? 길드장님 정말……."

"기승수 사육소가 세성 소속이 되었겠지."

"왜 안 그러셨어요! 아까워라. 사육소로 출퇴근할 수 있었는데!"

"바로 어제도 리에트 양과 데이트한다고 출근 안……."

"그래서 이렇게, 온몸으로 때우고 있잖아요. 길드장님 수행이라는 세성 길드 제1의 기피 업무를 충실히 떠맡고 있습니다. 한 소장님이 세성 소속이었음 이것도 떠넘길 수 있었을 텐데!"

강소영이 미련 가득한 한숨을 내쉬었다. 강소영은 용종이라는 강력한 종족에게, 등급 상관없는 친화력을 지녀서인지 A급 헌터임에도 성현제 또한 그럭저럭 태연하게 상대할 수 있었다. 덕분에 걸핏하면 귀찮은 상관을 맡게 되곤 했다. 그래도 부담이 안 되는 건 아니라 한유진의 존재가 감사할 정도였다. 덧붙여 송태원 또한.

강소영이 주위를 휙 살피곤 목소리를 낮추어 말했다.

"그렇게까지 말씀하시면서 진짜 한 소장님 두고 출국하시겠어요? 여기저기서 난리라는 소리는 들었지만요."

몬스터 대량 출몰로 인한 피해는 한국이 가장 작았다. 등급 낮은 던전이 몇 개 터진 수준에 대처도 빨라 금방 일상으로 돌아올 수가 있었다. 심지어 던전 안전도가 높아지고 탐지기까지 배치되면서 몬스터 사태 이전보다 상황은 더 나아진 판이었다.

하지만 다른 나라들은 달랐다. 아직 출몰한 몬스터들을 다 처리하지 못한 곳도 있었다. 특히 러시아와 중국은 일본만큼은 아니지만 비교적 높은 등급의 몬스터들이 다수 나타나 처리에 애를 먹는 중이었다.

그 때문에라도 성현제가 계속 한국에서 자리보전하고 있기는 힘들었다. 자칫하다간 지난 삼 년간 애써 만들어 놓은 해외 세력에 타격을 입을지도 모른다.

성현제가 과장된 한숨을 내뱉었다.

"납치라도 할까."

"송 실장님에게 죄송하지도 않으세요?"

"우리 송태원 실장도 슬슬 해외 출장 나가야지. 한국에 오래 머물러 있었잖나. 각관실에 전용기 기부를 하는 것도 괜찮겠군."

강소영이 송 실장님, 죄송합니다, 하고 성의 없는 사과를 했다. 그래도 둘 다 나가 주면 남은 사람들이야 편하긴 할 것이다.

"대비하게 미리 예고는 해 주세요. 자칫했다간 길드 건물 불타 없어질 테니까요. 상급 헌터들 많다고 화재보험도 안 들어 주는데."

"우선 한 번 더 동행 제안은 해 봐야지. 요즘 인기 있는 립스틱 제품이 뭐가 있을까. 내 파트너에게 새로운 취미가 생긴 듯해서."

한유진이 들었다면 억울해 팔짝 뛸 소리였다. 강소영이 네일도 발랐던 데요, 하며 휴대폰을 꺼내 들었다.

눈을 뜨자 보이는 것은 낯선 천장이었다. 사실 그렇게 낯설진 않았다. 예전에도 신세를 진 적이 있는 곳이니까.

"형, 괜찮아?"

유현이의 목소리가 들려왔다. 눈을 깜박이자 얼굴도 보인다. 깨어났다 다시 의식을 잃기 전에 동생 머리에 이상한 게 달려 있었던 것 같은데.

"아저씨, 괜찮아요?"

예림이 목소리도 들렸다. 피스에 삐약이, 벨라레도 있었다. 일어나려고 했지만 몸에 힘이 들어가지 않았다.

"누워 있어. 하루는 앓을 거라고 했잖아."

"얼마나 지났는데?"

"하룻밤. 아침이야."

이 녀석들 밤새운 건 아니겠지… 옷이 어제 그대로잖아.

"유현이 너, 예림이 너까지 한숨도 안 잤어?"

"잠이 오겠어요? 그리고 하룻밤 정돈 끄떡없거든요. 비각성자도 제 나이 땐 밤 잘 새워요."

젊은 게 좋긴 좋다. 나도 아직 젊지만. 고작 하룻밤이지만 그사이 별일은 없었냐고 물었다. 밤에 명우와 노아가 왔었다고 했다. 한참 관심이 집중되어 있는 석하얀의 연구실 때문에 둘 다 오래 있지는 못했지만.

유현이와 예림이의 잔소리를 들으며 인벤토리를 열었다.

흑룡의 심장 조각-?
불의 기운이 강하게 스며들어 있다.

전과 다른 설명이 붙어 있었다. 화속성 몬스터 마석이라, 해연에 몇 개쯤 있겠지.

"유현아, 마석 준비해 줘. S급도 있지? SS급까진 없으려나."

내 말에 동생이 입매를 일그러뜨렸다. 못마땅해 죽겠다는 표정이다. 상황을 모를 예림이도 덩달아 미간을 좁혔다.

"아저씨, 또 뭘 하려고요?"

"유현이가 새로 얻은 검 있잖아. 그거 업그레이드."

"네? 아저씨가요?"

"좀 특이한 검이거든. 참, 예림이 너도 나중에 던전에 같이 가자. 만나게 해 주고 싶은 분이 있어."

"아저씨한테 붙은 이상한 사람 하나 더 늘었다는 건 들었어요."

이상한 사람이라니. 유현이 녀석 대체 뭐라고 설명한 거야. 어쨌든 선생님 되실 분이건만. 갈 때 과일바구니라도 하나 살까. 뭐 좋아하시는지 물어볼걸.

"회복되고 나면 해. 일어나지도 못하면서."

"그냥 힘만 좀 없지 괜찮은 것 같은데."

쉴 테니까 너희도 쉬라고 말하곤 눈을 감았다. 몸뚱이는 축 늘어졌고 앞으로 남은 일도 태산이었지만 그럼에도 마음은 한결 가벼웠다. 정보는 물론 실질적인 힘도 부족하기만 할 뿐이었다. 밖의 놈들이 간섭만 안 해도 우리끼리 알아서 잘 살아남을 자신이 있건만 그 간섭을 막을 방법이 전혀 없었다.

그런데 신입에 이어 어린 혼돈이라는 믿을 만한 초월자가 나타난 것이다. 심지어 제일 강하단다. 망망대해를 떠다니다가 배를 만난 기분이었다.

아직 완전히 기댈 수는 없겠지만 그래도. 최소한 마지막의 마지막에, 애들이라도 맡길 수 있지 않을까. 가늘게 숨을 내쉬곤 다시 잠에 빠져들었다.

유현이는 내켜 하지 않았지만 결국 화속성 마석을 준비해 오겠다고 하였다. 언제까지 미룰 수도 없는 일이거니와 만약 문제가 생긴다면 병원에서가 낫지 않겠냐는 설득 덕분이었다. 흑룡 심장에, 깜둥이도 이참에 넣을까. 딱 깜둥이까지만 넣고 끝내야지. 디아르마처럼 너덜너덜해지는 건 싫다. 내 몸으론 감당도 안 될 테고.

"…은혜야, 이건 좀 너무."

― 삑!

 파랑새가 항의하듯 소리 높여 울었다. 그러곤 은혜, 그러니까 자기 본체를 유심히 들여다보았다. 그렇잖아도 화려한 이어커프에 장식사슬이 하나 더 늘어났다. 귀만 희생해도 된다면 차라리 다행이었지만, 이어커프는 길게 사슬로 목까지 이어져 있었다. 베르사유 궁전 연회장에나 어울릴 법한 화려한 목걸이와.
 은혜는 거의 한 시간 가까이 들여 정교한 장식품을 만들어 냈다. 자신의 취향을 듬뿍 넣어서. 내가 싫어한 탓에 평소에는 작은 보석 한두 개에 사슬 한두 줄로 참아 줬지만 가끔은 마음껏 변하게 해 주었다. 물론 집에서만. 그런데 오늘은 유독 화려한 데다 시간도, 공도 많이 들이고 있었다.
 이린과 싸운 탓인가. 스트레스를 풀려는 것 같았다.
 '은혜가 정신계에 들어오지 못하게 막은 게 이린이겠지.'
 예림이 말로는 갑자기 둘이 싸워 댔다고 했다. 은혜는 아직 말을 잘 못하고 이린은 입을 딱 다물어 버려 정확한 사정은 알 수 없었지만 그거 말고 은혜가 먼저 덤버들 이유는 딱히 없었다. 린이 녀석, 흑룡이나 막아 주지. 아니, 그랬다면 어린 혼돈이 유현이를 가르쳐 주는 일도 없었겠지. 은혜가 있었으면 유현이가 스스로를 상처 입히지도 않았을 거고 흑룡도 깨어나지 못했을 테고. 아슬아슬한 위기 상황이었지만 결과적으론 잘했다.
 "아저씨, 완전 멋진데요."
 침대 옆의 의자에 앉아 있던 예림이가 웃음을 눌러 참으며 말했다. 잔뜩 올라간 입꼬리가 파르르 떨리고 있다. 그냥 웃어라, 웃어.
 "그래도 은혜가 착해서 자기한테 어울리는 옷까진 요구 안 하잖아요. 그치, 은혜야."

― 삐이.

은혜가 부리 끝을 까딱하며 치렁치렁한 목걸이 장식을 살짝 바꾸었다. 이어 내게 거울을 제대로 들여다보라는 듯 한쪽 날개를 파닥거렸다. 정말 눈이 부시는구나.

– 삐이?
– 삐약!
– 삑.

은혜와 삐약이가 장식에 대해 의논이라도 하듯 삐삐거렸다. 대화가 통하는 걸까. 벨라레도 꽤 흥미 있게 은혜를 바라보고 있었다. 피스만이 소동에서 빠져 얌전하게 침대 아래에 지키듯 앉았다. 내 상태가 안 좋다고 무릎 위로 올라오지도 않았다. 착하기도 하지.
"손톱 그대로 뒀음 잘 어울렸을 텐데요."
"유현이가 나 안 지우면 자기도 그대로 두려 들었잖냐. 그 상태로 돌아다니게 하긴 좀 그렇지."
상급 헌터 전용 병원 직원들은 비밀유지가 기본이라 다행이었다. 그게 아니더라도, 나도 손톱칠하고 있는 게 어색했고.
"TV는 볼 수 있게 해 주지."
"독서와 산책은 가능하잖아요."
뉴스나 헌터 관련 방송 보면 괜히 신경 쓴다고 내일까지 금지당했다. 못 봐도 걱정은 되건만.
"피스 인형 발매 이벤트는 참석해야 하는데."
"아저씨 퇴원 후로 미뤘대요. 빌딩 1층 카페 공사 시작한 건 아시죠?"
"응, 들었어. 옆에 인형가게도 들어갈 거고 편의점 입점도 예정이라더라. 그리고 은행도."
"은행이요?"

"헌터들 현금 많잖아. 한참 전부터 연락 왔었어. 근처에 다른 은행도 있긴 한데, 빌딩 내에 자리 잡으면 훨씬 유리하니까."

나만 해도 입점하는 은행이 주거래 은행이 될 듯하고. 내가 직접 오갈 일은 거의 없겠지만 그래도 가까운 게 좋잖아.

"일본은 언제부터 갈 예정이야?"

"빠를수록 좋대서 원래라면 내일 출발하려고 했는데, 아저씨가 입원했잖아요."

"가도 돼. 물론 안 가도 되고. 코앞이긴 한데 그래도 혼자 보내려니 걱정이다."

"혼자 아니고 팀원 다 있는데요 뭐. 일본 가지고 걱정하면 어떡해요. 나중엔 미국에 유럽에 중동이며 다 갈 건데."

"뭐?"

아니, 이게 무슨 날벼락 같은 소리야.

"예, 예림이 네가 거길 왜 가? 게다가 중동은 여전히 치안 나쁘다고! 헌터 관련 분쟁도 얼마나 심한데!"

"지금 말고요. 나중에 성인 되면요."

예림이가 한쪽 다리를 가볍게 탁탁, 의자 다리에 부딪치게 하며 말했다.

"성인이라도, 굳이 갈 필요 없잖아."

"얼마든지 갈 수 있는데 안 갈 이유도 없죠. 게다가 제가 위험할 일이 뭐가 있겠어요."

"그래도, 하지만. 혹시……."

머뭇거리며 말을 이었다.

"독립하고 싶어서, 그래? 성인 되면?"

"네? 아뇨, 전혀요~"

예림이가 고개를 절레절레 저었다.

"오히려 그 반대죠."

"반대라고?"

"네. 언제든지 돌아갈 수 있는 집이 있으니까 마음껏 돌아다닐 거예요. 저 하고 싶은 대로 다 할 거예요. 그러다 저 혼자 감당 못 할 사고 칠 수도 있겠지만, 그럼 아저씨가 제 편 들어 주겠죠."

"그야 물론이지. 나는 물론이고 다른 사람들도, 전부 다 예림이 네 편이야."

내 말에 예림이가 볼우물이 파이도록 활짝 웃었다. 정말 예쁜 미소였다.

"전쟁 나도요?"

…말하는 건 살벌했지만.

"그, 그래. 아저씨가 힘낼게. 그래도 가능한 평화롭게 해결하렴."

"옙!"

뭐… 송 실장님도 전차부대 박살 냈다니까. 그 정도면 준전쟁 아니냐.

"하고 싶은 거 하는 거야 좋지만, 그래도 벌써 쓸쓸해지네."

"에이, 그래 봐야 던전 공략 들어가는 거랑 별 차이 없을걸요. 비행기 타면 하루도 안 걸리잖아요."

생각해 보니 그랬다. 던전 들어가면 일주일 이상 걸리기도 하니까. 그래도 해외 나간다고 하면 정말 멀리 떨어지는 느낌이라. 손거울을 내려다보다가 다시 예림이에게로 시선을 돌렸다. 예림이가 성인이 된다, 라.

'많이 다른 느낌이겠지.'

이미 한 번 봤다. 하지만 내가 본 예림이와 지금 눈앞에 있는 예림이는 달랐다. 혼자서도 꿋꿋이 잘 자랐지만, 충분히 강한 헌터였지만, 지금보다는 분명 메말라 있었다. 방송을 통해서나 몇 번 봤을 뿐이지만 지금처럼 환하게 웃은 적은 없었다.

내가 아니었더라도, 부모님만 무사하셨더라도 지금과 비슷한 모습이었을 텐데. 예림이가 고개를 갸웃 기울였다.

"제 얼굴에 뭐 묻었어요?"

"어, 귀여움?"

"……."

…뭐 왜.

"…한유현이라면 없는 꼬리 치면서 좋아라 했을 텐데 제가 한유현이 아니라서. 죄송합니다."

예림이가 정중하게 머리까지 숙이며 사과를 해 왔다. 그렇게나 이상했나. 블루 요즘 인기 정말 많다, 사육소 이름은 언제 지을 거냐, SNS 업데이트 좀 하라는 등의 잡담이 오갔다. SNS에 올리기 위해 삐약이와 벨라레, 은혜를 촬영하는데 손님이 찾아왔다. 노크 소리가 들려오기도 전에 예림이가 인상부터 찌푸렸다. 누군지 안 봐도 알겠다.

"병원 소유자라 못 들어오게 할 수도 없네요. 우리 길드는 병원 지을 생각 없대요?"

"세성도 원래 있던 대형 병원을 인수해서 헌터 전용 병동만 더 붙인 거야. 기존의 의사들을 헌터 친화적으로 교육시키기도 했지만."

이 정도 규모를 뚝딱 만들긴 힘들다. 헌터용 병원이 하나 더 있어서 나쁠 건 없지만. 꼭 해연 소유가 아니더라도 말이다.

대답은 없었지만 문이 열렸다. 안으로 들어선 성현제가 가지고 온 선물을 탁자 위에 내려놓았다. 쇼핑백 하나는 뭐가 들었는지 모르겠고, 다른 하나는…….

"…두유?"

성현제가 두유를 들고 왔다. 병문안 선물로 무난한 거긴 한데, 그래도 성현제가 두유라니. 심지어 특별한 것도 아닌 그냥 흔한 시판 두유였다. 설마 직접 산 건 아니겠지. 병원 앞 편의점에서 두유 박스를 사는 성현제의 모습을 떠올리다 말고 급히 지워 냈다. 아니 왜 두유야.

"저… 혹시 세성 길드 건물 재건축하느라 긴축재정에 들어갔다거나 한 겁니까?"

"짧은 사이 한유진 군의 취향이 독특해진 듯하군."

웬 동문서답… 악! 은혜야!

"제가 이런 게 아니고요! 은혜야, 은혜야!"

– 뻑.

은혜가 작은 머리를 갸웃했다가 포르르 사라졌다. 모르는 척하기냐! 그 사이 성현제가 쇼핑백에서 무언가를 꺼내 들었다. 예쁘게 포장된 상자를 뜯자 나온 것은.

"선물이라네."

"…우리 예림이 화장 안 하는데요."

화장품이었다. 모양새를 봐선 립스틱이 아닐까. 근데 저 인간이 남의 병문안 오면서 무슨 짓을 하려는 거냐. 감히 예림이한테 찝쩍거리다니 마침 병원이니 내가 뒷목 잡고 넘어가도 괜찮다고 생각하는 건가. 내 뒷목 잡기 전에 네놈 목부터 베어 주겠다는 각오의 눈빛을 보내자 성현제가 립스틱을 열며 말했다.

"당연히 한유진 군의 선물이네만."

"…예림아, 저런 변태랑 가까이 있으면 안 돼."

도셨나 진짜. 내 말에 성현제가 억울한 표정을 지어 보였다.

"한유진 군이 먼저—"

"아저씨!"

갑자기 예림이가 버럭 소리쳤다.

"요샌 남자도 화장해요."

"으, 응?"

"아저씨가 입원도 했으니까, 안색 나쁘니까. 입술 색 좀 환해 보이라고 사 가지고 온 모양이죠."

아니, 그래도. 나도 방송 출연할 땐 가볍게 화장하긴 했지만……. 예림이가 자리에서 일어나 쇼핑백 안을 확인했다.

"한두 개가 아니네요. 제가 어떤 색이 어울리는지 봐줄게요."

"괜찮……."

"립 하나쯤은 가지고 있어야 요즘 젊은 남자죠!"

…5년 후에도 연예인 아니고선 입술 칠하고 다니는 거 잘 못 봤는데. 사람 많은 곳은 거의 안 나가긴 했지만. 예림이가 립스틱을 줄줄이 꺼내 놓곤 내 손을 잡았다. 그러곤 손등에다 하나씩 칠하기 시작했다. 왜 얼굴도 아니고 손등이지.

"어때요?"

"어떠냐고 해도… 내가 뭘 알겠냐."

"저도 잘은 몰라서요."

역시 이런 건 얼굴에다 해 봐야 알지. 성현제에게 가까이 와 달라고 불렀다.

"고개 좀 숙여 보세요. 입 다물고. 살짝 벌려야 하나?"

성현제의 입술에다가 핑크빛 도는 립스틱을 꾹꾹 눌러 발랐다. 그러곤 예림이와 함께 입술 칠한 면상을 쳐다보았다.

"얼굴이 저래서 도움은 안 되네."

"그쵸. 숯으로 찍 그어도 어울릴 얼굴이라."

"좀 짜증 난다."

"아저씨도 잘 어울리긴 했, 할 거예요."

"나보단 유현이가 훨 낫겠지. 송 실장님도 은근 어울릴 거 같지 않냐."

"노아 오빠는 어때요? 새빨간 걸로. 명우 오빠도 어색한 듯 괜찮을 거 같은데."

노아 씨는 진짜 예쁠 것 같았다.

"어쨌든 와 주셔서 감사합니다. 두유 잘 먹을게요."

"천만에. 파트너로서 당연히 해야 할 일이지. 입원했으니 전에 말한 약속은 미뤄지는 건가."

"아뇨. 곧 연락드리겠습니다. 병원에 오래 있지도 않을 거예요."

병원에서도 뭐 피로 회복 정도나 시켜 주는 거지. 관리를 해 주니 집에 있는 것보다야 낫겠지만. 성현제가 고개를 끄덕이곤 예림이를 바라보았다. 할 말이 있는 듯한데 예림이가 뭘 쳐다보냐는 듯 시선을 마주했다. 자리를 비켜 줄 마음은 조금도 없는 모양이다.

"그럼 기다리고 있지."

"예. 아니, 잠깐만요!"

미친, 그러고 나가려고! 어울리긴 해도, 그래도!

"아저씨, 링거! 바늘 빠져요!"

돌아서는 성현제를 붙잡아 입술을 지웠다. 유현이도 그렇고 이 인간도 그렇고, 태생 S급은 수치심이 삭제되었나 왜 아무렇지도 않게 엉뚱한 짓을 하는지 모르겠다니까.

저녁쯤에 헌터마켓 담당자로부터 연락이 왔다. 내가 주문한 시계가 한두 달 내로 완성된다는 소식이었다.

[원래라면 오랜 시간이 걸리는 정교한 작업인데 장인 중에 관련 스킬을 가진 각성자가 있어서 시간이 많이 단축되었지요.]

시계 만드는 스킬이라니, 일하던 도중에 각성한 것일까. 그래도 선주문이 꽤 있어서 원래라면 반년 가까이 기다려야 하는데 특별히 신경 써서 빨리 만들어 주는 거라고 했다.

"새치기하는 것 같아서 좀 미안하네요."

극소수만 살 수 있는 사치품 중의 사치품이라 양심은 별로 안 아팠지만.

[혹시 다른 분들에게도 선물하실 의향이 있으시다면 언제든지 연락 달라고 했습니다. 박예림 헌터님이나 유명우 헌터님, 노아 헌터님 같은 분들 말입니다.]

"명우 헌터는 S급이 아닌데요? 저도 물론 아니라 조건 미달이잖습니까."

[같은 장인으로서의 예의라고 하더군요.]

그러면서 슬쩍 타 브랜드와의 경쟁 심리도 있을 거라 말했다. 유현이도 그렇지만 예림이와 노아, 명우도 첫 시계라 의미가 크다나. S급 헌터들이 제일 많이 선택한 시계! 뭐 그런 거려나.

병원 밥인데도 웬만한 고급 레스토랑 못지않게 잘 나온 저녁을 먹고 실내 정원에서 운동 삼아 산책하고 있을 때 유현이가 나타났다. 동생 녀석이 영 언짢은 얼굴을 하고선 나를 지키고 있던 상급 헌터를 내보냈다.

"마석은 가지고 왔어?"

"...응."

"얼굴 좀 펴라. 병실로 가자."

가볍게 손짓하며 앞장서자 동생이 축 처져서 따라왔다. 동물병원 알바

할 때 이따금 본 모양새다. 주로 순한 대형견이 주인 눈치 슬금슬금 보며 꼬리 팍 내린 채로 무거운 발걸음을 옮겨 오곤 했었지. 빙글빙글 돌다가 숨겨 달라는 듯 내 다리에 머리 푹 묻는 거 정말 귀여웠는데. 잘 지내고 있을까, 몽이 쿠키 초코 모모 보리 다롱이 백설기 등등.

병실로 가 문을 잘 잠갔다. 누가 보면 오해할 수도 있으니까. 침대에 가 앉자 유현이가 한숨을 삼키며 마석과 군림자의 검을 인벤토리에서 꺼냈다.

"방법은 기억하고 있지? 심장 위쪽에 상처를 내고, 역시 욕실로 가는 게 낫겠다."

나는 그렇다 쳐도 유현이도 피를 내야 하니 욕실이 나을 것이다. 침대에 핏자국이 남으면 설명하기 귀찮으니까. 게다가 피스도 놀랄 테고.

"피스야, 별일 아니니까 여기서 얌전히 기다리고 있어."


- 끼앙.


피스를 쓰다듬어 주며 말했다. 삐약이와 벨라레는 예림이와 함께 집으로 돌아갔다. 벨라레는 독 때문에 병원에 오래 두기 꺼려지기도 하고 삐약이는 TV를 그리워했기 때문이었다. 삐약이 녀석은 예림이가 데리고 가 주기 전에 이미 공간이동으로 집에 가기도 했었다. 혼자 있으니 심심해서인지 얼마 안 지나 돌아왔지만. 벨라레 가고 나면 어쩌나.

환자복 상의를 벗으며 일어났다. 병실에 딸려 있는 욕실은 충분히 크고 넓었다. 환자용 욕조까지 자리 잡고 있다. 흑룡의 심장을 꺼내 유현이에게 건네주었다.

"진통제는."

심장 조각을 받으며 동생이 물었다.

"약 먹어서 좋을 거 없잖아. 별로 안 아파. 혼자서도 했어."

"그래도 아프긴 아프잖아."

"새삼스럽게 뭘."

서로 칼 들고 살벌하게 싸운 지 얼마나 지났다고 그러냐. 지금은 실제 몸뚱이긴 하지만. 괜찮다고 재차 말하며 몸을 돌렸다. 커다랗게 붙은 거울이 꾸깃한 얼굴의 동생을 비추고 있었다. 계속 저러다 주름질라. S급이니 괜찮나.

"심장과 가까울수록 좋다더라."

위치 잘 잡으라는 내 말에 유현이가 한숨을 흘리며 군림자의 검을 뽑아 들었다. 등 바로 뒤에서 스르릉, 날이 검집을 스치는 서늘한 소리가 들려왔다. 반사적으로 전신의 신경이 쭈뼛 섰다. 공포 저항이 있으니 두려운 건 아니다. 오랜 경험으로 인한 반응이다. 전투가 시작되는 소리. 벌써부터 피 냄새가 혓바닥 위에 스며드는 듯했다.

등에 손끝이 닿았다. 거울에 비치는 동생의 모습을 확인하지 않았더라면 무심코 쳐 내 버렸을 것이다. 왜인지 감각에 날이 약간 섰다.

'한바탕 싸운 것 때문인가.'

그렇게 데굴데굴 굴러다니며 치고받은 건 오랜만이었지. 회귀하고 나서도 고생 안 한 건 아닌데 그래도 상대적으로 편하긴 했다. 유현이와 예림이, 그 외 주위 사람들이 몸 좀 아끼라 말하긴 하지만 솔직히 겉으로는 양호한데 말이야.

심장의 위치를 찾듯 동생의 손가락이 피부 위를 가볍게 더듬거렸다. 아니, 찾기야 곧장 찾았을 테지만 망설이는 느낌이었다.

"…이 각인은, 문제없는 거야?"

"응. 어르신이 봐주기도 했어. 내가 바로 쓰기엔 힘들긴 해서 명우한테 조절 아이템 만들어 달라고 할 건데……."

아직은 별 이상 없는데 이대로 놔둬도 괜찮지 않을까. 하지만 제대로 쓰려면 아이템을 만들어 두긴 해야겠지. 각인이 거의 봉인된 탓인지 지금으로선 마력 조절이 약간 더 쉬워진 이상의 효과는 없었다.

"형 감기 걸리겠다. 빨리 해라."

전혀 춥진 않았지만 재촉했다. 등을 만지던 손이 떨어져 나가고 군림자의 검이 빙그르 크게 반 바퀴 회전했다. 서늘한 것이 닿아 오고 등이 아주 약간, 따끔했다.

"제대로 찌른 거 맞아?"

대답 대신 검이 바닥에 박혔다. 하얀 타일을 생크림케이크라도 되는 듯 부드럽게 파고들었다. 그러곤 잠시 인벤토리에 넣었던 심장 조각을 꺼내 내 등에 가져다 댄다. 열기 어린 딱딱한 감촉이 피부에 눌러졌다. 천천히 마력을 움직여 디아르마의 스킬을 사용했다. 상처 안쪽으로 후끈, 강한 존재감이 스며드는 것이 느껴졌다.

이어 마석 또한 상처에 흡수되고 마지막으로 유현이가 한쪽 소매를 걷었다. 검을 뽑아 들고 드러난 팔뚝에 날을 가져다 댄다.

"그냥 조금만—"

내 말이 끝나기도 전에 가차 없이 검이 살을 파고들었다. 섬뜩한 소리와 함께 핏방울이 거울까지 튀어 올랐다. 내 등과 반사적으로 고개를 돌린 뺨에도.

"야! 살짝 베면 된다니까!"

흘러넘친 핏물이 내 등의 상처를 적셨다. 동생 놈 진짜! 투덜거리면서도 스킬 사용에 집중했다. 흑룡의 심장 조각과 마석 그리고 유현이의 피까지. 그 세 가지가 섞여 안정적으로 자리 잡았다. 체인질링보다는 빨리 완성되었으면 좋겠는데.

"왜 그랬어!"

마석 조합이 끝나자마자 뒤로 돌아 동생 녀석의 팔부터 살폈다. 포션도 안 쓰고 출혈조차 아직 멎지 않았다. 이 자식, 이런 걸로 항의하는 거야! 인상을 잔뜩 찌푸리며 얼른 포션을 꺼내 유현이의 상처를 치료했다.

"아프지도 않냐, 진짜."

"별로 안 아파."

"웃기고 있네."

기껏 팔 걷어 놓곤 셔츠에 피 다 튀었다. 내 등도 아직 축축하다 못해 허리께까지 젖어들었다. 물론 욕실 바닥도 엉망이었다. 욕실이라 그나마 다행이긴 하다만.

"이걸 뭐라고 설명하냐. 일단 씻어 내고, 잠옷 여분이 있긴 한데 너한텐 작겠지. 옷 가져다 달라고 해연에 연락해. 비서실 24시간 근무던가?"

던전 브레이크가 밤낮 가리진 않으니 대형 길드는 보통 24시간 사람이 대기했다. 이젠 좀 더 여유로워져도 되겠지만.

"형은 괜찮아?"

제 팔뚝을 사정없이 베어 놓은 주제에 유현이가 나를 걱정하며 내 이마를 짚었다. 열은 없네, 하고 중얼거리는 동생 놈 등짝을 패 주고 싶었다.

"멀쩡하니까 네 몸도 좀 아껴라. 툭하면 나한테 뭐라고 그러는데 너도 남 말 할 처지가 아니야. 내가 진짜 너 하는 짓 보며 얼마나……."

무심코 머릿속에 떠올린 광경에 입을 다물어 버리고 말았다. 유현이가 갸웃 목을 기울이다가 말했다.

"그러고 보니 내 스킬, 상처를 내서 쓰는 거였지. 지금은 아니지만."

"…그, 그래."

"하지만 볼 일은 별로 없지 않았어? 그땐 하급이라면 몰라도 상급 던전에 같이 가지 않았을 테니까."

"던전이야, 같이 안 갔어도. 랭킹전 있었댔잖아. 방송도 했어."

셔츠를 벗으며 유현이가 흥미 어린 눈빛을 했다.

"좀 궁금하긴 했는데, 랭킹전에서 난 어땠어?"

"너 말이냐? 죄다 기권했지."

"뭐?"

"해외 안 나갈 거라고 고집 피워서. 승률만 따지면 세계 2위였지만 최고 성적은 4위였어. 8강까진 던전 내에서 전투 촬영을 하는데 4강부턴 생방송이라 해외에서 치렀거든. 주로 바다 한가운데 무인도에서. 지금 랭킹전 하면 예림이가 다 쓸어 버리겠네."

그나마 4위권에 들어간 것도 주최 측에서 유현이에게 배려를 많이 해 준 덕분이었다. 상대가 무조건 한국으로 와야 했으니까.

"1위는 세성 길드장인 건가."

"실종되기 전에는. 그 후엔 사실상 유현이 네가 1위일 거라고들 했지. 그거 가지고도 헛소리하는 놈들이 많아서……."

생각하니까 또 살짝 열받네. 1위가 비운 자리를 대신 차지했을 뿐 진정한 최강은 아니다 어쩌고 개소릴 해 댔다. 내 동생 진짜 좋은 스킬 있지만 못 쓴 거였거든! 그거 때문에 성현제한테도 괜히 안 좋은 감정이 생겼었다. 첫 랭킹전 이후론 초반에 강자끼리 붙지 않게 짜인 대전표와 유현이의 기권 때문에 제대로 붙은 적도 없었는데 무조건 그 인간이 제일 강하다고들 그러고.

"도검포식자 스킬은 쓰지 않은 상태에서도, 웬만한 S급은 진짜 쉽게 눌러 버리곤 했어. 해외에 나가지 않는 걸 아쉬워하는 사람들이 얼마나 많았는데."

성현제도 사라져 버린 탓에 만약 내가 회귀하지 않았더라면 다음번 랭킹전 4강은 어떻게든 한국에서 치르려 했을지도 모른다. 생방송이 아니어도 좋으니까 기권하게 두지 말라는 아우성이 장난 아니었지.

갈수록 위험해져 가는 세상에 왜 저렇게 일종의 스포츠에 열성이냐 싶기도 하겠지만, 강력한 헌터들의 힘이 보여 주는 것은 일종의 희망이었다. 살아남을 수 있겠구나, 하는 희망.

"이번에도 랭킹전 열리면 말이야, 1위 하자."

어깨를 가볍게 치며 하는 내 말에 유현이가 웃었다. 내가 멀쩡한 거 보고 기분이 완전히 풀린 모양이다. 예림이는 미성년자라서 몇 년간 참가 못

하니 그때가 기회다. 물의 지배자께서 성인 되면 뭐, 끝난 거 아니냐. 지구는 푸른 별이라.

 욕실은 물로 씻어 내고 피에 젖은 옷은 고심 끝에 깨끗이 태워 버렸다. 나와 유현이의 피 냄새를 맡고 안절부절못하던 피스를 달래고 있자니 해연에서 유현이 옷을 가져다주었다. 대체 병원에서 무슨 일이 있었기에 새 옷이 필요한 건지 의아해하는 기색이었지만. 혹시 물어보면 두유 먹다 쏟았다고 할까. 대충 말려만 두려고 했는데 화력이 강해서 태웠습니다, 라거나.
 집에 가서 편히 자라고 했지만 유현이는 날이 밝고 예림이가 오고 나서야 같이 아침 먹고 돌아갔다. TV는 여전히 금지라 예림이가 가져다준 책을 뒤적거리고 있는데 문현아가 병문안을 왔다.
 "안녕, 형님. 안색 좋아 보이네."
 문현아가 과일바구니와 함께 작은 쇼핑백 하나를 내게 내밀었다. 쇼핑백의 로고가… 본 적 있는 것이었다.
 "저기, 현아 씨. 이건……."
 "요즘 한 소장님이 화장을 즐긴다고 소영이가—"
 "아니거든요! 설마 또 립스틱입니까?"
 "매니큐어야."
 "현아 씨!"
 문현아가 낄낄대며 쇼핑백을 대충 한쪽에 던져 놓았다.
 "형님은 외모보단 몸 관리가 더 중요하겠지만. 왜 또 병원 신세야."
 "이제는 괜찮아요. 그냥 푹 쉬라고 입원시킨 거죠. 집에선 아무래도 일을 찾아 하게 되니까요."
 내일이면 퇴원할 예정이다.
 "현아 씨는 일본에 갈 생각 없으시죠? 국내 일로도 바쁘실 테니까."

"숟가락 얹고 싶은 마음이야 있지만. 예림이는 모레 떠난다며."

"네. 가까운 곳이긴 한데, 그래도 신경은 쓰여요."

현아 씨가 같이 가면 마음이 편할 텐데. 문현아가 의자를 끌어당겨 앉으며 입을 열었다.

"뭘 그렇게 걱정해."

"아직 어리니까요. 심지어 성인이 되면 지구 반대편까지도 가겠대요. 물론 위험한 걸로 치면 던전도 마찬가지지만, 그래도 기분이 좀 그렇잖아요. 예림이가, 너무 혼자 힘으로 다 하려는 건 아닐까 싶기도 하고요."

조개 때도 그렇고. 내 옆에 달라붙어 있으려는 유현이와 다르게 예림이는 벌써부터 홀로서기를 준비하는 것 같았다.

"좀 더 기대도 괜찮을 거 같은데 말이에요."

"말이야 쉽지, 한 소장님. 이러니저러니 해도 남이었잖아."

"예?"

"고작 몇 달치곤 셋이 정말 잘 지내고 있지만, 그래도 고작 몇 달이지. 게다가 예림이 나이에 상급 각성자잖아. 가출하는 애들도 많다?"

"네? 가출이요?"

문현아가 근엄하게 고개를 끄덕였다.

"뭐든지 할 수 있는 어른이 된 거 같으니까. 여느 어른보다 더 강하기도 하고. 그래서 중고등학생 상급, 아니 중급만 되어도 나 혼자 잘할 수 있어! 하고 집 나가는 경우 꽤 흔해. 국내는 그나마 덜하지만 해외엔 진짜 많지. 한 소장님 동생도 가출했잖아."

"아니, 유현이는 경우가 좀 다르고요……."

"예림이가 형님네 가장처럼 구는 건 알고 있어?"

현아 씨 얼굴에 짓궂은 미소가 맺혔다.

"가장이요?"

"요즘 예림이 말버릇이 나 없으면 안 된다니까요, 야. 그때 표정을 형님도 봐야야 하는 건데. 이번에도 형님에 도련님까지 챙겨 줬다고 얼마나 뿌듯해했는데. 세성 길드장이 시비 걸어온 것도 막아 냈다면서 자랑했어."

예림이가 유현이 대신 여기저기 연락 넣은 건 들었지만 성현제가 시비를 걸었다니.

"다른 사람들이 자신을 필요로 한다는 게 생각보다 진짜 중요하거든. 남에게 인정받고 싶은 욕구라는 거지. 특히나 자기가 좋아하는 사람에게 말이야."

문현아의 말에 절로 고개가 끄덕여졌다. 나도 그랬다. 내가 유현이에게 해 줄 수 있는 일이 아무것도 없다는 생각이 들었을 때, 정말, 정말로 힘들었다.

"내가 혼자, 스스로의 힘으로 많은 일을 할 수 있다고 자신하는 거. 나쁜 일 아니야. 그 반대지. 그리고 지금 예림이는 그럴 때이고. 몇 년이나 집에서 없는 취급 받았잖아. 인정받고 싶을 거야."

"…지금이라도 그 삼촌네 한번 엎어 놓고 싶네요."

"이미지 나빠질걸. 어쨌든 키워 줬으니."

그건 그렇지만 열받긴 했다.

"그러니 애지중지하는 것도 좋지만 가끔은 도와 달라고 해 줘. 그렇다고 집안일 같은 거 시키진 말고, 형님이 못 하는 걸로. 단순히 부려 먹는 게 아니라 너 없으면 안 되겠다, 라는 생각이 들 만한 일 말이야."

"그래도 너무 부담 가는 일은 안 되지 않을까요."

"S급인데 그럴 만한 일 별로 없지 않나? 무겁고 중요한 짐을 나눠 들어 달라고 하면, 좀 힘들지 몰라도 예림이는 기뻐하겠지. 어리다고 빼놓는 건 그 애가 아무런 도움을 주지 못할 때의 일이야. 무력함만 느껴야 하는 일이면 모르게 하는 게 낫지만 도와줄 능력 되면 따돌릴 필요 있나. 그리고 애들도 다 안다?"

"…그렇죠."

예림이 나이면 진짜 눈치껏 알 거 다 알 테고. 역시 예림이에게도 회귀에 대한 이야기를 해 줘야겠다는 확실한 결심이 들었다. 말해야지 하면서도 혹 어린 예림이에게 쓸데없이 부담 주는 건 아닐까 자꾸 망설여졌었는데. 현아 씨의 말을 듣고 나니 그런 중요한 비밀을 나눈다면 무게감보다 자신을 믿어 주고 의지해 준다는 기쁨이 더 클 듯했다.

"그래도 너무 혼자 다 하진 않았으면 좋겠어요. 정말로 힘들 땐 기대겠다고 했지만, 예림이가 워낙 다 잘하니까요."

"욕심이야, 형님. 고작 몇 달이라니까? 형님이 지금 이대로라면 언젠가 알아서 기대 오기도 하겠지. 뭣보다 평소 보는 게 형님 동생이잖아. 좀 더 편해지면 나도 저래도 되겠네, 할걸."

그런가. …유현이처럼 어리광 부리는 거야 환영이지만 다른 부분은 안 되는데. 예림이가 그럴 거 같진 않지만.

"언제나 생각하지만 현아 씨가 있어서 정말 다행이에요."

"반해도 책임은 못 져."

문현아가 씨익 웃었다. 아, 아니. 그런 게 아니라.

"또 놀리신다. 어차피 현아 씨 눈 높잖아요. 세성 길드장 같은 얼굴 좋아한다던데."

"형님도 귀여워. 좋아해."

"…아니, 그, 말을 이상하게 하시네!"

괜히 옆에 앉아 있던 피스를 끌어다 안았다.

"브레이커는, 어때요?"

"아직은 잠잠하지. 리에트를 열심히 꼬시는 중이야. 단기 계약이라도 하면 도움이 될 테니까. S급 헌터 두 명, 좋잖아."

"세성 길드장이 해외 나가면 이목 집중하기도 더 좋을걸요."

문현아가 돌연 인상을 찌푸렸다.

"성현제 나가면 역시 에블린이 길드장 대리를 맡겠지? 그럼 마주치긴 해야 할 텐데, 벌써 짜증 나네."

"그렇게 싫으세요?"

"안 맞는다니까. 걔랑은. 소영이 코메트 덕에 준 S급인데 길드장 대리하면 안 되나. 성현제도 그럴 마음 있는 듯했는데."

원래라면 강소영이 했을 것이다. 에블린 씨와는 왜 그렇게 사이가 안 좋지. 그리 나쁜 사람 같지는 않았는데.

"아, 혹시 오늘 잠깐 석하얀 씨 연구실에 들러 주실 수 있을까요? 명우 좀 병원에 부르게요."

노아가 있긴 하지만 그래도 사람들과 연구 자료를 보호하는 데는 명우만 한 적임자가 없었다. 정말 중요한 자료는 대장간에 보관해 놓기도 했다. 그래서 한창 외부인이 드나드는 지금 명우를 빼 오기가 꺼려졌다.

"어차피 들를 생각이었어."

현아 씨가 흔쾌히 수락했다. 몸에 별 이상 없으니까 이참에 깜둥이 마석도 명우에게 봐 달라고 하고, 합성해야지. …마나각인 문제도.


현아 씨가 친절히 빨대를 꽂아 준 코코넛을 먹고 있는데 명우가 도착했다. 이건 대체 무슨 맛으로 먹는 걸까. 코코넛이 들어간 과자류는 맛있었는데 물은 뭔 맛인지 모르겠다.

"명우야~"

일단 웃었다. 웃는 낯이면 아무래도 화내기 껄끄럽잖아. 명우가 가지고 온 음료수 상자를 테이블 위에 내려놓았다.

"괜찮다니까 뭘 또 사 왔어."

"빈손으로 어떻게 와. 몸은 어때?"

"멀쩡하지! 진짜로. 아무 이상도 없고 내일이면 퇴원할 거야."

정말로 괜찮다고 연거푸 강조해 말했다. 등에 난 상처는 그냥 어쩌다 다쳤는데 포션이나 치유 스킬 쓰면 안 좋다 그래서 남아 있는 거라고 해야지. 마나각인은 몸에 좋은 거라고 말해 볼까.

"바쁠 텐데 불러서 미안해."

"언제 불러도 상관은 없지만 병원은 아니었으면 좋겠다."

웃으면서 하는 말에 뼈가 있었다. 그때 돌연 은혜가 튀어나와 명우에게 날아갔다. 그러곤 뻑삐삐 무어라 하소연하기 시작했다.

"…혹시 알아들을 수 있어?"

"아니, 하지만 유진이 네가 또 일 쳤다는 것 정도는 알 수 있지."

"그게, 맞아! 은혜가 린이와 싸워서 그런 걸 거야!"

"린이? 불의 정령?"

얼른 고개를 끄덕였다.

"어, 둘이 싸웠거든. 처음부터 사이가 별로 안 좋기도 했어. 은혜가 제일 잘하는 말이 나쁜 도마뱀이잖아."

"그래? 왜지. 이스무아르와는 별문제 없었는데."

"이린은 이스무아르와 좀 다른 거 같더라. 이스무아르는 점잖잖아."

"꼭 그렇지도 않아. 은근 자주 투정 부리기도 하고. 나이 때문이 아닐까. 이스무아르는 내가 두 번째 주인이기도 하지."

"첫 번째 주인이 샬로스 씨지? 혹시 그분 이야기 좀 들었어?"

초월자에 황금대장간이라는 특수 공간을 만들고 스킬 보상으로 집어넣을 정도면 보통 능력자가 아니었을 텐데.

"주로 뭘 어떻게 만들었느냐에 대해선 종종 들어. 침식하는 군림자의 검도 알고 있던데."

"뭐? 진짜? 뭐랬는데?"

"도검 제작만큼은 그분이 가장 뛰어나다고. 말끝마다 창조주 찬양을 해대는 이스무아르가 그렇게 말할 정도니 진짜 대단한 분이지 싶더라. 그래서 말인데 저번에 준 SSS급 마석, 그대로 검으로 만들 거야?"

"왜?"

"네 동생 줄 생각인 거잖아. 하지만 군림자의 검이 있으니 다른 종류로 만드는 게 어떨까 싶어서."

SS급 검이 하나 더 있어서 나쁠 건 없지만 명우의 말을 듣고 보니 고민되긴 했다. 현재로선 서브로나 쓰이게 될 테니까. 유현이가 쌍검을 쓸 수 있긴 하지만 SS급 검 두 개를 사용하기보단 한쪽 손으로 화염을 다루는 편이 낫다.

"이제 와서 다른 걸로 바꿀 수도 있어?"

"제련이 곧 끝나니 딱 좋을 때지. 확실하게 SS급 이상 나오게 만들려고 시간 좀 들였어."

"으으음, 고민되네. 예림이도 SS급 무기 하나 있으면 좋긴 할 텐데, 랭킹전용 미끼는 없었던 걸로 칠까. 하지만 서브 무기도 괜찮긴 하고."

무엇보다 도검포식자 스킬을 적용 가능하다는 것 때문에 망설여졌다. SS급 무기를 일회용으로 쓰는 건 정말 미친 짓이지만, 그래야만 하는 사태가 발생할 수도 있는 일이다. 하지만 평소엔 인벤토리에 처박아 두게 될 테고…….

"아직 며칠 남았으니 고민해 봐."

"응. 근데 전에 특성은 검에 잘 어울릴 거라 하지 않았어?"

"네가 말한 몬스터 특성은 그랬는데 의외로 물의 기운도 강하더라고."

"물?"

귀가 번쩍 뜨였다. 그러고 보니 무해의 왕의 일족. 즉, 안개 바다 일족이었지. 안개 바다면 앞으로 봐도 뒤로 바도 물속성이다.

"그럼, 역시 예림이 무기를 맞춰 줘야 하나."

"박예림 무기라면 원래의 창을 업그레이드시키는 쪽으로도 가능해."

"진짜?"

"내가 만든 거니까."

우와, 그런 것도 되는구나. 일단 유현이에게 먼저 물어봐야겠다. 원래는 유현이 주려던 거였고 서브 무기가 필요할 수도 있으니.

"일본에서 얻은 SS급 마석들도 제련 중이야. 마침 권총 완성됐는데, 볼래? D급밖에 안 되긴 하지만."

"벌써? 볼래!"

얼마나 지났다고 벌써 만들었냐. 등급이 낮긴 해도 애초에 하급 헌터 보급용이니 D급이면 감지덕지한 수준이다.

"피스야, 잠깐 갔다 올게. 얌전히 있어."

- 끄우응.

"누가 오면 명우 대장간 갔다고 알려 주고."

탁자의 메모장에 글을 써놓고 말했다. 피스가 조금 불만스럽게 꼬리를 탁 쳤다.

대장간은 변함없이 나무와 불내음이 뒤섞여 있었다. 이스무아르가 내게 손을 흔들어 주었다.

"충전 후 연사 기능 외엔 평범해. 마나만 충분히 넣으면 E급 몬스터까진 쉽게 상대할 수 있을 거야."

명우가 일견 평범해 보이는 검은 권총을 내게 건네고 이스무아르에게 손짓했다. 작은 불덩이 하나가 새 모양이 되어 팔랑팔랑 날아왔다. 그것을 겨누어 방아쇠를 당겼다. 퍽, 소리와 함께 불새가 마탄을 삼키고 흩어졌다.

"F급 마나통으로도 두 발 정도는 바로 충전 발사 가능하겠네. 이거 해외에선 호신용으로도 인기 많겠는데? 우리나라야 총기 소지 안 되지만 해외는 아니니까."

헌터 인정 못 받는 FF급 각성자라 해도 쓸 수 있는 무기다. 한국은 이제 안전하다 볼 수 있지만 해외는 아직 아니니 원하는 사람들이 넘쳐 날 것이었다.

"위력 자체는 일반 권총과 비슷하니까 위험하단 소리도 못 할 거고."

몬스터에게 평범한 총화기가 잘 통하지 않는 건 마력으로 몸을 보호하기 때문이다. 그래도 하급이면 현대 무기로도 처리 가능했지만 효율 차이가 컸다. 헌터라면 칼로 대충 푹 찔러 죽일 F급도 총을 몇 발이나 쏴 대야 해치울 수 있으니까.

내 말에 명우가 고개를 절레절레 저었다.

"나 혼자 대량생산은 못 해. 하급 헌터들 물량도 못 맞출걸. 재료비는 그리 비싸지 않지만 인력 문제지."

"하긴 그렇겠다. 네 제자분들은 어때?"

"이 총 정도는 내가 가르쳐 주면 만들어 낼 수 있을 정도지. 그래도 몇 명 안 되니까."

인원이 부족한 게 문제구나.

"전국의 손재주 있는 사람들을 모아 보자. 지금 대장간 사람들도 제작 스킬은 없잖아. 던전에 밀어 넣고 몬스터들의 위협 속에서 제시된 도구를 빠르게 만드는 사람만 탈출할 수 있다, 라는 식으로 해서 각성을 시키면… 인권 문제가 크려나."

"그렇게라도 무기 제작하고 싶다는 사람만 받으면 되지."

괜찮은 방법인 거 같다며 명우가 끄덕거렸다. 비밀유지 계약은 반드시 해야겠다.

명우가 내어준 차와 과자를 먹으며 대장간 확장에 대해 이야기했다. 빌딩을 본점으로 두고 근처에 새로 하나 더 내는 것도 괜찮을 듯했다. 그만큼 사람이 모일 때의 일이지만.

"그런데 왜 오라고 한 거야? 무기 때문은 아닌 듯한데."

"아, 그게……."

일단 깜둥이 마석부터 보여 주는 편이 낫겠지. 마나각인에 대해 설명할 말을 고르고 있는데 머뭇거리는 나를 바라보던 명우가 먼저 입을 열었다.

"노아 때문에?"

"…응?"

"일본 다녀온 뒤로 생각이 많은 것 같더라."

명우의 말에 크게 고개를 끄덕였다.

"먼저 캐묻기도 그래서, 걱정이야. 너한텐 별말 없었어?"

"전보다 말수도 더 줄었어. 예전에는 누나가 문제였다면 지금은 좀 더 근본적인 고민을 하는 모양이야."

"근본적인 고민?"

"자신의 위치가 어중간하다는 거. 뭐 하나 특출한 거 없이 말이지."

노아 씨가 스스로에 대한 자신감이 없다는 사실은 나도 알고 있었다. 하지만 나로서는 그걸 완전히 이해하기가 조금, 힘들었다. 충분히 뛰어난데.

"노아 씨는 객관적으로 봐도 뛰어난 헌터잖아. 그래서 더 어떻게 해야 할지를 잘 모르겠어."

"사실 남이 보기엔 배부른 고민처럼 느껴질 수도 있겠지. 근데 어정쩡하다는 거, 생각보다 힘들거든. S급 헌터긴 한데 S급치곤 약하다. 치유 스킬 하나뿐이니 힐러라 할 수도 없다. 그리고 보조계는 말 그대로 보조잖아."

보조계도 중요한 자리인데. 하지만 세상 인식이란 게 그렇긴 했다. 헌터가 아니라 다른 일들도 보조라는 말이 붙으면 한층 낮게 보기 십상이었으니까. 필수와 필수가 아닌 자리다 보니 차이가 날 수밖에 없었다.

어쩌면 메드상에서의 경험이 현실을 더 아프게 느끼게 했을지도 모르겠단 생각이 들었다. 보조계도 충분히 뛰어날 수 있다는 경험을 했지만, 현실을 바꾸는 건 쉽지 않으니까. 게다가 사실 메드상은 뮤라는 특별한 존재 덕분에 만들어질 수 있는 도시이기도 했다. 다른 도시야, 여전히 전투계 위주였지.

"그냥 포기하고 유진이 네게 보호받는 것도 방법 중 하나겠지. 하지만 쉽게 포기가 안 되는 모양이더라."

"그럼 역시 새로 얻은 스킬은 유체화나 소형화겠네."

스킬을 쓰느냐 마느냐가, 노아 씨의 갈림길인 듯했다. 귀여움받으며 안락함 속에 머무르느냐, 아니면 헌터로서 더 높은 곳을 노리느냐, 일까. 그래서 요즘 나를 피하는 것이겠지. 스스로 결정을 내리기 위해서.

'예림이는 언제든 돌아올 수 있는 집이 있으니 나아갈 거라고 했지.'

하지만 노아 씨는 그 정도로 나를 믿진 못하는 모양이었다. 사실 그게 보통이긴 할 것이다. 오래 알고 지낸 것도 아니고 시작은 칭호 효과였고. 예림이가 대단한 거지. 현아 씨 조언대로 노아 씨에게도 내가 더 의지하는 모습을 보여 줘야 하나. 어렵다.

찻잔을 비우고는 한숨을 내쉬었다.

"역시 사람 관계는 쉽지 않구나."

"태어났을 때부터 쭉 정성 들여 키워도 엇나가기도 하는 게 사람이잖아. 유진이 네가 신경 써 준다 해도 한계란 게 있을 수밖에. 심지어 도와주고 싶어 한 일이 오히려 악영향을 주기도 하고."

"그건 그렇지."

나와 유현이도 서로를 생각하면서도 틀어지고 상처 입었다. 남을 위한 행동이 무조건 좋은 결과를 낼 수는 없다. 점쟁이가 아닌 이상은 어떻게 알겠냐. 계속 실수하고, 실수를 바로잡아 가는 거지.

"노아에게 제일 좋은 길이라면 나처럼 되는 건데, 그게 쉽지 않으니까."

"명우 너처럼?"

"응. 난 많이 변했잖냐."

그야 뭐, 몰라보게 변했다. 새삼 맞은편에 앉은 명우를 쳐다보았다.

"…그새 키 더 큰 거 같다?"

"1센티 정도야. 외모 말고 성격."

"처음 만났을 때랑 같은 사람으론 안 보이지."

"무엇보다 자신감이야."

명우가 느슨한 미소를 머금었다.

"내가 최고라는 자신감. 이 세상에서는 누구도 따라올 수 없는 확실한 1위. 나를 대신할 수 있는 사람은 아무도 없지."

담담하지만 동시에 당당한 목소리였다. 명우의 말대로 지금 이 세상에서는 그를 대신할 수 있는 사람은 없었다. 심지어 S급 헌터와 명우를 두고 선택해야 한대도 백이면 백 대장장이를 외칠 것이다. 명우만 있으면 S급 헌터들을 끌어들이는 것도 쉬울 테니까. SS급 무기 완성돼 봐라, 난리 나겠지.

명우의 뒤에서 광채가 퍼져 나가는 듯한 착각이 들었다.

"…좀 멋있는 거 같다."

"유진이 너도 마찬가지잖아."

"아니, 난……."

명우와는, 다르다. 내가 도와줬다 해도 황금대장간 스킬은, 그 손재주는 명우 자신이 지니고 있던 능력이다. 하지만 나는 내가 혼자 얻은 것이 아니었다. 애초에 혼자서는 가질 수도 없었던 능력이고.

"음, 뭐. 그럼 노아 씨가 보조계로 세계 최고가 되면 괜찮아지려나?"

"그거 자체가 애매하니 문제지만. 게다가 난 내가 하고 싶은 일로 정상에 올랐다는 것도 있잖아. 무기 만들 생각은 없긴 했지만, 어쨌든 사람이 가질 수 있는 최고의 인생 목표를 달성한 셈이지."

세상에서 자기만큼 만족스러운 삶을 사는 사람은 몇 없을 거라며 명우가 웃었다.

"유진이 네 걱정만 빼면 말이야."

"…할 말이 없습니다."

지금으로선 더더욱 입이 열 개라도 할 말 없다. 눈치를 살피며 인벤토리에서 유리병을 꺼내 테이블 위에 올려놓았다.

"마석이야. C급인데 상태를 봐줄 수 있을까?"

"C급?"

명우가 깜둥이의 마석을 꺼내어 살펴보았다.

"용종인가 봐. 그것도 독에 저주?"

"맞아. 아직 특성이 잘 살아 있어?"

"어. 괜찮은데, 이걸로 뭘 만들게? 용종이 귀한 편이라도 C급은 등급이 너무 낮잖아."

"아니, 만드는 게 아니라… 만들긴 하는 건데……."

결국 마수 조합 스킬에 대해 털어놓았다. 명우의 인상이 대번에 찌푸려졌다.

"몸에? 넣는다고?"

"그게, 별문제는 없거든. 그냥 상처가 작게 남는 것일 뿐이야. 나도 얘를 마지막으로 더 조합할 생각 없고."

깜둥이가 날 도와준 이야기까지 하고 나자 명우가 어쩔 수 없다는 듯 인벤토리에서 마석 하나를 꺼냈다.

"SS급 마석이야. 이걸 써."

"뭐? 하지만……."

"이건 오래되어서 아이템으로 만들기엔 부적합해. 보조로는 쓸 수 있겠지만, 널 지켜 준 마수라며. C급이면 S급 마석을 써도 A급도 나오기 힘들 거잖아. A급은 되어야 안전하지."

"…고마워, 명우야."

"다만 특성 확인할 수도 없을 정도라 원래 어떤 몬스터였는지도 몰라."

재차 고맙다 말하며 SS급 마석을 받았다. 병실에 돌아가서 바로 조합해 줘야지.

"그리고… 하나 더 있는데…….."

머뭇거리는 내 태도에 명우가 다시금 미간을 좁혔다.

"말해."

"마나각인이라고, 몸에 안 좋은 건 아니고. 나한테 도움 되는 거거든."

"각인?"

"어, 등에 있는 건데."

마서들을 인벤토리에 넣고 상의를 벗었다.

"이거. 보여?"

"……"

짧은 침묵이 흘렀다. 끼익, 의자 밀리는 소리와 함께 명우가 자리에서 일어났다. 그러곤 덥석, 내 뒷덜미를 붙잡아 테이블 위로 눌렀다. 졸지에 테이블 위에 엎드린 채 벗어나려 해 봤지만 스탯 차이는 어쩔 수 없었다.

"야, 왜!"

"이게 뭐야. 무슨 미친 짓을 한 거야!"

어… 화났나 보다.

"이스무아르."

명우의 부름에 불의 정령이 다가왔다. 화끈한 열기가 피부 위로 느껴졌다.

"이 각인, 마나 회로 기초 작업 맞지."

"네. 맞습니다."

기초 작업이라니. 영문을 몰라 하는데 명우가 화를 꾹꾹 억누르는 목소리로 말했다.

"사람에게, 적용 못 시킬 건 없지만."

"저어기, 설명 좀 해 주실래요……?"

"강제야, 아니면 자의야."

질문이 서늘하다 못해 칼날처럼 찔러 왔다. 그게, 대답이 얼른 나오질

앉았다. 입을 다물고 눈알만 데구르르 굴리자 한숨 소리가 내 등 위로 쏟아졌다. 그러곤.

짜악!

"악! 아파!"

"아프다고? 아프단 말이 나와? 이 꼴을 하고서?"

"아니, 악! 은혜야!"


- 삐익.


은혜가 왜 부르냐는 듯 내 얼굴 앞에 날아와 머리를 갸웃 기울였다.

네 아빠 좀 말려 봐라! 은혜를 쓸까도 했지만 그럼 화만 더 부추기겠지. 내가 잘못한 거 맞긴 하지만 그래도!

"그, 그게, 그 동네에선 다 해!"

나만 한 거 아닌데 왜 마나각인 자체를 탓하냐. 각인 자체는 흔히 하는 안전한 거라고 했는데.

"내가 진짜 몸으로 들어가서 그렇지, 다들 하고 있었다고. 진짜야! 각성자는 웬만해선 다 하는 건데, 그래서……."

"F급에게도 이걸 한다고?"

"아니, 그 동네 F급은 헌터, 가드 취급을 안 하고, 또 거기선 내가 C급이었, 아파!"

등짝 좀 그만 패라. 우리 부모님한테도 맞은 적 없는데! 야단을 치지 않았다기보단 관심이 없어서라 지금과 정반대긴 했지만. 등이 화끈거렸다. 멍까진 아니어도 빨간 자국쯤은 남았을 듯했다. 명우도 어린 혼돈처럼 뭔가 마력이라도 썼나, 때리는 힘에 비해 참기 힘들게 아팠다.

"C급? S급이라도 죽어!"

"그, 그걸 어떻게……."

보기만 하고 알아차린 거지. 명우가 울컥거리는 감정을 가라앉히려는 듯 연거푸 한숨을 내뱉었다. 그러곤 설명을 이었다.

"이건 아이템을 만들 때 쓰는 기초 마나 회로야. 좀 다르긴 하지만 기본적인 건 같아. 마나 회로를 넣어야 사용자의 마나를 받아들이고 작동 가능하니까."

"…아이템에 들어가는 거라고?"

"그래. 기초 마나 회로를 깐 다음에 특성을 부여하는 거지. 등급이 높을수록 더 촘촘하고 넓게 까는데, 재료의 내구도가 부족하면 작업 도중에 부서지기도 해. 그것 때문에라도 낮은 등급의 재료로는 높은 등급의 아이템을 만들어 내기 힘들지. 보통은 재료 등급 대비 낮은 아이템이 나오곤 하고."

그렇구나. 그래서 명우가 마나각인을 단번에 알아본 거고. 맨날 쓰는 거였을 테니까.

"사람에게, 네게 적용된 마나 회로도 마찬가지야. 등급에 따라 버틸 수 있는 양의 한계가 있는데. 그런데 이건!"

"마, 말로 하자. 진정하고."

"C급도 목 아래로 내려가면 위험해질 크기인데!"

"위험하긴 한데, 아는데, 그 던전에서, 내 목숨이 다섯 개였거든! 그래서 그랬어, 무모하게 한 게 아니라, 마취도 제대로 했고, 딱 한 번 죽었, 악!"

"잘하는 짓이다, 진짜!"

"아니, 그래도 마나각인 받으면 마력 다루는 게 좋, 잠깐만, 지금 손 들었지, 잠깐만!"

"등급 대비 마나 회로 오버하면 뭔 줄 아냐? 소모용 아이템이야! 몇 번 쓰면 망가지는 거!"

아, 소모 아이템을 그런 식으로 만드는구나.

"나도 부담되는 줄은 아는데, 그래서 막아 놨잖아. 안 그래도 검 만들어 주신 어르신한테도 혼났어!"

"지우자."

명우가 단호하게 말했다. 그 말에 펄떡 뛰고 싶었지만 여전히 꼼짝할 수 없었다.

"잠깐만요, 잠깐만! 아깝잖아! 다시 할 수도 없는 건데. 내가 적응할 수 있도록 천천히 풀고, 조절 아이템 쓰면 괜찮다고 그랬어. 응? 그래서 그거 만들어 달라고 부탁하려고 한 건데, 게다가 지우는 게 쉬운 일도 아닐 거고."

"회로를 마비시키는 건 어렵지 않아."

"안 돼, 야! 이미 받은 거 없는 것보단 있는 게 낫지 않냐? 안전하게 쓸게! 진짜야!"

"그걸 어떻게 믿어."

내가 그렇게나 믿음이, 없을 만하지만.

"안전하게 쓴다고 해 봤자 여차하면 또 무리하겠지. 안 봐도 뻔해."

"하지만 명우야, 무리 안 하면 그냥 바로 죽을 수도 있잖아. 방법이 없는 것보단 낫지 않을까? 우리 상황이, 그러니까."

하나라도 더 쥐고 있어야 발버둥이라도 쳐 보지. 무리한다고 해도 안 했으면 이미 세 번쯤은 죽었다. 애원조 섞인 내 말에 명우가 몇 번째인지 모를 한숨을 내쉬었다.

"…진짜 왜 하필 유진이 너냐 싶다."

"나도 평범하게 출근하기 싫다로 하루를 시작하고 싶어."

언젠가는 가능할지도 모르지. 아님 그냥 돈 많은 백수 하거나. 목을 누르고 있던 손이 떨어져 나갔다. 몸을 일으키자 명우가 작업대 쪽으로 손짓했다.

"조절 아이템이 필요하다고 했지. 여기 엎드려."

냉큼 작업대 위에 엎드렸다. 고개를 옆으로 돌려 슬쩍 살펴본 명우의 얼굴이 여전히 굳어 있었다. 공포 저항이 있는데도 왜 유독 명우 앞에서는 조마조마해지는 건지 모르겠다.

"본뜰 거니까 움직이지 마."

"응, 그런데……."

"말하지도 말고."

얌전히 입을 다물었다. 이스무아르가 시키지 않아도 알아서 뭔지 모를 액체를 녹여 왔다. 이어 명우가 얇은 판을 꺼내 내 몸 위쪽으로 띄웠다. 잘 보이진 않았지만 내 등에는 아무 감각이 없는 걸로 봐선 액체를 판 위에 뿌린 듯했다.

잠시 뒤 명우가 얇은 밀랍 같은 것을 판에서 떼어 냈다. 마나 각인이 파르스름하게 새겨진 것이 보였다.

"안전장치는 넣을 거야. 정말로 필요한 게 아니면 풀지 마. 풀면 티 나게 만들 테니까."

"응."

"이제 일어나도 돼."

상체를 세워 작업대에 앉자 이스무아르가 옷을 가져다주었다. 상의를 입으며 물었다.

"혹시 말이야, 다른 사람들에게도 마나각인을 해 줄 수 있을까? 안전한 정도로만."

"지금은 불가능해. 아이템은 재료를 마나 열로 제련하지만 사람 몸은 아니니까. 그래서 대량의 마나로 작업 환경을 조성해야 하는데, 그 정도의 마나를 한 번에 끌어낼 방법이 없어."

"내가 각인 받은 곳에는 마나 홀이라고 마나가 넘쳐 나는 장소가 있었거든. 은혜로는 못 하나? 은혜가 마나 홀 덕분에 마나의 샘을 가지게 된 건데."

"유진이 네 한정이잖아. 지울 수 있다는 것도 은혜가 있으니 가능한 거야. 마나 홀 같은 장소가 우리 세상에도 생긴다면 다른 사람들에게도 각인을 해 줄 수 있겠지. 등급 대비 적정량을 지키면 유용하긴 할 텐데, 넌."

노려보는 눈길이 따끔했다. 안 된다니 좀 아쉽네. 은혜야, 예외 좀 둘 수 없을까. 유현이랑 예림이, 가족 한정이라도. 가족이면 원래 이거저거 다 같이 쓰는데.

"네 동생도 요샌 너무 물러졌어. 예전에는 여차하면 가둬 놓을 것처럼 굴더니."

"사람을 가두면 안 되지."

"넌 돼."

내게도 인권은 있습니다만.

"다른 사람들도 마찬가지고. 널 아끼는 것치곤 물러. 이해가 안 되는 건 아니지만. 다들 널 필요로 하니까."

"명우 넌 안 그렇다는 것처럼 들린다?"

"나야 네가 날 필요로 하는 거니까. 몸 사릴 거 없지."

"옳은 말씀입니다."

명우야 뭐, 내가 스킬 얻게 도와줬다곤 해도 갚을 만큼 다 갚았다. 은혜만으로도 충분하고 넘칠 정도다. 게다가 다른 사람들과 달리 내 능력이 필요한 것도 아니었다. 다른 헌터들이야 기승수에 성장 버프에 명우와의 인맥에 스태미나 포션과 기타 정보들 등등 얻을 거 많지만 명우는 달랐다. 나와 갈라서면 아쉬운 건 나지.

"그래서 유독 네 앞에선 작아지는 걸까."

"내가 너 떠날 일은 없어."

"사람 일은 모르는 거다. 나도 내 동생이랑 그렇게 오래, 떨어져 지낼 거라곤 상상도 못 했어. 기껏해야 군대 정도였지."

"없다니까."

먹고 쓸데없는 소리 하지 말라는 듯 명우가 과자를 내밀었다.

"근데 과자가 예전과는 좀 달라졌다?"

"밥 안 먹는다고 식사 전엔 단 건 주지 말라더라. 많이 먹이지도 말랬고. 그게 마지막이야."

담백한 거치곤 맛있긴 한데… 애들도 참.

"아, 너도 어르신 한번 만나 볼래? 유현이 검 가르쳐 주신 댔거든."

"가르쳐 준다고?"

"어. 그 신입 있는 던전에서 말이야. 주에 한 번 정도."

내 말에 명우가 흥미 있는 표정을 지었다.

"그럼 나도 배울 수 있을까?"

"응? 명우 네가 검을?"

"아니, 신입한테서."

신입이라면… 조금 놀란 눈으로 명우를 바라보았다.

"시스템 관련을, 말이야?"

"시스템이라기보단 제작 전반이야. 던전을 신입이 직접 만든 거 너도 봤잖아. 내가 일단은 대장장이긴 해도 만든다는 행위에 제약은 없으니까. 여길 봐."

명우가 자신의 대장간을, 창문 너머의 녹음을 가리켰다.

"이 공간도, 작은 세계도 대장장이인 샬로스 씨가 만든 거야. 나라고 못 할 건 없지."

바람이 불어 들어왔다. 작은 곳이다. 하지만 엄연히 독립된 던전과 같은 공간이었다.

"아이템을 만드는 것도 재밌긴 하지만, 신입의 던전을 보고 나니 욕심이 생기더라. 이 세상에서는 최고라고 해도 거기서 더 나아가고 싶어. 게다가 던전이나 시스템에 대해 잘 알게 되면 너한테 도움도 될 테고."

"그야, 물론. 당연하지!"

괜히 내 가슴까지 두근거렸다.

"내가 신입한테 잘 말해 볼게. 신입 걔 착하니까 들어줄 거야. 역시 이번에 갈 때 먹을 거라도 싸 들고 가야겠다… 배구공이라 못 먹나."

가죽 광택제라도 선물할까.

"하지만 촉수는 달지 마라."

"응?"

"편하긴 한데, 그래도 말이야."

초월자들 사이에서 촉수가 유행인 것 같아 살짝 걱정되었다. 신입한테도 명우에게 괜한 바람 넣지 말라고 말해 둬야지.

병실로 돌아와 명우를 배웅하고 나서 두 개의 마석을 꺼내 들었다. SS급 마석 옆에 두자 깜둥이의 마석은 작고 볼품없이 보였다. 그래도 깜둥이가 메인이 될 것이다.

'이번엔 어디다 넣지.'

심장은 앞뒤 다 있고, 허리? 배? 아니면 어깨나 팔다리? 고민하다가 문득 손바닥이 눈에 들어왔다. 내가 쓰다듬어 주는 거 좋아했었는데.

'손바닥으로 할까.'

살짝 잘 그으면 티도 덜 날 거 같고.

욕실로 들어가자 피스가 따라왔다. 나가 있으라고 해도 이번에는 듣지 않았다.

"그럼 놀라면 안 돼. 아빠 그냥 스킬 쓰는 거야."

- 꺄웅.

"피스 동생 만드는 거니까."

피스는 새로운 몬스터가 늘어나는 걸 싫어하긴 하지만.

단검을 빼 들자 앉아 있던 피스가 몸을 일으켰다. 불안해하는 걸 달래며 피스에게 보이지 않도록 세면대 안에 손을 넣었다. 아주 살짝 베었을 뿐인데 피 냄새가 나자 끙끙거린다. 얼른 두 개의 마석을 넣곤 피스에게 상처를 보여 주었다.

"자, 봐 봐. 괜찮지?"

- 끄앙.

피스가 혀를 내밀어 조그맣게 남은 상처를 핥았다. 깜둥이도 체인질링보다는 빨리 태어나겠지. 어떤 모습일지 벌써부터 궁금했다. …체인질링 이름은 어쩐다. 작명소라도 가야 하나.

"좀 더 쉬시지."

"그래, 형. 딱 삼 일만, 이왕이면 일주일쯤 더 쉬는 게 어때? 한 달도 좋고 아예 일 년 정도 장기 요양도 괜찮다고 생각해."

"맞아요, 아저씨. 길드장님아, 이참에 해연에서 요양원 하나 만들자. 핵가족 고령화 시대라 전망도 좋대."

"얘들아, 나 아직 20대다."

말만 들으면 노부모님 모시는 줄 알겠다. 유현이와 예림이는 걱정스러워했지만 예정대로 퇴원했다. 몸 상태도 괜찮아졌고 시력까지 거의 다 회복되었는데 더 누워 있을 이유가 없었다.

"건강 관리 잘하며 쉬엄쉬엄 일할 테니까 걱정하지 마. 직원도 뽑을 거잖아."

"아저씨가 직접 찾아갈 거라면서요? 왜 일을 사서 해요. 그냥 해연에 맡기지. 아니면 면접 보러 오라고 하든가요."

내가 할 필요 없는 일이긴 했지만 직접 가고 싶었다. 딱딱한 면접장에서 말고 내가 찾아가서 인사를 건네고 싶었다.

"산책 삼아서야. 계속 집이며 병원에만 있었잖아. 그보다 예림이 너 내일 아침에 출발한다고 했지?"

"네. 이번에는 A급이라서 금방 끝날걸요. S급을 맡게 되면 좀 걸리겠지만요."

심지어 커다란 호수 환경에 블루도 데리고 가기로 해서 길어야 이틀 안팎이라고 했다.

"블루가 엄청 빠르잖아요. 다음 날 바로 돌아올지도 몰라요."

해연의 던전 관리 능력을 보여 주기 위한 거라, 예림이 혼자 들어가 최대한 빨리 공략할 예정이었다. 압도적인 공략 속도를 내세워 괜한 불만이 나오지 못하게 하려는 것이었다. 물론 일본에 가는 건 성인인 팀원들도 동행한다.

"연구소 때문에 해외 헌터들 여럿 방문한다는데 저 없는 동안 조심하세요. 직원 구할 때도 S급 헌터랑 피스까지 꼭 같이 가고요. 한유현, 잘해."

"걱정 마."

현아 씨 말대로 예림이가 내 보호자가 된 것 같다. 이래도 괜찮나 싶었지만 그게 예림이 마음이 더 편할 거라고 하니. 실제로도 유현이와 내게 잔소리하는 걸 즐기는 표정으로, 뭐 더 해야 할 말이 없나 열심히 고민하고 있었다.

4장 처음 뵙겠습니다

## 4장
## 처음 뵙겠습니다

다음 날 예림이를 배웅한 뒤 도하민이 준 주소록을 들고 집을 나섰다.

"잘 부탁할게요, 노아 씨."

나를 보호해 주기로 한 사람은 다름 아닌 노아 씨였다. 노아 씨는 요즘 날 피하는 편이기도 하거니와, 방문객이 늘어난 빌딩과 연구실을 지키고 있으니 유현이나 성한 씨에게 부탁하려 했는데, 그가 먼저 동행해 주겠다고 나선 것이었다. 명우가 조언이라도 해 준 걸까.

어쨌든 잘되었다 싶었다.

노아가 자신의 차 문을 열어 주었다. 날아가는 게 제일 빠르긴 하겠지만 오늘은 구인하러 가는 길이니 평범하게 차를 타기로 했다. 선물도 좀 사야 할 거고.

"피스 털이 아직 남아 있네. 미안해요."

뽑은 지 얼마 안 된 차건만 빨간색 털이 붙어 있다. 민망해져 내 품에 안긴 피스를 내려다보았다. 요즘은 털 더 많이 날리는데. 심지어 시트에도 벌써 흠집이 났다. 저번 첫 시승 때 삐약이와 벨라레가 장난치다 낸 것이었다.

"괜찮아요. 편히 타세요."

노아가 운전석에 타며 말했다. S급 헌터지만 착실하게 안전벨트도 한다.

"선물 먼저 사실 거라고 하셨죠?"

"네. 해연에서 미리 연락해 둔 백화점 있어요."

사람을 시켜 사 놓을 수도 있지만, 이번에도 역시 내가 직접 사고 싶었다. 백화점에 가자 따로 장소를 마련해 선물세트 샘플을 보여 줬다. 뭘 좋아했더라, 기억을 더듬으며 이것저것 선물세트를 샀다.

첫 번째 목적지에 가까워져 가자 가슴이 두근거렸다. 무서운 건 아니다 보니 공포 저항도 별 소용이 없었다. 청○환이라도 하나 먹을 걸 그랬나. 태연해야 하는데. 처음 보는 사람 상대로 이상한 티 내면 안 되잖아.

얼마 지나지 않아 내비게이션이 목적지에 도착했다고 알려 왔다.

"피스야, 넌 여기서 기다리고 있어."

- 끼앙.

피스는 두고 선물세트 하나를 들고 차에서 내렸다.

"제가 들게요."

"이 정도는 들 수 있어요."

"그래도 퇴원한 지 얼마 안 되셨잖아요. 유진 씨 잘 보살피라고도 했는걸요."

노아가 내 손에 들린 굴비 선물세트를 빼앗았다. 생선구이 좋아하던 아저씨라 굴비로 샀는데 한우 뺨치는 가격이었다.

"이 건물 3층이래요."

괜히 넥타이 위치를 고쳐 잡고는 걸음을 옮겼다. 5층짜리에 엘리베이터도 없는 건물이었다. 말하자면 가족 같은 중소기업이랬다. 발음을 살짝 거칠게 해서. 좁은 계단을 오르는 나를 노아 씨가 걱정스럽게 바라보았다. 아니, 나 이십 대 청년이라고. 속은 서른이지만 서른에도 이 정도는 거뜬합니다.

3층에 도착해 회사 이름이 코팅된 유리문을 열고 안으로 들어갔다. 몇 명 안 되는 직원 수의 평범한 회사 풍경이 나를 맞이했다.

"…어?"

그중 가장 먼저 나를 발견한 직원이 눈을 커다랗게 떴다.

"그, 사육소!"

"뭐?"

놀란 소리가 연달아 튀어나왔다. 내 뒤를 따라온 노아를 보고도 헉 숨을 들이켠다. 좀 멋쩍구만.

"안녕하세요, 한유진 기승수 사육소 소장입니다. 이쪽은 노아 루히르 헌터입니다."

"진짜야, 진짜."

"무, 무슨 일이지? 촬영인가?"

다들 당황해서 제대로 된 응대도 못 하고 있었다. 작게 붙어 있는 사장실에서 중년 남자가 튀어나왔다.

"어쩐 일로, 안녕하십니까. 그러니까."

"서경훈 대리님을 찾아왔습니다. 지금 안 계시는 듯한데 만나 뵐 수 있을까요?"

"아, 예. 업체 미팅 나가서, 잠시만 기다려 주십시오!"

사장이 얼른 전화를 걸었다. 그사이 정신이 든 직원들이 앉아서 기다리라며 자리를 내어주었다. 커피라도 마시겠냐는 물음에 노아가 먼저 나서 거절했다.

"죄송하지만 혹 믹스커피라면 한 소장님은 마시면 안 됩니다."

아니 왜. 물론 믹스커피가 몸에 그다지 좋진 않지만 너무 까다로운 거 아니냐. 노아의 말에 권유했던 직원이 고개를 끄덕이며 후다닥 뒤로 물러났다. 다들 동물원 사자라도 보듯 접근은 못 하고 멀찍이서 기웃거리고만 있었다.

얼마 지나지 않아 유리문이 열리고 30대 초반의 남자가 들어섰다. 어리둥절해하는 익숙한 얼굴에 나도 모르게 자리에서 벌떡 일어났다.

"처음, 뵙겠습니다."

그가, 경훈이 형이 당황하면서도 마주 고개를 숙였다.

"제가 서경훈 대리입니다만, 무슨 일이십니까?"

"다름이 아니라."

숨을 한번 들이켰다. 아무렇지 않게 미소를 지으며 말을 이었다.

"기승수 사육소 신규 채용을 위해 찾아왔습니다."

"…예? 채용이라니요? 저는 아무것도 안 했습니다만……."

"추천제입니다. 다른 무엇보다 신용을 우선으로 해 추천을 받았는데 그중 한 명이 바로 서경훈 대리님입니다."

익명이라 누가 추천했는지 말씀드릴 수는 없고요, 라는 내 말에 서경훈이 눈을 끔벅였다. 멍하니 서 있는 그 대신 사장이 끼어들었다.

"멀쩡히 회사 다니는 사람에게 갑자기 그러시면—"

"서경훈 대리님께서 이직을 결정하시고 사장님께서 빠르게 처리해 주신다면 물론 그에 합당한 보상을 해 드리겠습니다. 충분히 만족하실 만큼이요."

그리 좋은 사장은 아니었다지만 눈치는 제법 있는지 곧장 입을 다문다. 다시 서경훈에게로 시선을 돌렸다.

"우선 자리를 옮겨 조건이라도 들어 보시지요. 괜찮겠죠, 사장님?"

"…예, 예."

앞장서 걸음을 옮기자 서경훈이 머뭇거리면서도 뒤따라왔다. 아직은 괜찮았다. 태연하게 행동할 수 있었다. 그래도 속이 조금 따끔거렸다.

이왕이면 좀 더 그럴듯한 장소로 가고 싶었지만, 서경훈과 마주 앉은 곳은 다름 아닌 옥상 휴식공간이었다. 근처에는 조용히 대화를 나눌 만한 곳이 마땅치 않았고 멀리 나가기에는 경훈이 형이 불편해하는 기색이 짙었다. 너무 난데없는 일이긴 하니까.

건물 옥상 구석의 휴식처에는 나름 화단에 나무도 몇 그루 심어 놓았다. 날이 많이 선선해지긴 했지만, 아직 에어컨 실외기 몇 개가 윙윙 돌아간다. 주로 담배타임용으로 쓰이는지 테이블 옆의 재떨이가 반쯤 찼다.

노아는 S급인 만큼 기세를 줄인다 해도 비각성자로서는 부담되는 상대이기에 옥상 입구에서 타인의 출입을 막아 달라 부탁했다. 내 안전을 걱정하긴 했지만 가까운 거리인 데다가 비각성자 정도는 나 혼자서도 충분히 상대 가능하다. 서경훈은 나보다 스탯 등급이 더 높긴 했지만, 지금은 각성 전이니까.

"기승수 사육소 소장 한유진입니다."

정식으로 다시 소개하며 명함을 건넸다. 형과 처음 만난 건 비정기 던전 공략팀에서였다. 시작부터 끝까지 엉망진창이라 결국 싸움까지 났었다. 얼굴에 멍 달고 같이 술 마셨었는데, 이렇게 멀쩡하게 명함을 건네자니 기분이 묘했다.

"솔직하게 말씀드려 여기까지 저를 찾아오셨다는 것이 잘 이해가 가지 않습니다."

서경훈이 당혹감을 감추지 않으며 말했다. 별달리 특별한 것도 없는 평범한 회사원이니 그렇게 생각하는 게 당연하다. 혹시나 싶어 떡잎 스킬을 사용해 보았지만, 아직 시스템 정상화 전인지 상태창이 제대로 뜨지 않았다.

"추천을 받은 것부터가 의문이기도 합니다."

"저 또한 솔직히 대답드리자면 뛰어난 사람을 원하는 것이 아닙니다."

냉정하게 표현하자면 그쪽이 잘나서 찾아온 거 아니라는 소리에 서경훈이 오히려 안심되는 표정을 지었다.

"지금 비어 있는 자리는 단순한 사무직이니까요. 상대하는 사람들이 평범하지 않을 뿐 기본적인 업무는 어렵지 않습니다."

따지고 보면 그냥 동물 사육&훈련소 같은 거다. 그것도 소규모지. 오가는 금액이 클 뿐 거래 수 자체는 적었다.

"하지만 무엇보다도, 신뢰할 수 있는 사람이 필요합니다. 어떻게 보면 내로라하는 인재보다도 더 구하기 힘든 조건이죠. 가시화된 능력이 아니니까요."

단순히 일 잘하는 사람이야 사실 구하기 어렵지 않다. 원하는 조건을 얼마든지 맞춰 줄 수 있으니까. 반면에 내가 믿을 수 있고, 나를 배신하지 않을 사람은 대체 어떻게 구할 수 있을까. 답은 시간뿐이었다. 오랜 시간 직접 겪고 함께 지내 봐야 감이 잡히는 장점인 것이다.

"…저를 믿으실 수 있다는 겁니까?"

"서경훈 대리님을 추천해 준 사람을 믿는 거지요."

서경훈이 대체 누가 자신을 추천한 건지 감이 잡히질 않는다는 얼굴로 자신의 목덜미를 쓰다듬었다. 그게 바로 접니다. 제가 추천했어요.

"어쨌든 저는 서경훈 대리님을 채용하고 싶으니 조건부터 말씀드리겠습니다. 우선 기본급은 월 200입니다."

서경훈이 당황한 표정을 애써 감추었다. 이렇게 찾아와서 월 이백이라니 어이없을 만도 할 것이다. 그것도 상급 헌터 관련이면 돈 잘 벌기로 유명한데 말이다.

"그리고 위험수당이 월 천입니다."

"…예?"

"좀 적지요?"

미안한 표정을 지어 보이자 서경훈이 아니라며 고개를 저었다.

"상급 몬스터와 상급 헌터가 상주하고 드나드는 곳이니만큼 부족하다 싶을 수 있겠지만 일반 직원에 대한 안전은 최대한 신경 쓸 생각입니다. 상급 몬스터는 일대일로 대면할 일 자체가 없을 테고 상급 헌터는 철저히 주의를 해 두겠습니다."

어차피 사무실은 사육소 건물이 아닌 빌딩 쪽에 위치할 것이다. 그러니 실제로 마주치는 건 상급 헌터들뿐이다.

"그래도 사고가 없기는 힘드니, 그에 따른 보상도 물론 있습니다. 상급 헌터에게 부당한 위협을 당하셨을 경우 A급은 오백, S급은 이천의 위로금을 지급해 드립니다. 단순한 위협을 넘어 부상을 입으셨을 경우 치료비 전액 지원은 물론이고 A급은 오천, S급은 이억의 위로금을 지급해 드립니다. 물론 상대 헌터에게도 제재가 들어갑니다. 사망 시에는, 음. 그럴 일은 없어야겠지만 당연히 철저한 보상을 해 드릴 거고요."

A급이고 S급이고 내 직원은 못 건드린다. 확확 뛰는 돈의 단위에 서경훈이 뭐라 말을 못 잇고 나를 멍하니 쳐다만 보았다.

"사대보험이야 뭐 기본이고요. 아, 상급 헌터와 직접적으로 마주치는 일이 잦은 직장을 다니게 되면 보험 가입이 거부될 수 있습니다. 그래서 의료비도 전액 지원해 드립니다. 덧붙여 식대는 따로 나가며 하루 10만 원입니다."

"하루, 요? 일주일이 아니라요?"

"먹고살려고 일하는 건데 잘 먹어야지요. 뭣보다 식사의 질이 높아야 건강해지고 건강하면 일의 능률도 올라가고, 그런 거 아니겠습니까. 식대 남으면 영양제나 보약 같은 거 챙겨도 좋고요. 아무튼 먹는 게 남는 겁니다."

또 뭐가 있지. 아, 그거.

"다만 교통비는 지급이 안 됩니다."

"그 정도야……."

"대신 사택을 제공해 드립니다. 직장에서 집이 멀면 출퇴근하기 힘들잖습니까. 이러니저러니 해도 집에서 가까운 직장이 최고죠. 근처 한번 돌아보시고 마음에 드는 매물로 고르시면 바로 처리해 드립니다. 그렇다고 펜트하우스, 뭐 이런 것까진 안 되고요 세대원 수에 따라 20평형에서 40평형대까지 가능합니다."

"예? 그게, 그, 러니까……."

"전세나 월세는 이사 다니기 귀찮으니까 이왕이면 매매로 찾아보세요."

대충 이런 조건이랍니다.

"기본급도 당연히 오릅니다. 기본급과 사택 제공 외의 조건은 비밀유지 부탁드리겠습니다."

사실 기본급은 일부러 낮게 책정했다. 사택을 무료로 주니 적은 금액은 아니다, 싶을 정도로만. 일반 사무직이라 해도 직장이 직장이니만큼 주목받을 수밖에 없다. 특히 연봉을 궁금해들 하겠지. 얼마 받아요, 하는 물음에 월 이백이요, 하면 애매하다. 서경훈 입장에서는 적은 편이기도 했다. 거기에 금방 오른대요, 와 사택 무료가 붙으면 어, 괜찮은데? 가 된다.

그 정도가 적당했다. 대형 길드 근처 집값이 비싸긴 하지만 돈으로 직접 주는 게 아니면 아무래도 평가절하되니까. 별다른 능력도 없는데 갑자기 억대 연봉 받게 되었다, 하면 백 퍼센트 이상한 인간들이 꼬이게 되기 마련이다. 게다가 많이 받으면 그만큼 중요한 자리겠거니 싶어져서 더 귀찮아질 테고.

또한 위험수당이나 위로금은 알려진다 해도 설명만 잘하면 그렇게 받을 만하네, 싶기도 한 명목이었다. 길 털 든 몬스터도 돌아다니잖아, 그러니 많이 받을 만하지. 목숨이 걸렸는데! 하면 어 그런가 싶을 테니까. 실제로야 그런 위험 없지만.

"거절하는 게… 말도 안 되는 조건이로군요."

서경훈이 어안이 벙벙하다는 듯 말했다.

"얼핏 좋아 보여도 의외로 버티기 힘들지도 모릅니다. 상급 헌터들과 자주 마주친다는 게 비각성자에게는 제법 스트레스 쌓이는 일이거든요. 거기에 특수한 직장이다 보니 처음엔 관심도 많이 받을 테고요."

물론 경훈이 형은 문제없을 것이었다. 헌터 일에도 비교적 쉽게 적응한 데다가, 무엇보다도 내 편을 들어 준 사람이니까. 같이 다니다가 괜한 위협받은 적이 한두 번이 아니었다. 심지어 그중에는 중급 헌터는 물론 상급 헌터까지 있었다.

그럼에도 마지막까지 내 곁을 떠나지 않았다. 그러니 충분히 증명되고도 남는 셈이었다.

"잘리지만 않는다면 못 버틸 거야 없지요."

긴장이 좀 풀렸는지 서경훈이 웃음기 어린 목소리로 말했다. 농담조였지만 그가 실제로 잘렸다는 걸 아는 나로서는 웃기 힘들었다. 정확히는 회사가 반쯤 망한 탓이긴 했지만.

서경훈에게는 모친과 나이 차 많이 나는 여동생이 있었다. 집안의 가장으로 갑자기 직업을 잃게 되자 구직 도중 혹시나 싶어 각성센터를 찾아갔다가 E급 각성자 판정을 받았다. F급도 아닌 E급이니 헌터 일을 시작하게 되었고.

그리고.

"사택은… 꼭 사육소 근처여야 합니까? 제게 여동생이 하나 있는데 늦둥이라 아직 고등학생이거든요. 내년에 대학을 갑니다. 가능하면 동생 학교 근처로 이사했으면 싶어서요. 대학교도 그렇고요."

"네, 물론 괜찮습니다. 하지만 대학교는 통학 거리가 좀 멀더라도 대형 길드 근처로 이사하는 게 좋아요. 던전이 안전해졌다 해도 혹 모를 일이니까요. 물론 사육소 근처가 가장 좋고요. 아무래도 관계가 있으면 만약의 사태 때 더 잘 챙겨 주지 않겠습니까.”

“아, 그것도 그렇겠군요.”

“동생분과 사이가 좋으신 모양이에요.”

“예. 아버지께서 일찍 돌아가신 탓에 더 그렇죠.”

서경훈이 조금 멋쩍어하며 말했다. 그의 동생 경하는 나도 몇 번 본 적 있었다.

“한 소장님께서도 형제 간의 우애가 무척이나 돈독하시다 들었습니다.”

“…네? 그, 그렇죠.”

무심코 더듬거려졌다. 목 안쪽이 울컥 뜨거워졌다. 그렇게 고생해 가며 키워 줬는데, 진짜 너무하다고 내 편 들어 주던 목소리가 생생하게 떠올랐다. 유현이한테 미련 버리지 못하는 내게 그냥 잊으라 말하면서도 이해한다고 말해 줬었다. 자기도 그랬을 거라고.

“…사이좋아요, 정말로.”

동생 걱정하거나 아닌 척 감싸기라도 하면 네 처지를 생각하라며 화내면서도 안타까워해 줬었는데. 그랬던 형 앞에서 사이좋다고 말할 수 있게 되었다. …눈시울도 괜히 붉어졌다.

“제 동생이, 제게 피해가 갈까 봐 3년 넘게 떨어져 지냈거든요. 아마 들으셨겠지만요.”

“예, TV에서 봤습니다.”

“전 까맣게 몰라서 원망도 좀 했었는데, 진짜 소중하게 키운 동생이라서요. 헌터가 된다고 했을 땐 정말로, 힘들었어요. 아직 어린데, 성인도 아닌데, 위험한 일을 한다고 하니 정말로…….”

“…저도 그랬을 겁니다. 동생이 성인이라고 해도 어떻게든 말렸을 거고요.”

그에게는 오늘 처음 보는 사람일 텐데도, 그런데도 회귀 전과 똑같이 말해 주었다. 초면인 사람 앞에서 신세 한탄하며 눈물까지 보이는 거 진짜 이상한 꼴일 거 아는데도. 그럼에도 참기가 힘들었다. 회귀 전에 사실 다 오해였고 동생과 화해했다고 말해 줬으면 자기 일처럼 기뻐했겠지. 그동안 마음고생 많았다면서 술잔을 채워 줬을 것이다.

"마음고생 정말 많이 하셨겠습니다."

"…네."

나무로 만들어진 테이블에 점점이 얼룩이 생겼다. 웃기는 꼴인데, 뭐 하는 건가 싶을 텐데. 민망하고 당황스러울 텐데.

"…여기."

손수건이 건네졌다. 익숙했다. 경하가 처음 알바 하고 사 준 선물이라고 했었다. 내가 빨아서 돌려주겠다고 했다가, 형이 아니라 동생에게 돌려주게 되었던 손수건이다. 장례식장에서.

"…감사합니다. 씻어서 돌려드릴 테니까, 꼭 직접 받아 가세요."

"사육소로 출근하라는 말씀이시네요."

웃으며 받는 말에 어떻게든 마주 웃었다. 목 안쪽은 여전히 꽉 막히고 화끈거렸지만 속은 묶이고 꼬여 있던 매듭 하나가 풀린 것처럼 편안해졌다.

"이거 되게 민망하네요. 채용하러 와선 못난 꼴이나 보여 드려 죄송합니다."

"아닙니다. 그러실 수도 있죠."

"그, 자세한 건 해연 길드 인사팀으로 연락하시면 됩니다. 지금 사육소 업무도 해연 길드에서 맡아 주고 있어서 기초 교육도 그쪽에서 받게 되실 거예요. 여기 인사팀 번호입니다. 언제든지 편하실 때 연락 주세요."

"예."

"그럼 좋은 소식 기다리겠습니다."

"지금 당장이라도 연락하고 싶은걸요."

그러면야 환영이라며 미소 지었다. 준비한 선물도 전해 주고 자리를 떠났다. 아직 만날 사람 여럿인데 눈물 자국 남았나. 어디 들어가서 세수라도 할까.

"…괜찮아요?"

차로 돌아가자 노아가 걱정스럽게 물었다. 그러고 보니 들렸겠구나. 악, 쪽팔려!

"괘, 괜찮아요. 집안 사정이 비슷하다 보니 좀 울컥해진 것뿐이에요."

어린 동생 돌본 거 외엔 많이 다르긴 하지만, 어쨌든 말이다. 부끄러워져서 괜히 피스를 품에 안고 쓰다듬었다. 아무튼 시작은 좋았다. 그렇게 많이 이상했던 거 같진 않고. …이상하긴 했겠지만.

두 번째로 향한 곳도 작은 회사였다. 이유신은 신입도 데려와도 된다는 내 제의를 듣곤 플라스틱 파일에 매직으로 커다랗게 사표라고 쓰곤 사장 면상을 향해 내던졌다. 구린 꼴 보기 질려 진작 때려치우고 싶었는데 애 두고 가기 걱정되었던 거라며 가운뎃손가락도 올려 줬다.

헌터일 때도 저 신입, 김혜원과 같이 다녔었다. 그 밖의 사람들도 잘 챙겨 줬었고. 나한테 이름도 비슷한데 너 버린 동생 잊고 우리끼리 남매 하자던 말이 떠올랐다.

다음으로 찾아간 곳은 애견카페였다. 알바생인 최수련은 내 말을 듣고 무척이나 당황하면서도 그럼 피스도 볼 수 있느냐고 물었다. 차에서 기다리고 있던 피스를 보여 주자 좋아서 어쩔 줄을 몰라 했다. 나보다 두 살 어린 최수련은 군대 다녀와서 휴학 중이었다.

F급 보조계로 나와 같이 바닥에서 구르다가 C급 치유 스킬 얻고 소형

길드 정도는 쉽게 들어갈 수 있었지만, 형을 두고 어떻게 가냐던 녀석이었다. C급 치유 스킬 하나로는 하급 힐러도 못 되지만, 하급 던전에서는 무척이나 환영받는 능력이었다. 그래서 결국 내가 억지로 떼어 냈다.

…평범한 방법으로는 떠날 생각을 안 해서, 좋게는 헤어지지 못했지만. 이제는 그럴 일 없으니까.

"여기 맞네요."

오래된 복도식 아파트 근처에 차를 세웠다. 계속 차에서 기다리기만 해야 하는 피스에게 미안하다고 말하곤 내렸다. 처음에는 눈물바람이었지만 한 명, 두 명 아는 얼굴을 마주할 때마다 마음이 가벼워졌다.

이번에는 달라질 것이고 내가 그렇게 만들어 줄 수 있다는 사실이 무엇보다도 크게 다가왔다.

"4층이에요. 여기도 엘리베이터가 없네요."

오늘 많이 걷는다. 운동 안 해도 되겠다. 원룸에 가까운 작은 평수 아파트에 평일 대낮이라 주위는 조용했다. 수업 없다곤 들었는데 집에 있는지 모르겠네.

"유진 씨."

호수가 떨어져 나간 문이 많아 복도에 서서 세고 있는데 노아가 말을 걸어왔다. 반사적으로 돌아본 얼굴에 그늘이 짙었다.

"왜 그러세요?"

망설이던 노아가 입술을 꽉 깨물었다가 입을 열었다.

"따라오지 말걸, 그랬어요."

"…네?"

어, 뭐지. 좀 걷긴 했지만 힘들었을 리는 없는데. 노아 씨한테만 너무 운전을 시켰나. 하지만 내겐 운전면허가 없었다. 있었으면 당연히 교대해 줬지. 아니면 뭐 다른 문제가…….

"명우 형 말대로 계속 피하기만 할 순 없다고 생각해서, 그래서 온 건데."

반쯤 울먹거리며 노아가 말을 이었다.

"자꾸만 제가 더, 초라하게 느껴집니다."

"…노아 씨가 왜요."

전혀 아니라고, 왜 그렇게 생각하느냐고 물으려다가 입을 다물었다. 노아가 먼저 말을 꺼냈다. 며칠간 계속 고민한 끝에. 그러니 재촉하기보다는 기다렸다.

"저도 제가, 그러니까, 쓸모없는 건 아니라는 거 알고 있어요. 길드도 언제든지 다시 만들 수 있고, 어디든 들어갈 수 있어요. 그러니까, 욕심이라는 거, 과욕이라는 거 잘 아는데……."

자기도 안다면서 노아가 변명부터 늘어놓았다. 무척이나 방어적인 태도였다.

"그런데 유진 씨 주위의 S급 헌터들만이 아니라, 이제는 비각성자들에게도 질투가 나요. 이러면 안 된다는 건 압니다. 제가 그럴 자격 없다는 것도 알고요. 하지만 제가 더 유진 씨와 오래 알았는데. 많이 차이는 나지 않지만, 그래도 제가 더 도움이 많이 될 텐데. 그런데."

연회색 눈이 나를 간절하게 바라봐 왔다. 조금 겁먹은 것도 같았다.

"…유진 씨가 직접 찾아가서, 필요하다고 말해 주고. 속을 털어놓기까지 했잖아요. 그리고, 이제 사육소의 일원이 될 거고요. 비교할 일이 아니라고 생각은 하고 있어요. 저한테도 잘해 주셨고 신경 많이 써 주셨는데, 제가 받은 게 더 많은데. 그런데도 자꾸만 질투하고, 그런 생각하는 제가 싫습니다……."

"노아 씨."

"…전 왜 이러는 걸까요."

입을 떼기가 어려웠다. 그럴 수도 있다, 괜찮다고 해 줘도 되는 걸까.

감싸 주는 것도 나쁜 방법은 아니지만, 지금의 노아에게는 별다른 효과가 없을 듯했다.

무엇보다도 노아는 스스로를 너무 낮춰 보고 있었다. 객관적으로는 그럴 필요 전혀 없는 사람인데, 오히려 그래서 더 힘들어하는 모양이었다. 차라리 비각성자였으면 저렇게 변명할 필요 없이 나는 원래 약하니까 괜찮아, 로 도피할 곳이 있었을 것이다. 하지만 S급 헌터니까. 뛰어나니까. 주위의 다른 S급 헌터들처럼 되어야 하는데, 그런데 그럴 수가 없기에 더 스스로를 비하하는 것 같았다.

"음, 질투 같은 건 누구나 다 해요. 저도 물론 하고요."

"아니에요, 달라요. 저는, 부러워만 하는걸요. 아무것도 못 하고 바라고만 있어요. 진짜 한심해……. 지금도 이렇게 약한 소리만 늘어놓고……."

"노아 씨가 왜 아무것도 못 해요. 절 도와주신 것만 해도 몇 번인데요. 게다가 리에트도 노아 씨가 바꿨다고 인정했잖아요. 이제 노아 씨를 노아라고 해 주고 면허시험장에서도요, 아무렇지 않게 지나쳤었잖아요."

분명 많이 변했다. 그대로 멈추는 사람들도 많은데 부정적이던 관계가 조금이나마 풀어진 것만으로도 대단한 거지. 나아가고 있다는 뜻이잖아.

내 말에 노아의 시선이 더욱 아래로, 발끝으로 떨어졌다.

"…아뇨."

작게 숨을 들이켜고는.

"제가, 저 스스로 한 일은 아무것도 없어요!"

비명처럼 소리쳤다.

"죄송, 죄송해요… 소리쳐서……."

"아니에요, 노아 씨. 괜찮아요."

"하지만 전, 저는, 혼자 한 게 없어요. S급 헌터라고 해도! 이것도 결국 누님이 만들어 준 거예요. 누님에게 벗어나려고 했을 때도… 세성 길드장의 도움을, 받았죠. 그리고 유진 씨가… 대가를, 대신 지불하고 **빼내 주셨고요.**"

젖은 목소리가 끊어질 듯 끊어지지 않으며 이어졌다.

"누님과 싸운 것도요, 모두 유진 씨가 도와주신 거잖아요. 망설이고 피하기만 하다가 유진 씨를 만나러 나선 것도, 명우 형이 등을 떠밀어 줘서고요."

"노아 씨, 그래도 직접 움직인 건—"

"이젠 제가 뭘 하고 싶은 건지도 모르겠어요!"

눈물을 뚝뚝 흘리며 노아가 웅크리듯 쪼그려 앉았다. 등을 잔뜩 굽힌 채 어린애처럼 훌쩍거린다.

"뭔가, 해 보려고 생각은, 흑, 했는데. 그래도, S급이니까, 할 수 있지 않을까… 하고."

달래 주고 싶었지만 쉽게 다가가지 못하고 내 손은 허공에서 헤맸다. 다 털어놓게 하는 게 더 나을까. 어떻게 해야 할까.

"메드상처럼, 저도, 흐윽, 그런 거… 근데 전, 뮤가 아니니까요. 혼자서는, 절대 못 할 거 같고… 유진 씨는, 괜찮다고 했지만… 뭘 어떻게, 뭘 해야 하는 건지, 진짜… 제가 원하는 건지… 그것도 모르겠, 고요……."

…그동안 혼자 얼마나 고민한 걸까. 메드상을 겪고 뮤의 자리에 서 보고 노아는 자신도 이런 일을 할 수 있지 않을까 생각했던 모양이었다. 하지만 막막했겠지. 어디서부터 시작해야 할지 실마리조차 잡기 힘들었겠지.

아마 포인트로 스킬을 교환할 때도 많이 망설였을 것이다. 보조계 S급 헌터로서 성장할 수 있는 스킬을 선택할지, 무거운 짐을 내려놓고 편히 쉴 것인지를. 전자가 옳다고들 흔히 말하겠지만 후자가 틀린 것 또한 아니다. 노아가 꼭 성장하고 보조계 헌터들을 위해 줄 이유는 없다.

'…그렇지만 무조건 부담 가지지 말라고 할 수도 없고.'

이미 어리광 부려도 된다고는 말했다. 집에 그냥 들어오라고도 했었다. 그럼에도 노아는 계속 고민하고 있었다. 그 고민을 내가 적당히 하라고 막아서는 건, 역시 안 되겠지. 무조건 달래기만 하는 것도 능사는 아니다.

하지만 이대로 두고 싶지도 않아, 둘 수도 없어 머뭇거리는데 문이 끼익 열렸다.

"저기요."

스물 초반의 여자가 머리를 빼꼼 내밀어 우리를 바라보았다. 내가 찾아온 사람, 민소한이었다. 나도, 노아도 고개를 들어 그녀를 쳐다보았다.

…참, 여기 아파트 복도였지. 다 들렸겠구나. 얼른 고개를 숙여 사과했다.

"죄송합니다. 금방 갈, 아니, 사실은 민소한 씨를 찾아온 건데요."

"저요?"

"네."

"…사육소 소장님 맞으시죠? 저분은 노아 헌터시고."

고개를 끄덕이자 민소한이 잠깐만요, 하고 문을 닫았다가 잠시 후 다시 나왔다.

"일단 들어오세요."

"네, 감사합니다. 노아 씨도—"

"…전 그냥, 여기서."

"같이 들어오세요."

민소한이 설렁설렁 손짓했다. 노아가 내 눈치를 살피곤 몸을 일으켰다. 낡은 건물 외관과 달리 안은 리모델링을 했는지 깔끔했다. 우선 가지고 온 선물부터 건네자 민소한이 의심스러운 눈초리를 했다.

"혹시 추석 때 한우 보낸 것도 소장님이세요?"

"…예? 아, 아뇨."

"맞는 거 같은데."

딱히 올 곳도 없고, 하며 중얼거리는 게 여전히 예리하다. 민소한이 의자가 부족하다며 바닥에 앉으라 하곤 마실 것을 내어오려다 머뭇거렸다.

설거지 안 했구나. 손님 왔다고 대충 구석에 치워 놨겠지. 이불도 십중팔구 붙박이장에 구겨 넣어 놨을 것이다. 안 줘도 괜찮다고 말하자 고개를 끄덕하곤 바닥에 앉는다.

"일단은, 여자 혼자 사는 집이잖아요. 두 분은 유명한 사람들이긴 하지만 그래도 남자 둘이서 이렇게 불쑥 찾아오는 건 삼가야 한다고 생각해요."

"죄송합니다."

그러게 직장이 아니라 집인데 생각이 부족했다. 나 혼자 친한 거지 소한이는 초면이니까.

"그리고 저도 죄송합니다. 들으려고 한 건 아닌데 들렸네요."

민소한이 노아에게 고개를 살짝 숙였다. 노아가 눈물이 그렁한, 약간 발개진 얼굴로 도리질을 쳤다.

"아니에요… 시끄러우셨죠."

"제가 참견할 일은 아니지만 듣게 되어서 말인데요."

민소한이 목을 기울인 채로 노아를 보며 말했다.

"보통은 다 그래요."

"…네?"

"어른들이 하라는 대로 하고 뭐 해야 할지는 모르는 거 말이에요. 외국은 다를지도 모르지만 보통 대학 갈 때까지도 뭐 대단한 비전 있는 거 아니거든요. 장래희망도 교사, 의사, 인터넷방송 이런 거고. 내신 잘 다지고 수능 잘 치자, 가 목표죠. 대학도 스카이 가고 싶다, 인서울권 하자 정도지 과 같은 건 대부분 수능 치고 나서 생각해요. 점수 맞춰서."

노아가 눈을 깜박였다. 구슬 같은 물방울이 또르르 굴러떨어졌다. 나는, 어, 뭐 보탤 말이 없네. 내 장래희망은 뭐였더라.

"그리고 사실 어릴 땐 어른들 말 따르는 거 나쁘지 않거든요. 정보의 차이란 게 있잖아요. 뭘 알아야 스스로 무언가 할 테다, 계획도 세우죠. 주체

성 없다기보단 그냥 어린 거예요."

아무것도 없으니 역시 허전하네, 하며 민소한이 주스 한 잔을 따라다 노아 앞에 내놓았다. 깨끗한 컵이 그거 하나뿐인 모양이었다.

"노아 헌터도 이제 겨우 대학 들어갈 나이라고 들었는데, 맞아요?"

"성인이긴 한데, 네. 그래요."

"그럼 혼자 뭐 못 하는 게 보통이에요. 앞으로 어떻게 할지 모르는 것도 보통이죠. 저도 그렇고 제 친구들도 툭하면 나오는 게 졸업하면 뭐 하지, 인걸요."

"하지만, 저는……."

"이제부터 생각해도 늦지 않았어요. 오히려 평균보다 빠른 편일걸요."

노아가 주스 잔을 만지작거렸다. 어쩔 줄 몰라 하며 눈을 데구르 굴린다.

"전, S급 헌터라……."

"그래도 고민하시는 건 저희랑 비슷하던데요. 내용이야 저희보다 더 심각할 수도 있겠지만, 그냥 그 나이 땐 다 그렇다는 거죠. 게다가 노아 헌터도 날 때부터 헌터인 건 아니었을 거잖아요. 많아 봐야 겨우 4년도 안 됐을 텐데."

"…제 나이 땐, 다 그래요?"

"저도 자취방 엄빠, 부모님께서 얻어 주신 거예요. 저 알바도 안 해요. 용돈 받아 쓰지. 어릴 때부터 혼자 해야 하는 사람도 있긴 하겠지만 보통은 성인 될 때까진 보호자 품 안이죠. 요샌 대학 졸업하고도 그런 경우 많고요."

노아가 멍하니 민소한을 바라보았다.

"그렇지만 약하면, 쓸모가 없으면 안 되는 건데……."

"어떤 미친 새끼가 스무 살한테 그래요?"

리에트랑 성현제가요. 나 아니야. 날카롭게 목소리를 올렸던 민소한이 조금 멋쩍게 머리카락을 귓등으로 넘겼다.

"노아 헌터가 어떻게 살아왔는지 전 모르니까 함부로 말할 순 없지만 그건 확실히 아니에요. 심지어 아직 보호받아도 되는 나이잖아요."

"그렇죠, 진짜로."

슬쩍 끼어들어 동의했다. 생각해 보면 노아 주위에는 저런 말을 해 줄 사람이 없었다. 나는 물론이고 유현이와 예림이도 어릴 때부터 홀로서기를 해 버렸으니까. 명우도 고생했지만 자기 능력으로 성공했고 연구소 쪽이야 말할 것도 없다.

자신감 넘쳐나는 사람들이 너도 괜찮아질 거야, 라고 말해 봤자 오히려 부담만 되겠지. 나도 하루빨리 저렇게 되어야 하는구나, 하고.

"…그래도 잘, 모르겠어요."

"저도 잘 몰라요. 그냥 그렇다는 거지 뭘 많이 알겠어요. 들은 김에 오지랖 부리는 거예요. 노아 헌터가 잘생겨서기도 하고요. 아니었으면 시끄럽네, 하고 낮잠이나 잤을걸요."

잘생겼지. 저 얼굴로 울고 있으면 도와주고 싶어지는 게 당연할 거다.

"그러니까 꼭 제 말이 옳다는 건 아니고요. 근데 틀린 건 아니죠. 다들 그렇게 사는 건 맞으니까. 그러니 참고 정도나 해 주세요. 세수하실래요? 저기가 화장실이에요. 울고 나서 세수하면 기분 좀 풀리잖아요."

노아가 고개를 끄덕이곤 일어났다. 민소한이 내게 시선을 돌렸다. 왜 찾아왔냐는 물음이 담겨 있었다.

"다름이 아니라, 혹시 취직할 생각 없으세요?"

"네? 저 아직 졸업 전인데요."

민소한은 별달리 부족한 거 없이 학교 잘 다니고 있었다. 아직은 말이다. 소한이가 헌터 일을 하게 된 것은 아버지의 사고 때문이었다. 정확히 어떤 사고였는지는 말하기 싫어해서 나도 듣지 못했다. 회귀하게 될 줄 알았으면 억지로라도 캐물어 두는 거였는데.

아버지께서 장기 입원 하게 되시고 자연히 집안 사정이 안 좋아지면서 혹시나 싶어 각성센터를 찾아갔다가 헌터가 된, 흔한 루트였다.

"…혹시 제가 각성한 거 아닌 거예요?"

민소한이 의심 어린 눈빛으로 물었다. 각성이라니.

"각성했어요?"

떡밥 스킬을 써 보자 상태창이 떴다. 아직 시스템이 먹통이라 최적화 정보는 없었지만 스탯 E급이었다. 민소한이 괜히 말했나 하는 표정으로 끄덕였다.

"전에 몬스터 튀어나왔을 때요. 몬스터 피해서 숨다가 각성했어요."

아, 그때. 회귀 전에는 없었던 일이었다. 그럼 소한이 말고도 회귀 전보다 빠르게 각성한 사람들이 있겠구나.

"하지만 스킬은 헌터 할 만한 게 아니에요. 쫑긋한 귀, 간 두 배, 살금살금인데 숨기 좋은 스킬이거든요."

쫑긋한 귀(F)는 소리를 좀 더 잘 듣게 해 주는 스킬이었다. 간 두 배(E)는 긴장감을 덜어 주는 스킬로 기세를 줄였다 해도 S급인 노아에게 태연하게 군 것도 이 스킬 덕인 듯했다. 살그머니(E)는 말 그대로 기척을 감추는 스킬이었다.

"던브 터지면 숨기엔 좋을 거 같은데 이젠 터질 일 없다잖아요."

쓸모가 없다며 어깨를 으쓱거린다. 회귀 전에도 소한이는 저 스킬을 다 가지고 있었다. 거기에 공격 스킬이 하나 더 있어서 기습을 즐겨 했었는데. 물론 던전 공략은 안 하는 게 낫다.

그사이 노아가 세수를 하고 나왔다. 조금쯤은 개운해진 표정이었다. 민소한이 울고 나면 목마르다며 주스 마시라고 권했다.

"죄송합니다, 꼴불견이었죠. 왜 자꾸 눈물이 나오는지 모르겠어요."

"꼴불견이긴요. 울 땐 울어야죠. 울면 약하다고 하는 거 전 싫어요. 게다가 노아 헌터는 울어도 잘생겼던데요."

노아 얼굴이 상당히 마음에 들었나 보다.

"졸업하고 나서 와도 되니까 조건이라도 들어 보세요."

내가 소한이 아버님 사고를 막아 주긴 힘들고, 여러 가지가 바뀌었으니 어떻게 될지 모른다. 그래도 집안 형편이 나빠졌을 때 나를 찾아오면 도와줄 수 있으니까. 조건을 말해 주자 민소한이 사기꾼 아니냐는 시선을 보내 왔다.

"몰래카메라 같은 거예요?"

"아니에요."

"그렇게 막 퍼 주다간 사기당해요."

…왜 사회 물 충분히 먹은 직장인보다 대학생이 더 까다롭게 구냐. 하긴 일해 보면 조건 좋은 자리 절대 못 놓치지. 미심쩍어하는 소한이에게 명함을 쥐어 주고 나왔다.

"저는, 어떻게 해야 할까요."

아파트 계단을 내려가며 노아가 말했다. 아직 생각이 많은 얼굴이었지만 그래도 민소한의 말을 듣고 혼자서만 앓진 않으려는 듯했다.

"소한 씨 말대로 노아 씨에게는 시간이 많잖아요. 천천히 생각해도 되고, 이것저것 시도해 봐도 된다고 생각해요."

"…실패하면요?"

"그럼 제가 도와줄게요. 그리고 다른 사람들도요."

나 외에도 노아를 챙겨 줄 사람들은 있다.

"지금은 제가 노아 씨 보호자랄 수 있잖아요. 하고 싶은 일 하다가 잘못되어도 괜찮아요. 웬만한 건 다 처리해 줄 수 있어요. 심지어 명우도 있는걸요. 연구소 사람들도 모른 척할 리 없고, 소영 씨도 두 팔 걷고 나설 거예요."

그리고 리에트도 모르는 척하진 않을 것이다. 노아의 홀로서기를 인정했다곤 하지만 동생이 남한테 맞는 거 두고 볼 성격도 아니지.

"제 말을 덥석 믿으실 순 없겠죠. 불안할 거예요."

예림이도 그랬다고 했으니까. 노아가 나를 믿고 안심하려면 훨씬 더 많은 시간이 필요할 것이다. 자신이 절대 버려지지 않을 거라는 확신을 가지려면 이러니저러니 해도 직접 겪어 보는 게 최고일 테니… 사고 거하게 쳐 보는 편이 빠르려나?

유현이나 예림이처럼 자신감 있게 일 치는… 건 안 될 일이지만 노아 씨는 한번 쳐 보는 것도 괜찮을 듯한데. 수습 가능한 정도로. 남에게 피해 많이 안 주고, 이왕이면 금전적으로만.

"그래도 지금은 이런 말밖에 해 드릴 수가 없네요. 뭐든 하고 싶은 거, 딱히 하고 싶지 않은 것도 그냥 내키면 저질러 보세요."

노아가 머뭇거리다가 작게 고개를 끄덕였다. 기운이 좀 났으면 좋겠는데. 음.

"아쿠아리움에 가 볼래요?"

"네?"

"수족관이요. 사육소에서 그렇게 안 멀잖아요. 전 거기 한 번도 가 본 적 없거든요. 그런데 다 같이 놀러 가 본 적도 없고. 예림이는 가 봤으려나? 유현이는 안 가 봤을 텐데, 같이 갈까요?"

"아, 다 같이요? 저도 가 본 적은 없지만."

"오늘은 우리 둘이 미리 가 보죠."

노아가 눈을 동그랗게 떴다.

"둘이서요?"

"네. 다 같이 가려면 먼저 연락하고 통제하고 해야 할걸요? 혹시라도 부서지면 위험한 시설물은 그냥은 못 들어가게 해서. 하지만 우린 문제없죠. 은신 스킬 있잖아요. 안 들키면 그만이에요~"

장난스럽게 웃어 보였다.

"주위 신경 안 쓰고 놀러 다닐 수 있다니까요. 노아 씨랑 나랑은."

"…맞아요, 그렇죠."

노아도 살풋 웃었다.

코엑스 근처의 높은 호텔 건물 꼭대기에 올라앉았다. 피스가 내 무릎 위에서 작게 하품을 했다. 여기선 누가 볼 사람도 없으니 은신 스킬도 풀고 아쿠아리움에서 슬쩍 가져온 구슬아이스크림을 한 숟갈 떠먹었다. 물론 돈은 놓아두고 왔다. 훔친 것처럼 보이겠지만.

"많이 드시면 안 돼요."

내가 스푼을 다시 동글동글한 아이스크림 무더기에 푹 찌르자 노아가 잔소리를 했다. 아쿠아리움에서도 먹으면 안 된다는 속삭임에 달래고 달래 한 컵밖에 못 가져왔다.

"얼마 되지도 않는걸요. 자요."

노아 씨도 먹으라며 떠 줬다. 요즘 먹는 데 너무 팍팍하게들 굴어. 간식 줄이고 세 끼 제대로 챙겨먹는 게 좋다는 거야 잘 알지만.

"세성 길드장네 수조도 멋지긴 했는데 역시 대형 수족관은 다르네요."

그러고 보니 성현제 씨 댁 어디로 옮겨 갔을까. 아파트는 임시 거처고 원래 집은 폭삭 무너졌으니. 예비용 저택 두엇쯤은 가지고 있겠지만.

"물고기가 정말 많았어요."

노아가 미소 지으며 말했다. 관람객 피하느라 바쁘긴 했지만 그래도 볼 건 꽤 많았다. 피해 다니는 것도 나름 재미있었고. 사람이 우르르 몰려올 때엔 노아가 날 붙잡고 날아오르기도 했었다. 갑자기 이는 바람에 다들 어리둥절해했지.

그때 문자가 들어왔다. 민소한이었다.

[알바도 돼요? 학교 다니면서요.]

영 관심 없다는 듯이 굴더니.

[네, 됩니다. 마음이 바뀌셨나 봐요.]
[조건도 좋긴 한데 자꾸 신경 쓰여서요.]

 신경 쓰인다니, 노아 말인가? 내가 사기당할 거 같다는 소리일 수도 있고. 아무튼 알바도 좋지. 해연 길드 인사팀으로 연락하라고 답장을 보내며 노아를 돌아보았다.
 "민소한 씨도 사육소에 들어올 거라네요."
 "아까 그분이요?"
 "네. 저보단 노아 씨 때문인 거 같은데."
 귀찮다 귀찮다 하면서 사람 챙기기 은근 좋아해서. 민소한이 알겠다는 답장과 함께 알바생도 사택 주냐고 물어 왔다. 물론 제공한다니까 청소하기 귀찮으니 작은 평수가 좋단다. 바닥만 깨끗이 하고 로봇청소기 돌리라고 답해 줬다. 가전 좋은 거 많으니까. 식기세척기와 음식물처리기는 기본으로 넣고 재활용품 버리기 편한 곳으로 이사하라고 해야지.
 우리 집은 쓰레기 내놓기가 조금 불편해서 투덜거렸더니 유현이가 태워 버리려고 들었었다. 요즘 쓰레기 문제는 던전 덕에 거의 해결이 되었다지만 그래도 재활용은 해야지.
 "학교는 계속 다니면서 알바 정도로 할 거라는데, 그리고 보니 민소한 씨 학교 헌터 전형 있어요. 노아 씨도 내년에 대학 갈 생각 혹시 있으세요?"
 전에 말 나왔을 땐 일 터져서 대답을 못 들었었는데.
 "…모르겠어요. 저는, 학교 다니다 말기도 해서요."
 "각성하기 전까진 다니셨죠?"
 노아가 작게 고개를 끄덕였다.

"그럼 괜찮아요. 상급 헌터는 던전 공략 기여도로 대신할 수 있거든요. 난리통에 최전선에 선 사람들더러 수업 왜 빠졌냐고 할 순 없잖아요. 유현이도 각성 후엔 학교 거의 안 갔어요. 나라 지키는 게 더 급하니까요."

그래도 학교는 다니려나 싶어 몇 번이나 기웃거려 봤지만 마주칠 수 없었다. 그땐 지금과 달리 던전도 자주 터졌는데 S급 헌터를 수업 들어라 앉혀 놓을 리가 있을까. 애초에 던전 생기고 첫해는 휴교도 잦아서 그해 수능 치느냐 마느냐로 논란도 일었다. 수능 전날 인터넷에 수험장 근처에서 던브 났으면 좋겠다는 글 올리고 욕먹은 애들도 많았다지.

"지금도 출석 거의 안 하잖아요. 제대로 다니면 좋을 텐데."

"…유진 씨는요?"

"네?"

"졸업장은 얻어 두는 게 좋다고, 브레이커 길드장이 그랬잖아요. 내년에 대학교 가실 거예요?"

"어… 일단 입학은 해 둘까 싶긴 해요."

내가 가만히 있어도 강제로 시키려 들겠지만. 특히 석시명이.

"유진 씨와 같이 다닌다면 갈래요."

"근데 전 딱 졸업장만 목표라 학교 갈 일은 거의 없을 텐데요."

노아 씨가 평범한 캠퍼스 라이프 같은 거 즐겼으면 싶어서 권하는 건데. 노아가 가는 곳이면 강소영도 따라갈 테고, 이왕이면 소한이 학교로 가면 챙겨도 줄 테고. 민의는 어디 다닌다더라.

"유진 씨가 학교 출석하면 해연 길드장도 나올걸요."

"그건……."

그, 그러려나. 하지만 유현이 학교에 입학하면 내가 후밴데. 유현이가 나한테 선배 대접 바랄 린 없겠지만……. 대학 가면 뭐 하지. 캠퍼스 라이프라고 해도 내가 뭐 아나. 축제 같은 건 하는 거 아는데. 동아리 활동이나.

"가기는 갈 거니까, 그럼 노아 씨도 특례입학 말해 놓을게요."

소영 씨가 좋아하겠네. 둘이 같이 학교 가면 정말 그림 같겠다. 아이스크림은 몇 입 먹지도 않았는데 동이 났다. 노아가 시간을 확인하더니 크로스백에서 보온병을 꺼내 들었다. 약 먹고 아이스크림 먹을걸.

"이건 꼭 하라는 건 아니고요, 노아 씨가 관심이 있는 듯해서 말하는 건데요."

약을 받아 들며 말을 이었다.

"석시명 팀장을 한번 만나 보는 게 어떨까요?"

"석시명 팀장이면, 해연 길드원 말하는 거죠? 석하얀 씨 삼촌이신."

"네. 전에 보니 보조계 헌터들에 대해 신경 쓰고 있더라고요. 노아 씨 혼자 보조계 헌터에 대한 일을 시작하는 건, 솔직히 당연히 힘들 거예요. 막막할 수밖에 없죠."

일종의 사회운동 같은 건데 쉬울 리가 없다. 인종이나 성별, 신분, 종교 등의 차별을 긴 시간 많은 사람이 해소하려 노력했지만, 아직 문제가 많았다. 심지어 신분제도 남아 있는 곳이 있을 정도다.

게다가 애초에 완벽한 해결이 힘든 문제기도 했다. 모든 사람이 정신적으로 훌륭한 성인(聖人)이라도 되지 않고서야 능력의 차이가 뚜렷할수록 무심코 차별하기 쉬워지니까. 그러니 계속 문제를 환기시키고 좀 더 나아지도록 노력하는 거지.

"그러니 당장 무언가를 시작하기보다는, 천천히 알아가 보는 게 더 좋지 않을까요. 소한 씨 말대로 노아 씨에게는 시간이 많잖아요. 아직 배워야 할 나이이기도 하고요."

"…생각해 볼게요. 아직은 제가 정말로 뭘 하길 원하는지 잘 모르겠어요. 그저 좀 더 중요한, 대단한 사람이고 싶어서 욕심내는 것도 같거든요. 이런 일을 해내면 칭찬받을 수 있겠지, 같은 거요. …어린애 같지만."

"에이, 뭘요. 원래 그렇게 시작하는 거죠. 칭찬받기 싫어하는 사람 없어요. 잘했다, 대단하다, 소린 다들 좋아하죠.”

석시명이면 뭐, 노아에게 무척 잘해 줄 것이다. 살살 꼬셔다 아예 해연에 들여앉히려 들지 않을까 걱정은 되지만.

"…혹시 석 팀장과 만날 생각이시면 저한테 꼭 먼저 말씀해 주세요. 친절하긴 할 텐데, 속이 좀 까매서. 웬만하면 혼자서는 가지 말고요. 저 아니면 명우나 하민이라도 데리고 가시고요. 아니면 오늘 본 사람들 중에서 서경훈 씨나 이유신 씨, 민소한 씨라도요.”

미리 경고도 해 둬야지. 애 꼬드겨서 괜한 짓 할 생각은 말라고. 설불리 나랑 틀어질 짓 할 사람이 아니긴 하지만 혹 모르잖아.

사육소 신규 직원들에 대해선 예정대로 해연 길드 인사팀에서, 석시명이 맡아 주기로 했다. 그쪽에서 교육 후 인수인계받아 사육소, 정확히는 빌딩 쪽으로 옮겨 갈 것이다. 이미 빌딩에 사무실도 널찍하니 새로 마련해 놓았다.

[사실 걱정이 꽤 들었었습니다만, 첫인상은 다들 좋았습니다.]

한 번 보고 사람 속을 어찌 다 알겠냐마는 다들 강단 있어 보였다고 석시명이 말했다. 그야 내 옆에서 오래 버텼으니까. 꿋꿋한 거야 기본이고 귀도 얇지 않고 외부의 말에 흔들림이 없을 사람들이다.

인재가 따로 있겠냐. 이런 사람들이야말로 귀한 인재지.

'내가 겪어 보지 못했다면 평범한 사람들로밖에 느껴지지 않았겠지만.'

그렇게 힘든 일을 함께 겪지 못했더라면, 잃지 않았더라면 영영 몰랐을 것이다. 아픔으로만 남았던 기억들이 이렇게 되돌아오다니. 기분이 묘해졌다.

“우리 소록이 그래도 조금은 자랐네.”

사육소 1층 복도를 따라 걷다 말고 늘어진 새끼 순록의 새하얀 배를 문질러 주었다. 소록이는 숲처럼 꾸며 놓은 운동장보다 건물 내에서 돌아다니는 걸 더 좋아했다. 그래 봤자 많이 걷지는 않았지만 바닥재와 발굽이 부딪쳐 톡톡톡 소리가 나는 게 마음에 든 모양이었다.

- 매애.

까맣고 복실복실한 새끼 양이 소록이 주위를 퐁퐁 뛰었다. 마치 작은 공처럼 잘도 튀어 오른다. 몬스터긴 하지만 같은 유제류라서인가 둘이 제법 친했다. 정확히는 새끼 양이 소록이에게 놀자고 치대는 쪽이었지만.
"네 아빠는 소식도 없고. 요즘 많이 바쁜 모양이긴 하더라."

- 매애애.

"확 쳐들어갈까?"

- 매앵.

갑자기 던전 상태도 바뀌고 연구소 일도 있고 바쁠 만했지만, 연락도 잘 안 받고. 이미 협회 쪽엔 이야기 다 끝났는데. 그쪽에선 아예 생방송으로 기승수 전달식 같은 거 하자고 나왔지만 송 실장님이 거절했다. 개인 용도로는 받을 수 없노라고.
"송 실장님 성격에 전용 기승수, 라고 못 박아 놓지 않으면 또 슬슬 피할 거란 말이야. 역시 강경하게 밀고 나가야 하나."
한번 떠맡으면 못 본 척하진 않을 성격이시니. 일 좀 한가해지면 쳐들어가야겠다.

소록이를 억지로 일으켜 세우는데 다가오는 기척이 느껴졌다. 약 먹을 시간은 멀었으니 유현이는 아닐 테고, 누구지.

"…어?"

나타난 얼굴은 정말 예상치 못한 사람의 것이었다. 눈부시게 잘생긴 얼굴이 나를 향해 미소 지었다.

"안녕하세요, 유진이 형. 오랜만이죠?"

"아, 응, 네."

"편하게 말씀하세요."

박하율이 웃으며 말했다. …완전히 까맣게 잊고 있었는데. 중국 갔다더니 돌아온 건가. 박하율과 함께 온 사람은 세성 길드에서 나온 A급 헌터였다. 이번 주 사육소 보안 담당인데, 왜 박하율과 같이 들어온 거지.

"한 소장님과 친한 사이라고 해서 동행해 왔습니다만, 맞으신 듯하군요."

"네? 어, 일단 그렇다고 할까요."

조금 당황하며 A급 헌터를 바라보았다. 아니, 친하다는 말만 믿고 데리고 들어왔다고? 그러면 안 될 텐데? 여기 사는 사람이 아니고서는 보통 빌딩과 연결된 입구에서 막고 내게 먼저 연락이 들어오게 되어 있지 않았나.

"도와주셔서 감사합니다~"

박하율이 A급 헌터에게 인사했다. A급 헌터가 환하게 웃으며 아니라며 고개를 저었다. …혹시 박하율 팬 같은 건가. 반응이 뭐랄까, 호의가 가득했다. 그래도 사적인 마음을 공적인 일에 넣으면 안 되지. 돌아서는 A급 헌터를 미심쩍게 쳐다보았다. 아무래도 보안 담당하기엔 좀 문제 있는 사람이라고 세성에 연락을…….

"형, 그동안 소식 많이 들었어요!"

"어……."

박하율이 내 앞으로 성큼 다가오며 말했다. 와, 정말 잘생기긴 잘생겼다. 예전엔 이 정도는 아니었던 거 같은데 중국 물이 잘 맞았나. 게다가 진짜 호감상이었다.

"연락이 없어서 좀 섭섭하기도 했는데요."

"아, 미안해."

"아뇨, 괜찮아요. 혹시 누구 올 일 없죠?"

"응?"

"형 주위엔 S급 헌터들 많잖아요. 오기로 한 사람 있어요?"

박하율이 내 눈을 똑바로 바라보며 말했다. 눈도 예쁘네. 펄이라도 들어간 듯 묘하게 반짝거린다. 렌즈 꼈나. 청회색으로 염색한 머리도 잘 어울렸다.

"동생이, 두 시간쯤 뒤에 올 거야."

"정말요? 그래도 평소엔 혼자 있나 봐요."

"지키는 사람들이 많으니까. 상급 헌터들도 여럿 있고 노아 씨에 지금은 같이 안 왔지만 피스도 있고."

"피스면 S급 몬스터였죠? 항상 같이 다녀요?"

"거의 항상. 하지만 새끼 몬스터들 돌볼 때는 애들이 무서워하는 경우가 많아서 집에 두고 오기도 해."

말하다 말고 고개를 갸웃 기울였다. 이런 거 다 털어놓으면 안 되지 않나. 하지만 문제 될 거, 없을 듯도 하고.

"형."

목소리도 좋네. 박하율의 눈이 가느스름하게 휘었다.

"또 놀러 와도 되죠?"

"그야, 되지."

"하지만 다른 사람들에겐 제가 온 거 말 안 했으면 좋겠어요. 부담스럽잖아요. 형 주위엔 무서운 사람들도 많고요."

그런가? 하긴 S급 헌터들이 비각성자에겐 무섭게 느껴질 만했다. 말…

안 해도 되겠지. 그냥 아는 사람이 놀러 온 거니까.

"알았어."

"고마워요."

좋아라 하는 거 보니까 괜히 나도 기뻐졌다. 잊고 있었던 게 미안하기도 하고, 이 정도야 괜찮겠지.

"차라도 줄까?"

"아뇨. 오늘은 오래 못 있어요. 다시 올게요."

박하율은 비밀을 지켜 달라는 당부를 남기고 몸을 돌렸다. 가 버리는 게 어쩐지 아쉬웠다. 아무튼 오랜만에 보니까 좋네.

– 삐앵.

멍하니 서 있다가 소록이의 울음소리에 정신이 번쩍 들었다. 어느새 몸을 일으킨 소록이가 내 옷자락을 잘근잘근 씹었다. 새끼 양도 덩달아 반대쪽 옷자락을 물고 당긴다.

"…귀신에 홀린 것 같네."

뭔가 기분이 묘했다. 하지만 여태까지 입 다문 것도 있고, 나쁜 녀석은 아니니까. 오히려 그 반대지 않나. …그렇지? 그때 전화 벨소리가 울렸다. 예림이었다.

[아저씨! 저 공략 끝났어요!]

"벌써?"

[네! 블루도 무사하고요.]

[꺄우-우!]

빨리 끝날 거라고 생각은 했지만 진짜 빠르네. 대단하다고 실컷 칭찬해 주었다.

[인터뷰랑 이것저것 하고 내일 아침에 돌아갈 거예요. 별일 없었죠? 한유현이 잘 챙겨 주고 있어요?]

"그럼. 아무 일 없었어. 내일 마중 나갈게."

[안 그래도 되는데.]

괜찮다고 말은 하지만 웃고 있을 얼굴이 눈에 훤했다. 몇 마디 더 대화를 나누곤 전화를 끊었다. 순식간에 조용해진 복도의 공기가 서늘하게 느껴졌다.
분명 이상한 느낌이 드는데, 이유를 알 수가 없었다.

5장 비밀인데

## 5장
비밀인데

- 매애애.

 새끼 양을 품에 안아 들었다. 겉으로 보기엔 꽤 커 보였지만 그게 다 털 빨이라 무겁진 않았다. 폭신폭신하기도 하지. 바로 어제 목욕도 시켜서 털에서 포근한 냄새가 났다.
 "이렇게 귀여운데 말이야."

- 매애.

 "그치, 유현아."
 동생 녀석이 대답 대신 차 문을 열어 주었다. 공항에 도착하자 저번만큼은 아니어도 기자 몇몇이 어슬렁거리고 있었다. 그중 두엇이 화산흑양을 안고 있는 나를 향해 카메라를 들이대려다가 유현이의 싸늘한 눈길을 받고 허둥지둥 물러섰다.

"어서 오세요, 한 소장님."

통제 중인 대기실로 들어가자 헌터 협회 홍보부 부장인 최영준이 나를 반갑게 맞이해 주었다. 화산흑양을 얼른 데리고 와서 마스코트 삼고 인형도 만들자, 라는 포부를 가지고 있지만 송 실장님의 벽에 가로막혀 발만 동동 구르는 중이라지. 김하연 팀장님과도 미팅을 했다고 들었다.

"송 실장님은 아직 안 오셨습니까?"

"그럴 리가요. 비행장 쪽으로 나가셨습니다. 박예림 헌터는 지난번 세성 길드장처럼 사고 칠 가능성이 낮은데도 굳이 대기하시겠다더군요."

성실하다고 할 수도 있겠지만 혹시 나 피한 거 아니냐. 새끼 양을 데리고 올 거라는 걸 눈치챘나. 내가 최근에 문자로 좀 많이 징징대긴 했지만.

"S급 헌터들이 외국에 나갔다 돌아올 때마다 실장님께서 매번 나오셔야 하는 건 아니죠?"

"당연히 아닙니다. 저번이나 이번처럼 국제적으로 특별한 이슈가 있을 때만 나오시는 편이지요. 다만 세성 길드장은……."

"아, 네."

크게 고개를 끄덕여 보였다. 말 안 해도 알겠다. 매번 큰 사고 한둘쯤은 치고 들어왔을 테니 매번 마중 나오셨겠구만. 그대로 구치소행 한 적도 많겠지. 해외 출장 끌려갔다가 같이 귀국한 적도 있을 테고. 상상만으로도 안타깝다. 수갑 채우기도 했을까. 그건 한번 보고 싶네.

대기실에는 다과가 제법 풍성하게 진열되어 있었다. 입도 심심하고 원래 대화를 나눌 땐 테이블에 먹을 게 올라가 있는 게 예의인데. 동생을 바라보았다. 유현이가 부드럽게 미소 지었다.

"안 돼. 박예림 헌터 도착하면 점심 먹으러 갈 거잖아."

…내가 원래 군것질을 잘하는 편이 아니었는데. 자꾸 못 먹게 막으니까 더 먹고 싶어지잖아. 하지만 어른답게 참았다. 안 참아도 못 이기지만.

"최근엔 어때요? 넘어올 거 같으세요?"

내 물음에 최영준이 미간을 깊게 좁혔다.

"여전하시죠. 심지어 각관실보다는 헌터협회 소속으로 두는 게 좋겠다는 입장이시라. 반면에 저희는 최소한 각관실 소속 기승수여야 한다는 쪽이고요. 저희는요."

"협회로 데리고 가고 싶어 하는 사람들도 많은가 보죠."

"물론입니다. 하지만 협회 소속이 되면 엉뚱한 일에나 쓰이게 될 가능성이 높아요. 각관실에서야 송태원 실장님 공략 위주로 가도록 노력하겠지만 협회는 다르죠. 협회 헌터들도 기승수를 쓰고 싶어 하는 건 물론이고 쓸데없이 여기저기 데려다 장식처럼 세워 놓기도 할 겁니다."

아직 그런 인간이 많구나. 그래도 물갈이를 하지 않았더라면 지금처럼 의견이 나눠지기는커녕, 기승수를 송 실장님은 물론이요, 각관실로도 넘기지 않으려 들었겠지. 설사 송 실장님 소유로 갔다 해도 온갖 핑계를 대며 빼앗아 갔을지도 모른다.

갈아 치워진 사람들이 있으니 송 실장님 챙겨 주는 거지.

"역시 송 실장님 개인 기승수로 확정시키는 게 여러모로 유리할 텐데 말이에요."

"그걸 실장님께서도 모르는 건 아닌데, 걸리는 것이 있는 기색이시더라고요."

"걸리는 거요?"

"말씀은 안 하시지만 말입니다."

역시 술자리를 만들어 이야기를 해 봐야 하나. 송 실장님을 어떻게 꼬여 내지. 같이 술 안 마셔 주면 성현제 따라 해외를 가 버린다고 해 버려?

"아저씨!"

그때 예림이가 문을 벌컥 열며 뛰어 들어왔다. 다친 곳 없이 건강해 보였다.

"예림아! 어서 와! 별일 없었고?"

"순식간에 깨끗이 쓸어 버렸죠. 1층은 커다란 강이 있었는데 범람시켜서 전부 얼렸어요."

엄청 쉬웠다며 예림이가 던전을 어떻게 공략했는지 재잘재잘 떠들어 댔다.

"블루 냉기 저항 템이 부족한 게 유일하게 아쉬웠어요. 좀 추워하더라고요. 그래서 1층 이후로는 얼리는 건 잘 안 했고요."

"아이템만 가지곤 커버하기 힘드니까. 블루는?"

"사육장으로 바로 갔어요. 사자 아저씨가 아저씨한테 안부 전해 달래요. 선물도 챙겨 줬는데."

"…다른 말은 안 하고?"

"무슨 말이요?"

다행히 예림이한테 이상한 소리는 안 한 모양이었다. 고생 많았다고 예림이를 토닥여 주며 주위를 살폈다. 하지만 찾는 사람 얼굴은 보이지 않았다.

"혹시 송 실장님이 마중 나가지 않았어?"

"바쁘시다고 간단한 확인만 하고 가셨어요."

역시 눈치챘던 모양이다. 양을 안 받으려고 튀셨구나. 아쉬워하며 짧게 인터뷰하는 예림이를 기다리는데 문자가 왔다.

[형, 오늘은 사육소에 안 계시나 봐요.]

박하율이었다. 놀러 올 생각이었나. 예림이가 귀국해서 마중 나왔다고 답장했다.

[그럼 한동안은 박예림 헌터가 사육소에 있는 건가요?]

[이삼 일쯤은 쉴 테니까 아마도?]

전에 예림이를 보고 무척이나 좋아하지 않았었나. 예림이랑 같이 만나도 되지 않냐고 했더니, 부담스럽다며 사양했다. 개인적으로 보긴 좀 그런가?

[아쉽네요. 저 놀러 갔던 거 다른 사람들에겐 말 안 했죠?]
[응.]
[저 한동안 한국에 있을 테니까, 혼자 있을 때 심심하시면 연락 주세요!]

…딱히 심심할 일은 없는데. 그보다 내가 왜 애랑, 음. 만나서 나쁠 건 없지만. 일단 스킬이 A급이 셋이라 각성시켜 줄 생각도 했지. 키워드 적용을 시켜야 하나 말아야 하나. 사람 상대론 조심해야겠지만 박하율은 위험할 거 같진 않은데.

"누구야?"
"어, 이번에 채용한 사람."

동생의 물음에 무심코 거짓말이 흘러나왔다. 박하율이 말하지 말라곤 했지만… 유현이까지 속일 필요가 있나? 하긴 유현이가 알게 되면 박하율이 사육소에 못 오게 막을지도 모르지.

예림이의 인터뷰가 끝나고 셋에서 점심을 먹고 집으로 들어갔다. 그리고.

"짠, 피스야!"

피스 전용 휴대폰이 도착했다. 흔히 보이는 스마트폰은 아니고 물리 버튼이 달려 있는 까만베리 쪽 폰과 비슷하게 생긴 기계였다. 큼직한 버튼은 상하좌우 네 방향에 전원까지 다섯 개였다.

"피스가 진짜 쓸 수 있을까요?"

"간단하니까 아마도? 자, 봐 봐, 피스야."

피스 앞에 폰을 내려놓았다. 그리고 피스의 앞발을 잡고 발톱으로 가운데 전원 버튼을 꾹 눌렀다.

"이렇게 2초쯤 누르면 폰이 켜져. 보이지?"

- 끼앙.

"화면에 불이 들어오고 여기, 오른쪽 버튼을 이렇게 꾹, 역시나 2초쯤 누르면."

전화벨 소리가 울렸다. 내 전화였다. 피스 폰은 기본 화상 통화였다. 전화를 받자 피스 폰 액정에 내 얼굴이 나타났다.

"아빠 폰과 연결돼. 보이지?"

- 꺄앙!

"오른쪽 버튼이 아빠야. 여기 아빠 폰에도 피스 얼굴 비친다. 그치?"

- 끄우웅.

"그리고 이쪽, 반대쪽 버튼을 꾹 누르면."

이번에는 다른 곳에서 전화 소리가 울렸다. 유현이 폰이었다.

"유현아, 얼른 전화 받아!"

"…여보세요."

약간 떨어져 서 있던 유현이가 시큰둥하게 전화를 받았다. 피스 폰의 화면에 유현이 얼굴이 나타났다.

- 크흥.

"그래, 유현이 삼촌. 폰 밟으면 안 돼. 자칫하다간 망가져요."
만약 유현이가 전화를 받지 않을 경우 자동으로 다른 사람에게 전화가 가게 되어 있었다. 예림이, 해연길드, 송 실장님, 세성 길드장, 브레이커 길드장, 노아 씨로 S급 헌터들을 등록해 놓았다.
"폰 켜는 것부터 연습해 보자."
폰을 끄고 손가락으로 톡톡 두드려 보이자 피스가 한쪽 앞발을 들어 올려 발톱 끝으로 가운데 버튼을 정확하게 눌렀다. 역시 우리 애 천재인가 봐!
"맞아, 피스야! 잘했어! 대단해!"

- 끼아앙.

"이제 아빠한테 전화 걸어 보자. 옳지!"
세상에, 딱 한 번 가르쳐 줬는데 바로 할 줄 아네. 마수농장 같은 건 왜 없지. 나가야 하는데.
"이번엔 유현이 삼촌, 왼쪽 버튼!"
피스가 머뭇거렸다. 버튼이 여러 개라 헷갈리는 건가.
"한유현한테 전화 걸기 싫은가 봐요."

- 그르릉.

나직이 그르렁거리며 피스가 왼쪽 버튼을 눌렀다. 어휴, 잘하네.
"유현아, 이번엔 받지 마. 예림이한테 넘어가는 거 보여 주게."
몇 번 연결음이 울리다가 멈추곤 이번에는 예림이에게 전화가 걸어졌다. 예림이가 순간이동으로 주방에 가더니 신나게 전화를 받았다.

"여보세요, 피스야~ 안녕~"

- 컁.

"잘 보여? 아저씨! 이거 캡처해서 SNS에 올려도 돼요?"
"응, 물론 돼."
"피스 전화 거는 거 촬영도 해요!"
예림이가 제일 신난 거 같다. 이어서 끄는 것도 가르쳐 주고 피스 목에 폰을 걸어 주었다.
"이렇게 당기면 줄이 늘어나, 피스야."
"이 폰은 전화 통화만 되는 거예요?"
"아니, 다른 기능도 있긴 한데 피스가 쓰긴 힘들 테니까."
여느 휴대폰의 기본 기능은 다 된다. 정확히는 평범한 폰에 기초 설정만 좀 손봤다나. 게다가 버튼도 다르니 다른 기능을 사용하는 건 불편하긴 할 거라고 했다.
"위쪽 버튼을 길게 누르면 사진 촬영이 돼. 전면 카메라밖에 없긴 하지만."
"피스야, 네 폰으로 셀카 찍자! 피스 폰 번호는 아저씨 이름으로 등록했어요?"
"피스는 개통 못 하니까."
"피스 SNS 만들어 줘도 돼요? 앱 다운도 되나?"
상관은 없지만 만들어 봤자 피스는 못 쓸 텐데. 그때 삐약이가 내 앞으로 다가왔다.

- 삐약.

"응? 왜, 삐약아."

― 삐약삐약.

배고픈가. 마석을 꺼내 주자 받아 삼키고는 다시 불만스럽게 삐약거린다. 설마.

"삐약이 너도 저거 가지고 싶어?"

― 삐약!

피스만 받아서 질투라도 난 걸까. 장난감 폰 하나 사다 줘야겠다.
"아저씨, 아저씨도 피스랑 셀카!"
"어, 그래."
"한유현, 어디 가!"

예림이가 그래도 네가 주인이잖아! 너도 반드시 찍어야 한다며 유현이를 얼른 막아섰다. 집 부수진 마라.

애들이 아웅다웅하는 걸 보다가 슬쩍 몸을 돌려 내 방으로 들어갔다. 문도 살며시 닫고는 전화를 걸었다. 얼마 지나지 않아 성현제가 전화를 받았다.

"시간 되세요? 한국 뜨시기 전에 한번 만나야죠."

병원 입원 좀 하고 직원 채용을 했더니 시간이 후다닥 지나가 버렸다. 그 전에 말해야지. 성현제랑 그리고 예림이한테도.

[아쉽게도 내일까지는 바쁠 듯하네만.]

"출국 준비로요?"

[아니, 벌레가 조금 꼬여서.]

나직한 목소리 너머로 무언가 조금 소란스러운 소리가 뒤섞였다. 반사적으로 휴대폰에 바싹 귀를 가져다 댔다.

"혼자 계신 게 아닌가 봐요."

[혼자나 마찬가지니 신경 쓸 것 없다네.]

"살벌해라. 무슨 일인지 물어봐도 됩니까."

[아직 불명확하지만.]

짧은 침묵 후 성현제가 말을 이었다.

[안전에 주의하게.]

"예? 저요?"

[해외 헌터 몇이 한국에 몰래 들어왔다더군. 정확한 목적은 밝혀내지 못했지만 내 파트너야 언제 노려져도 이상할 것이 없지 않나.]

"제가 인기가 좀 많긴 하죠."

[혹 낯선 사람이 접근해 온다면 바로 주변에 알려.]

유독 강한 경고조의 목소리였다. 그래도 낯선 사람은 딱히 없었지. 다들 연구소와 대장간 쪽을 방문하고 있고.

"뒤숭숭하네요. 하지만 전 절대 혼자 움직이지 않으니 걱정할 필요 없으실 겁니다. 몰래 들어온 헌터 등급이 아무리 높아 봐야 S급일 거잖아요. 한동안은 반드시 S급 헌터와 동행하겠습니다."

피스도 데리고 다니고 말이다. 그럼 문제없지. 무려 S급 둘과 같이 다니는 셈이니까.

"아직 혼자가 아니다, 라는 건 그분에게 부탁할 생각은 없으신가 봐요."

예림이처럼 시체의 기억을 읽을 수 있는 스킬 소지자, 민지수 씨. 혹시 그새 뭔가 문제가 생긴 건 아니겠지.

[밀입국 가지고 사람을 죽일 수는 없지 않겠나. 현대 사회의 상식인답게 대화부터 해야지.]

퍽이나다 정말. 어차피 단순 밀입국 헌터면 신경도 안 썼을 거면서.

"시간 나실 때 연락 주세요. 출국 전에 말입니다. 참, 집들이는 안 하세요?"

[집에서 보는 것도 괜찮겠군. 직접 모시러 가겠네.]

"그럼, 그, 뭐냐, 오실 때 그거요."

한층 목소리를 낮추며 속삭였다. 지금쯤 분명 애들이 귀 기울이고 있을 거다.

[그거?]

"아, 왜 올 때 하면 대충 알잖아요. 꼭 그거 말고도 암튼 아무거나요."

눈치 빠르시니 알아들어 주세요. 역시 알아들었는지 성현제가 낮게 웃었다.

[도련님과 꼬마 아가씨가 신경 많이 쓰고 있다곤 들었네만.]

"세성 길드장님까지 신경 써 주시진 말았으면 합니다."

[나도 한유진 군의 건강을 걱정하는 마음만큼은—]

"아, 좀요."

 간식 좀 먹는다고 안 죽어. 그나저나 성현제가 바쁘다 하니, 예림이에게 먼저 말을 할까. 문을 열자 역시나 유현이와 예림이 그리고 피스에 삐약이 벨라레까지 근처에서 어슬렁거리고 있었다.

"별 이야기 아닌데 왜 이렇게 모여 있냐. 유현아, 해연에도 밀입국 소식 들어왔어?"

"듣긴 했는데 해외 헌터가 밀입국하는 일이야 종종 있어."

"이번엔 좀 수상쩍은 모양이더라. 조심하래."

 유현이가 고개를 끄덕였다. 해연이 많이 성장하긴 했지만 아직 해외 쪽은 깜깜하니까. 이제 겨우 일본으로 발 뻗는 정도다.

"예림이 넌 며칠은 쉴 거지? 일본에선 얼른 S급 던전까지 공략해 주길 바란댔지만."

"이번 주까진요. 학교는 갈 거지만."

"내일도?"

"내일은 자체 휴교!"

 그럼 내일 가면 되려나. 가까운 하급 던전 하나 찾아 놔야겠다.

"던전을 가자고요?"

"응. E급이야. 던전이 목적은 아니고, 너한테 하고 싶은 말이 있어서."

예림이가 눈썹을 기우뚱 찌푸리며 나를 빤히 쳐다보았다.

"…던전까지 가서요?"

"그냥, 내가 숨기고 있던 비밀 같은 거야. 유현이에겐 이미 말했어."

엉뚱한 걱정을 하는 듯해서 설명해 주자 예림이의 표정이 다시 밝게 풀렸다.

"좋아요! 그럼 둘이서만 가는 거네요?"

"혹시 모르니까 피스는 데리고 갈 거지만, 둘이서 맞지."

"던전에서 또 무슨 일 생기는 건 아니겠죠."

"지금은 괜찮아."

단순한 연락도 제대로 못 하게 막혀 있는데 무슨 일이 생기겠냐. 내 말에 예림이가 신나 하며 차 키를 꺼내 들었다. 나도 운전면허…….

공략 예약 잡아 둔 E급 던전은 강남 쪽에 있었다. 등급이 낮아 던전 건물만 지어졌을 뿐 주위의 풍경은 변함이 없었다. 던전 건물 내에 들어서자 예림이가 휴대폰을 꺼내 전화를 걸었다.

"나 아저씨랑 단둘이 데이트한다!"

[뭐? 지금 어디―!]

…저거 유현이 목소리 아니냐. 대답을 다 듣지도 않고 확 끊어 버린 예림이가 폰 전원까지 꺼 버리곤 히죽 웃었다.

"데이트는 아니지 않냐."

"왜요, 둘이 놀러 나왔으면 데이트지. 엄마랑 아빠도 우리 딸이랑 데이트 간다고 그랬어요. 아빠한테 전화 오면 엄마랑 데이트 나왔어! 그랬는데."

부모님 이야기는 잘 하지 않았던 예림이였는데. 내가 조금 더 편해진 걸까.

"그래, 유현이 오기 전에 얼른 들어가자!"

"네~"

예림이와 내 휴대폰에 피스 폰도 잊지 않고 보관함에 넣은 뒤 던전으로 들어갔다. 던전 내부는 가을의 들판이었다. 코스모스 비슷한 꽃들이 한가득 피어 있는 것이 보였다.

"여기 날씨 좋네요."

"몬스터도 예뻐."

"그럼 잡기 아쉬울 거 같은데요."

"안 그럴걸."

내 품에서 뛰어내린 피스가 몸집을 키웠다. 피스에게 올라타고 얼마 가지 않아 꽃밭에서 몬스터들이 나타났다. 주먹만 한 크기의 동그란 빛 구슬에 반짝거리는 반투명한 나비 날개가 달려 있다. 마치 커다란 반딧불처럼 수십 개의 빛무리가 이리저리 날아다닌다.

"와, 저게 몬스터예요?"

"무해해 보이지만 저 반짝이는 게 다 독이야. 공격하면 터져서 독가루를 흩뿌리는데 E급치고는 강해서 하급 헌터들은 공략하기 쉽지 않지."

예림이에게는 그냥 예쁜 반짝이들이겠지만. 독 저항 붙은 팔찌를 찬 예림이가 창은 꺼내지도 않고 한쪽 손을 가볍게 흔들었다. 허공에 물방울이 맺히더니 수십 개의 가느다란 얼음송곳으로 변해 몬스터들을 향해 날아간다.

"펑, 퍼엉!"

빛 구슬이 연달아 터져 나갔다. 마치 작은 폭죽들이 쏘아 올려진 듯했다. 반짝반짝 빛무리가 공중에서 춤을 추며 꽃잎 위로 내려앉았다. 너른 꽃밭이 온통 빛을 흩뿌리며 바람결에 살랑살랑 흔들렸다. 그것을 보는 예림이의 눈동자에도 빛무리가 가득 머금어졌다.

"예쁘다! 던전에서도 사진 찍을 수 있으면 좋을 텐데."

"조금만 더 기다려. 곧 촬영 장비 만들어질 거야."

순조롭게 개발 중이라고 했다. 그럼 머잖아 회귀 전처럼 던전 공략 방송 같은 것도 나오겠지.

"근데 말해 줄 비밀이 뭔데요?"

꽃 한 송이를 꺾어 들며 예림이가 말했다.

"들고 나가면 안 된다. 다른 게 아니라, 사실은 내가."

막상 털어놓으려니 좀 멋쩍어졌다. 일단 피스 등에서 내려 예림이와 마주 섰다.

"음, 그게. 회귀했어."

"네? 뭘요?"

"시간."

예림이가 무슨 소리냐는 듯 고개를 갸웃했다.

"왜, 타임머신 같은 것처럼 말이야. 5년 후의 미래에서 현재로 돌아왔어. 내가. 예림이 너와 만나기 얼마 전에."

"…우와, 와, 그게 돼요?"

"아이템 중에 시간을 돌릴 수 있는 게 있었거든."

"세상에, 진짜진짜 세상에나. 그럼 아저씨는 미래를 아는 거네요? 복권 번호 외워 왔어요?"

"갑자기 그렇게 된 거야. 번호 외울 시간 없었어."

"그럼 주식! 은, 망했죠."

"…세상이 완전 똑같지가 않으니까."

아니, 근데 왜 이야기가 이렇게 흐르냐.

"괜찮아요. 아저씨는 복권이랑 주식 없이도 돈 많잖아요. 성공하셨네!"

"그, 그렇지. 예림이 너와도 만났고."

"아, 과거로 돌아오기 전에는, 그니까 회귀 전엔 저랑은 모르는 사이였군요. 하긴 그렇겠네."

예림이가 조금 머뭇거리다가 입을 열었다.

"저요, 어땠어요?"

"예림이 너는, 그때도 강한 헌터였어. 혼자서도 A급으로 각성했고 얼음을 다루는 헌터로 유명했지. TV에서만 봐서 자세히는 모르지만."

"TV에서만 봤다니, 진짜 모르는 사이였네요."

"다른 사람도 대부분 그랬어. 유현이야 동생이고 해연 길드 사람도 유현이 때문에 마주쳤지만, 회귀 전에는 예림이 너만이 아니라 명우도, 노아도, 민의나 하얀 씨, 다른 빌딩 쪽 사람들에 리에트도 강소영도 세성 길드장까지도 모르는 사이였는걸."

지금 사육소에, 빌딩에, 내 곁에 있는 사람들은 도하민 외엔 모두 인연이 없었다.

"외로웠어요?"

"응?"

"저도 그랬을 거 같아서요."

예림이가 꽃을 빙글빙글 돌리며 말했다.

"전에 말했잖아요. 아저씨는 제 앞에 동화처럼 짠, 하고 나타났다고. 원래는 안 그랬겠죠."

"…응. 회귀 전의 나는 널 데리고 올 능력도 없었거든. 나도 지금보다 더 늦게 각성했고 예림이 너도 고등학생 때 각성했다고 알고 있어."

"으, 그럼 몇 년이나 더 삼촌네에서… 아저씨, 와 줘서 진짜 고마워요."

예림이가 끔찍하다는 듯 고개를 절레절레 저었다. 그사이 또다시 몬스터 무리가 나타났다. 이번에도 예림이의 손길 한 번에 싸악 쓸려 나간다. 반짝거리는 빛이 너르게 흩어졌다.

"그래도 아저씨한테는 한유현이 있어서 다행이에요."

자신은 더 오래 괴로웠을 거란 걸 알면서도 나를 먼저 생각해 주는 마음이 고왔다. 그래서 나도 조금 더 솔직해졌다.

"이건 유현이한테도 비밀인데."

"한유현한테도요?"

"응. 사실 유현이와 나는, 지금처럼 빨리 화해하지 못했어. 그래서… 힘들었지. 여러 가지로."

예림이의 눈이 믿기 힘들다는 듯 커다래졌다.

"3년 떨어져 있었던 것도 엄청 힘들었을 거 같았는데. 더 오래, 그랬어요?"

"상황이 더 안 좋았으니까. 덕분에 욕도 더 많이 먹었고."

"욕이라니, 아니, 왜요? 아저씨가 왜요?"

"요 3년 사이에도 욕먹은 적 없진 않은걸. 유현이가 각성하고, 난 동생 행방도 몰랐어. S급으로 각성했다 보니 보호 차원에서 헌터 협회가 감췄거든. 말 그대로 실종이었지."

며칠간 정말 죽을 것 같았다. 그런데 겨우 집에 돌아왔나 싶었던 유현이는 각성했고, 그대로 떠나고 말았다.

"유현이가 각성한 걸 알고 나서는 어떻게든 데려오려고 했어. 그랬더니 소문이 흘러나오더라. 내가 동생 발목 잡으려 든다고."

아마 협회 쪽에서 뿌린 것이지 싶었다. 귀한 S급 헌터가 활동을 멈추면 안 되니까. 회귀 전처럼 심한 건 아니었지만 그래도 제법 아팠다. 유현이가 보내 온 돈에 손대지 못한 이유 중 하나기도 했고.

"아니, 어떻게, 아저씨한테 그래요."

"남들이 보기엔 그럴듯했을걸. 헌터 하지 말라면서 자꾸 달라붙고. 그게, 더 심해졌지. …말 없는 건 쉬우니까."

뭐랄까, 남 욕하는 사람들은 구르는 눈덩이 같았다. 한번 허물 잡히면 멈출 줄을 모르고 너도나도 다 끼어든다. 물론 욕먹어도 싼 사람도 있기는 하겠지만, 잘못했다 해도 주먹만 한 눈덩이 정도 맞고 말 사람이나 아예 억울한 사람도 순식간에 커진 눈덩이에 깔려 버리고 말기 쉬웠다. 그렇게 말을 뱉고 나면 끝이고. 말한 사람이야 별일 아니니 잊고 지나가겠지.

"그래서, 많이 힘들었는데. 이거 예림이 너한테 괜히 신세 한탄이나 하게 되었네."

"아뇨, 전 말해 주셔서 좋은데요. 한유현도 모른다면서요."

"몰랐으면 싶긴 해."

돌이킬 수 있는 일도 아니고, 유현이가 잘못한 것도 아니다. 열심히 했는데, 그런데 쉽지 않았을 뿐이지. 세상일이란 게 그렇잖아. 노력한다고 해서 다 잘되면 얼마나 좋을까.

그러니 굳이 상처받을 만한 일을 알게 하고 싶지 않았다.

"입 꽉 다물게요. 잠금 걸고 비번 아무렇게나 쳐서 백 년 뒤 예약 메일로 발송할게요."

예림이가 손으로 자기 입을 막았다가 다시 말했다.

"아저씨가 한유현한테도 말 안 한 비밀 말해 줬으니까 저도 그러고 싶은데, 별게 없어서요. 비밀은 아닌데, 저 애기 때 기는 거 싫어했대요. 조금 기다가 마음에 안 들었는지 멈추고는 그대로 울어 버린 뒤로는 꿈쩍도 안 해서 엄마랑 아빠가 걱정했는데, 어느 날 갑자기 벽 잡고 서 있었다지 뭐예요."

"진짜? 귀여웠겠다."

"처음 걸음마 한 영상도 찍어 놓았었는데. 지금은 없지만요."

"…찾아볼까?"

"한참 전에 버렸을 텐데요 뭐. 그리고 유치원요, 새싹 유치원 다녔는데 그때 제가 진짜 좋아했던 인형이 있었거든요. 강아지였어요. 이만큼 커다랗고, 얼룩이고."

기억을 더듬어 가듯 예림이가 어릴 적 일을 하나둘 꺼내 놓았다. 재밌었던 것, 슬펐던 것, 화났던 것, 기뻤던 것 등등. 그렇게 한 살 두 살 나이를 먹다가 우뚝 멈추었다. 부모님께서 돌아가신 해에.

돌아가던 필름이 끊겨 버린 것처럼 한참을 조용히 서 있었다.

"…떠올리면 아파서, 그냥 잊었으면 한 적도 있었는데. 역시 잊기 아까워요."

"응. 좋은 기억들이잖아."

"그쵸. 그리고 이제는 덜 아픈 거 같거든요. 이렇게 많이 말했는데도 눈물이 안 나잖아요."

말은 그렇게 했지만, 예림이의 눈가가 붉었다.

"눈물 좀 나면 어때."

"창피하잖아요. 우는 거."

"창피할 게 뭐가 있어. 그냥 우는 건데. 울 땐 울어야 한다고 그러더라. 남한테 피해 주는 일도 아닌데 왜 우냐고 뭐라 그러는 사람들이 나쁜 거지."

자연스러운 감정이고 잘못된 것도 아니다.

"나도 울고 나니 속이 풀리더라."

"그래도 쪽팔린데요."

"그럼 이리 와. 안 볼게."

팔을 벌려 예림이를 안아 줬다. 예림이도 마주 안아 오더니 에휴, 한숨을 내쉰다.

"아저씨 마른 거 봐요. 눈물이 쏙 들어가네."

"평균이거든? 내 주위가 지나치게 건강한 거야."

"송 실장님 반의반도 안 되는 거 같은데."

"비, 비교를 해도 하필 송 실장님이냐."

"그럼 세성 길드장님이랑 한유현이랑 명우 오빠랑……."

"…내가 잘못했다."

키득키득 웃다가 이내 잠잠해졌다. 내 옷이 조금 젖었다. 많이는 아니었다. 내게서 떨어져 커다란 물방울을 만들어 낸 예림이가 터프하게 세수했다.

"아, 개운하다! 미래에서 오신 아저씨, 뭐 재밌는 일은 없었어요?"

"재밌는 일? 음……."

지금과 달리 사회 분위기가 영 밝진 않았지만.

"아, 유현이가 소영 씨와 스캔들이 난 적도 있었지."

"…네?"

예림이가 나를 멍하게 쳐다보았다. 입을 딱 벌린 채 한참을 굳어 있더니.

"푸흡, 하, 한유현과, 소영 언……!"

그대로 허리를 굽히며 박장대소하기 시작했다. 아주 웃겨 죽다 못해 바닥을 데굴데굴 구를 기세였다. 결국 풀썩 주저앉아 바닥을 쾅쾅 내려친다. 움푹 파인 땅 위로 눈물까지 찔끔 떨어졌다.

"아니, 어떤, 어떤 멍청이가, 그런 기사를 냈대요?"

예림이가 주저앉은 그대로 고인 눈물을 훔치며 말했다. 그렇잖아도 발개졌던 눈가에 또 열이 올랐다. 이번에는 다른 이유에서였지만.

"소영 언니도 소영 언니지만 한유현이, 그 한유현이 소영 언니를, 아저씨 말고 다른 사람을 좋아할 거란 소릴 하다니! 진짜 그런 말도 안 되는 상상을, 푸흡, 어떻게!"

…나도 했었다만.

"그야, 기사 낸 사람이나 그거 보고 혹한 사람들은 유현이에 대해 잘 몰랐을 테니까. 소영 씨도 그렇고. 알면 그런 헛소리 못 했겠지. 상급 용종을 길들인 사람이 없어서 그때는 소영 씨가 드래곤 라이더라는 사실도 알려지지 않았거든."

"헐, 5년 뒤까지도 없었어요? 소영 언니 완전 대박!"

"게다가 외모만큼은 그럴듯하잖아. 둘이 말이야."

예림이가 공감하며 고개를 끄덕였다.

"겉만 보면 잘 어울리긴 해요. 그래도 한유현이 연애라니, 진짜진짜진짜 한유현을 모르는 사람이나 할 법한 소리잖아요. 아, 웃겨! 어이없어, 소영 언니가 용 아닌 사람과 사귀대! 한유현이, 연애, 으흐흡, 둘 다 완전 다른 사람인데, 그거! 진짜……."

또다시 배를 잡고 한바탕 웃는다. 그게 그렇게 웃기니.

"아, 정말! 차라리 세성 길드장과 현아 언니가 사귀는 게 더 그럴듯할걸요!"

"현아 씨는 연하가 좋다던데."

"왜요, 전에 언니가 세성 길드장 얼굴은 좋아한다고 그랬잖아요."

"얼굴이야 뭐."

그 얼굴은 안 좋아하는 사람이 드물 거고.

"좀 더 어리고 말랑했으면 괜찮았을 거라고 그랬는데."

"뭐? 진짜?"

내가 눈을 동그랗게 뜨자 예림이가 앞서가지 말라는 듯 손을 내저었다.

"그랬으면, 이고요. 아, 언니가 시그마는 꽤 귀여워하기도 했죠."

갑자기 걔가 왜 나오냐. 지금쯤 어디에 있을까. 잘 살아 있겠지?

"아무튼 한유현이 연애라니! 지인짜 만에 하나, 어디서 머리를 잘못 맞아 연애 같은 거 해 봤자 틈만 나면 애인이 아니라 아저씨한테 달라붙어 있을걸요. 데이트는 한 달, 아니 일 년에 한 번이나 하려나. 그러면서 죄책감은 조금도 없겠죠. 아니다, 가지긴 하겠다. 아저씨한테. 형 외의 다른 사람에게 시간을 쓰다니 미안해, 그러겠죠."

"…그거, 너무 나쁜 놈이잖아."

"괜찮아요. 한유현이라면 아저씨를 최우선으로 생각해 줄 사람과 사귈 테니까. 그 성격에 아저씨보다 자길 더 좋아하는 사람을 받아들일 리 없잖아요. 그랬다간 어떻게 형보다 날 더 좋아할 수 있어? 하고 바로 헤어져 버릴걸요."

유현이 성대모사 잘하네. 그래도 그게 뭐야. 정말로 이상한 소리였지만 유현이라면 충분히 그럴 법해서 더 골치 아팠다. 그런 연애라면 차라리 혼자인 게, 아니 하지만. 어쨌든 서로 합의되고 잘 맞으면 괜찮지 않을… 아무리 그래도 저건 좀 아니지. …근데 둘 다 똑같으면 의외로 잘 살 것도 같은데.

"자기랑 비슷한 사람 만나서 막 아저씨랑 셋이서 데이트하고. 그럼 되겠네. 그대로 결혼까지~ 식장에서도 아저씨 가운데 끼고 입장하고 아저씨랑 신혼여행 가고 신혼집에도—"

"아니, 아니, 예림아! 그건 아니지!"

"그렇게 살 수도 있죠 뭘. 세상엔 다양한 연애 방식이 있는 거라고요."

"…혹시 요새 막장 드라마 같은 거 보니?"

"미드 보는데요."

…미국 드라마 말인가? 그 동네가 우리나라보다 연애관이 자유롭단 소리는 들었지만.

"아저씨도 한유현 연애시키고 싶으면 차라리 아저씨 좋아하는 사람 중에 찾아보는 게 나을지도 몰라요. 아저씨를 제일 중요하게 생각하고 아주 많이 좋아하고 한유현도 뭐 대충 인정은 하는, 하는, 여자……."

말하다 말고 예림이의 목소리가 흐려졌다. 심지어 안색까지 창백해져 가고 있다.

"예림아?"

"…욱."

"예림아! 왜 그래?"

뭐, 뭐지. 갑자기 왜 헛구역질을, 저주인가? 독? 하지만 여기 몬스터 독은 약한데! 설마 또 던전에 오류가……!

"우웨에에엑!"

"예, 예림아, 해독제, 아니 내가!"

"아뇨, 아니에요 아저, 욱, 씨. 제가 이상한 생각을 해 버려서, 우으으, 미친! 미친!"

⋯이상한 생각이라니. 예림이가 자기 머리를 쥐어뜯으며 소리쳤다.

"아아악! 소름! 개소름! 머릿속 깨끗이 지워 버리고 싶어! 저도 회귀할래요! 5분 전으로 돌아갈래!"

뭐, 뭐지 대체.

"진정해, 예림아. 정말로 괜찮은 거지?"

"몸은 멀쩡해요! 정신은 오염됐지만."

⋯이상하다, 정신계 몬스터는 여기 없는데. 혹시 모르니 나가면 힐러 불러야겠다.

"얼른 가자. 밖에 유현이 기다리고 있으려나. 요 근처 수족관에서 기분 전환 삼아 셋이 데이트—"

"아저씨이이익!"

"⋯왜."

"데이트가 뭐예요, 데이트가!"

"아니, 예림이 네가……."

"취소, 완전 취소! 취소! 취소!"

예림이가 소름 돋는다며 팔을 벅벅 긁었다. 진짜 힐러부터 찾아가 보는 게 좋을까. 얼른 몬스터를 마저 쓸어버리고 게이트를 빠져나가자.

"형."

유현이가 버티고 서 있었다. 뚱한 얼굴의 유현이를 보자마자 예림이가 또다시 헛구역질을 했다.

"한유현, 너 내 근처에 오지 마!"

"⋯왜 저러는 거지."

"나도 잘 모르겠다."

평소에는 유현이가 붙지 말라고 했었는데.

"으, 아냐. 한유현은 아저씨밖에 모른다고. 이상한 상상 하지 말자, 박예림. 야, 너 아저씨랑 평생 같이 살 거지? 딱 붙어 있을 거지?"

"…어. 떨어질 일 없어."

"그래, 그 마음 영원히 변하지 마. 아저씨, 수족관 가요! 솜사탕 먹을래요. 당분이 필요하다고요, 지금 당장! 달고 폭신하고 예쁜 거!"

예림이가 솜사탕을 외치며 삐그덕삐그덕 걸어 나갔다. 휴대폰은 챙겨야지!

테이블 위에 놓인 것은 미니어처 향수병 같은 것이었다. 예림이가 저런 걸 진열해 놓은 것을 본 적이 있다. 쓰지는 않고 장식용이라나. 조그만 병 안에는 푸른빛 도는 액이 담겨 있었다.

"…먹는 거야?"

나는 분명 마나각인 조절 아이템을 부탁했었는데.

"아니."

명우가 소병을 들어 올리며 말했다.

"이 안에 든 게 아이템이야."

"그 액체가?"

"액체 금속이지."

수은 같은 건가. 병의 뚜껑이 열리자 안에 든 푸른 액이 느릿이 출렁거렸다. 묵직한 움직임이 확실히 평범한 액체는 아니다.

"각인 위에 덧씌워지는 방식이야. 제거는 이 병의 입구를 가져다 대면 알아서 빨려 들어가. 즉, 병이 없으면 일반적인 방식으론 떼어 내지 못한다는 거지."

"혹시 그 병은 나한테 안 준다거나."

"잘 아네."

명우가 웃었다.

"유진이 네 몸에 부담가지 않을 선에서 자동으로 조절해 줄 거야."

"부담 가야만 할 일이 있을 땐 어떻게 해야 합니까, 선생님."

"자."

이번에는 작은 구슬 두 개가 내밀어졌다.

"이걸 쓰면 일시적으로 수동 전환 돼. 주기는 주겠지만 가능한 쓰지 마."

"노력은 할게."

구슬을 인벤토리에 넣는 나를 명우가 조금 못마땅하게 바라보았다. 이어 액체 금속을 내 목덜미, 각인이 시작되는 부분에 붓는다. 차가운 감각이 등의 각인을 따라 번져 나갔다.

"최소 달에 한 번은 점검해야 해. 폰에 입력해 둬."

"응, 고마워."

"무기는 어떻게 할지 물어봤어?"

"예림이 창을 업그레이드하기로 했어."

그날 아쿠아리움 가서 매너티 수조 앞에서 이야기했다. 내가 항상 형 옆에 있을 수는 없으니까, 라며 예림이에게 SS급 무기가 생기는 편이 더 낫다고. 마음 같아선 계속 같이 있고 싶다지만 그러기 쉽지 않지.

그리고 아이스크림은 사 주지 않았다. 동생 녀석은 매너티가 양배추 뜯어먹는 걸 보며 양배추가 위에 좋다고 말했다. S급에게는 불필요한 지식이 자꾸 늘어나는 거 같은데 성한 씨가 범인인가. 덧붙여 예림이는 상어가 있는 대형 수조에 들어가서 거품하트를 만들어 보였다. 가오리랑 같이 사진도 찍었고.

"그럼 이번 주말쯤에 창 가지고 오라고 전해."

"오래 걸릴까? 예림이는 예비 무기가 하나도 없어서."

전투 중 무기에 손상이 가는 경우가 있으니 만약을 대비해 S급 예비 무기 하나쯤 구해 두면 좋은데, 속성에 특성까지 맞추기가 쉽지 않았다.

"예비 무기면 보조 겸해서 창 외의 다른 종류가 좋겠지. 한번 물어봐. 어떤 걸 쓰고 싶은지."

"만들어 주게? 그럼 너무 미안한데……."

"어차피 공짜는 아니잖아."

…예림아, 맞춤형 무기는 돈 주고도 구하기 힘든 거란다. 빚이 또 생겨도 넌 S급 헌터잖니. 마음 같아선 내가 도와주고 싶지만 받아 주지 않겠지. 물론 예림이야 소식 듣고 좋아할 거다. 다른 종류의 무기라면 손에 잘 맞는 거야 할 테니 미리 이것저것 써 보라고 해야겠다.

"수속성과 빙속성 재료는 아직 넉넉하기도 하고, 에블린 헌터 무기 제작도 끝났거든."

"에블린 헌터면 활?"

"응. 자세한 건 말 못 해 주지만."

"당연히 그래야지. 에블린 헌터 의뢰 받아 줬구나."

"정확히는 세성 길드장 의뢰야. 이것도 자세히 말하기는 좀 그렇고."

미안하다는 명우에게 괜찮다며 손사래를 쳤다. 헌터 대상 장사야 보안 유지가 중요하니까. 뭐 대충 에블린 헌터를 세성으로 데려온 대가가 아닐까. 성현제가 명우에게 뭘 해 줬을지는 좀 궁금하긴 하네.

"전에 말한 아이템 제작자들을 모집하는 거 말인데. 이왕이면 해외에까지 공고 내 보려고. 정확히 어떤 식으로 각성시켜야 할까?"

명우가 물어 왔다. 해외까지 포함하면 사람이 너무 몰리지 않을까 싶지만, 1차는 조건을 까다롭게 정하면 괜찮겠지.

"우선 절대 몬스터에게 직접 공격을 받으면 안 돼. 그랬다간 전투계나 전투보조계 스킬이 튀어나와 버릴 가능성이 높으니까."

몬스터에게 공격당하는 걸로 각성해도 된다면 어렵게 준비할 거 없이 각성센터로 가면 된다. 건물만 무너졌지 각성 시스템이야 무사하니까. 하지만 몬스터와의 전투 중 각성은 천에 구백구십구가 전투계 스킬을 얻게 되고 만다. 운 좋게 제작 관련 스킬이 나올 수도 있지만 확률이 너무 낮았다.

"그러니 일종의… 그래, 방탈출 게임장 같은 걸 만드는 게 가장 좋겠다. 철창살 너머에 몬스터가 어슬렁거리고 있고 카운트다운 시작되는데 눈앞의 도구로 시간 내에 열쇠를 만들어야 벗어날 수 있는 그런 식으로 말이야."

몬스터에게 직접 공격받는 게 아니라 위협받는 것만으로 각성하려면 최대한 실감이 나야 했다. 그러니 실제로는 안전하다고 해도 위험할 수 있다며 각서 쓰게 하고 비상벨도 하나 쥐여 줘야겠지.

"사다리를 직접 만들어 도망치거나 몬스터가 묶여 있는 사슬을 수리하고 알맞은 아이템을 고르는 등등 특수한 던전처럼 구성하는 거지."

"재미있을 거 같은데."

"비각성자는 무서울걸. 만드는 데 시간이 좀 걸리긴 하겠지만."

"내가 만들어 볼게."

"명우 네가?"

"그런 던전도 따지고 보면 일종의 아이템이잖아. 이 황금대장간처럼. 지금 내 능력으론 아예 따로 공간 자체를 만들기는 힘들겠지만 건물만이라도 손대 보려고."

하긴 신입도 던전을 만들어 냈었다. 초월자니 명우와는 격의 차이가 크긴 하지만, 명우도 언젠가는 그렇게 될 수도 있을 것이다.

몸 관리 잘하라는 잔소리를 덤으로 듣고 나서 사육소로 돌아왔다. 옥상 정원에서는 완전히 성장한 코메트와 강소영이 기다리고 있었다. 매끄러운 검은 비늘과 기다란 날개를 자랑하는 가시날개암룡이 내게 커다란 머리를 대어 왔다.

― 크르르릉.

스탯 S급에 최적화 스킬도 전부 얻었다. 강소영은 환하다 못해 금방이라도 날아갈 듯한 표정으로 연신 생글생글 웃고 있었다.

"코메트 집이 있던 쪽 건물이 폭삭 내려앉아서 일단은 경기도 사육 시설로 갈 거예요."

"남은 건물은 무사합니까?"

"네, 안전점검 끝났어요. 그나마 다행이죠."

강소영이 한숨을 포옥 내쉬었다.

"길드장님도 참, 해 드실 거면 저처럼 남의 건물을 해 드셔야지."

남의 거든 자기 거든 부수면 안 된다고 생각하지만.

"대장장이님께서 코메트 장비 내일 완성된다고 하셔서 모레 같이 던전 들어갈 예정이에요. S급으로요."

"처음부터요?"

"저도 S급 하위 정도는 들어가는걸요. 데이터 충분히 쌓인 던전이라 문제없어요."

"그래도 조심해서 잘 다녀오세요."

네, 하고 대답한 강소영이 덥석 내 손을 붙잡았다. 초롱초롱한 눈망울이 살짝 부담되었다.

"한 소장님, 정말 많이 좋아해요."

"아, 예……."

살짝 두근거릴 법도 한 말이었지만 어디까지나 코메트 잘 키워 주셔서 정말매우무척아주 감사하다는 표현일 거라. 그리고 앞으로도 잘 부탁한다는 뜻이겠지.

"필요하시면 언제든지 불러 주세요. 한 소장님 부탁이라면 뭐든 다 들어드릴 수 있어요! 제가 정말로 고맙게 여기고 있다는 거 잘 아시죠?"

"예, 예."

"한 소장님을 위해서라면 길드장님 뒤통수도 노릴 수 있어요. 때리지는 못하겠지만. 제가 능력이 A급이라. 그리고 저희 길드장님도 잘 부탁드릴게요."

성현제가 여기서 왜 나오냐.

"요새 좀 성격 더러운 기간인 거 같은데요 한 소장님께 손댈 생각은 없을 테니까 잘 봐주세요."

"…성격 더러운 기간이요?"

"별 재미도 없는 날파리 몇 마리가 달라붙어서요. 길드장님이 노잼인데 귀찮게 구는 걸 싫어하시다 보니까. 자기가 남 귀찮게 구는 건 괜찮지만 남이 그러면 안 돼요."

날파리라니. 통화할 때 처리 중이던 거 말인가. 슬쩍 더 캐물어 봤지만 강소영은 입을 딱 다물었다. 뭐든 다 들어준댔으면서. 가볍게 보여도 길드원으로서 지킬 건 지킨다니까.

강소영이 코메트의 등 위로 훌쩍 뛰어올랐다. 날개가 넓게 펼쳐지고 이어 거대한 덩치가 하늘 위로 가볍게 날아오른다. 검은 용의 뒷모습이 순식간에 멀어져갔다.

'이걸로 S급 몬스터 세 마리째네.'

이젠 벨라레와 소록이를 제외하고는 A급들뿐이었다. 소록이는 좀 오래 걸릴 듯하고 벨라레는 이상하게 성장을 안 해서……. 슬슬 해외의 S급 몬스터도 받아 볼까. 지금까지 두 군데서 의뢰가 들어와 있었다.

'미국이랑 인도였지.'

종류는 알려 주지 않았고 등급만 들었다. 예림이도 기승수 필요한 데 둘 중에 냉기 저항 있는 몬스터 없으려나. 있다 해도 S급 몬스터 새끼를 쉽게 내놓을 리 없지만 키울 수 있는 사람이 나뿐이니 협상 불가능하진 않을 것이다.

'그 전에 떡잎 스킬을 쓸 수 있어야 새끼 몬스터들 상태창 확인을 해 볼 텐데.'

시스템 언제 고쳐지냐. 하늘을 올려다보다가 길게 기지개를 켰다. 그래도 시스템이 먹통이니 평화롭기는 하구만. 멸망 카운트다운만 아니었으면 그냥 이대로 쭉 가도 좋을 텐데.

"어, 유현이다."

동생이 문자를 보내왔다. 나온 김에 산책이라도 하고 들어가, 라니. 보고 있는 거냐. 저기 열린 저 창문인가. 맞는 것 같다. 손을 흔들어 주니 마주 흔든다.

오늘 저녁은 뭐 먹을까. 예림이 오랜만에 학교 갔는데 마중 나갔다가, 아니다. 친구들이랑 놀다 올 수도 있지. 유현이는 학교 마치고 바로바로 집으로 왔지만. 내가 늦게 들어가면 혼자 집에서 기다리고… 어휴, 내 동생.

'…대학교라도 같이 갈까.'

놀랍게도 대학교는 학년이 달라도 같은 교실에서 수업을 들을 수 있다고 했다. 심지어 시간표를 학생이 직접 짠단다. 덕분에 같은 학년 같은 반이나 마찬가지로 다닐 수 있다 해서, 좀 혹했다.

노아 씨와 소영 씨도 있으니 학교 친구처럼 지낼 수도 있을 거고. 겉으로만이라도.

'이렇게 된 거 초월자들 협상을 한 십 년쯤 했으면 좋겠다.'

걔들 시간 많잖아. 협상만 하다가 세월 다 보내고, 우리는 알아서 멸망 막고. 그러면 안 되나. 신입아, 질질 끌어 봐.

## 6장 잠깐 나갔다 올게

# 6장
## 잠깐 나갔다 올게

　동생이 시키는 대로 정원 한 바퀴 돌고 아래로 내려갔다. 슬슬 점심 먹을 때니까.
　"형."
　"…어."
　박하율이었다. 이번에는 아예 혼자 들어왔다. 그래도 되나 싶었지만, 나와 아는 사이고.
　박하율이 나를 향해 살갑게 웃었다.
　"박예림 헌터는 학교 갔다면서요?"
　"응. 학생이니까."
　"그럼 지금은 아무도 없어요? 형 찾아올 사람이요."
　"딱히 없지만, 조금 있다가 동생이랑 점심 먹을 거야."
　내 말에 박하율이 크게 서운해했다.
　"취소하면 안 돼요?"

눈을 커다랗게 뜨며 나를 쳐다봐 오는 것에 살짝 미안해지긴 했지만 거절했다.
"안 돼. 동생 혼자 두면 혼자 먹거나 잘 안 챙겨 먹기도 해서."
나한테는 밥 잘 챙겨 먹으라고 잔소리하면서 자기는 S급이라 괜찮다나. 특히 길드에서 일하고 있을 땐 나가기 귀찮다고 던전용 간편식으로 때우기도 한단다. 석시명에게 듣고 화냈더니 영양적으론 문제없다며 뭐가 잘못되었냐고 고개를 갸웃 기울이는 게, 도저히 그냥 내버려둘 수가 없었다.
인스턴트식품보다는 몸에 좋겠지만 그래도 말이야. 맛이 없잖아, 맛이!
"…그럼 매일 식사 같이하는 거예요?"
"별일 없으면. 아직 애라니까. 실제로도 어리고. 점심은 같이 못 먹지만 마실 거라도 줄게."
따라오라며 그에게 손짓했다.
"다만 커피는 원두와 캡슐뿐이야."
믹스커피는 나는 손 못 댄다. 다른 음료도 무가당이었다. 응접실 문을 여는데 박하율이 머뭇거렸다.
"여기 감시카메라 있어요?"
"여긴 없어. S급 헌터들 주로 상대할 용으로 만든 곳이라."
커피 캡슐을 기계에 넣고 커피를 뽑았다. 정말 맛없어 보인다. 물 적당히 넣고 건네자 박하율이 맛을 보고는 약간 일그러진 미소를 머금었다. 믹스는 잘 타는데.
"이렇게 연락도 없이 막 들어오면……."
"안 돼요?"
안 되는데, 안 된다는 말이 잘 나오지 않았다. 그냥 연락은 미리 해, 하고 소파에 앉았다.
"형, 은신 스킬 있었잖아요."
"말 안 하고 다녔지?"

"안 했어요. 전에 해연 길드에서 몰래 나왔으니까 A급한테는 통하는 거죠?"

이미 눈치챈 듯하니 고개를 끄덕였다. 내 대답에 박하율이 만족스럽게 고개를 끄덕였다.

"요즘도 가끔 혼자 나가고 그래요?"

"그럼 난리 나."

"난리라니, 갇혀 있는 것도 아니고. 갑갑하지 않아요?"

"조금은?"

코앞 편의점 가는데도 감시가 붙어야 하니 귀찮기는 했다. 그래도 어쩔 수 없지. 내 말에 박하율이 울상을 지었다.

"너무하네요, 다들."

"아니, 너무할 것까진 없지."

"너무하죠. 형이 스탯은 낮고 스킬은 유용하니까 가둬 놓고 써먹는 거잖아요. 심지어 해연 길드장은 친동생인데도."

"야, 그건 아닌, 데."

써먹다니, 순간 울컥했지만 박하율의 얼굴을 보니 화를 낼 수가 없었다. 날 걱정해서 하는 말이기도 하고. 하지만 아닌데.

"동생은 내 안전을 지켜 주려는 거야."

"형은 해연 길드장을 많이 아끼나 봐요."

"물론이지. 내가 키운 거나 마찬가지인 동생인걸."

그렇구나, 하고 박하율이 고개를 끄덕였다.

"다른 S급 헌터들은요? 특히 세성 길드장은 위험한 사람이라고 들었거든요."

"위험하다고 해도, 뭐."

"위협당한 적 없으세요? 있을 거 같은데. 형한테 폭력 같은 건, 안 가했어요?"

아니, 뭐 그런 걸 묻고 그러냐. 하지만 없다고는, 할 수 없었다. 기분이 묘하게 찝찝한 가운데 반대편이 앉아 있던 박하율이 일어나 내 앞으로 다가왔다.

"저도 나름 공부했거든요."

나를 내려다보는 얼굴에 눈을 뗄 수가 없었다. 귓가를 간지럽히듯 사근사근한 목소리가 이어졌다.

"그때 말이에요, 형을 만나게 되기 전까진 헌터라는 게 멋있어만 보였어요. 그런데 사실은 만들어 낸 이미지라고 하더라고요. 상급 헌터들이 사고 친 건 일반 사람들에게는 다 감추고."

"그건……."

맞는 말이다. 특히 S급 헌터들은 국가적으로 중요한 인력이다 보니 웬만한 일은 무마해 주었다. S급 던전을 관리하지 못해 터지기라도 한다면 수백, 수천의 혹은 그 이상의 사람들이 희생당할 텐데 상대적으로 사소한 일로 S급 헌터를 잃을 수는 없었다.

"형이 S급 헌터들 일에 휘말려서 입원했을 때 말이에요."

"휘말린 거 아니야. 내가 가자고 했어. 따지자면 S급 헌터들이 내 일에 휘말린 건데."

그렇게 말했지만 박하율은 믿는 기색이 아니었다. 하긴 다른 사람들 눈에도 내가 S급들에게 끌려다니는 것으로만 비쳤을 것이다. F급이 S급들을 이끌었다는 거, 누가 믿을까. 일부러 그렇게 보이도록 만들기도 했었고.

"비각성자 말은 들어 주지도 않더라고요. 사육소도 그렇고요. 그냥 형이 괜찮은지 안부나 물으려고 했는데."

"그게… 미안, 내가 스탯이 낮다 보니까 안전 때문에……."

"형이 왜 미안해요. S급 헌터들이 형을 사람 대접 안 해 주는 거지."

"아니라니까."

"세성 길드장 크루즈에서도 그랬잖아요."

박하율이 안타깝다는 듯 말했다. 크루즈? 보안이 철저했을 텐데.

"…거기는 어떻게."

"들은 거예요. 아는 사람이 있어서. 다들 형을 S급들에게 딸려 온 덤 취급이다가, 하다못해 세성 길드장은 억지로 끌고 가서 기절시키기까지 했다면서요."

그게, 맞기는 했다.

"분하지도 않아요? 형은?"

"아니, 나름 잘해 주긴 하거든."

"잠깐 가지고 놀다가 버린다던대요."

…너도 아냐. 버린다기보단 그냥 관심을 끊는 거라고 했지만. 박하율이 속상해하며 한숨을 내쉬었다. 그걸 보자 나까지 덩달아 속이 쓰리는 기분이 들었다.

"심지어 형에게 잘해 준다는 지금도 그런 태도라는 거잖아요. 하긴 상급 헌터한테도 가차 없다던데, 스탯 F급이면 만만하겠죠."

"…정말로 나쁘진 않은데."

"형, 키우는 개도 목줄 질질 끌고 가고 기절하게 만들면 학대한다고 욕먹어요."

"그, 그렇지만."

내가 아니라 강아지라고 생각하니 성현제가 오십 배쯤 나쁜 놈으로 느껴졌다. 스탯만 보면 그쯤 차이가 나긴 하겠지. 심지어 물에 빠뜨리기까지 했어. 송 실장님한테 전화해야… 근데 송 실장님도 내 목 조른 적 있구나. 난 사람이긴 하지만.

"왜 그런 취급 받으면서 나쁘지 않단 말을 해요. 형, 그거 스톡홀름 증후군이에요. 형한테 S급들은 반항할 생각조차 하기 힘든 강자니까 그럴 만하죠. 무슨 짓을 하든 형이 뭘 어쩌겠어요. 살려면 받아들이는 수밖에."

또 무슨 일을 당했어요? 하고 박하율이 나직이 속삭여 왔다. 그를 밀어

내고 싶다고 생각하면서도 막상 몸이 움직이질 않았다.

"당하기는 무슨, 아니야. 예전 일이고 지금은 안 그래."

"아… 형. 언제든 다시 힘한 꼴 당할 수 있다고요. 특히 세성 길드장은 더 위험해요. 상급 헌터야 자기 몸 보호 정도는 할 수 있겠지만 형은 아니잖아요. 그 사람이 얼마나 냉정한데. 형에게 관심 가진 지도 꽤 오래됐으니까 슬슬 질리기도 할걸요. 오래 못 간다고 유명해요."

"…나도 알아. 들었어."

아니까 말해 줄 필요 없다며 몸을 트는데 박하율이 내 어깨를 붙잡았다. 겉보기에 비해 힘이 세다. F급이긴 해도 난 각성자고 레벨도 좀 올려놓았는데. 진짜 몸이 많이 허해졌나.

"형도 S급들에게 기대야 하는 처지가 불안하잖아요."

불안하냐고 묻는다면, 그야. 솔직히 성현제 상대로는 계속 불안하긴 했었다. 내 가치에 대한 확신은 있지만 순수하게 내가 가진 능력도 아니고… 회귀했다는 걸 밝히는 게 걱정되는 것도 그런 이유가 컸다.

원래의 나는 별 볼 일 없으니까. 사실 나는 아무것도 가진 게 없습니다, 라고 말하기는.

"무섭지 않아요? 언제 버려질지."

"내 스킬이 있는데, 누가 버려."

"다른 사람은 몰라도 세성 길드장 주위에 잘난 사람들이 얼마나 많았는데요."

겁먹는 게 당연한 거예요, 하며 박하율이 다정하게 내 어깨를 토닥여 왔다. 몸이 흠칫 움츠러들었다.

"평범한 사람들도 자기만 따돌릴까 봐 불안해하잖아요. 억지로 회식 참석하고 유행에 신경 쓰고 못 하는 술담배도 하고. 근데 형은 F급이면서 S급과 맞춰 줘야 하니, 얼마나 힘들겠어요. S급 헌터 중에서도 제일 잘났다는 사람 옆이라니 보통은 겁부터 먹죠."

"…좀 많이 잘났기는 해. 그 인간이."

"그냥 평범한 것뿐인데도 비교도 많이 당했을 거고요."

박하율이 내 옆에 앉았다. 어쩐지 등골이 서늘했다.

"F급인데 운 좋게 스킬 좋은 거 얻어서 S급들이랑 붙어 다닌다고, 욕하는 사람들도 많잖아요. 형이 잘못한 건 없는데."

"그런 거, 잘 안 봐서."

"안 보는 게 나아요. S급들은 무서우니까 쉽게 입 못 대고 만만한 형만 까댄다니까요. 그냥 아이템 취급이지, 같은 헌터로서 데리고 다니는 거겠냐고도 하고요."

내가 주로 욕먹는 건 회귀 전과 비슷하네. 그래도 지금은 기사들 관리하고 있는데. 하긴 온라인 악플이나 처리하지 사람들의 입까진 못 막으니까.

"저 입 무거운 거 잘 아시잖아요. 힘든 일 있으면 뭐든 털어놓으세요. 네?"

박하율이 부드럽게 웃으며 말했다. 무심코 고개가 끄덕여졌다. 그래도 다 털어놓기엔 숨겨야 할 게 너무 많아서. 그런 것까진 말 못 하지.

"기분 전환 삼아 잠깐 나갈 수 있어도 좋을 텐데. 형, 은신 스킬도 있잖아요. 오늘은 진짜 안 돼요?"

"어… 안 돼."

"한 세 시간, 아님 딱 두 시간 정도라도 안 들키고 몰래 나갔다 올 틈 없어요?"

두 시간 정도면야. 예림이 오늘 하교 몇 시에 하더라. 문자를 보내자 바로 답장이 왔다.

[애들이랑 새로 생긴 카페 가기로 했는데, 왜요?]

[아냐, 아무 일 없어.]

그보다 지금 수업 시간 아니냐. 문자 해도 돼? 휴대폰 수거 안 하나?

"점심 먹고 나면 시간 빌 거 같아."

"정말요? 저한테 연락 주시면 바로 달려올게요!"

박하율이 신나 하며 말했다. 다른 사람들에겐 비밀로 해 달라는 말도 잊지 않았다. 하긴 들키면 나는 그렇다 쳐도 박하율은 사육소 출입 금지당하겠지. …좀 빡빡하긴 해. 그래야 하긴 하지만, 그래도 새삼 갑갑한 기분이 들었다.

잠깐 나갔다 오는 건 괜찮겠지. 고작 두 시간이고.

박하율이 나중에 다시 보자며 떠나고 이내 유현이로부터 연락이 왔다. 일본 던전 관련 일로 잠깐 협회로 나왔으니 그 근처에서 점심을 먹자고 하였다. 차를 보내 놓았다는 말에 주차장으로 나갔더니 엉뚱한 얼굴이 기다리고 있었다.

"…설마, 그새 해연으로 소속 옮기셨습니까?"

"사육소라면 생각해 보겠네만."

성현제가 부드럽게 눈웃음 지으며 말했다. 주위를 두리번거렸지만 유현이가 보냈다는 해연 길드원은 보이지 않았다. 주차장 자체가 텅 비어 있다.

"저 선약 있습니다."

"내가 분명 조심하라고 말했건만, 왜 혼자일까."

"그게……."

그러고 보니 왜 혼자 나왔지. 유현이가 보낸 사람은 S급 헌터가 아니니 노아 씨나 피스와 동행했어야 하는 건데. 유현이도 당연히 그럴 거라고 생각했을 거고. 성현제가 내 앞으로 성큼 다가왔다. 무심코 눈살이 찌푸려졌다.

"아무튼, 바쁘다면서요."

"점심 먹을 시간이 없을 정도는 아니라."

"유현이와 먹기로 했습니다."

성현제가 이상하리만치 불편하게 느껴져서 뒤로 두어 걸음 물러섰다. 아니, 서려 했다. 하지만 내가 움직이기도 전에 팔이 잡혔다. 몸이 당겨지고 금안이 관찰하듯 내 얼굴을 내려다보았다.

"도련님은 한동안 더 바쁠 거라서. 소중한 형이 기다릴까 봐 테이블 엎는 짓 하기 전에 말리는 편이 좋지 않겠나."

대답 대신 휴대폰을 꺼내 들었다. 석시명에게 연락해 성현제의 말을 확인한 다음 유현이에게 집에서 먹겠다고 문자를 보냈다. 그러자마자 바로 전화가 왔다.

[형, 금방 끝나. 얼마 안 남았어.]

"거짓말하지 말고. 거기서 식사도 할 예정이라며. 제대로 챙겨 먹어."

[하지만…….]

"나도 점심 먹는 거 사진 찍어 보낼게. 너도 보내."

유현이가 불만스러워하면서도 알겠다고 대답했다. 전화를 끊고 붙잡힌 팔을 빼내려고 했다. 물론, 꿈쩍도 하지 않았다.

"저 점심 먹으러 집에 갈 겁니다만."

"약속이 취소되었으니 내가 모시도록 하지."

"사양하겠습니다."

내 말에 성현제가 아쉬워하는 척했다.

"오늘따라 매정한 파트너로군. 내게 해 줄 말도 있다고 하더니."

"…없습니다. 없어졌어요."

"한유진 군."

"이거나 놔요. 아니면 끌고라도 갈 겁니까? 저야 어차피 반항 못 할…….."

말하다 말고 입을 다물었다. 속이 엉망으로 뒤엉킨 듯했다. 좀 메스거리는 것도 같았다. 미간을 좁히고 있는데 약간 서늘해진 목소리가 들려왔다.

"무슨 일이지."

"아무 일 없었습니다. 요즘은 진짜 평화로웠거든요."

회귀 전 고마웠던 사람들과도 다시 만났고, 노아 씨와도 이야기했고, 예림이에게 과거를 털어놓기도 했다. 다 괜찮았다. 몸 상태도 별문제 없다. 명우에게 혼나긴 했지만 역시나 이야기 잘 끝냈고. 초월자 중에 내 편을 들어 줄 사람도 생긴 데다가 유현이를 가르쳐 주겠다고도 했다.

대체로 좋은 일뿐이었지.

"별일 없다고요."

"그렇다기에는—"

"저한테 적당히 신경 쓰세요. 어차피 저도 그렇게 오래는 못 갈 거 같거든요. 조만간 흥미 떨어지실 테니까 시간 낭비 하실 필요 없습니다."

초승달 때문에라도 말하긴 해야 하니까. 그럼 뭐 대충 끝나겠네. 마침 해외로 뜬다고도 했으니 잘되었다. 원래 눈에 안 보이면 금방 잊히지. 내 말에 성현제의 눈매가 살짝 굳었다.

"어제인가? 아니면 오늘?"

"뭐가요."

"시스템은 연결되었나."

"아직입니다만."

"그럼 사람이겠군. 누구지."

성현제가 계속해서 캐물어 왔다. 아니, 대체 뭘— 그때 휴대폰이 울렸다. 폰을 꺼내 드는데 성현제의 손이 대뜸 빼앗아 갔다.

"내놔요!"

"도련님이군."

통화 버튼이 눌리고 유현이 목소리가 흘러나왔다.

[형, 지금 거기에―]

"점심은 제대로 챙겨 먹일 테니 걱정 말게."

유현이가 대답하기도 전에 성현제가 전화를 끊었다. 그러곤 내 눈앞에 폰을 내밀었다.

"잠금 좀 풀어 주겠나."

"…풀어 주겠습니까."

"그럼 어쩔 수 없이."

파지직, 스파크와 함께 내 휴대폰이 까맣게 타 버렸다. 유심칩도 살아남지 못했을 것이다. 성현제의 손아귀에서 휴대폰이 아예 으스러지고 그을린 잔해가 바닥으로 떨어졌다. 그 꼴이 하도 어이가 없어 목소리가 한발 늦게 터져 나왔다.

"무슨 짓이야!"

"오늘 집들이를 할까 하는데, 하룻밤 자고 가는 게 어떻겠나."

"방금 휴대폰이 박살 나서 집들이 초대 연락을 못 받을 듯하네요! 화장지도 못 사서."

"화장지?"

성현제가 고개를 갸웃 기울였다. 뭐야, 설마 못 알아들은 건가. 어쨌든 놔라. 대체 뜬금없이 뭐 하는 거냐고.

"갑자기 왜 이러는 겁니까?"

"내 소중한 파트너에게 벌레가 붙은 듯하니 방역을 해야지."

"벌레는 무슨 벌레예요?"

"한유진 군, 지금 스스로의 태도에 이상한 점을 느끼지 못하는 건가."

이상하긴 뭐가 이상하다는 거야. 인상을 찌푸리며 성현제를 올려다보았다. 나더러 매정하댔지. 평소라면 뭐, 점심 먹자는 말에 따라 나가긴 했을 거다. …아니, 그럼 지금 내가 자기한테 퉁명스럽게 대한다고 이러는 거야? 남의 폰 부숴 먹고? 젠장, 진짜 입에서 욕 나오겠네.

"네, 네. 잘나신 S급님. 불만이면 전처럼 또 눌러 보시든가. 댁이 원하는 대답 내놓으라고."

"……."

성현제가 입을 다물었다. 그가 무어라 말을 하려고 할 때.

- 크르릉!

"피스야!"

피스가 몸집을 확 키우며 뛰어들었다. 사납게 휘둘러 오는 발톱에 성현제가 내 팔을 놓고 뒤로 물러났다. 피스가 그르렁거리며 내 옆에 바싹 붙었다.

"어떻게 온 거야?"

[형, 괜찮아?]

피스가 말을! 할 리는 없고 유현이 목소리였다. 피스 목에 걸린 폰이다. 내 폰이 먹통이라 피스에게 연락한 거였구나. 근데 포털이야 나가는 건 자유지만 집 문은 어떻게 열었지. 부쉈나.

"괜찮아. 폰만 망가졌어."

[나도 곧 도착할 거야.]

결국, 테이블 엎고 나왔구나. 한숨을 삼키며 성현제에게로 고개를 돌렸다. 그와 눈이 마주쳤다. 눈빛도 표정도 서늘하게 굳어 있다. 나한테 화난 건가. 아니면 새삼스럽게 실망했다거나.

"어차피 곧 출국하실 건데 좋게 좋게 가십시다. 한동안 얼굴 볼 일도 없을 거잖아요. 괜히 앙금 남기지 말고—"

"곤란하군, 정말."

"…뭐가요."

"지금은 억지로라도 입을 열게 해야 한다고 생각하지만."

그러고 싶지 않아서, 라는 말에 헛웃음이 나왔다. 뭘 새삼. 그때 주차장 입구를 따라 화르륵 불길이 일었다. 창날처럼 뻗어 온 불이 성현제의 차를 단숨에 휘감았다. 폭음이 일고 잘빠진 차 한 대가 내 휴대폰 꼴이 되고 말았다.

되로 주고 말로 받는다의 표본이구만.

검은 칼날이 지하 주차장 가득 퍼지는 연기를 맹렬하게 갈랐다. 예측하기 힘든 각도로 휘어져 찔러 드는 연검을 어느새 튀어나온 금빛 사슬이 가로막았다. 카강, 요란한 소리와 함께 빛이 튀었다.

"유현아!"

선생님 스킬을 피스에게 쓰며 동생을 불렀다. 야, 여기서 그러면 안 되지! 하지만 유현이는 쉽게 물러날 생각이 없어 보였다. 군림자의 검이 수색자의 사슬을 긁으며 살아 있는 생물처럼 요동친다. 수색자의 사슬의 등급은 SS급. 하지만 군림자의 검 또한 SS급이다. 동급이니 대등하다 생각할 수 있겠지만 무기의 종류가 달랐다. 날이 선 검과 밋밋한 사슬이 부딪친다면.

카득!

사슬 쪽에 더 타격이 갈 수밖에 없었다. 검은 날과 강하게 맞부딪친 금색 사슬에 실금이 났다. 그리고 이내 유리가 깨지는 듯한 소리와 함께 고리 하나가 산산이 부서졌다.

　금빛 파편이 퍼지고 군림자의 검이 사납게 사슬의 주인을 향해 이를 드러낸다. 하지만 성현제는 고리가 깨짐과 동시에 가볍게 뒤로 물러났다. 그가 서 있던 자리를 연검이 후려치고 폭탄이 터진 것처럼 바닥이 움푹 파였다.

　"진정하지, 도련님."

　두 개로 갈라진 사슬이 유현이를 휘감으려 들었다. 한쪽 무릎을 땅에 대며 몸을 단숨에 훅 낮춘 유현이가 연검을 자신의 머리 위로 채찍처럼 둥글게 휘둘렀다. 날아들던 사슬이 차랑거리며 군림자의 검과 뒤엉켰다. 동시에 유현이의 다른 쪽 손에 검푸른 불길이 맺혔다. 불길로 이루어진 창이 성현제를 향해 쏘아졌다.

　"닥쳐."

　화염 저항이 붙은 코트, 실레키아의 날개가 마치 투우사의 천처럼 휘둘러졌다. 창을 감싼 코트가 당장이라도 찢길 듯 부풀어 올랐으나 아슬아슬하게 불길이 먼저 사그라들었다.

　"세성 길드에서, 병원에서 그리고 이젠 우리 집 앞까지. 연달아 형을 위협하는 짓을 눈감아 줄 이유가 있나."

　유현이의 목소리가 차디찼다. 병원에서 무슨 일 있었나? 아무튼 그냥 넘어가지 않겠다는 듯 유현이의 주위로 불길이 거세게 일기 시작했다. 아니, 야!

　"유현아! 여기 형 빌딩! 형 건물이다!"

　심지어 지하 주차장이다. 자칫했다간 폭삭 무너져 버리는 불상사가 일어나고 마는 것이다. 내 외침에 유현이가 흠칫 기세를 죽였다.

　"⋯새로 사면."

　"안 돼. 게다가 연구실엔 비각성자도 많다고!"

　바로 대피시키면 되긴 한다만 쓸데없는 돈 낭비를 왜 하겠냐. 유현이가 어쩔 수 없다는 듯 사슬과 엉켜 있던 검을 거두었다. 수색자의 사슬이 다시 하나로 연결되어 제 주인에게 돌아간다. 성현제가 수색자의 사슬과 실레키아의 날개를 인벤토리에 넣으며 잔해만 남은 자신의 차를 돌아보았다.

"이런, 그게 실려 있었는데."

그가 안타까워하며 말했다. 그거라니, 그게 뭔…….

"…뭐였는데요."

"바닐라 밀푀유, 코코넛 판나코타, 자허 토르테, 마카롱과 트러플 초콜릿, 레몬 무스—"

"형에게 접근하지 마."

유현이가 내 옆에 바싹 붙어 서며 냉랭하게 말했다. 차에 디저트샵 차렸냐. 레몬 소리를 듣자 혓바닥 위로 침이 고였다. 무심코 코끝도 움찔거렸으나 주차장 공기는 단내 하나 없이 매캐한 연기만 스며들어 있었다.

조오금 아깝긴 하다.

"한유진 군 근처에 수상한 사람이 나타나지 않았나."

성현제의 말에 유현이가 찡그리고 있던 미간을 폈다. 여전히 기분 나쁜 상태였지만 그렇다고 의미심장한 소리를 그냥 넘기진 않았다.

"그런 적 없습니다만, 무슨 뜻입니까."

"상태가 이상해."

유현이가 고개를 돌려 나를 바라보았다. 내가 왜.

"난 멀쩡해."

"나를 꺼리더군. 피하려고 들고."

"아니, 그럼 항상 반겨 주기라도 해야 합니까? 제가 그쪽을 좋아하기라도 하는 줄 아세요? 갑자기 나타나서 점심 먹자고 해도 무조건 네 좋아요~ 기다리고 있었답니다아 하고 따라가야 하나, 뭘 믿고 그렇게 자신만만합니까."

얼굴은 믿을 만하지만 그래도. 유현이가 입을 꾹 다문 채 고민 어린 표정으로 나와 성현제를 번갈아 쳐다보았다.

"…형."

"응?"

"형은 저 인간, 내가 이런 말 하고 싶진 않은데, 아주 조금 좋아하긴 하잖아."

"그냥 비즈니스적인 관계다만."

"세성 길드장을 멀리하는 건 반가운 일이지만 갑자기 이러는 건 이상하긴 해. 다른 사람들은 어때? 나는?"

"사랑하는 내 동생이지."

유현이가 더더욱 고민에 빠져 버렸다. 지금 상태가 더 낫긴 한데, 하고 작게 중얼거리는 소리가 들려왔다. 하지만 이어지는 성현제의 말에 유현이의 얼굴이 딱딱하게 굳어졌다.

"주차장으로 나올 때 피스도 노아도 동행하지 않았다네."

"형, 대체 무슨 일이 있었던 거야."

"…아무 일도 없었어."

"아마도 주위 사람들을, 특히 S급 각성자를 무의식중에 꺼리게끔 만든 게 아닐까 싶어. 목적을 유추해 보자면 역시 납치하기 쉽게끔, 이겠지."

유현이의 표정이 한층 심각해졌다.

"정신계 스킬이라고 생각합니까?"

"그럴 가능성이 높겠지. 어떻게 적용되었는지는 모르겠지만. 한유진 군은 스탯이 F급이니 상대적으로 취약하기도 할 거야."

"형, 정말로 뭔가 수상한 일 없었어? 잘 생각해 봐."

동생의 말에 기억을 더듬어 봐도 떠오르는 것은 없었다. 정신계 스킬이라니. 나는 전혀 느끼지 못했지만 성현제에 이어 유현이까지 저렇게 말을 하니 진짜인가 싶어졌다.

"…정말로 당했다면 내가 자각하지 못하도록 했겠지. 하지만 정신계 스킬은 스탯이 낮다고 해도 쉽게 걸려들지 않아. 보통 조건도 까다롭고, 직접 대면하는 건 필수나 마찬가지인데. 방송국에서인가?"

최근에 낯선 사람과 접촉하기 가장 쉬웠던 환경이 방송국이었다. 시간이 꽤 지나긴 했지만. 아니면 예림이 마중 나갔던 공항에서인가. 하지만 거긴 인원 통제가 잘된 편이었는데.

"그걸 부탁했을 때만 하더라도 멀쩡했으니 최근일 거라네."

"형이 세성 길드장과 통화한 게 박예림이 귀국한 날이었으니까……."

"사육소 혹은 이 빌딩."

성현제가 결론지었다. 예림이와 던전 갔다가 유현이와 합류해 아쿠아리움에 가긴 했지만 그땐 내게 접근한 사람이 없었다. 비버와 매너티를 좀 오래 구경하긴 했지만 설마 걔들이 나한테 정신계 스킬을 걸진 않았을 거고. 그때 외엔 사육소와 빌딩을 벗어난 적 없었다.

"…형, 출입 기록을 확인해 봐야겠어."

"한유진 군의 통화 기록도 뽑아야지."

"그리고 제 입으로 이런 말 직접 하기 뭣하지만, 감금하는 편이 좋을 거 같은데요."

손을 슬쩍 들어 올리며 말했다.

"무슨 일이 있었는지, 누구와 만났는지 밝히려 들지 않으려는 수준이니까 제 발로 직접 나갈 가능성도 있습니다. 집에서 혼자 못 나가게 만들어 두고 외출 시엔 반드시 동행을 붙여야겠지요."

"맞아, 형. 그러는 게 좋겠다."

유현이가 고개를 끄덕이고 성현제가 이쪽으로 다가왔다.

"한동안 다른 곳에 머무르는 것도 추천하지."

"뭐요, 설마 그쪽 집에 말입니까?"

한 발 뒤로 물러섰다. 부담되게 왜 가까이 붙어. 바스락거리는 소리가 나고, 내 입에 뭔가가 들이밀어졌다. 유현이가 얼른 나를 당겨 안았다.

"그걸 왜 받아먹어?"

"아니… 반사적으로."

초콜릿 안에 든 게 뭐지. 레몬 크림인가. 그보다 나도 내가 잘 이해 가지 않았다. 뭘 믿고 성현제가 주는 걸 먹은 거지. 인상을 찡그리며 성현제를 올려다보았다. 그가 가볍게 미소를 머금었다.

"잊은 듯하지만, 한유진 군. 우리 사이에 그 정도 신뢰는 있었다네."

"초콜릿에 독 안 넣을 거라는 신뢰 말입니까? 저 독 저항 있는 거 아시면서."

"내가 독 저항이 통하지 않는 약물도 쉽게 구할 수 있다는 것 또한 알고 있지 않나."

뭐… 그렇긴 하지만. 그래도 아직은 심각한 수준인 건 없을 텐데. 성현제가 한 걸음 뒤로 물러났다. 그러곤 과장되게 아쉬운 표정을 지었다.

"벌레를 잡을 때까지 집들이는 미뤄야겠군."

…뭘 굳이 미루기까지 한대. 어차피 곧 한국 뜰 거면서. 본격적으로 해외 진출하면 언제 돌아올지도 알 수 없다. 회귀 전에도 강소영에게 한국지부 맡기다시피 하며 거의 안 들어왔으니까.

앞으론 진짜 볼 일 얼마 없겠네. 생각해 보면 애초에 이렇게 마주 보고 지낼 상대도 아니었지만.

"한유진 군을 잘 부탁하겠네, 도련님."

"그런 말 들을 이유 없습니다."

성현제가 나를 한 번 바라보곤 돌아섰다. 차 없는데 설마 택시 타고 돌아가려나. 폰을 멀쩡하니 연락하면 바로 차 오겠지만. 뭐 알아서 하겠지. 내가 신경 쓸 일 아닌데, 레몬 맛이 아직 입안에 맴돌아서인가 저 인간 뒷모습에서 영 눈이 떨어지질 않았다.

"언젠가 이런 날이 올 수도 있을 거라고 생각은 했지만."

명우가 조금 복잡한 표정으로 나를 바라보았다.

"유진이 네가 직접 부탁해 올 줄은 몰랐어."

"…그럼 누가 부탁할 줄 알았는데?"

"네 동생이나 송태원 실장님, 세성 길드장."

그렇게 말하는 명우의 손에 기다란 줄이 들려 있었다. 줄의 양쪽 끝에는 잠금장치가 달려 있다. 솔렘니스의 추억이 새록새록 떠오르는구나. 시그마는 잘 있을까.

"아니면 복장 터진 나라거나."

"혹시 미리 만들어 둔 건 아니지?"

내가 연락하기 무섭게 바로 가지고 온 것이 야악간 의심스러웠다. 명우가 미소 띤 얼굴로 아니야, 라고 대답했다.

"내구도는 그리 높지 않아. 어차피 네겐 S급 총이 있으니까 끊기 쉬울 테고."

"총은 유현이가 가지고 있어."

내 전용이라 쓰진 못하지만 빼앗는 거야 가능하다. 집에 있을 땐 만약을 대비해 압수하기로 했다.

"그래? 튼튼하지 않은 건 아니라 맨손으로 끊으려면 스탯 B급은 되어야 하지만. 길이는 움직임에 따라 최대 30미터까지 늘어나고 열쇠를 쓰지 않고 끊거나 풀어 낼 시 바로 알람이 가게 되어 있어. 착용자의 움직임 또한 10분 간격으로 전해지고."

사육소의 집 말고 다른 곳으로 옮기자, 라는 의견도 있었지만 그래도 사육소가 안전하긴 했다. S급 헌터라 해도 바로 침입해 들어오긴 힘든 구조니까. 내가 스스로 나가지만 않으면 집 안에서는 안심할 수 있었다.

"형 옆에 계속 붙어 있고 싶은데……."

"저도 학교 며칠 안 가도 돼요."

유현이와 예림이가 말했다. 마음은 알겠다만.

"유현이 너 길드장이다. 하루이틀도 아니고 언제까지 그러려고. 예림아, 학교는 가야지."

"유진 씨, 저는 길드장도 아니고 학생도 아니에요."

"연구소 쪽을 비워 둘 수는 없어요. 어쩌면 그쪽을 노리고 절 건드리는 걸지도 모르고요."

나한테 시선을 집중시켜 놓고 연구소나 대장간을 노리는 작전일 가능성도 있었다.

"게다가 누군지 모르는 벌레를 잡으려면 집 안보다는 밖을 살펴야 할 테니까요. 잘 부탁드릴게요, 노아 씨."

"네."

노아가 조금 아쉬워하면서도 고개를 끄덕였다. 사육소와 빌딩 CCTV를 확인하고 보안담당자들을 심문했지만 나오는 건 없었다. 통화 기록에는 낯선 번호가 남아 있었지만 추적이 불가능한 대포폰이었다. 오간 내용도 전부 지워진 채였다.

그러니 사육소와 빌딩을 오가는 사람들을 직접 확인하는 수밖에 없었다.

"A급의 눈까지는 피할 수 있었던 모양이니까요. 어쩌면 S급 헌터일 수도 있어요."

"철저하게 감시할게요."

노아가 의욕을 불태웠다. 대체 누구기에 조용히 사육소까지 들어와서 내게 접근한 것일까. 분명 상급 헌터쯤은 될 텐데 날 그대로 들고 나르지 않은 거 보면 납치가 목적이 아닐지도 모른다.

"발목이 좋겠지?"

명우가 줄에 달린 잠금장치를 열며 말했다. 아이템과 연결된 열쇠 겸 알람은 세 개로 유현이와 예림이, 노아가 가지고 있기로 했다. 한동안 발목에 줄 달고 살아야 하다니, 조금 서글프네. 그래도 명우가 만든 아이템

답게 착용감도 좋고 가벼웠다.

"여기 휴대폰."

유현이가 새 휴대폰을 내밀었다. 위치 추적에 더해 감청 중인 것이었다. 내 사생활을 위해서라도 벌레 좀 빨리 잡아 버렸으면.

"무슨 일 있으면 바로 연락해."

- 크흥.

피스가 유현이 말에 대답했다. 이럴 때 보면 다 알아듣는 거 같다니까.

"한동안 답답하겠다."

"각관실에도 협조를 구했고 세성과 브레이커도 도와준다고 했으니 오래 걸리진 않을 거야. 조금만 참아, 형."

"한동안은 학교 마치고 바로 집에 올게요!"

놀다 와도 되는데.

결국 반감금 생활을 하게 되었지만, 생각보다 많이 불편하진 않았다. 사육소 보안은 더욱 철저해져 내가 아는 사람이라 해도 보안실은 물론이요 해연 길드까지 확인을 마치고 나서야 출입이 가능했다.

제일 번거로운 것은 역시 새끼 몬스터들을 돌보는 것이었다. 사육장에 내려갈 때는 반드시 유현이나 예림이, 노아 씨와 동행해야 하다 보니 몇 마리는 아예 집으로 데리고 들어왔다.

"밀키, 블랑. 소파 물어뜯지 말랬지!"

나를 잠깐 쳐다보던 새끼 늑대들이 못 들은 척 다시금 소파에 이빨을 갈아 대기 시작했다. 예림이는 좋아했지만 역시 집에 오래 두기는 힘들다 싶었다. 금방 커지기도 할 테고, 털도 엄청 날려서.

- 크르르!

― 켕!

― 깨앵!

피스가 아성체 정도로 몸을 키우며 새끼 늑대들 목덜미를 물고 거칠게 소파에서 떼어 냈다. 새끼 늑대들이 엄살을 피우며 바닥을 데굴데굴 굴렀다. 거실 바닥과 한 몸이 되어 있던 소록이가 그 늑대에게 밟혀 삐앵거린다. 그걸 보자마자 새끼 양이 새끼 늑대에게 박치기를 가했다.

아이고 정신없어. 역시 다 데리고 온 건 너무 과했나. 한두 마리씩만 데리고 와야지 의욕이 지나쳤다.

그때 해연 길드로부터 전화가 왔다. 정확히는 내 직원, 서경훈으로부터였다.

[안녕하십니까, 소장님.]

반가운 목소리가 들려왔다. 다만 기억과 달리 딱딱해진 인사가 조금 아쉽게 느껴졌다. 편하게 대하셔도 괜찮아요, 라는 말이 혓바닥 위까지 기어 올랐지만 나 혼자 친근하게 구는 것도 불편하겠지. 일단은 고용주와 고용인의 관계니까. 천천히 가자.

"교육 들어가셨다는 소식은 들었습니다. 제가 한번 가 봐야 하는데 외출하기가 힘든 상황이 되어 버려서요. 혹시 힘들거나 불편한 점 있으면 언제든지 연락 주세요."

서경훈과 이유신, 김혜원은 바로 원래 다니던 회사를 나왔다. 최수련은 인계하는 데 며칠 더 걸릴 거라고 했고 민소한은 중간고사 끝나고 오겠다고 했다.

[힘들기는요, 이 정도 교육이야 일도 아니죠.]

받는 돈을 생각한다면 야근 연속이라도 달가울 마당에 정시 퇴근까지 하고 있자니 죄송해질 정도라며 서경훈이 웃었다. 정시 퇴근이 미안하게 느껴지는 사회가 문제야. 당연한 건데. 교육 관련 몇 마디가 오가고 그가 전화한 목적을 꺼내 들었다.

[그런데 기승수 사육소는 이대로 이름 없이 가는 겁니까?]

"네?"

[석 팀장님에게 물어봤더니 어째서인지 먼 산을 바라보며 대답을 얼버무리더군요.]

…그래도 대놓고 내 네이밍 센스 탓은 안 한 모양이었다.
"그게, 마땅히 떠오르는 이름이 아직 없어서요. 짓기는 지어야지요. 정 안 되면 작명소라도 찾아가 볼 생각입니다."
더러워서 내가 안 짓는다.

[그럼 공모 같은 걸 해 보시는 건 어떻겠습니까?]

"공모요?"

[예. 소장님 SNS에는 구독자도 많으니 간단하게 이벤트식으로 해도 괜찮을 겁니다.]

공모 이벤트라. 그것도 괜찮을 것 같았다. 피스 인형도 홍보할 겸 상품이랑 상금 걸면 되겠지. 서경훈과 통화를 마치고 쓸 일 없이 처박혀 있던 노트북을 꺼내 들었다. 해연에서 업무용으로 보내 준 거라 이런저런 프로그램은 다 깔려 있었다.

"보자, 그냥 이름 공모한다는 정도로만 적으면 되겠지."

기간은 대충 3일 정도로 하고. 기승수 사육소의 이름을 공모합니다. 눈에 띄게 빨간색으로 할까. 글자 크기도 키우고, 살짝 기울이는 것도 괜찮겠다. 밑줄도 칠까? 음, 밑줄은 별로네. 참여 방법은 댓글로 남기면 됩니다. 아, 저작권 문제도 제대로 해야지.

다 쓰고 보니 뭔가 휑했다. 테두리라도 넣을까. 어떻게 넣냐. 그러니까… 이게 그림 프로그램이었던 거 같은데… 아니, 표 그리기가…….

인쇄해서 자 대고 긋는 게 낫겠다.

"내가 문서 작업 안 해 본 건 아닌데."

하도 오래전이라. 노트북 들고 유현이 방으로 갔다. 몬스터들이 드나들 일 없는 안쪽 방이라 컴퓨터나 기타 부서지면 안 되는 기계류는 여기에 있었다. 동생 방은 그 나이대 남자애답지 않게 깔끔했다. 침대 정돈도 잘해 놓았고. 어제는 내 방에서 자서 쓰지도 않긴 했지만.

침실에 딸린 서재로 가 프린트를 했다. 테두리 그어 주고 스캔해서 올리면 되겠지. 다시 거실로 나가서 문구류가 들어가 있는 서랍을 열었다. 피스가 종종종 나를 따라오며 고개를 갸웃 기울였다.

"사육소 이름 공모할 거야. 다들 아빠 작명 실력을 못 믿는다니까."


— 끼앙.


"피스는 피스 이름 좋지?"

피스가 꼬리를 살랑거렸다. 좋다는 건가 보다. 자와 유성 매직을 꺼내는데 예전에 피스 발도장 찍을 때 썼던 도장밥이 눈에 들어왔다. 기승수 사육소니까 피스 발도장도 찍어 줄까. 우선 종이에 테두리부터 칠했다. 검게 선이 들어가니 제법 그럴듯해 보였다. 아래쪽이 좀 굵어졌지만 뭐, 일부러 그런 것 같고 괜찮네.

"피스야, 피스도 여기 찍자. 빨간색으로 할까?"

색색의 도장밥을 꺼내 들며 말했다. 테두리가 들어가긴 했어도 허전하니까, 하며 피스 앞발 하나를 잡고 종이에 꾹 발자국을 찍었다.

- 삐앵.
- 매애.

그때 소록이와 새끼 양이 다가왔다. 늑대들을 피해서 온 걸까. 몬스터용 거실 쪽에서 뭔가 부서지는 소리가 들려왔다. 그래, 다 부수고 놀아라. 역시 늑대들은 집에 못 들여놓겠다. 왕년의 블루가 두 마리로 늘어난 것 같아.

"너희들도 찍을까? 자, 소록아."

사슴 발자국, 양 발자국. 같은 우제류라서인지 비슷했다. 그 전에 몬스터니 실제 순록이나 양과는 좀 다를지도 모르지만. 어느새 내 머리 위에 올라앉아 발도장 찍은 모습을 지켜보던 삐약이가 두둥실 테이블에 내려섰다.

"삐약이 너도 찍게? 잠시만 기다려."

애들 발굽 마저 닦… 삐약아!

"안 돼! 야! 삐약아아!"

- 삐약.

삐약이가 파란색 도장밥 위에 온몸을 굴렀다. 그걸 또 따라 하려는 벨라레를 얼른 낚아채곤 삐약이를 붙잡았다.

"이게 뭐야, 이게!"

- 삐약삐약.

이름 공모 종이 위에 둥근 스펀지로 누른 듯한 자국이 파랗게 생겨났다. 물티슈를 뽑아 삐약이에게 묻은 잉크를 닦아 냈다. 그러는 사이에도 거실은 박살 나고 있었다. 늑대들은 유현이 오면 바로 사육장으로 돌려보내야겠다.

삐약이를 씻겨 주고 뒷정리를 한 다음 기승수 사육소 이름 공모를 SNS에 올렸다. 얼마 지나지 않아 전화벨이 울렸다. 석시명이었다.

[한 소장님…….]

"네?"

목소리가 왜 이래. 석시명이 한숨을 푹 내쉬며 말을 이었다.

[사육소 이름을 공모로 정하는 것은 환영입니다만, 공지는 저희 측에서 다시 올리도록 하겠습니다.]

"내용에 무슨 문제라도 있었어요?"

[내용은, 큰 문제는 없지만… 일일이 확인하고 후보작을 고르는 것도 쉬운 일이 아니니 부디 맡겨 주십시오. 알아서, 깔끔하게 진행해 드리겠습니다.]

원래 소장쯤 되는 자리의 사람이 하는 일이 아니다, 직원도 뽑지 않았느냐는 말에 알겠다고 대답했다. 하긴 참여하는 사람이 많으면 그거 다 확인하는 것도 일이겠구나. 전화를 끊고 공모전 공지글에 들어갔다. 그새 제법 달린 댓글 중에 눈에 들어오는 이름이 있었다.

- 박하율S2: 형ㅠㅠㅠㅠㅠ

…박하율? 아, 참. 얘랑 만나기로 했었지. 이름 뒤의 S2는 뭐야.
"깜박 잊고 있었네."
박하율에게 미안하다고 메시지를 보낸 뒤 글을 삭제했다. 이내 답장이 날아왔다.

- 저랑 못 만나게 된 거예요?ㅠㅠㅠㅠㅠㅠㅠㅠ
- 응 사육소에서도 나 혼자 돌아다니는 건 못 하게 됐어.
- 아ㅠㅠㅠㅠㅠ왜요ㅠㅠㅠㅠㅠㅠ진짜 안 돼요?(ㅠ﹏ㅠ)
- 안 될 거 같은데…….
- 또 s급들이 못 나가게 하는 거죠? 너무해):
- 아냐 이번에는 내가 안 나간다고 했어. 좀 이상한 거 같아서. 내가.
- 형이 왜 이상해요 핑계 아녜요? 형 함만 만나 줘요!

사실 나도 나한테 진짜 문제가 있는 건지 헷갈리긴 했다. 그래도 안전이 최고니까.

- 혀어어엉~~o(T〜To)))
- 오래는 안 되고, 잠깐은 될 거 같은데.

내 발목을 내려다보았다. 줄이 길게 늘어져 있다. 피스가 바로 옆에서 나를 빤히 쳐다보고 있었다. 쉽지는 않겠지만.

ㅡ 언제요?
ㅡ 내일… 오전에.

가끔 사진 올리는 것 외엔 SNS는 쓰지 않았다 보니 여기 메시지까진 감시하지 않고 있을 것이다. 그래도 바로 지워 두는 게 좋겠지. 박하율이 기뻐 어쩔 줄을 몰라 했다. 그렇게나 좋아. 오래는 말고, 잠깐 나갔다 오는 거야 괜찮겠지. 모르는 사람 만나는 것도 아니고.
'S급 헌터에게도 들키지 않도록 움직이면 되니까.'
설마 SS급 헌터가 갑자기 튀어나올 리는 없고, 아무 문제 없다. 문제없지.

"엉망이네."

ㅡ 깨앵, 꺙!
ㅡ 우으으웅, 으우웅.

유현이 손에 뒷덜미를 잡힌 새끼 늑대들이 엄살을 부렸다. 무섭다고 끙끙대며 나를 향해 무어라 호소했지만 꼬리의 움직임을 보면 그다지 겁먹은 건 아닌 듯했다.
"이 둘만 사육장으로 보낼 거야?"
"응. 소록이와 흑양은 얌전하니까. 소록이는 더 클 때까지 계속 집에 둘까 싶어."
그래야 조금이라도 더 움직이지. 내 발목의 줄을 풀어 준 유현이가 새끼 늑대들을 들고 앞장섰다.
"별일 없었지?"

"보시다시피 거실 박살 난 거 말곤 평화로웠지. 이 족쇄 말이야, 진짜 내가 움직이는 거 10분마다 보고되는 거냐?"

정확히 어떤 식이냐고 자세히 묻는 내게 유현이가 카드 형태의 열쇠를 보여 주었다.

"이 카드가 우리 집이라고 보면 돼. 여기 이 점이 형이고."

"이 정도 비율이면 거실에서 왔다 갔다 하는 걸론 티도 안 나겠다."

"스탯 S급이면 알아볼 수 있어."

그런가. 그러니까 내가 집 안 어디에 있는지 꽤 정확하게 알 수 있다고 했다. 요 손바닥보다 작은 카드 부분부분이 집의 어느 장소인지 전부 기억하고 있는 모양이었다. 대단도 하지, 내 동생.

집 문을 나서 포털을 넘어가자 지키고 서 있는 A급 헌터가 보였다. 각 길드에서 확실하게 믿을 수 있는 사람들로만 뽑아 철저하게 경비를 돌고 있었다. A급쯤 되면 정신계 스킬은 통하지 않는다고 봐도 무방했지만 매일 확인도 거친다고 했다.

CCTV는 통하지 않는 듯해 대신 사람을 갈아 넣는다고 할까. 예전보다 던전 공략 주기가 뜸해져서 다행이었다. 물론 감시카메라도 열심히 돌아가는 가고 있었다.

밀키, 블랑을 사육장에 데려다 놓고 옥상정원으로 올라갔다. 빌딩 옥상에 화려한 동상처럼 서 있는 노아를 향해 손을 흔들어 주었다. 그러곤 산책로를 따라 걷기 시작했다.

"각관실과 헌터협회에서 입국 기록을 전부 검토 중이야. 하지만 상급 헌터는 밀입국하기 쉬우니 꼬리를 잡긴 힘들겠지."

"그래도 만약 내가 납치당한다면 배보단 비행기일 테니 출국할 때 잡긴 어렵지 않을걸."

"형이 사라지면 바로 모든 공항이 이륙 금지 될 거야. 항구도 마찬가지고."

우리 집에서 김포공항까지 안 막히면 한 시간이 채 안 걸리니까 실종한 시간이 골드타임쯤 되려나. 막히면 두 시간으로 늘어난다.

"정체 시간이 제일 안전하겠다. 그땐 납치 못 하겠는데."

납치범들과 함께 더럽게 차 막힌다고 투덜거리고 있을지도.

"만에 하나 말이다, 내가 사라지더라도 시스템 관련 아니니까 너무 걱정하지 말고. 내가 해 준 말 기억하고 있지?"

"응."

"몸 건강하게 얌전히 잘 기다리고 있으마. 어차피 내 목숨 노릴 사람은 없어. 초월자 쪽도 목숨은 살려 둘걸."

채터박스만 빼고. 그쪽은 답이 없다. 원한 살 짓은 안 하는 게 최고고, 하면 증거 인멸해서 모르게 만들어야 하는데. 초월자들끼리도 복수하려 들지 누가 알았겠냐.

"유현이 넌 혹시 원한 산 곳 있냐?"

"죽었어."

"어… 그래."

윤경수를 말하는 걸까. 그 밖의 다른 놈들도 있었을 거 같지만.

"원한이라면 나보다는 세성 길드장 쪽을 조심해. 너무 가까이하지 말고."

"안 가까워."

성현제 해외에서 남이 앙심 품을 짓 많이 저지른 건가. …저질렀을 거 같다. 애초에 버린 사람 많댔으니까. 정확히는 관심을 거두었을 뿐이지만 그것만으로도 자존심에 상처 입고 미련 진득하게 남은 인간들 꽤 있겠지.

"유현이 넌 괜찮아?"

"뭐가?"

"성현제가 너한테도 관심 가지다가 끊었잖아. 아주 조금이라도 서운할… 것 같진 않다만."

"형에게 찝쩍거리지만 않으면 마주칠 이유도 없어."

무덤덤하게 대답한 동생이 나를 걱정스럽게 바라보았다. 그러곤 주머니에서 포장된 무언가를 꺼냈다.

"박예림에겐 말하지 마."

붉은색 초콜릿이다. 안에 크림이, 사과인가? 어째 입장이 반대가 된 거 같지만, 뭐. 고맙다고 하곤 받아먹었다.

다음 날에도 벌레잡이에는 진척이 없었다. 쉽게 걸릴 만한 상대라면 사육소에 몰래 들어오는 것부터가 불가능했겠지만.

- 크흥!

"왜, 냄새 별로야?"

피스가 콧등을 잔뜩 찡그렸다. 내 손에 든 것은 다름 아닌 입욕제였다. 반신욕이 몸에 좋대요, 라며 예림이가 종류별로 사다 준 것이었다. 색깔도 모양도 다양하고 거품이 나는 것도 있다고 했다.

입욕제를 들고 내 방에 딸린 욕실로 향했다. 예림이가 원하는 대로 인증샷을 보내 주자 물속에 너무 오래 있으면 안 돼요, 30분 이내! 하고 답장이 왔다. 요즘 털이 많이 날리는 피스는 침실 앞에 멈춰 앉았다. 방문에서 욕실이 보이지 않는 구조였다.

"우리 돌돌이, 내 방 청소 좀 하자."

nn번째 로봇청소기를 내 방으로 가지고 왔다. 40분 뒤 내 방을 청소하도록 예약해 놓고 욕실 앞에 내려 두었다. 이어 포인트 상점을 열었다.

'포인트가 좀 아깝긴 한데.'

오래 기다리게 한 데다가 바람맞히기까지 했으니 이 정도는 써 주지 뭐. 포인트 상점에서 만능열쇠를 구매했다. S급 이하면 어떤 잠금이든 들키지 않고 열 수 있는 키. 그것으로 발목의 잠금을 푼 뒤 욕조에다 넣었다.

잠시 기다려 봤지만 내 폰이 울리는 일은 없었다. 아무도 눈치 못 챘구나. 다음으로 끈을 가져와 길게 늘어진 줄에 묶고 다른 한쪽을 로봇청소기에 매달았다. 40분 후 목욕이 끝난 내가 침실을 돌아다니는 것처럼 비칠 것이다.

'요새 기계가 워낙 잘 나와서.'

청소 경로 지정도 가능했다. 짧게 청소한 뒤 마지막으로 침대 옆에 가져다준 거치대로 가 멈추도록 설정해 두었다. 그럼 목욕하고 옷 입고 침대로 가서 쉬는 게 되겠지.

별일 없으면 두 시간 정도는 수상쩍다 생각지 못할 것이다. 어차피 오래 나갈 건 아니고, 한 시간 내로 돌아올 생각이지만.

욕조에 물을 틀고 입욕제를 두 개 던져 넣었다. 진한 냄새가 화악 풍겨났다. 이 정도로 짙은 향이라면 피스가 내가 사라진 걸 냄새로는 알아채지 못할 것이다.

마지막으로 살쾡이 재킷과 신발도 꺼내 신었다. 이제 나가기만 하면 되는데, 몰래 빠져나가는 건 역시 미니미니 쿠키지. 미니미니 쿠키를 먹고 은신 스킬을 사용했다.

그럼 잠깐 나갔다 올게.

한국의 카페에는 방심하는 사람들이 무척이나 많았다. 그건 상급 헌터들도 마찬가지였다. 아직 빌딩 카페가 개업 전이기에 근처 카페에는 상급 헌터들이 종종 방문했고, 테이블 위에 휴대폰이 홀로 남겨지는 일도 흔했다. 그런 휴대폰 중 하나를 슬쩍 낚아챘다. 상급 헌터야 휴대폰이 부서지는 일이 흔하니 양심의 가책도 딱히 없었다. 나처럼 백업 잘해 놨겠지.

눈여겨봐 뒀던 패턴으로 잠금을 풀고 박하율에게 전화를 걸었다.
"나야."

[형! 나왔어요?]

"응."

[지금 근처인데 어디예요?]

장소를 알려 주자 바로 가겠다는 대답이 돌아왔다. 은신 스킬 풀면 안 되니 차 문 열어 두면 내가 타고 닫겠다고 말한 뒤 통화를 끊었다. 이어 지문을 깨끗이 닦아 휴대폰을 반대편 인도에 버렸다.
얼마 지나지 않아 연예인 차처럼 생긴 코팅된 밴이 도착했다. 문이 열리는 걸 확인하고 차에 올라탔다. 내가 문을 닫자 낯익은 목소리가 물어왔다.
"형이에요?"
"그래."
은신 스킬을 풀며 박하율을 돌아보았다. 박하율이 활짝 웃었다.
"그럼 이제 저랑 같이 가는 거예요."
"뭐? 난—"
"싫어요?"
"…아니."
같이 가자는데 가야지. 하지만.
"늦기 전에 집에 돌아가야 해."
"왜요?"
웃음기 어린 물음과 함께 차가 움직이기 시작했다. 박하율 외에도 운전석에 한 명, 보조석에 한 명, 그리고 뒷좌석에도 한 명이 타고 있다.

"이대로 뒤도 괜찮겠습니까? 도망치려고 들 수도 있는데."

뒷좌석의 남자가 말했다. 한국어가 약간 어눌했다.

"안 도망쳐, 형은. 그렇죠?"

"내가 뭐 하러 도망을……."

칠 이유가 없지만. 손가락 끝에 가느다란 가시가 박힌 듯한 위화감이 들었다. 지금 이게 이상한 상황이 아닌데도, 이상하게 느껴야 한다는 그런, 머릿속이 희미하게 저려 왔다.

나는 박하율을 만나러 나왔다. 이건 이상할 게 없다. 몰래 살짝 빠져나오긴 했지만 처음 있는 일도 아니고, 내 신변에 탈이 난 것도 아니다. 다시 돌아가면 아무 일 없을 텐데.

"돌아가긴, 해야 하는데."

"형."

"이렇게 나온 거 들키면 걱정할 거고."

"안 돌아가도 돼요."

박하율이 단호하게 말했다.

"돌아가서 갇혀 살 필요 없어요. 가 봤자 S급들에게 감시나 당하게 될 텐데."

"갇히긴 했지만 그건."

내가 그랬다. 족쇄도 내가 명우에게 부탁했고 휴대폰 기록 뒤지는 것도 허락했다. 정신계 스킬을 가진 누군가가 나를 노리고 있으니까.

"내가 스스로 날 가둔 거야. 누가 나한테 정신계 스킬을 건 것 같거든. 그래서 혹시라도 내가 내 발로 나가지 않게, 막으려고 했는데."

지금 나는 밖에 혼자 나와 있다. 하지만 박하율이 부른 거잖아. 수상한 외부인이 아니라, 아니지만. 인상을 찌푸리며 박하율을 바라보았다. 차는 계속 이동하다가 신호 앞에서 멈춰 섰다. 아직 올림픽대로를 타기 전, 사평대로로 향하고 있다.

…왜 올림픽대로를 탈 거라고 예상하고 있지.

"…망할, 동작 쪽으론 가면 안 돼."

"네?"

"걸리면 죽어. 네가. 올림픽대로 탈 거면 반포로 빠져. 아니, 아예 강변북로로 넘어가서 최대한 피해."

박하율이 당황하고 운전석 쪽 놈들도 나를 기웃 돌아보았다.

"아직 형 나온 거 모르지 않아요?"

"나한텐 말 안 했지만 상시 검문하고 있을 거야. 김포든 인천이든 올림픽대로 타는 게 보통이고 세성 길드 코앞이니 사람 뿌려 놓기도 딱 좋겠지. 반포대교로 틀어."

상급 헌터들이 오가는 곳이라는 것부터가 위험하다. 게다가 강소영이 던전 공략을 미루고 코메트와 함께 돌아다니고 있었다. 코메트라면 차 안에 있는 나를 눈치챌 가능성이 높았다. S급 몬스터의 후각은 무척 뛰어난 편인데다가 코메트는 낮에도 활동 가능하지만 원래 야행성이라 후각이 더욱 예민했다.

"방향제나 향수 같은 거 있으면 뿌려. 던브용으로 나온 거면 더 좋고. 근데 나는, 젠장."

지금 내 상황을 나는 알고 있다. 알고 있는데 모르는 척하려 들고 있었다.

"박하율, 너."

그러니까, 네가. 박하율이 울상을 지으며 내게 말했다.

"형, 저 도와주시려는 거죠? 도와줘야 해요."

"야, 너……."

"형은 지금 나한테 해 끼치는 일 못 할 테니까, 반포대교로 가."

박하율의 말에 차가 방향을 돌렸다. 공항으로 갈 생각이다. 그걸 알고 있는데도 머릿속은 답을 내놓기를 거부하고 있었다. 기분이 매우 더러웠다. 실마리가 잡힐 듯 말 듯 코앞에서 살랑거리는 꼴이 답답히 죽겠다. 이를 악물고는 인벤토리에서 단검을 꺼내 내 손바닥에 박아 넣었다.

"형!"

"젠장, 네가, 그 정신계……."

"안 돼요, 이러면."

명령조가 섞인 목소리에 몸에서 힘이 풀렸다. 단검이 뽑히고 손이 바로 치료되었다. 하지만 일단 인식한 사실은 사라지지 않았다.

"나한테 정신계 스킬을 건 거냐."

"네, 맞아요."

박하율이 미안한 표정을 지어 보였다. 환장하게도 이 녀석이 범인이라는 사실을 알고 나서도 적대감은 조금도 들지 않았다. 오히려 여전히 도와주고 싶었다. 날 납치하는 걸 말이다. 진짜 미치겠다.

"대체, 뭐가 이렇게 지독해. 정신계 스킬은 등급이 높아도 잘 안 통하는데."

"아, 전 A급 삼중첩이거든요. 효과만큼은 거의 SS급이래요."

그가 순순히 대답했다. A급 세 개가 중첩이라니. 뭐였었지.

"금상첨화와 보고 있으면……."

"보고 있으면 편해져요, 눈을 뗄 수 없어요. 역시 알고 있었네요, 형. 형이 비각성자 상태 확인 가능하다는 정보도 들었거든요."

…물갈이 전 협회에서 흘러 나간 건가. 최적화 스킬을 세 개 다 얻었다니.

"어떤, 효과인데."

"말해 주면 안 되는 거잖아요."

"어차피 난 남한테 못 털어놔. 너 만났다는 거 동생한테도 말 안 했어."

박하율이 그건 그래요, 하고 어깨를 으쓱했다.

"보고 있으면 편해져요는 저를 보면 방심하게 되는 거예요. 정신적으로

든 육체적으로든 무방비해지죠. 다만 제 얼굴이 대상의 마음에 들어야만 효과가 있어요. 다행히 전 잘생겨서 웬만해선 통하더라고요~ 여자는 물론이고 남자도 호감 정도는 느끼나 봐요."

잘생긴 건, 인정한다. 보고 있으면은 말하자면 본격적으로 스킬 걸기 전 토대 닦기쯤 되는 듯했다.

"눈을 뗄 수 없는은 제 행동에 강한 영향을 받게 하는 스킬이에요. 처음 적용하는 건 직접 저를 봐야 하지만, 걸리고 나서는 통화나 문자로도 스킬을 적용시킬 수 있어요. 그리고 금상첨화는 앞의 두 스킬을 강화시켜 주죠."

금상첨화 효과로 보고 있으면이 S급 수준이 되고, 금상첨화에 더해 보고 있으면의 보조까지 받는 눈을 뗄 수 없는은, SS급쯤 되겠구나. 박하율은 강한 영향을 받게 한다, 정도로만 말했지만 결국 세뇌 같은 거 아니냐.

"그리고 각성 전의 절 알고 있던 사람에게는 효과가 더 좋고요."

"…나한테 잘 통할 만도 하네."

정신계 스킬이 등급 대비 효과가 낮고 적용시키기 까다롭다 해도 저 정도면 뭐, F급으로선 막을 방도가 없다. A급 정신계 스킬도 충분히 강력할 텐데 그게 삼중첩이라니.

"빠져나갈 방법이나 약점 같은 건 없냐. 있어도 말 안 해 주겠지만."

"그야, 없어요."

있긴 한가 보네. 하긴 박하율 혼자 저지른 일은 절대 아닐 거고 배후가 있을 텐데 그 배후의 높으신 분이 예방법 없이 박하율 같은 각성자를 옆에 둘 리 없었다.

정신계 스킬 가진 헌터가 거의 알려지지 않는 것도 그 때문이었다. 스킬 등급이 낮다 해도 불안하니까. 그럼에도 박하율이 무사하다는 건 그의 스킬을 막을 수 있는 확실한 방법이 있다는 뜻이겠지.

"혹시 S급 헌터에게도 통해?"

"조건만 맞으면요."

진짜 위험하네. 물론 나처럼 강하게 통하는 건 아니겠지만. 박하율을 사육소에 들여보내 준 A급 헌터도 스킬에 당했던 모양이었다.

"하지만 형은 F급인데도 잘 안 듣는 편이었어요. 지금도 이렇게 제가 정신계 스킬을 썼다는 걸 눈치챘잖아요. 중급만 되어도 이상한 점을 전혀 느끼지 못했는데."

박하율이 역시 형은 대단한 거 같다면서 말했다. 그렇게 쉽게 스킬을 걸 수 있는데도 사육소 전체를 장악하려는 시도는 하지 않았다. 들통날 것을 우려해서이기도 하겠지만, 아마 스킬 시전 대상자의 수에 제한이 있는 게 아닐까. 무제한 적용이면 완전 사기지. L급이라 해도 좋을 것이다.

그때 뒷좌석의 놈이 당황하며 말했다.

"공항이 폐쇄되었다고 합니다!"

빠르네. 박하율이 놀라며 나를 돌아보았다.

"나오면서 들켰어요?"

"아니, 하지만 나 모르게 뭔가 해 놓았을 가능성은 있지. 우리 애들이 똑똑해서. 거기, 옷 벗어."

신발을 벗어 보조석에 던졌다.

"창밖에 버려. 내 몸에 위치추적기 같은 거 삽입하진 못했을 테니 신발이 제일 가능성 높을 거야."

그리고 외투와 옷까지도 혹 모른다. 일부러 평소 잘 안 입는 옷을 입고 나왔지만 불안요소를 남겨둘 필요는 없다.

"한 번에 버리지 말고 하나씩 떨어뜨려. 경로 추적되도록. 김포나 인천으로 간다고 생각하게끔. 야, 옷 벗으라니까."

옷 내놔라. 뒷좌석 놈의 옷을 빼앗아 입었다. 헐렁하네.

"설마 여기 이 사람들이 전부는 아닐 테고. 여긴 다 각성자야?"

"네. 하지만 등급은 낮아요. 상급 헌터는 섣불리 움직이면 꼬리 잡히기

쉬워서, 한국 국적이나 한국에 살던 사람들뿐이에요. 형은 F급이니까."

"그건 잘했네. 그래서 추적하기 힘들었구만. 나머지는?"

"공항에서 준비를……."

"보나 마나 다 걸렸을 거다."

내가 사라진 시점에 딱 뜨려고 준비 중인 비행기와 상급 헌터들. 수상해도 이렇게 수상쩍을 수가 없었다. 지금쯤 송 실장님 출동하셨겠다.

"김포야?"

박하율이 고개를 끄덕였다.

"저거 TV지? 나 찾는 뉴스 틀어. 지금쯤 방송되고 있지 싶은데, 소리 키우고 잘 보이도록."

"네?"

"그럼 의심을 덜할 테니까. 검문 걸리면 뉴스 봤다며 혹시 눈에 띄면 바로 알려 드리겠다고 해. 카메라 없냐. 돈은 있지? 카메라랑 촬영도구 사라. 너 연예인이잖아. 선글라스 없냐. 앞의 놈들도 연예인 매니저처럼 굴어. 아니, 그 전에 차 처리해야겠다. 물에 빠뜨려."

"무, 물에요?"

"차 걸리는 거야 금방이고 지문은 물론이고 머리카락도 떨어졌을 테니 그냥 버릴 순 없어. 아니면 태우든가. 셋 다 각성자라고 했지? 일단, 새로 차량 준비되냐."

"네, 공항 대기조 말고도 더 있어요."

"CCTV 없는 곳 찾아서 한 명 빼고 내리고 한 명은 차 몰고 한강 가서 빠뜨려. 인천 가는 길목에서. 차 버리는 거 눈에 띄어야 해. 공항 막혔으니 배로 갈 거라고 짐작할 거다. 새 차는 연예인 티 나게 해서 오라고 하고 같은 차종이면 더 좋아. 보통 갈아타면 완전 다른 차종일 거라고 생각해서 의심 덜 받거든. 아, 지도랑 나침반 같은 거 준비하고."

박하율과 나머지 녀석들이 허둥대면서도 시키는 대로 빠르게 움직였다. 다시 은신 스킬을 쓰고 한적한 골목에서 내렸다. 걸어서 장소를 조금 이동해 다시 새 차에 올라탔다. 전부 옷도 갈아입고 선글라스도 썼다. 앞좌석에 태블릿 TV도 틀어놓았다.

"속보로 나오고 있네."

화면이 바뀌더니 김포공항이 비추어졌다. 꼬리 부분이 부서진 비행기와 송태원이 나타났다. 상급 헌터들이 체포당하고 있었다. 송 실장님 얼굴이 굳어 있다. 평소에도 딱딱한 편이지만 지금은 차갑기까지 해 보였다.

"목적지는, 중국? 너 중국 진출했댔잖아."

맞아요, 하고 박하율이 고개를 끄덕였다.

"가까운 중국 공항이 어딘데. 얼마나 걸려?"

"어, 대련공항이요. 비행기로 한 시간 조금 더 걸려요. 단동도 있고요. 하지만 비행기는 이륙시키기 힘들지 않을까요."

"비행기는 이용 못 해. 배도 힘들고. 몰래 출발해도 바다에서 걸릴 가능성이 높아."

"그럼요?"

"경기도 사육 시설로 가자."

한숨을 삼키며 말을 이었다.

"황금 그리폰, 블루면 대련공항까지 두어 시간이면 도착할 거다. 그리고 보통은, 사육 시설로 갈 거라는 것까지는 짐작하지 못할 거야. 블루의 산책 시간에 맞춰서 가면 눈에 띄지 않고 접촉할 수 있겠지."

게다가 블루의 주인의 증표는 평소에는 내가 가지고 있었다. 도중에 들킨다 하더라도 내 말을 우선적으로 들을 것이고 공중에서는 블루를 따라잡을 수 있는 헌터도 마수도 없다.

"중국에 도착하면 블루는 바로 돌려보낼 거야. 원래 대련 공항에 갈 예정이 아니었을 테니 거기엔 아무 대비도 안 되어 있지?"

"네, 그럴 거예요."

"도착하기 전까진 연락하지 마. 부탁한다. 어차피 난 도망 못 치잖아."

박하율이 알겠다며 조금 안쓰러운 표정으로 대답했다. 내가 불쌍하면 순순히 풀어나 줘라. 얼마 가지 않아 검문소가 나타났다. 은신 스킬을 쓰면서 당부했다.

"박하율 너 스킬 쓰지 마."

"네? 왜요?"

"너무 쉽게 검문 통과해도 수상해. 지금 찾고 있는 건 정신계 스킬 소유자니까."

그때 TV에서 한강에 빠진 수상한 차량에 대한 방송이 흘러나왔다. 마침 타이밍이 좋았다. 여기와는 방향도 반대니 검문이 상대적으로 느슨해질 것이다. 한강 위를 헌터 한 명이 가로지른다. …예림이였다. 단숨에 물을 가르고 차를 들어 올려 강가로 향하는 모습에 입안이 약간 메말랐다.

유현이는 인천 쪽으로 갔을까. 성현제가 갔을 수도 있다. 공항 헌터들을 잡아 목적지가 중국이라는 사실을 확인했다면 서해안 쪽 위주로 검문을 하겠지.

"안녕하세요, 수고가 많으시네요~"

박하율이 선글라스를 벗으며 살갑게 인사했다. 검문은 어렵지 않게 통과되었다. 도로가 점차 한산해지고 사육 시설이 가까워져 갔다. 지금 시간이면 블루는 산 쪽에서 놀고 있을 것이다. 인적 없는 산 아래에 차를 멈춰 세우곤 내렸다. 은신 스킬을 풀고 하늘을 올려다보았다.

"…박하율 너 말고는 같이 못 가."

"네, 형."

그리 오래지 않아서.

- 꺄아우!

블루가 날 발견하고 빠르게 다가왔다. 날개를 크게 펄럭이며 내려서서는 내게 인사한 뒤 박하율을 갸웃 머리를 기울이며 바라본다.

"블루야."

- 꺄아.

"아빠랑 잠깐, 산책하러 갈까."

박하율을 먼저 블루의 등에 태웠다. 낯선 사람들과도 금방 친해지는 블루다 보니 거부반응은 전혀 없었다. 나 또한 올라타려는 그때.

차르륵!

귀에 익은 사슬 소리가 들려왔다.

"날아올라!"

내 다리에 차가운 기운이 감김과 동시에 블루가 박하율만을 태우고 공중으로 치솟았다.

만약 내가 자발적으로 사라진다면 나를 찾을 가능성이 가장 높은 곳으로는 오지 마. 유현이와 예림이, 노아 씨에게 그렇게 말해 뒀다. 자세한 설명까진 하지 못했지만 도망칠 길이 막힐 시 내가 사용할 방법은 몇 가지 없었으니까.

- 삐익!

은혜가 당황하며 내 주위를 빙글빙글 맴돌았다. 다리가 당겨져 바닥에 쓰러진 내 옆으로 푸른색 보석 장신구가 떨어져 있었다. 내가 입을 열기도 전에, 눈치 빠른 누군가가 움직임을 멈추었다.

"제 다리 찢어져요. 전 지금 연약한 F급이라."

다리엔 이미 자국이 남았을 것이다. 사슬은 더 당겨지지 못하고 도리어 느슨해졌다. 고개를 돌렸다. 가장 먼저 눈에 들어온 것은 커다란 검은 비룡이었다. 코메트와 그 등에 타고 있는 강소영. 아마도 코메트로 블루를 감시하다가 수상한 행동을 보이자마자 곧장 따라붙은 듯했다.

내가 이곳으로 오리란 걸 예상했다면 블루의 산책을 막는 것보단 풀어 놓고 뒤쫓는 편이 낫다. 블루가 보이지 않는다면 나는 그대로 잠적해 버렸을 테니까. 거기까진 잘 처리했는데.

검은 비룡 앞에 성현제가 서 있었다. 옅은 색상의 머리카락이 새카만 비늘을 등지고 더욱 빛바래 보였다. 서늘하게 가라앉은 그의 시선이 푸른 보석 장신구, 은혜를 향하고 있다. 그가 길게 망설일 틈을 주지 않고 말했다.

"아님 제 다리라도 가지시든가. 3, 2."

카운트다운이 끝나기 전에 사슬이 풀어졌다. 예상과는 다르게. 다리 하나 날아가도 안 죽어. 약간 굳은 얼굴로 성현제가 입을 열었다.

"붙잡지 않을 테니 은혜를 가지고 가."

무슨 개소리지. 은혜가 삑삑 소리 높여 울었다. 왜 안 붙잡아. 내가 왜 애들한테 오지 말라고 했는데. 유현이와 예림이, 노아 씨는 당연히 안 된다. 문현아도 키워드가 적용되어 있으니 불안했다. 김성한도 마찬가지였다. 키워드 효과가 사라졌다곤 해도 기억은 그대로이니.

그러니 성현제 혹은 송태원. 이 두 사람이라면 가능할 거라고 생각했는데.

"…그걸 어떻게 믿습니까."

퉁명스러운 목소리가 내 입에서 튀어나왔다. 다리가 뜯겨 나가면 박하율이 나를 중국으로 데리고 갈 수 없다. 포션으로 응급처치한다 해도 귀한 던전표 최상급류를 쓰지 않고서야 두 시간 넘는 비행을 버티기 힘들 것이다. 죽일 생각은 없을 테니 포기하겠지. 설사 박하율이 고집을 피운다 해도 블루가 명령을 듣지 않을 가능성이 높았다. 내가 위중하다 싶으면 명령을 거부하고 치료를 우선으로 여겨 평소 가까이 지내던 사람들에게 도움을 청하겠지.

그러니까 그냥 끝까지 잡아.

"한유진."

성현제는 그 자리에 못 박힌 듯 꼼짝 않고 서 있었다. 움직임은 조금도 없지만 공기는 따끔거릴 정도로 팽팽하게 당겨졌다. 덤벼들까. 사슬은 이미 풀어졌지만 그러면 내가 아이템을 쓰는 것보다 더 빠르게 다시금 나를 옥죌 수 있을 것이다. 그러니 아직 기회는 있다.

하지만.

맥없이 늘어져 있던 사슬이 금속성 소리를 잘그락거리며 거두어졌다. 아예 인벤토리로 들어가 버린다.

"부디."

성현제가 한쪽 발을 뒤로 물렸다. 허리를 약간 숙이며 아무 짓도 하지 않겠다는 표시로 손바닥을 하늘을 향해 펼쳐 보인다.

"가져가 주게."

그를 향해 웃어 보였다. 은혜를 주워 드는 대신 손에 쥐고 있던 아이템을 사용했다. 1회용 순간이동 아이템. 사슬에 다리가 묶인 채로 썼다면 꽤 비참한 꼴이 되었겠지만, 지금의 나는 아무런 상처 없이 블루의 위쪽으로 이동할 수 있었다. 박하율이 기다렸다는 듯이 나를 붙잡아 주었다.

"형! 빨리 가요!"

환호성에 가까운 외침 속에서 블루를 출발시켰다. 아직 속도를 내기 전임에도 공격은 날아 들지 않았다. 지금의 나는 방어할 능력이 없으니까. 이어링의 방어막은 B급이니 S급 몬스터인 블루를 멈출 정도의 공격이 가해진다면 막아 내지 못한다.

결국 황금빛 그리폰은 아무런 방해 없이 순식간에 속력을 높여, 하늘을 가로질러 갔다.

"꼼짝없이 잡히는 줄 알았어요!"

덩치 큰 비룡마저 시야에서 완전히 사라지자 박하율이 안도하며 소리쳤다.

"…그러게."

그래야 했는데. 머릿속이 멍했다. 어디서부터 잘못됐지.

"세성 길드장이 형을 놓아주지 않을 거라고 생각했거든요."

나도 그렇게 생각했다. 하지만 성현제는 이미 잡은 것이나 다름없던 나를 풀어주었다. 내가 스스로를 인질 삼아 반항하려 든다는 사실을 빠르게 눈치채고 포기했다.

예상과는 다르게.

"…젠장."

"형?"

성현제라면 내가 좀 크게 다친다 해도 망설이지 않을 거라고 예상했다. 하지만 아니었다. 나는 정말로 일이 이렇게 되리란 사실을 몰랐을까. …아니잖아. 분명 그에게 몇 번 위협당한 적 있고 같은 인간 대접 못 받기도 했지만, 그렇지만 최근에는. 최근에는 분명 달라졌었는데.

송태원도 마찬가지였다. 송 실장님이라면 날 억지로 붙잡는 데 성공했을지도 모른다. 하지만 그럼 그는? 보고 싶지 않은 스스로의 모습을 일부러 직시해 가며 날 해치지 않으려고 했던 사람이다. 이유야 어찌 되었든 송 실장님에게 나를 크게 다치게 하는 짓을 시켜도 괜찮다고, 생각을. 어떻게.

"성현제가, 나를 해치지 못했어."

"그래도 잡긴 잡았잖아요. 다리 괜찮아요?"

그제야 오른쪽 다리가 약간 욱신거리는 것이 느껴졌다.

"S급 헌터는 조심해야 해요."

"그렇게 말하지 마. 나는 멀쩡해."

"운이 좋았죠. 멀리서 봤지만 얼마나 살벌했는데요. 형이 그대로 끌려가는 줄 알았어요."

"아니, S급 헌터라고 해도……."

"그 사슬 SS급이라고 들었는데 스탯도 낮은 형한테 너무 막 쓰는 거 아니에요? 한두 번도 아니고 형을 완전 물건 취급하다니. 세성 길드장 무섭단 소린 들었지만 장난 아니네요."

더 말해 봤자 박하율의 말에 휘말릴 뿐이라 입을 다물었다. 자칫하다가는 지금보다 더 S급 헌터들을 꺼림칙하게 여기게 될지도, 어쩌면 적대시하게 될지도 모른다. 박하율의 스킬보다 L급인 양육자 키워드가 더 우선시되는지 애들은 아직 괜찮았지만 조심하는 편이 좋을 것이다.

말이란 건 반복될수록 강한 힘을 지니게 되니까.

"지도와 나침반 줘."

방향을 확인하고 블루에게 지시를 내렸다. 입안이 씁쓸했다.

'…은혜라도 챙길걸.'

하지만 그 순간 성현제를 믿을 수가 없었다. 은혜를 손에 쥔다면 다시 공격해 올 것만 같았다. 지금도 감정적으로는 똑같았다. 다만 이미 순순히 보내 준 것을 겪었으니까, 이성적으로는 아니라고 간신히 생각하는 것이지.

"…준비 좀 잘하지 이게 뭐냐. 결국 내가 다 해 줬잖아."

내 말에 내 뒤에 앉은 박하율이 멋쩍게 웃었다.

"그게, 중국 쪽은 최석원 죽고 나서 형 빼내는 건 답 없어서 포기하고 있었다더라고요. 형 주위 S급만 해도 몇이에요. 몬스터까지 포함하면 무시무시하니까. 한국 S급 중엔 넘어올 사람 더 없고, 그래서 별다른 준비는 안 되어 있었거든요."

"맨손으로 그냥 막 덤빈 거라고? 나 납치하러?"

"그건 아니고요, 형 은신 스킬 있으니까 직접 나와 주고 딱 두 시간 정도만 아무도 눈치 못 채면 쉽게 데려올 수 있으니까, 그래서 제가 온 거예요. 저 말곤 탈출할 비행기만 준비하면 되는 거여서."

그런데 걸려서 형이 갇혀 버릴 줄은 몰랐다, 그래서 안 될 줄 알았다며 박하율이 신나게 떠들어 댔다. 하긴 성현제가 눈치채지 못했다면 이 난리 날 것도 없이 조용히 비행기 타고 떴겠지. 상급 헌터 여럿 움직여 봤자 걸릴 확률이나 높아지고, 박하율과 한국 국적 하급 헌터 몇으로 납치 팀을 꾸리는 게 더 유리하긴 했다.

"야, 그래도 글렀다 싶으면 빠르게 철수하고 다음 기회를 노렸어야지. 가짜 범인 만들어서 제물로 바치고 좀 잠잠해질 때 다시 시도하면 되잖아."

"누님은 그러라고 했었는데 제가 한 번만 더 형 꼬셔 보겠다고 한 거였어요."

"…누님?"

갑자기 웬 누님이지. 내 말에 박하율이 머뭇거리다가 입을 열었다.

"이건 형한텐 아직 자세히 말 못 하는데, 멋진 누님이 있어요. 나이가 좀 많으시긴 한데 멋지니까 누님이에요."

나이가 많은 멋진 누님이라니, 짐작도 안 간다. 각성자일까.

"혹시 성녀님?"

나이대 있는 여성 헌터 중 제일 유명한 사람을 꺼내 봤지만 박하율은 싱글거리며 고개를 저었다. 대체 누구야.

"너, 중국 쪽과 손잡은 거 아니었냐."

"일단은요~ 나중에 말해 줄게요, 형."

박하율의 뒤에 누군가가 더 있는 모양이었다. 아마도 그 누님이 중국으로 박하율을 보냈고, 박하율은 중국 소속인 척 나를 납치한 듯했다. …정확히는 내가 나를 납치한 거긴 하지만.

고도가 높아지자 그러잖아도 속도 때문에 맹렬히 뺨을 두드리는 바람이 더욱 차가워졌다. 반사적으로 몸이 떨렸다.

"…추워."

"아, 형은 스탯 낮으니까 그렇겠다. 어쩌죠, 제 옷이라도 벗어 드릴까요?"

"됐어. 옷은……."

내 인벤토리에도 있었다. 핫핑크색 털뭉치를 꺼내들었다. 롱카디건이었다. 그리고 길고 긴 목도리까지.

"형 취향이 좀 특이하다."

"선물 받은 거거든."

"인벤에 들어가는 거면 수제일 텐데 색 빼곤 잘 만들긴 했네요. 누가 만든 거예요?"

"뭐든 쓸데없이 잘하는 인간이."

카디건에 목도리까지 둘둘 감싸 매자 금방 따뜻해졌다. 갑갑하던 속도 조금쯤은 풀어졌다.

'그래, 어쨌든 사람 상대잖아.'

초월자도 아닌데 크게 걱정할 필요 있겠냐. 납치 대비로 인벤토리도 든든하게 채워 놓았고 포인트 상점도 있다. 포인트는 한정적이니 아껴 써야겠지만 어딜 가든 내 한 몸 챙길 자신은 있었다.

뭐, 내 몸이야 나 노리는 놈들이 알아서 신경 써 주기도 할 거고. 그러니 내가 아카테스 꼴 안 만들어 놓으면 성 간다. 은혜가 없는 게 아쉽긴 하지만 어차피 한두 번 쓰면 걸려서 뺏길 확률이 높으니까.

"중국에서 날 노리는 거면 기승수용 몬스터 새끼도 몇 마리 준비해 놨겠지?"

"네? 그럴걸요."

냉기 저항 S급 몬스터도 있을까. 중국 땅 넓고 인구도 많아서 S급 장비도 일본보다 훨씬 많을 텐데 인벤토리 싹 비운 뒤에 꽉 채워 가야지. 내가 뭔 짓을 하든 납치한 쪽이 잘못이다. 납치 주모자들 찌르다 보면 박하율 스킬로부터 벗어날 방법을 알아낼 수 있을지도 모르고. 스킬만 아니면 나 혼자서도 얼마든지 튈 자신 있다.

'애들이 걱정 많이 안 했으면 좋겠는데.'

미리 말해 둔 게 있으니 괜찮겠지. 천천히 와도 돼, 얘들아.

- 삐이익! 삐이! 삑! 삑!

조그만 파랑새가 파닥파닥 날아올랐다 내려앉았다 하며 애처롭게 울었다. 자신의 본체로부터 멀리 떨어지지는 못한 채 하늘을 올려다보며 빙글빙글 맴을 돈다. 그 곁으로 구두굽이 저벅 다가왔다. 흙바닥에 내팽개쳐진 푸른 보석을 매끄러운 손끝이 쥐어 들었다.

- 삐이 삐.

상사의 뒷모습을 보며 강소영은 도망칠까 말까 고민에 빠졌다. 당장 코메트를 날아오르게 하고 싶은 충동이 들었지만, 후환을 감당할 자신이 없었다. 그녀의 입꼬리가 긴장감으로 약간 당겨졌다.

수많은 몬스터를, 자신보다 강한 괴물들을 상대해 온 헌터임에도 감히 덤벼들 엄두조차 낼 수 없는 진짜 괴물과 마주한 기분이었다. 본능에 의한 경고가 저릿하게 등골을 타고 흘러내린다. 평범한 A급 헌터였다면 뒤도 안 돌아보고 달아났을 것이다. S급 몬스터인 코메트 또한 작은 가시들을 빳빳이 세우고 있었다.

"…이렇게 기분 더러운 건 처음이야."

그래 보이시네요, 라고 강소영이 속으로 중얼거렸다. 담이 큰 그녀도 평소와는 다르게 입 밖으로 목소리를 꺼내긴 힘들었다. 성현제가 돌아서고 공기마저 무겁게 짓누르던 위압감이 확 옅어졌다. 강소영의 입술 사이로 무심코 한숨이 새어 나왔다.

일단은 진정했나 보다.

"그냥 붙잡으시지 그러셨어요."

기회는 여러 번 있었다. 애초에 처음부터 사정없이 한유진의 전신을 옭아매고 꼼짝도 못 하게 만드는 것도 가능했다. 하지만 성현제는 그답지 않게 무르게 행동했다.

코메트 앞으로 다가온 성현제가 손에 든 푸른 보석을 내려다보았다. 삑삑거리던 은혜가 어쩔 수 없다는 듯 보석 속으로 사라졌다. 그러자 보석 장신구가 원래의 기본 형태, 푸른빛이 감도는 유리검으로 변화했다.

"도망치는 신데렐라를 붙잡겠다고 계단에서 밀어 버릴 수는 없지 않겠나."

"그랬다간 동화가 아니라 스릴러가 되겠지만 길드장님은 후자가 더 어울린다고 생각했는데 말이에요."

"한유진 군에게 여기서 더 점수를 잃는 건 원하지 않아. 정신계 스킬이 풀린다 해도 기억은 남을 테니."

"당사자가 없어서야 그런 거 다 무용지물이잖아요."

결국 납치당해 버리지 않았냐는 강소영의 말에 성현제가 입술 끝을 살짝 올렸다.

"분실물을 전해 드리러 가야지."

"중국에는 왠지 용이 많을 거 같은데, 올 때 새끼 용이요."

강소영이 긴장감 없이 손끝을 팔랑거렸다. 아무튼 국내에선 별일 없을 테니까.

"저도 끼어들고 싶은 마음이 조금은 있지만요."

"멀지도 않으니 집 지키다 심심하면 리에트 양과 함께 오게."

"중국엔 딱지 끊을 송 실장님도 없죠."

"귀국 후 구속당하는 것까진 못 막아 주지만."

"아, 길드장님. 무책임하시네. 하긴 길드장님도 몇 번 수갑 차셨죠."

해외에서 귀국한 길드장 맞이하러 공항이 아닌 구치소로 향한 적이 한 두 번이 아니다. 매번 별거 없이 풀려나긴 했지만.

"그나저나 한 소장님은 괜찮겠지요?"

"정신계 스킬이 예상보다 강한 것만 제외한다면."

"블루 타고 있던 사람이 스킬 건 거 맞죠? 그 사람부터 잡아 버리지 그러셨어요."

"정신계 스킬 중엔 시전자가 사망해도 풀리지 않는 것도 있다네. 자칫했다가 한유진 군이 저대로 계속 S급 헌터들을 경계하게 된다면 곤란해."

그러니 차라리 경계심을 풀어 주는 형태로 놓아주는 편이 나았다. 얌전히 당하고만 있을 한유진이 아니니 스스로 스킬에서 벗어날 방법을 찾으려 들 것이다. 자신은 그것을 보조해 주면 된다. 파트너답게.

그렇게 결론을 내렸음에도, 짙은 불쾌감은 어찌할 수 없었다.

상사의 미간이 좁혀지는 것을 본 강소영이 퍼뜩 코메트의 고삐를 고쳐 쥐었다.

"얼른 돌아가죠! 각관실에 연락할까요?"

"아니, 직접 하지."

성현제가 코메트의 등에 올라탔다. 검은 비룡이 긴 날개를 펼치며 하늘로 가볍게 날아올랐다.

차 트렁크가 열리고 짐으로 가득 채워진 상자가 던져졌다. 중요한 물건만 챙겨 나오던 헌터가 울분에 가득 차 투덜거렸다.

"시발, 왜 우리한테까지 불똥이 튀어!"

다른 헌터 또한 인상이 잔뜩 일그러져 있었다.

"한국에 자리 잡느라 죽을 고생을 했는데."

각성자관리실과 헌터협회가 제 기능을 하고 있어 다른 나라에 비해 상급 헌터의 횡포가 적은 한국이었다. 덕분에 한국으로 넘어오는 해외의 중하급 헌터들이 더러 있었다. 그것도 미등록 불법적인 루트로.

경력 있는 헌터라면 어느 나라든 문턱이 낮았지만 굳이 불법 루트를 선택하는 것은 던전 부산물의 관세 때문이었다. 헌터 장비는 물론이요, 중요 부산물들도 국외로 가지고 나가는 데는 높은 세금이 붙었다. 여느 물품과는 반대로 수입과 동급의 교환에는 무과세, 수출은 과세였다.

그렇기에 비교적 안전하고 활동하기 편한 한국에 몰래 들어와 불법 던전을 공략해 던전 부산물의 가치가 더 높은 해외에 밀매하는 무리가 여럿 존재했다.

"어차피 던전 탐지기가 뭔가로 불법 던전 다 걸리게 생겼다잖아. 장사 끝났지."

"그거 교란 방법이야 금방 나올걸. 세상에 불법 던전 쓰는 놈들이 한둘이냐. 한동안 잠수 타다 나오면 돼."

기껏 구축한 루트들을 보존하는 게 우선이다. 길드 건물을 깨끗이 비우고 중요한 짐을 실은 차 중 한 대가 먼저 주차장을 빠져나가 막 도로로 진입하는 순간이었다.

쾅!

검푸른 불길의 창이 차 앞범퍼를 꿰뚫더니 그대로 폭발했다. 앞범퍼가 흔적도 없이 사라진 자동차가 빙그르 맴을 돌며 뒤로 죽 밀려 나간다. 차에 타고 있던 헌터들이 허겁지겁 문을 부수다시피 하며 뛰어나왔다.

"차 불지르고 튀-"

말은 이어지지 못했다. 공중에서 뛰어내린 남자의 발끝이 헌터의 머리를 짓누르며 가볍게 비틀었다. 목이 두둑 꺾어지는 소리가 나며 헌터의 몸뚱이가 그대로 풀썩 쓰러진다. 나머지 헌터들이 상황을 인식할 틈도 없이 공격이 이어졌다.

아니, 공격이란 말이 무색할 정도의 작은 움직임이었다. 검집을 빼지도 않은 채 그대로 툭툭 쳐 냈을 뿐이건만 남은 두 헌터가 폭풍에 휘말린 낙엽처럼 바닥을 뒹굴었다.

"…안 죽었겠죠?"

그 모습을 멀리서 지켜보고 있던 헌터협회 직원이 걱정스럽게 말했다.

"그 정도 조절도 못 하실까 봐요."

해연 길드원이 무슨 헛소리를 하느냐며 눈썹을 치켜들었다.

"저희 길드장님께서 직접 나서 주고 계시는데 잔소리가 너무 많습니다."

"아니, 솔직히……."

협회 직원은 우리가 처리하는 게 힘은 더 들지라도 마음은 편할 거 같다, 라는 소리를 꿀꺽 삼켰다.

협회 직원으로서는 가장 대하기 어려운 상대가 바로 해연 길드장이었다. 세성 길드장은 사람을 자연스럽게 발아래로 본다면 해연 길드장은 아예 무감정했다. 검은 유리알 같은 눈과 마주치면 먼저 말을 거는 것이 꺼려지다 못해 무서울 정도였다.

헌터들을 제압한 한유현이 지체 없이 길드 건물로 향했다. 먼저 출발한 차가 잡히는 것을 본 나머지 헌터들이 재빨리 차에서 내려 건물로 들어갔다. 뒷문을 이용해 도망치려는 것이었다.

한유현은 그들을 뒤쫓는 대신 군림자의 검을 뽑으며 3층짜리 건물 앞으로 다가갔다. 한쪽 발을 앞으로 내디딤과 동시에 검이 크게 휘둘러졌다.

콰가가각!

콘크리트 벽이 두부처럼 갈라졌다. 건물 전체에 충격이 퍼져 나가고 이내 우르르 무너져 내린다. 먼지구름이 울컥 위로 치솟았다.

빠져나간 사람은 없어 보였다. 한유현은 무심하게 검을 인벤토리에 집어넣었다. 이 정도는 그에게 있어 산책조차 되지 못했다.

"여기가 마지막입니다!"

협회 직원이 도로에 널브러진 헌터들을 살피며 외쳤다. 한유진을 납치한 무리와 연관이 있는 중소 길드들이 순식간에 정리당했다. 그나마 도망칠 준비라도 할 수 있었던 이 길드와 달리 영문도 모른 채 건물째 날아간 길드도 있었다.

한유현의 입매가 희미하게 비틀렸다. 형의 충고대로 한발 물러났지만 가만히 있을 순 없어 뒷정리라도 자처했다. 하지만 기분 전환은커녕 오히려 더 울적하게 가라앉았다. 그때 문자가 들어왔다.

[놓쳤대]

박예림이었다. 한유현의 미간이 좁혀졌다. 이가 절로 으득 갈린다.

어디로 가야 하냐는 답장을 보낸 뒤 불길을 일으켜 흙먼지를 태워 버린 그가 인벤토리에서 계약서 한 장을 꺼내 들었다. 한유진이 치명상을 입을 시 한유현의 오른쪽 손등에 상처가 난다, 라는 페널티가 붙은 보호 계약이었다.

한유진은 상처라는 말에 질색했지만 그편이 바로 알기 쉽다는 동생의 설득을 어쩔 수 없이 받아들였다.

계약서는 멀쩡했고 한유현의 손등 또한 깨끗했다. 이린이 쪼르르 계약서를 든 손 위로 올라와 자신의 주인을 올려다보았다.

"…형을 믿고는 있지만."

몰래 던전에 들어가는 것보다는 인간에게 납치되는 것이 차라리 더 안심된다. 한유진에게는 절대 사라지지 않을 높은 이용 가치가 존재했으니까. 게다가 그의 형이, 스탯은 낮아도 호락호락한 사람이 아니라는 사실은 잘 알고 있었다.

그러니 무사히 돌아올 것이라 믿어 의심치 않았지만 하루이틀 사이에

되찾기는 힘들 것이다.

오늘 당장부터 집에 형이 없다. 아니, 한유진이 없는 장소는 한유현에게 있어 집이라 할 수도 없었다. 그가 머무르며 편히 쉴 수 있는 장소는 한유진의 옆, 단 한 곳뿐이었으니까.

그 누구도 대신할 수 없는 유일한 안식처다.

완전히 잃은 건 아니라고 머리로는 알고 있지만 속은 뒤틀렸다. 한유현은 치솟는 감정을 억누르며 박예림이 알려 준 장소로 가기 위해 몸을 돌렸다.

"우리 길드장님이 곧 올 거예요."

박예림이 휴대폰으로부터 눈을 떼며 말했다.

테이블과 의자 외엔 아무것도 없는 횅한 방에 성현제가 앉아 있었다. 사육 시설의, 아직 완성되지 못한 건물 내부였다.

성현제의 연락을 받은 송태원은 서울로 들어오지 말고 사육 시설에서 대기해 줄 것을 부탁했다. S급 헌터들 사이에 분쟁이 일어나더라도 민간인 피해가 없는 장소에서.

박예림은 강소영이 코메트를 타고 데리러 와 줬지만 한유현과 동행하는 것은 거부했다. 우리 코메트 충분히 스트레스 받았다고요, 하고는 쉬게 해 줘야 한다며 도망치듯 떠나 버렸다.

"그 전에 듣고 싶은데요, 어쩌다 놓치신 거예요?"

한유진은 거부하겠지만 그를 억지로, 철저하게 지킬 방법이 없는 것은 아니었다. S급 헌터들이 돌아가며 아예 곁에 딱 달라붙어 있으면 된다. 하지만 언제까지 그럴 수도 없거니와 한유진이 이미 정신계 스킬에 걸려든 이상 범인을 찾아낼 필요가 있었다.

그렇기에 일부러 약간의 틈을 두었다. 그냥 두면 꼼짝없이 납치 성공할 판이니 감시는 철저히 했다. 대신 움츠러들 범인을 끌어들이기 위해 목표가 종종 집에 혼자 있다는 사실을 새어 나가게 만들고 천천히 경계를 늦추는 척 함정을 만들어 갈 예정이었는데, 그 전에 한유진이 탈출하고 말았다.

"아저씨가 빠져나갈 것까지도 예상은 했었잖아요."

만약 정신계 스킬이 생각보다 강해 한유진이 스스로 탈출하려 든다면 사실상 막을 방법이 없었다. S급 헌터가 옆에 붙어 있다고 해도 마찬가지였다.

아니, 오히려 그편이 더 위험할 수도 있었다. 한유진이 한유현이나 박예림, 노아를 상대로 자기 자신을 인질 삼아 협박한다면 놓아주는 건 물론이요, 협조까지 하게 될 가능성이 높았다.

그러니 공항을 감시하는 것으로 그 상황에도 대비하고 있었다. 아니나 다를까, 한유진이 탈출하고 얼마 지나지 않아 김포공항에서 수상한 움직임이 걸려들었다.

직후 김포공항은 송태원이, 인천공항은 문현아가, 공항으로 통하는 길목은 비행 스킬이 있는 박예림과 노아가 맡았다. 김포공항에서의 빠른 체포 후 엮인 무리를 쓸어 내는 것은 한유현의 몫이 되고 나머지, 한유진이 선택할 확률이 높은 사육 시설로는 성현제가 향했다.

"한유진 군의 사지가 무사하길 바랐기 때문이지."

성현제의 대답에 박예림이 눈가를 약간 찌푸렸다.

"아저씨가 결국 그렇게까지 했어요?"

"그런 상태로는 억지로 붙잡아 두는 게 더 위험할 것 같더군. 스킬 시전자를 지키기 위해 무모한 짓을 하게 내버려두는 것보다는 한유진 군을 믿고 일단은 보내 주는 편이 나을 듯했어. 우리에게 위협을 느낄수록 정신계 스킬이 강화될 가능성도 높았고."

자발적으로 스킬 시전자를 따르게끔 만드는 종류의 스킬이다. 한유진에게 주위의 S급 헌터들을 떼어 놓으려 들었던 범인의 말에 힘을 실어 주어 좋을 건 없었다.

박예림이 이해했다는 듯 고개를 끄덕였다.

"우리가 갔어도 마찬가지긴 했겠네요. 그래서 아저씨가 오지 말라고 했지만."

짧은 침묵이 흐르고 박예림이 다시금 입을 열었다.

"꼭 정신계 스킬이 어쩌고가 아니더라도, 세성 길드장님은 아저씨 못 건드렸겠지만요."

박예림의 말에 무표정하게 눈을 반쯤 감고 있던 성현제가 그녀에게로 시선을 옮겼다.

"나에 대한 평가가 후하군."

"그야, 아저씨를 다치게 해도 괜찮다는 맘을 먹었다면, 가장 먼저 우리를 처리할 거잖아요. 세성 길드장님은."

그쪽 좋게 보고 있는 건 아니거든요, 하고 박예림이 말을 이었다.

"나도 그렇고, 한유현이 제일 거슬리겠죠. 아니에요?"

"왜 그렇게 생각을 하실까. 꼬마 아가씨도 도련님도 아껴 주고 있건만."

"아저씨랑 송 실장님 외엔 관심 없으면서 거짓말하지 마세요."

박예림이 코웃음을 쳤다.

"우리한테 신경 쓰는 것도 우리가 잘못되면 아저씨가 힘들어할 테니까, 아니에요?"

맹랑하게 마주쳐 오는 눈빛에 성현제가 느릿이 입꼬리를 올렸다.

"꼬마 아가씨와 도련님이 없어져도 괜찮지 않을까, 라는 생각을 안 해 본 건 아니지."

한유진이 완전히 무너진다고 해도, 그런 그를 거두어 다시 일어나게 만드는 과정도 분명 즐거울 것이었다. 어쩌면 그편이 성현제의 성미에는 더 맞을지도 몰랐다.

한유현도 박예림도 없어진다고 해서 아쉬울 건 없었다. 특히 한유현은 성현제에게 있어 한유진에게 딸린 부산물 정도에 지나지 않았다. 희귀하고 독특하긴 해도 중요한 건 그를 그렇게 키워 낸 한유진이다. 다만 그것을 한유진이 너무도 아끼기에 배려해 주는 것일 뿐이었다.

성현제의 말에 박예림이 물러서지 않고 눈꼬리를 올렸다.

"만약 덤비실 거라면 환영이에요. 경력 차이가 있으니 한 수 정돈 접어 주신다 치고, 바닷가에서 보죠. 해운대 한번 가 보고 싶었는데."

"한유진 군이 나잇값 못 한다며 화낼 거라 사양하지. 대신 호텔은 편히 쓸 수 있게끔 비워 주겠네."

"저도 돈, 어… 호텔비쯤은 있거든요."

주머니 사정이 여러모로 안 좋긴 했다. 박예림이 부루퉁한 얼굴을 했다.

"다른 S급 헌터들은 돈 펑펑 쓰고 다니던데!"

"꼬마 아가씨도 머지않았어."

"그야 당연하죠. 두고 보세요, 제가 성인이 되면 세성 길드장님 자린 제 거예요. 어쩌면 그 전이 될 수도 있고요."

자신감 넘치는 말에 성현제가 약간 흥미 돋는 눈을 했다.

"해연 길드장을 두고 나를?"

"한유현은 아저씨만 옆에 두면 만족할 테니까요. 걔 욕심 같은 거 없어요. 하지만 전 아니거든요. 지금은 세성 길드장님이 제일 잘난 헌터라고들 하는데, 몇 년 내로 박예림이 될 거예요."

환경적으로도 받쳐 주는데 못 할 거 없지 않냐는 당당한 선언에 성현제의 미소가 약간 더 짙어졌다.

"조금, 기대되는군."

"설마 이런 소리 들었다고 새싹 짓밟는 짓은 하지 않으시겠죠."

"그럴 리가 있나."

드르륵, 의자가 뒤로 밀리는 소리와 함께 성현제가 몸을 일으켰.

테이블을 돌아 큰 걸음으로 단숨에 다가오는 그의 모습에 박예림이 무심코 흠칫거렸다. 하지만 물러나진 않고 턱 끝을 치켜들어 자신보다 훨씬 큰 남자를 올려다보았다.

성현제가 고개를 약간 숙이며 말을 이었다.

"그 반대로, 도움이 필요하다면 언제든지 연락하게. 박예림 헌터."

"…뜯어먹고 싶기도 하고 걷어차고 싶기도 하고, 고민되네요. 아님 아저씨한테 확 일러 버릴―"

"그건 곤란한데. 이미 도련님만으로도 미운털이 박혀 있어서."

"그래요?"

"아무 영향을 주지 못했다고 해도 신경 쓰이는 모양이야. 이럴 줄 알았다면 괜한 관심 가지지 않는 건데."

성현제가 울상 짓는 척을 했다. 박예림이 방에 막 들어섰을 때는 인간미 없을 정도로 무겁고 차가운 공기를 휘감고 있었건만 기분이 좀 풀린 모양이었다.

"관심 없었다 그러면 아저씨는 어떻게 내 동생을 무시할 수 있느냐며 또 불만일걸요."

"잘 아는군."

"그야 뻔하잖아요. 아저씨의 한유현 패턴. 한유현도 그렇고."

둘 다 보고 있으면 웃기지도 않는다며 박예림이 고개를 절레절레 흔들었다. 성현제가 그녀의 말에 동의했다.

그때 문이 열리고 한유현이 들어섰다. 한유현이 마주 서 있는 두 사람을 번갈아 쳐다보았다.

"…박예림 헌터, 만약 세성 길드장에게 위협당했다면."

"그 반대라네."

내가 도전을 받았지, 하며 성현제가 뒤로 한 걸음 물러섰다. 한유현이 미심쩍은 듯 박예림을 살펴보곤 말했다.

"형은 어떻게 되었습니까."

"지금쯤 바다 위가 아닐까."

성현제가 있었던 일을 설명해 주었다.

"송태원 실장이 도착해야 자세한 논의를 할 수 있겠지만, 무작정 뛰어드는 짓은 삼가 주게."

"손 놓고 지켜보라는 겁니까."

"공식적으로 한유진 군의 납치를 발표하고 항의를 해야지. 헌터로 인해 발발한 최초의 전쟁을 겪고 싶지 않다면 말이야."

"전쟁 날 수도 있어요?"

박예림이 고개를 갸웃하며 물었다.

"국가 간의 분쟁에 헌터를 이용하지 않는다. 국제 협약이지. 만약 S급 헌터가 전쟁에 투입된다면 피해가 막심할 테니 말이네."

무엇보다 기동성과 은밀성이 문제였다. 같은 S급 헌터가 보호하지 않는 한 조용히 침입해 적국의 머리를 죄다 제거해 버리는 일이 가능한 것이 S급 헌터다. 그렇기에 모든 나라가 빠르게 협약에 동의했다.

"헌터는 헌터와 관련된 일에만 개입해야 한다네. 그것이 지켜지지 않는다면 세상은 순식간에 혼란에 빠지고 말겠지. 물론 엉망인 나라도 몇 있지만, 소위 말하는 강대국들은 대체로 잘 지키고 있어."

"그럼 아저씨는 헌터니까 괜찮지 않아요?"

"아직은 의혹일 뿐이지."

증거를 들이댄다 하더라도 불온한 무리가 저지른 일이요, 중국 정부와는 관련 없다고 나온다면 대놓고 개입하기는 힘들었다.

"세성 길드장님은 해외에서 일 많이 치셨댔는데."

"나는 항상 피해자였네만. 정당방위였지. 납시셨군."

열린 문 너머로 송태원이 모습을 드러냈다. 딱딱하게 굳은 얼굴 위로 짙게 그림자를 드리운 그가 세 명의 S급 헌터를 바라보았다.

세 쌍의 눈동자가 송태원을 향했다. 품고 있는 기운도 색조까지도 제각각이었다. 하지만 묻고 있는 것은 모두 같았다.

기이한 광경이었다. 서식지가 육해공으로 달라 마주칠 일조차 없는 맹

수들이 같은 목적으로 한데 모여 협력하는 모습 같은 건 꿈에서도 떠올리지 못했었다. 송태원은 그 시선들을 똑바로 마주했다.

비각성자들은, 특히 사회적 지위가 높은 자들은 그가 한 걸음 물러나 숙여 주는 것을 기꺼워했다. S급 헌터와 동등하게 혹은 우위에 서는 것을 즐기거나 자랑스럽게 여기는 자들도 더러 있었다. 그렇게 적당히 양보해 주면 상대를 다루기 더 수월해졌다.

하지만 이들은 달랐다. 오히려 그 반대다. 자신과 맞먹을 수 있는 상대가 일부러 숙이고 나온다면 불쾌감에 이를 드러낼 것이다. 송태원은 스스로의 감정을 눌러 죽이며 최대한 담담하게 입을 열었다.

"중국에 협조는 구할 것이나 공식적인 항의는 불가능합니다."

"그게 무슨 소립니까."

한유현이 날카롭게 말했다. 박예림은 고개를 갸웃거렸고 성현제는 어느 정도 예상했다는 표정이었다.

"이미 자신들도 모르고 있던 일, 이라는 회신이 왔습니다. 중국 내 사길드가 저지른 짓일 뿐이라 말한다면 한국 정부로서는 타국 내부 문제에 직접적인 간섭은 할 수 없습니다. 자국민을 보호하기 위해 협조를 부탁하는 수밖에요."

한국인이 납치를 당해 해외로 끌려갔다. 그렇다 해도 해당 나라에 수사를 요청할 뿐 한국에서 우르르 몰려가 헤집고 다니는 건 당연히 불가능했다. 해당국이 한국에 수색 허가를 내어준다면야 가능하겠지만, 중국이 그렇게 나올 리는 당연히 없었다. 또한 만에 하나 허가를 받고 입국한다 해도 자연히 행동에 제한이 있을 것이었다.

"뭐예요, 그럼 아저씨가 납치당한 걸 구경만 해야 하는 거예요? 홍콩 땐 직접 갔었잖아요."

"공식적으로는 없었던 일입니다."

"아, 맞다. 그럼 이번에도 비공식적으로 가면 되겠네요. 박예림, 한국에 있어요. 앞으로 대략 한 달 정도는. 일본에는 가끔 갈 수도 있는데, 중국은 구경도 못 해 봤어요. 됐죠? 아, 중국 한번 가고 싶었는데 못 가게 됐네. 아쉬워라."

 박예림이 어떠냐는 듯 송태원을 올려다보았다. 그 태도가 누군가를 꽤 닮아 있었다. 송태원은 문득 문현아와의 대화를 떠올렸다.


 김성한이 S급으로 성장하자 박예림은 다른 길드로 옮겨 가는 편이 낫지 않겠냐는 말이 나온 적이 있었다. 지금은 무너진 MKC는 물론이요, 브레이커의 뒷배로부터도 그런 의향이 드러났었다. 특히나 문현아는 박예림과 친분을 쌓기도 했고 같은 여성이니 보기도 좋을 거라며 등 떠밀려 문현아에게 말을 전달했었다.

 물론, 문현아는 단번에 거절했다.

 '예림이를 그 좋은 자리에서 왜 끌어내겠어?'

 나오려고 하지도 않겠지만 나올 이유도 없다. 문현아는 퍽 흐뭇한 표정으로 말했다.

 '어린 S급 헌터가 그런 보호를 받는다는 게 쉬운 일이 아니야. 보통은 독립적으로 행동하지. 설사 누군가의 밑에 들어가더라도 예림이 같은 환경은 절대 주어지지 않아.'

 상급으로 각성한다면 나이 이전에 강자 취급을 받을 수밖에 없었다. 특히나 바로 곁에서 머무르는 사람이라면 어린 외양에 넘어가기도 힘들었다. 상대가 얼마나 강한 존재인지 매시간 계속해서 느끼게 될 테니까.

 하지만 한유진은 박예림을 평범한 아이로 대했다. 누가 뭐라 하든, 어떤 능력을 지니고 있든 자신이 보호해 줘야 하는 열다섯 살짜리였다. 동시에 한유진은 박예림을 보호자로서 감쌀 수 있는 기반도 갖추고 있었다.

 S급 헌터라 해도 약점이 없는 것은 아니다. 특히 사회적으로는 가족 관계는 물론이요, 나이, 성별, 해외로 나아간다면 인종까지 공격을 당할 수 있었다. 하지만 박예림을 그런 것으로 물고 늘어졌다간 그 누구도 감당하

기 힘든 보복을 받게 될 것이었다. 한유진이 작정하고 나선다면, 전 세계 수많은 S급 헌터를 적으로 돌리게 된다는 무시무시한 일이 벌어질 수도 있었다. 기승수와 S급 이상 무기만으로도 혹할 사람들은 널리고 널렸으니까.

'예림이는 완벽한 둥지 속에 자리 잡은 거야. 특히나 S급 헌터로서는 최상의 조건이지. 부족한 게 뭐가 있겠어.'

바로 곁에 한유진과 한유현이 있다. S급 길드장인 문현아와도 어울려 다니며, 소속 길드인 해연에도 뛰어난 사람이 많았다. 김하연도 박예림을 꽤 귀여워했다. 그런 환경 속에서 물이 스며들듯 자연스럽게 많은 것을 배우고 익히며 자라날 것이다. 다만.

'딱 하나 아쉬운 건 한유현도 나도 예림이에게 경험은 전해 줄 수 있어도 전투는 제대로 봐주기 힘들다는 거지. 스타일이 달라. 노아 헌터나 김성한 헌터도 물론이고. 특성상 성현제가 딱인데, 그 인간이 쉽게 도와주려 들진 않을 테니까.'

한유진이 부탁해서 받아들이더라도 성현제가 박예림을 진심으로 상대해 줄 마음이 들지 않고서야 얻는 것이 별로 없을 게 분명했다. 겉핥기만으로 끝나겠지.


그런 대화가 오간 적이 있었다. 송태원은 눈매를 약간 좁히며 박예림을 바라보았다. 분명 같은 S급 헌터들에게, S급 헌터들이 접어 주고 들어가는 사람에게, 호의로 감싸인 채 성장하는 S급 헌터는 없다. 미래가 기대되고 동시에 두려울 수도 있겠지만… 미래라.

"…제각각 그럴듯한 핑계를 만들어 놓으십시오. 당장 출발하는 건 안 됩니다."

"네!"

박예림이 신나 하며 가장 먼저 대답했다.

"덧붙여 저는 휴가계를 냈습니다."

휴가라니. 성현제와 박예림은 물론 한유현까지 약간 놀란 눈빛으로 송태원을 바라보았다.

"와, 진짜예요? 진짜 휴가 가시는 거예요?"

"휴가보다 정년 퇴직 소식을 먼저 들을 줄 알았건만. 놀랍군."

송태원은 대답 대신 사무적으로 말을 이었다.

"휴가 기간 동안 특별 조항에 의해 S급 헌터로서의 신분이 공직자의 신분보다 우선시됩니다. 원래는 공직에 종사하는 헌터들을 위한 복지 조항입니다만."

"송태원 실장은 제대로 쓴 적이 없지."

"쓸 시간이 없었습니다."

공직자인 헌터는 던전 공략 시 공략 보상이 국가에 귀속된다. 하지만 휴가 때만큼은 예외였고 이때는 효율 좋은 던전의 공략 우선권을 휴가비조로 내어주기도 했다. 그러나 송태원은 한가하게 개인적으로 던전을 공략하고 다닐 여유가 없었다.

"어, 그럼 송이! 송송이 데리고 가심 되겠다! 새끼 양요."

박예림이 손을 번쩍 들며 외쳤다.

"…직접 공략한 던전 보상만을 개인적으로 취득할 수 있으며 기승수는 던전 보상이 아닙니다."

"지금은 공직자 아니시라면서요."

"우선순위가 달라질 뿐 공직자입니다."

"에이, 뭐 어때요. 근데 진짜 태산이라고 이름 지으셨어요? 소영 언니가 아저씨도 할 말 없지만 송 실장님도 만만하지 않았다고 그랬는데."

송태원은 침묵했다. 태산이도 귀엽다고 생각합니다, 라는 말은 입속으로 삼켰다.

"…보고 없는 단독 행동은 삼가 주십시오. 한유진 사육소 소장의 납치에 대한 공식 발표와 각 길드의 대외적인 대처 방법을 밝히는 것이 먼저입니다. 세성 길드장님, 중국에도 연결 고리가 있으십니까?"

"없지는 않지만 다른 곳에 비해 내 영향력이 미미한 나라 중 하나지. 경계심이 심해서 다른 신분으로 걸쳐 놓았다네. 송태원 실장의 휴가 계획을 거들어 줄 정도는 되지."

"협조 부탁드리겠습니다."

송태원은 한유현과 박예림에게 그럴듯한 행보를 꾸며 놓는 것이 우선이라고 재차 강조한 뒤 성현제와 함께 자리를 떠났다. 두 사람이 사라지고 나자 박예림이 입을 열었다.

"전부터 좀 궁금했는데 말이야, 세성 길드장님은 왜 송 실장님을 좋아하는 걸까? 특이한 아저씨긴 한데 저렇게 오래가는 건 신기하다고 언니들도 그랬거든."

게다가 아저씨에 비하면 평범한 편이지 않나, 하고 그녀가 고개를 기울였다. 한유현은 그게 자신과 무슨 상관이냐는 듯 반응조차 보이지 않았다.

"그래, 아저씨랑 관련 없는 일에 무슨 관심이 있겠어, 우리 길드장 놈이. 넌 계속 그렇게 살아라, 난 떠난다."

"뭐? 떠나다니."

"해외 진출할 거라고. 아직은 일본뿐이지만 나이 더 먹으면 더 멀리 갈 거야."

나 없어도 잘 살라는 박예림의 말에 한유현이 이해할 수 없다는 표정을 지었다.

"어떻게 형을 두고 갈 수가 있지."

"누가 영영 간댔어? 그리고 아저씨한텐 한유현, 너 있잖아."

박예림이 손가락질을 하며 말을 이었다.

"넌 어차피 아저씨 옆에 찰싹 달라붙어서 안 떨어질 거잖아? 한국에 콕 박혀서 '형형'거리며 방긋방긋 꼬리나 치고 싶을 테니까 마음 넓은 내가 나서 줘야지.”

“…나서 준다고?”

“현아 언니가 그러던데 세계 최고 길드가 되면 아저씨 데려갈 수 있다고 했다며. 그러니 우리가 먼저 1위 찍는 거야. 언제까지 한국만 잡고 있겠어? 해외까지 넓혀 가야지. 게다가 1위로 딱 자리 잡으면 이번처럼 아저씨가 고생할 일도 없어질 거구.”

아무도 못 건드리게 최고가 되는 것이 가장 안전한 길 아니겠냐며 박예림이 웃었다.

“그러니 나한테 맡겨. 길드장님께서는 집 잘 지키며 아저씨 잘 돌봐 주세요. 둘이 안심하고 지낼 수 있도록 내가 싹 쓸어버릴게~”

한유현이 느릿 눈을 깜박였다. 지금 저게 뭐라고 하는 거지.

“내가, 형의 곁에 편하게 있도록… 도와주겠다고?”

“말하자면 그렇게 되나? 내가 세계 1위 찍고 싶어서가 더 크지만. 일단은 해연 길드 해외 지부인데 아예 새 길드 차려도 울지 마라, 길드장님아.”

한유현은 새 길드 만들면 이름을 뭐라고 짓지, 해연이 예쁘긴 한데 하고 종알거리는 박예림을 멍하게 바라보았다. 처음이었다. 자신이 가장 바라는 것을 도와주겠다고 나선 사람은. 이린처럼 그의 의지를 우선적으로 따르는 존재가 아닌, 완전한 타인에게 저런 말을 듣게 될 줄은 몰랐다. 심지어 한유진조차도 언젠가는 독립해야 하지 않겠냐는 티를 내곤 했었는데.

아주 어릴 때부터 주위에는 방해꾼들밖에 없었다. 부모부터가 그러했으니까. 다른 사람들 또한 마찬가지였다. 스스로의 힘조차 방해가 되어 결국 형의 곁을 떠나야만 했다. 형을 지키기 위해 세운 길드 또한 정작 한유진과의 관계는 더욱 멀어지게 만들었다. 형과 화해한 지금도 한유진에게 너무 신경 쓰는 것 같다며 우려를 표하는 의견이 대부분이었다. 자신은 길드장이고 S급 헌터니까. 홀로 당당히 서는 것이 당연한, 둥지를 벗어나 앞을 향해 나아가야 하는 뛰어난 인재며 강자니까.

그렇다 해도 그런 소리들에 영향을 받은 것은 아니었다. 아무래도 좋았지만 누가 무어라 하든 귓등을 스치는 것조차 못했지만. 의미 없는 그것들과 달리 도와주겠다는 말은 낯설고 새로우면서도 조금 기묘한 기분을 느끼게 만들었다.

"…고마워."

"…뭐?"

즐겁게 떠들던 박예림이 뻣뻣하게 굳었다. 믿을 수 없다는 눈빛으로 한유현을 쳐다보았다.

"방금, 뭐라고……."

"고맙다고."

"헐, 아저씨! 돌아와요! 한유현 미쳤어요! 어떡해, 아저씨 납치당한 충격이 컸나 봐!"

"도와주겠다는 말에 고맙다고 하는 게 뭐가 문제지."

"그래도! 완전 진심이었는데? 아저씨랑 관련된 거라선가? 그래도!"

박예림이 뒤로 껑충 물러나며 양팔뚝을 손으로 비볐다.

"으, 진짜 닭살 돋아. 어색하게 이러지 말자, 우리. 응?"

얼른 가서 알리바이나 만들자며 박예림이 먼저 방을 나섰다. 한유현 또한 그 뒤를 따랐다.

"오랜만에 모여서인가 잡소리들이 많아."

흑발 적안의 소년이 눈밭 위에 서 있었다. 그가 있는 곳은 겨울의 숲이었지만 어느 곳은 봄의 꽃밭이기도, 여름의 산이기도, 가을의 호수이기도 하였다.

계절감을 알 수 없는 황무지나 녹아내린 땅, 끝없는 바다, 아예 텅 빈 공간도 있었다.

그 공간들에 주인들이 하나씩 자리 잡았다. 자신의 영역 밖으로 나서는 이는 거의 없었다.

그때 겹겹의 꽃잎 같은 옷자락을 팔랑이며 신입이 나타났다.

"혼돈 님!"

주위를 두리번거리던 신입이 어린 혼돈에게 소리가 들리지 않도록 말을 전했다.

[허니가 한국을 벗어났어요!]

"…뭐?"

[허니 나라가 한국인데, 거긴 제일 잘 보호가 되고 있거든요. 시스템 연결이 된 후에도 초월자들이 개입할 수 없을 정도로요. 그런데 허니가 갑자기 뚜렷하게 느껴져요.]

신입이 어쩌죠, 하며 귀를 축 늘어뜨렸다. 어린 혼돈의 눈썹이 약간 찌푸려졌다.

"그놈의 부룩송아지가. 둘째는?"

[몰라요. 허니는 아직 가상세계 시스템에 속해 있어서 알 수 있는 거예요. 포인트 상점도 그대로 가지고 있잖아요. 보통은 던전 밖에선 위치 확인 같은 건 하기 힘들어요. 심지어 지금은 시스템 연결도 덜 되었으니까요.]

"…따라갔지 싶지만, 아닐 수도 있지."

그 녀석이 제 형을 혼자 둘 리는 없지만 곁에 있다면 안전한 나라 밖으로 나가게 두지도 않았을 것이다. 그러니 첫째 혼자 움직였을 가능성이 더 높아 보였다.

[아직 저 말고는 눈치챈 사람이 없지만요, 시스템이 완전히 연결되면 채터박스도 알게 될지도 몰라요. 그나마 논의 중이니까 결정 나는 거에 따라 허니를 직접 건드리는 건 불가능할 수도 있지만…….]

"그럼 시간을 최대한 끌어."

[어, 어떻게요?]

소년이 짧게 한숨을 내쉬었다.
"어쩌기는."
그의 손끝에 푸른빛을 띤 거대한 태도가 쥐어졌다.
"판 엎어야지."

[호, 혼돈 님!]

신입이 당황하며 소매를 팔랑거렸다.

[시간은 제가 말로 끌어 볼게요, 말로!]

"뒤로 가라, 토끼야."

[갑자기 왜 이러세요!]

"난 원래 이랬어."

태도의 끝이 허공을 향해 겨누어졌다. 공기가 흔들리고 바람이 태어나 눈발을 휩쓸어 춤춘다. 신입이 시키는 대로 폴짝 어린 혼돈의 뒤로 숨으면서 빼액거렸다.

[선공 못 하신다며요! 혼돈 님!]

"선공은 무슨. 인사야."

이거 맞고 죽기는커녕 다칠 놈도 없다. 가볍게 내뻗곤 위에서 아래로, 청광이 서린 날이 움직였다. 기울어진 석양천의 태도. 그 이름 그대로 반으로 갈라진 공간이 비스듬히 쓰러지기 시작했다. 처음에는 수 미터 정도였던 상처가 끝도 없이 길어지며 주위의 영역들을 빨아들이듯 삼켜 간다.

바다가 기울어 쏟아지고 땅이 조각조각 흩어졌다. 빛으로 가득하던 영역은 순식간에 어둠에 파묻혔다. 정교하게 만들어 낸 공간들이 도미노처럼 연달아 무너져 가는 광경에 신입이 속으로 비명을 지르며 발을 동동 굴렀다.

[판 엎기만 하신댔으면서! 아예 부수면 어째요!]

"말이 많다."

[부수긴 쉬워도 만들긴 얼마나 힘든데!]

"쉽다고?"

신입이 울상을 지으면서 움찔 고개를 저었다.

[아, 아뇨, 쉬워 보여서요…….]

"나한테는 쉽지."

어린 혼돈은 그가 말하는 소위 잡기들에는 무지했다. 하지만 그것을 부수는 솜씨만큼은 그 어떤 초월자보다도 탁월했다. 이유야 간단했다. 많이 부숴 보았으니까. 공들여 만들어 내고 지키려는 동급의 존재들을 수없이 상대하며 몸으로, 본능적으로 깨닫고 터득했다.

누구보다도 무지하면서도 동시에 힘의 본질 자체를 누구보다도 정확히 느끼고 있었다.

그사이에도 뒤틀린 틈은 초월자들의 영역을 침범하고 있었다. 몇몇이 화를 내며 파괴자를 노려보았다. 몇몇은 시큰둥했으며 또 몇몇은 조용히 자리를 피했다. 그리고 몇몇은 어린 혼돈이 만들어 낸 균열을 막기 위해 움직였다.

결국 틈이 사라지고 유일하게 온전한 신입의 공간, 설원을 향해 무수한 시선들이 모여들었다. 어린 혼돈이 한쪽 손을 들어 가볍게 흔들었다.

"안녕."

숲을 잃은 바위가 누구냐고 물었다. 반쯤 남은 꽃밭 속의 쥐가 사납게 발을 굴렀다.

"환영하는 분위기는 아니로군."

[당연한 거 아니에요? 다 망가뜨려 놓으셨는데!]

"아는 얼굴이 거의 없어. 초승달도 불참했나. 우물돌은, 참 내가 죽였지. 옛날에 내가 알던 놈들 반은 잡아 죽였고 나머지 반은 시스템에 동화되고 몇 안 남은 녀석들도 볼 수가 없으니 세월이 무정해."

혀를 쯧쯧 차며 혼돈이 빙그레 웃음 지었다.

"자기소개나 해 보렴, 젊은것들아."

눈앞에 모인 초월자들을 내려다보는 그의 어투에 노기 어린 으르렁거림이 여기저기서 튀어나왔다. 설원이 크게 울리며 나무에 쌓인 눈이 우수수 떨어진다. 시선들 중 어린 혼돈에 대해 알고 있는 상당수가 조용히 사라졌다. 화를 내는 일부와 구경꾼의 자세를 취한 일부들 사이를 팔랑팔랑 레이스 같은 지느러미의 거대한 고래가 가로질렀다.

[반수 이상이 자리를 떠났으니 파장합니다. 어린 혼돈은 다음 협상 테이블에 참석이 불가능해요. 자리 마련을 위한 시스템 조율에 시스템 기준 317시간이 필요할 것으로 예상됩니다.]

공지와 함께 막이 내렸다. 신입은 도망치듯 어린 혼돈을 데리고 임시로 만든 공간으로 몸을 피했다. 텅 빈 공간에 들어서자 이내 빛이 내리쬐며 부드러운 잔디가 자라났다. 테이블에 의자, 그 주위를 빙 두르는 시냇물. 하늘색 버드나무를 만들어 내고 찻잔에 차를 따랐다. 바람이 기분 좋게 살랑거렸다.

어린 혼돈이 의자에 앉으며 찻잔을 들었다.

"편하긴 편해."

"혼돈 님이랑 같이 가는 게 아니었는데!"

"시스템 기준 317시간이면 망아지들 세계에선 며칠쯤 되지?"

"그때그때 달라요. 그래서 시스템 기준시를 쓰는 거고요. 짧으면 일주일에서 길면 한 달인데 지금 시스템 연결을 위한 간섭 중이니 일주일 안팎일 가능성이 높아요."

신입이 툴툴거리며 말했다. 인상을 찡그릴 때마다 두 귀도 덩달아 쫑긋거렸다.

"시간은 벌었지만, 그사이에 허니가 자기 나라로 돌아갈 수 있을까요?

채터박스는 정 안 되면 강림까지 염두에 두고 있는 모양이에요. 신탁만 되어도 곤란한데. 허니 세상은 신적 존재에 대한 믿음이 적은 편이지만 없는 건 아니니까요."

"뭔 소린지 모르겠다."

"세계에 따라선 신이 내리는 보상으로 꾸미기도 하거든요. 용사 양성 계획 같은 거 말이에요. 다양한 신을 믿고 있고 그 영향력이 강하면 신으로서 나서는 게 거부감도 적고 시스템 운영 효율도 좋고요. 보통 동시다발적으로 세상을 구해야 한다는 신탁을 내리면서 시작하는데……."

종알종알 설명을 늘어놓던 신입이 돌연 입을 다물었다. 긴장한 듯 코끝을 찡그린다.

똑똑.

노크 소리가 들려왔다. 어린 혼돈이 차를 한 모금 마셨다. 신입이 눈을 굴려 혼돈을 바라보았다.

"…어쩔까요?"

"누군데."

"채터박스요."

똑똑똑. 노크 소리가 재차 들려왔다. 이어 쾅쾅, 문을 두드리는 소리와 함께 땅이 흔들렸다. 어린 혼돈이 손을 뻗어 넘어지려는 찻주전자를 붙잡았다.

"열어 줘."

"들어오세요!"

신입의 허락이 떨어지고 버드나무 아래로 검은 상복을 입은 남자가 나타났다. 수 미터쯤 되는 새카만 베일을 뒤집어써, 입술 외의 얼굴은 보이지 않았다. 유일하게 드러난 입술이 천천히 움직였다.

"당신이 왜 굳이 방해를 하는지 모르겠군요."

"그러는 네 녀석은 왜 굳이 어린애를 건드리려 드는 거야. 초월자면 초월자답게 세상을 살아가는 사람들은 내버려둬."

혼돈이 시큰둥하게 대답했다. 붉은 입술이 반달 같은 미소를 머금었다.

"사랑하니까요. 나는 근원에도 세계에도 관심이 없습니다. 내 사랑을 추모하고 싶을 뿐이지요."

어린 혼돈은 찻잔을 내려놓으며 채터박스를 바라보았다. 그의 두 눈이 약간 찡그려졌다.

"어린애 잡아다 죽여 가며?"

"단순히 죽이진 않을 겁니다. 무엇보다 양육자에게 관심을 가지는 이들이 많으니까요. 그러니 기억을 확인하고 정말로 양육자가 내 사랑을 살해했다면, 그 손으로 직접 양육자의 소중한 이들의 숨을 끊어 놓게 만들 겁니다. 그 후에는 협조의 대가를 바라는 이들에게 넘겨주겠지요."

온갖 희귀한 것들을 수집하고 관찰하며 호기심 속에서 살아가던 무해의 왕이 목숨을 걸 정도로 탐냈다는 것만으로도, 양육자에게 관심을 비추는 초월자들이 더러 생겨났다. 어린 혼돈이 다시 찻잔을 들어 올렸다.

"말이 통하지도 않을 판인데 왜 왔어."

"당신은 관계가 없지 않습니까."

"있다면 어쩔 거냐."

"부딪치지 않기를 바랄 뿐입니다. 가장 오래된 검이 부러지지 않기를."

경고조의 말을 남기고 채터박스의 모습이 사라졌다. 눈치를 살피며 굳어 있던 신입이 귀를 바싹 세웠다.

"허니 어째요, 허니!"

"어쩌긴, 이놈아. 이렇게 된 거 채터박스가 개입한 게 차라리 잘된 걸지도 모르겠어. 두 무리가 일단 협상을 끝내면 함부로 침입해 오진 못할 테니."

아무런 제약이 없다면 몇몇이 작당하고 억지로 침입해 양육자를 잡으려 들 수도 있었다. 무해의 왕과 같은 탐구심 넘쳐 나는 초월자들은 여럿 있었으니. 혼돈의 말에 신입이 어깨를, 귀를 축 늘어뜨렸다.

"왜 이렇게 된 걸까요. 허니의 세상은 쉽게 근원의 힘을 막아 낼 수 있을 줄 알았거든요. 태생 S급도 여럿이고, 체인과 허니의 동생은 특이하게도 세상을 지키려고 노력했으니까요."

태생 S급이라 해도 그 특성에 따라 성격이 다양했지만 진지하게 세상을 구하려고 하는 자들은 드물었다. 하지만 적극적인 수호자가 무려 둘이나 있었기에 처음에는 간섭이 크게 필요 없는 세계로 분류되었었다.

"그런데 허니 동생이 허니를 지키기 위해 죽었고… 그거부터가 말이 안 된다고요! 게다가 허니가 F급이라 소원석이 나왔죠. 시간이 되돌려지고, 허니는 처음 보는 칭호를 가지게 되었고. 초월자가 둘이나 죽었어요. 세상에."

흔한 세계들 중 하나에서 전대미문의 사건이 줄줄이 터졌다.

"초승달과 하얀새는."

"네?"

"설마 정원사까지 연관되어 있는 건 아니겠지."

어린 혼돈이 찻잔을 비웠다. 애초에 자신의 검을 빌려 달라는 부탁부터가 평범한 것이 아니었다. 하지만 이제는 어디서부터 시작되었으며 어떻게 끝이 날지 그로서도 까마득하게 느껴질 정도였다.

"어린것이 팔자가 뭐 이리 사나워. 턴전에 간섭은 언제쯤 가능해지냐."

"허니 나라 밖이라면 곧이요. 근데 채터박스가 알게 되면 가만히 있지 않을걸요. 아직 협상 중인데 선수 쳤다고요."

"난 쫓겨났잖아."

그러니 무슨 상관이냐는 말에 신입이 불안해하면서도 준비해 드리겠다고 고개를 끄덕였다.

# 7장 차오후 특별지구

# 7장
## 차오후 특별지구

- 꺄아우!

블루의 발끝이 수면을 스쳤다. 물이 갈라지며 날개를 펼치듯 높게 솟아오른다. 던전에 들어갈 때가 아니고선 일정 거리에만 갇혀 있었던 탓인가, 평소보다 멀리 나온 산책에 신이 난 모양이었다. 너라도 즐거우니 다행이다, 블루야. 그래도 조금만 덜 오르내리자. 멀미 나겠다.

"안 돼, 돌고래 쫓아가지 마. 그거 몬스터 아니다."

인간과 가축은 건드리면 안 된다고 가르쳐 줬는데 돌고래는 처음 봐서인가 잡으려고 들었다. 블루를 달래어 다시 고도를 높였다.

"박하율, 넌 왜 아는 게 없어."

서해를 가로지르는 내내 이것저것 슬쩍 캐내려 해 봤지만 수확이 별로 없었다. 중요한 정보를 교묘하게 잘 감추는 건지, 진짜 모르는 건지 헷갈릴 정도였다. 박하율이 넉살 좋게 헤헤 웃었다.

"말 못 한다니까요, 형."

"그런 것치고도 영 어리바리하잖아. 일단 중국엔 위장 잠입한 거다, 이건 맞지?"

"이야기하자면 길어요. 위장이 아니었는데 위장이 되었다고 해야 하나? 각성은 한국에서 했거든요."

"한국에서?"

"네. 형 만나려고 하다가요. 자꾸 귀찮게 군다고 끌려가서 맞은 적도 있어요!"

이상행동 보인다고 기사까지 날 정도였으니… 열받은 상급 헌터가 손을 댄 건가.

"아직 비각성자였으면 신고하지. 각성자가 비각성자 건드리는 거 중범죄야."

"에이, 형. 포션 뿌리면 증거 싹 사라지잖아요. 암말 못 해요, 보통은."

"…그건 그렇다만."

나도 당해 본 일이다. 게다가 상급 헌터는 중하급 포션 정도야 쉽게 쓸 수 있으니 깽값 대신 포션값이란 말도 나왔었다.

"몬스터가 아니라 사육소랑 빌딩 지키는 헌터들한테 맞다가 각성했는데, 갑자기 제 얼굴 보고는 좀 미안해졌다며 놓아주더라고요. 그땐 아직 스킬 두 개밖에 없었지만, 효과는 약간 있었어요."

최적화 각성은 아니었구나. 그래도 최적화 스킬을 얻긴 한 모양이었다. 각성 조건 맞추기 힘들 거라 생각했는데 몬스터가 아니라 사람 상대로 위협을 느낀 덕에 제대로 각성한 건가.

"각성은 했는데 등급은 낮으니까 여전히 형 만나는 건 힘들 거잖아요. 그래도 헌터 등록은 할까 고민하는데 어쩌다 이상한 놈들한테 걸려서 중국에 팔려 갔어요~"

박하율이 상큼하게 말했다. 자랑이다.

"야, 넌 죽을 뻔하고도 또 그랬냐?"

"원래 인간은 같은 실수를 반복하는 거랬어요."

남에게 함부로 이런 말 하면 안 되긴 하지만, 솔직히 박하율 얘는 머릿속이 좀 꽃밭 같다. 스킬 걸려서 호의적인 지금도 그런 생각이 들 정도이니 실제로는 더 심각한 게 아닐까.

"너는 뭐랄까, 인생 편하게 살아왔을 거 같다."

"당연히 편했죠. 잘생겼잖아요."

"어, 그래."

"형과 만난 그날부터 최초의 인생 역경이 시작되었죠."

"미안하다고 해야 하냐. 일단은 구해 줬다만."

"당연히 아니죠! 요즘이 더 재밌긴 해요."

역시 애가 좀 문제가 있는 것 같았다. 아직 어린 나이긴 한데 그래도 너무 현실을 제대로 인식 못 하는 듯도 하고.

"야, 위험한 일에는 얼른 발 빼고 얼굴 팔아서 편하게 사는 게 최고야. 가족은? 너 걱정 안 해?"

"해외에 있어요. 누님이 잘 보호해 주신대요."

대체 그놈의 누님이 누구냐. 목적이 뭐야. 이런 애를 데리고 뭘 하려는 거지. 하지만 박하율은 자신이 맡은 일에 대해서만큼은 입을 꾹 다물었다. 이제 얼마 안 있으면 중국에 도착할 텐데.

"하율아."

상체를 비틀어 박하율을 돌아보며 말했다.

"네가 날 그렇게나 걱정하며 만나려고 애썼을 줄은 까맣게 몰랐어."

양육자 키워드가 적용된 사람들에게는 박하율의 정신계 스킬이 제대로 통하지 않았다. 그렇다면 박하율에게 키워드를 적용시킨다면 어떻게 될까. 사람 상대로는 신중히 쓸 생각이었지만 편하게 산 녀석이니 별문제 없을 터였다. 기껏해야 또 엄마 소리 정도나 듣겠지.

"뭘요, 형도 갇혀 있었잖아요."

아니라니까 진짜. 스킬에 걸려 있음에도 자꾸 욱하게 만드는 것도 재주다.

"그동안 연락 못 해 준 것도 미안해. 그런데도 나에 대해서 비밀을 지켜 준 건 정말 고맙고."

"…계속 입 다물긴 했거든요. 진짜 쪼끔 말했어요."

"그래, 대놓고 방송에서 입 안 턴 게 어디냐. 그러니까, 하율아."

지금 이 녀석이라면 대충 말해도 찰떡같이 키워드 적용이 될 것이다. 눈치도 별로 없어 보이니 부담 없이.

"비록 내가 날 납치… 라기엔 내가 다 했지만, 아무튼 이런 짓을 했어도 일단은 사랑한다. 네 스킬 때문일 수도 있지만 뭐, 근본이 나쁜 녀석이라 곤 생각 안 해."

자, 그럼 키워드가-

> 대상이 다른 유사한 스킬의 영향을 받고 있습니다! 키워드 적용이 불가능합니다.

…뭐?

"에이, 그렇게 말씀하시면 제가 미안해지잖아요. 사랑한단 소리야 질리도록 들었는데 형이 하니까 새롭네요."

박하율은 내 당혹감을 전혀 눈치채지 못한 채 조잘거렸다. 얼른 앞으로 고개를 돌렸다.

'뭐지. 다른 유사한 스킬?'

순간 심장이 덜컥거릴 정도로 놀랐지만 침착하게 생각해 보면 이상한 일이 아니었다. 양육자 칭호 시리즈야 나 외에도 여럿 있었다. 박하율의 부모나 친척 중에 각성한 사람이 있는 걸까. 그래서 먼저 적용이 되어 버린 건가.

어쩌면 중국 쪽이나 혹은 그 누님이라는 사람일 수도 있다.

'…그래도 등급은 내 칭호보다 훨씬 낮을 텐데. 선수필승인가.'

하긴 다른 종류의 스킬도 아니고 등급 더 높은 양육자가 나타났다고 해서 홀랑 옮겨 가는 게 더 이상하긴 할 것이다. 만약 선적용된 키워드를 밀어내고 재적용하려면 등급보다는 신뢰도가 더 우위에 있어야 하는 식이 아닐까. 그편이 그럴듯했다.

"하율이 너, 그 누님이라는 분 많이 믿고 있는 거 같더라."

"네, 당연하죠~"

"막 각성했을 땐 스킬이 두 개뿐이라고 했었지? 하지만 지금은 세 개였잖아. 혹시 그 누님이 도와주신 거야?"

"네? 아아뇨."

도와준 거 맞구나. 진짜 아니라면 내 말을 이해하지 못하고 그게 무슨 소리냐고 되물었겠지. 어떻게 남이 스킬을 얻게 해 줄 수 있느냐고. 혹은 그냥 레벨업했는데 나왔다, 라고 하거나.

'…그렇다면 양육자 시리즈가 아닐지도.'

내 기억으론 다른 양육자 칭호들에 최적화 스킬을 얻게 만들어 주는 스킬은 붙어 있지 않았다. 완벽한 양육자 단 하나를 제외하고는. 그러니 내가 모르는, 완전히 새로운 조건으로 얻는 스킬이나 칭호일 가능성도 있었다.

신입에게 물어볼까. 던전은 언제 연결되는 거지.

'최적화 스킬을 얻게 해 준 건 확실한데, 최적화 각성도 시켜 줄 수 있는 걸까. 전자만으로도 쓸모는 많지만.'

그것을 이용해 박하율만이 아니라 다른 여러 헌터를 손에 넣었을지도 모른다. 대체 누구지. 회귀 전까지 까맣게 몰랐다는 건 끝까지 물밑에서 조용히 움직였다는 뜻이었다. 나로서는 짐작 가는 사람이 전혀 없었다.

'…박하율을 어떻게든 잘 꼬셔 봐야 하나.'

누군지는 몰라도 우리 쪽으로 끌어들인다면 분명 도움이 될 텐데. 무슨 속셈으로 날 납치해 중국으로 보내게 한 건진 모르겠지만 세상이 멸망해 간다는 사실을 알게 된다면 협조해 주지 않을까. 물론 그걸 밝히기 전에 어떤 사람인지, 정확히 무슨 능력을 가지고 있는지 알아봐야겠지만.

"다 왔어요, 형! 저기 육지가 보여요!"

나보다 시력 좋은 박하율이 손가락질했다. 블루에게 선생님 스킬을 쓰자 내 눈에도 바닷가 너른 광장이 보였다. 광장에는 사람들이 오가고 있었다. 민간인인 듯했다.

"블루야, 멈춰."

블루가 날개의 방향을 틀며 정지비행을 했다.

"왜 그래요?"

"사람이 너무 많고 블루는 너무 눈에 띄어. 내가 납치된 경로를 감추기 위해 목격자들을 제거하려 들 수도 있어."

저 사람들은 무슨 죄냐. 블루에게 아래에서 잘 보이지 않을 만큼 높이 올라가도록 지시했다.

"어차피 공항을 통해 다시 이동할 거지? 공항에 가서 뛰어내리자."

"저 스탯 B급이라 자신 없는데요."

"C급이라더니."

"등급 올랐어요."

최적화 스킬 말고도 등급도 맞춰 줄 수 있는 건가.

"B급이면 나 데리고도 멀쩡히 뛰어내릴 수 있어. 휴대폰 되냐? 공항 비우고 대기하라고 연락해."

박하율이 알았다며 폰을 꺼내 유심칩을 바꿨다. 그러곤 누군가와 통화했다.

"블루야, 바로 집으로 돌아가는 거야. 집! 알겠지?"

- 꺄아.

공항에 다다르고 박하율이 불안해하면서도 나를 들었다. 던전 공략도 몇 번 안 해 봤다는 말에 나까지도 걱정이 되어 블루에게 좀 더 아래로 내려가게끔 했다. 이어 박하율이 블루의 등에서 뛰어내렸다.

"얼른 가! 집에!"

내 외침에 블루가 공중을 크게 한 바퀴 돌고는 한국을 향해 방향을 틀었다. 쿵! 묵직한 소리와 함께 박하율이 비행장에 내려섰다.

"와, 진짜 멀쩡하네요!"

"…내려 줘."

뛰어내릴 때의 충격이 나한테도 상당 부분 전해져 와 골이 다 띵했다. 내 주위 사람들은 물론 제일 늦게 각성한 예림이까지도 나한테는 피해 없게 안고 다녔었는데. 등급 차이도 차이지만 하율이 녀석 조심성이 없다.

승차감은 유현이와 성현제가 제일 좋았지. 송 실장님도 안정감 있게 들어 올렸고. 물론 노아 씨도 빼놓을 수 없었다. 예림이는 몸집이 작다 보니 상대적으로 조금 불안정했지만.

수 시간의 비행으로 굳은 몸을 풀며 목도리와 카디건을 인벤토리에 넣는데 한 무리의 사람들이 다가왔다. 얼른 통역 아이템을 꺼내 목에 걸었다.

"박하율 2급 특작원이 맞습니까."

"네, 맞아요!"

제복 차림의 남자에게 박하율이 발랄하게 대답했다. 이어 내 한쪽 손목에 수갑이 채워졌다.

"연약한 F급에게 너무하는, 야! 잠깐만!"

옷을 왜 벗겨! 몸수색인 건가? 그래도 대낮에 야외잖아. 내 인권은!

"이어링 빼지 마! 그냥 B급 방어막에 마력 스탯뿐인데. 하율아, 나 마력 스탯 추가 못 받으면 스킬도 제대로 못 써! 아니, 그건 통역 아이템, 통역!"

신발은 물론이고 양말까지 빼앗겼다. 홍콩에서는 특급호텔에서 휴가 보냈는데 여기선 맨발로 흙바닥에 서게 만드네! 차이 너무 심한 거 아니냐.

"형 살살 다루세요!"

"찬바람 맞으면 감기 걸려 드러눕는 몸뚱이야!"

진짜로 그렇다는 건 아니고. 하지만 요샌 많이 약해졌다니 가능할지도 모른다.

"내가 골골거리면 윗선에서 좋아할 거 같아? 감기엔 포션도 안 들어!"

윗선 소리까지 나오자 겨우 놈들이 움직임을 멈췄다. 하의는 무사해서 천만다행이었다.

"옮겨."

억센 억양의 명령과 함께 덩치 큰 남자 하나가 나를 짐짝처럼 둘러멨다. 그대로 실내로 들어가자마자 옷을 마저 빼앗기고 새 옷이 주어졌다. 통역 아이템과 이어링도 검사 후에 돌려받을 수 있었다. 이어링은 압수하고 싶어 하는 눈치였지만 마나통 부족과 스탯 대비 스킬 등급이 높아서 없으면 내가 못 버틴다 협박 섞어 주장한 덕에 겨우 지켜 냈다.

이어 급히 준비된 비행기로 끌려가 작은 방 같은 곳에 처박혔다.

"취급 봐라, 진짜."

팔에는 수갑 대신 인벤토리 봉인구가 채워졌다. 나에게는 통하지 않았지만 그걸 드러낼 이유는 없었다. 가능한 끝까지 숨기는 편이 유리했다.

방에는 좁은 침대와 벽에 붙은 모서리가 둥근 탁자가 하나 있었다. 창문은 전부 가려진 채였다. 밖을 봐도 어디로 가는진 모를 텐데. 중국 지리를 알아야 말이지. 중국에 공항이 몇 개인지도 모른다. 우리나라보다 훨씬 크니 한 사오십 개쯤 있나.

침대에 걸터앉으며 감시로 들어온 두 남자를 쳐다보았다. 칙칙한 제복 차림에 딱딱한 얼굴을 하고 있다. 아마도 각성자일 거고.

"안녕하세요, 등급이 어떻게 되십니까."

놈들이 날 깨끗이 무시했다. 눈을 가늘게 뜨며 둘을 관찰하는 척하곤 다시 말했다.

"한… C급?"

"B급이다."

등급 낮게 비치는 거 싫어하는 각성자들 많지. 다른 한 명도 B급이거나 그보다 더 낮은 듯했다. A급이면 먼저 입을 열었겠지.

"저기요, 밥 안 줍니까?"

놈들이 또 침묵했다.

"몇 시간 동안 물 한 모금 못 마셨다고요. 제가 이래 봬도 요즘 식사는 물론 약도 꼬박꼬박 챙김받는 상태인데 이러다 비행기 뜨기도 전에 탈진하겠습니다. 약은 못 줘도 밥은 챙겨줘야죠."

네놈들이 날 제대로 보살피지 않는다면 나 죽는다, 를 상냥하게 말해주었다. 죽일 거냐, 응? 기껏 납치해 와서 죽일 거냐.

하는 수 없다는 듯한 놈이 어디론가 연락을 하고 곧 음식이 배달됐다. 밥에 고기 같은 것이 얹힌 덮밥이었다. 뭔지 모를 양념 맛이 강해 몇 술 뜨지 못하고 숟가락을 내려놓았다. 같이 온 생수병을 따서 마시곤 두 헌터를 바라보았다. B급이랬지.

"한동안 얼굴 마주하고 지내야 할 거 같은데 통성명이라도 합시다."

역시나 씹혔다. 입을 장식으로 달고 다니나. 직책상으로는 바람직한 태도였지만.

"전 이왕이면 편하게 지내고 싶거든요. 중요한 정보 말고, 그냥 가면 몸으로 체득할 만한 것들이라도 들을 수 없을까요. 어떤 S급이 성격 더럽다, 어느 구역에는 가면 안 된다, 어디 식당 밥이 맛있다. 그런 거 말입니다."

여전한 침묵에 에휴, 크게 한숨을 내쉬었다. 그러곤 미리 인벤토리에서 빼내 주머니에 넣어 두었던 작은 환약을 꺼내었다. 동시에 헌터가 덤벼들었다.

"악, 내 손목!"

환약이 데구르 바닥을 구른다. 다른 헌터가 발끝으로 환약을 눌러 잡곤 살펴보았다.

"라마티 꽃 열매. D급 독."

"어디서 난 거지."

"인벤 봉인 팔찌 차기 직전에 슬쩍 숨겨 놓았습니다. 어차피 저거 통하는 사람 여기에 없잖아요."

내가 독 저항을 가지고 있다는 사실도 이미 알고들 있었다. 병원에도 들어간 정보니 모르는 게 이상할 것이다.

"좋은 거 하나 가르쳐 드리려고요. 뇌물이에요, 뇌물."

눈치를 슬금슬금 살피며 독환을 주워 들었다. 두 헌터가 방심하지 않고 나를 노려보았다.

"혹시 제가 연구소 후원 중인 거 아세요? 세계적으로 떠들썩했을 테니 아실 텐데. 그래서 바깥엔 아직 알려지지 않은 정보들을 여럿 가지고 있습니다. 그중에는 이 라마티 꽃 열매도 있죠. D급이고 흔한 편이라서 얼마 안 하는 건데, 이걸 다른 재료와 조합하면 훨씬 쓸모 있는 아이템이 됩니다."

니들도 헌터라면 관심 있을 거 아니냐. 정확히는 현재로선 나밖에 모르는 정보다. 한 이 년 뒤에나 알아냈으니까.

"정보를 팔아도 되고, 직접 부수입을 올려도 되고. 아님 위쪽에 보고해 보상을 받아도 되죠."

솔깃하지 않냐며 웃어 보였다. 솔직히 돈 싫어하는 사람이 어디 있겠냐. 송 실장님 빼고. 게다가 송 실장님도 새로운 아이템 정보 그 자체에는 관심을 보일 것이다. 아니나 다를까, 내 손목을 움켜쥐고 있던 손이 떨어져 나갔다.

"C급 이상 연기베일 템 있어요? 등급 높을수록 좋은데."

몬스터의 시야를 가리거나 자신의 몸을 숨기기 좋은 아이템이라 흔히들 들고 다니는 것이다. 상급 던전에선 별 소용 없지만 B급이면 있겠지. 한 놈이 머뭇거리며 손가락 두 마디쯤 되는 검은 막대를 내밀었다. B급이다.

이어 하급 포션병과 함께 수면 가루도 받았다. 전부 B급 헌터에게는 효과가 없는 것들이라 경계하진 않았다. 포션의 내용물을 비우고 수면 가루를 바닥에 깐 뒤 연기베일 막대를 똑똑 꺾어 넣고 마지막으로 환약을 밀어 넣었다.

"순서는 기억했죠? 잘 보세요, 좀 더 가까이 와서. 이제 중요한 부분이니까."

두 헌터가 포션병을 향해 머리를 들이밀었다. 이 정도 거리면 충분하지. 포션병 안쪽으로 천천히 마력을 움직였다.

스탯 F급의 마력 능력으로는 이걸 조합하는 게 불가능했다. 하지만 지금의 나는 마나각인의 도움을 받아 보다 섬세하게 마력을 조절할 수가 있었다. 수면 가루가 작게 반짝였다. 헌터들이 더욱 집중하며 내가 움직이는 마력을 느끼려고 애썼다.

연기베일 막대가 녹아내리고 그 위로 환약 또한 흐물거리며 코팅하듯 덮어씌워진다. 병 전체에 열기가 치솟고.

텅!

작은 폭음과 함께 포션병이 터져 나갔다. 동시에 짙은 연기가 헌터들의 얼굴을 덮쳤다. 놈들이 무방비하게 연기를 들이마셨다.

"무-"

반응할 새도 없이, 헌터들이 풀썩풀썩 바닥에 쓰러졌다. A급 마비 연기. 범위가 좁은 게 단점이지만 효과만큼은 탁월해서 독 저항 B급 미만은 스탯 A급까지도 쉽게 기절시킬 수 있었다. 이론은 그렇고 실제론 닿기 전에 피해 버려서 B급 헌터한테도 효과 보기 힘든 거긴 하지만, 지금처럼 알아서 들이대 주면 끽소리도 못 하고 쓰러지지.

혹시나 싶어 잠시 문밖을 향해 귀를 기울였지만, 폭음은 이륙 준비 중인 비행기의 소음에 묻힌 듯 잠잠했다. 한동안은 아무도 안 올 테니까. 쓰러진 헌터들을 뒤지기 시작했다. 신분증… 은 뭐라고 써 놓은 건지 모르겠고. 지갑인가, 챙길까. 도로 빼앗기려나. 차 키랑 무기는, C급이네. 됐고, 휴대폰.

"둘 다 잠금 걸렸잖아."

철저하셔라. 휴대폰의 보호필름을 불빛에 비춰 보았다. 하나는 비밀번호인지 확인하기가 힘들었다. 하지만 다른 하나는 선명하게 N자로 그은 흔적이 남아 있었다. 감사합니다.

휴대폰의 잠금을 푼 뒤 문자를 보냈다. 이륙 중 휴대폰 사용은 하면 안 되지만 뭐. A급 헌터도 있는 거 같은데 추락할 거 같으면 구해 주겠지.

[유현아, 형 중국이야. 무사히 잘 있고 지금 비행기 떴어.]
[예림아, 아저씨 잘 있다. 중국이야.]
[송 실장님, 저 지금 중국~ 죄송합니다.]
[명우야, 미안해. 중국인데 진짜로 멀쩡해.]
[노아 씨, 저 멀쩡하니까 너무 걱정 마세요.]

현아 씨 번호가 뭐였더라. 그리고 성현제에에, 는. 음. 문자를 쭉 보내고 동생에게 전화를 걸었다.

[형! 진짜 형이야? 괜찮아?]

"어, 형이다. 다친 곳 없고 밥도 잘 챙겨 먹었어. 위치추적 하고 있냐?"

[응. 막혀 있었는데 직접 연결된 거라 바로 뚫었대. 지금 대련공항이지?]

"맞아. 휴대폰 계속 켜 놓을 테니까 확인해. 한국엔 별일 없고?"

[없어. 형이야말로 조심해. 벌써 보고 싶은데…….]

"몇 시간이나 지났다고. 너도 무리하지 말고. 사랑한다, 내 동생."

[나도 사랑해, 형.]

애 혼자 두고 멀리 출장 나와 전화하는 기분이 들었다. 채 하루도 안 지났지만. 이어 예림이에게도 전화했다.

[아저씨! 괜찮아요?]

"괜찮아, 괜찮아. 여기 밥 맛없는 거 빼고."

[갈 때 도시락 싸 갈까요? 입맛 없어도 잘 챙겨 드세요.]

우리 예림이, 착하기도 하지.

[피스가 좀 울적한 거 같은데, 데리고 가도 되죠?]

"아이고, 피스야. 물론 같이 와도 되지. 옆에 있어?"

[끼우웅, 꺄앙!]

"아빠가 미안해, 아빠 괜찮아. 무사해."

우리 피스, 내가 없어져서 많이 놀랐을까. 예림이와 통화를 끊고 휴대폰을 숨겨 둘까, 아무 일 없었던 척 원래 자리에 넣어 둘까 고민하는데 전화가 걸려 왔다. 송 실장님 번호였다. 각관실 쪽에서도 위치추적 하려는 걸까. 전화를 받았다.

"송 실-"

[한유진 군.]

악! 깜짝이야! 뭐야, 왜 성현제가 나와! 당황하다 못해 휴대폰을 내던질 뻔했다. 이 인간이 하다 하다 송 실장님 휴대폰까지 빼앗았나.

'…지금은 통화하기 좀 그런데.'

좋게 헤어진 것도 아니고. 아주 약간 미안하기도 했다. 못 믿는다는 말에 상처받을 사람은 아니지만, 그래도. 아무튼 여러모로 껄끄러웠다.

"어, 송 실장님은요."

[옆에 있다네.]

"아… 네……. 음, 저는 멀쩡해요."

[다행이군. 정신계 스킬에서 벗어날 방법을 찾는 것 외엔 무모한 짓은 삼가게. 얌전히 있길 바란다는 말은 듣지 않겠지.]

"…잘 아시네요."

성현제는 몇 시간 전의 일은 조금도 꺼내지 않았다. 심지어 은혜를 보관 중이라는 말조차도. 몸조심하라는 말만 전하고 송태원에게 휴대폰을 넘기겠다는 목소리에 급히 그를 붙잡았다.

"잠깐만요, 그러니까, 연예인이요."

박하율이란 이름은 꺼낼 수가 없었다. 그래도 성현제라면 이미 그의 정체는 알아냈겠지.

"좀 더 상세하게."

[조사 말인가.]

"해외에, 여자요."

누님이나 박하율이 믿고 있다거나 그를 구해 준 사람 등의 이야기를 하려고 하자 강한 거부감이 느껴졌다. 결국 이 두 마디를 내뱉는 것이 고작이었다. 그럼에도 성현제는 알겠다고 대답했다.

해외에도 발이 넓다고 했으니까 세성에서 나선다면 누님에 대한 실마리를 잡을 수 있을지도 모른다.

"송 실장님… 업무를 가중시켜 드려서 죄송합니다. 많이 바쁘시지요?"

성현제가 전화를 바꾸자마자 사과부터 흘러나왔다. 박하율이 S급들에 대한 경계심을 올려놨다고 해도 송 실장님에 대한 미안함만큼은 어쩔 수 없었다. 대면한 게 아니라 전화상이다 보니 더 그런 걸지도 모른다. 아무튼 죄송했다.

[괜찮습니다. 몸조심하십시오.]

"송 실장님도 쉬엄쉬엄… 일하실 순 없겠지만요."

[휴가계를 냈습니다.]

"…예?"

 세상에나! 이걸 중국에서 듣게 되다니 억울하다. 아니, 내가 중국으로 끌려와서 휴가 내신 건가.

 각관실과 세성 길드에서도 내 위치를 계속 추적하겠다고 하였다. 휴대폰은 베개 끝을 약간 뜯고 그 안에 넣어 감추었다. 얼마쯤 지났을까, 문이 벌컥 열렸다.

 "안녕하세요~"

 쓰러져 있는 헌터들을 보고 당황하는 얼굴을 향해 인사를 건넸다. 아휴, 표정이 소태 씹은 것 같으시네.

 문을 연 남자가 벽에 붙은 비상 버튼을 누르곤 순식간에 내 멱살을 움켜잡았다.

 "어떻게 한 거냐!"

 "뭘 어떻게 해? 내가? 무슨 수로?"

 왜 지랄이냐는 시선을 던져 주며 말을 이었다.

 "스탯 F급이 뭘 할 수 있겠어. 나도 어떻게 된 건지 몰라. 제대로 못 봤어. 내가 쟤들 둘을 한 번에, 소리 없이 처리할 수 있는 능력자였으면 여기 끌려오지도 않았다."

 비상 알람을 듣고 몇이 더 몰려들었다. 쓰러진 헌터들을 살피는 놈들을 향해 더욱 억울해하며 투덜거렸다.

 "나도 내가 쓰러뜨린 거면 좋겠네! 진짜! 그랬음 멱살 잡은 놈 손모가지 부러뜨리고 비행기 옆구리 뚫어 탈출했지 이렇게 덜렁덜렁 들려 있겠냐. 머릿속에 든 게 초콜릿 코팅한 호두가 아니라면 생각이란 걸 좀 해 봐라."

 진짜 호두면 맛있기라도 하지. 내 빈정거림에 멱살 잡은 놈이 인상을 찌푸리면서도 나를 내던지듯 놓아주었다. 존 척 침대 구석으로 가 앉았다. 베개를 몸으로 살짝 깔면서.

쓰러진 두 헌터가 들려 나가고 새로운 감시자가 빈자리를 차지했다. 기절한 두 놈이 깨어난다 하더라도 쉽게 사실을 밝히진 못할 것이었다. 나한테 뇌물 받아먹으려 했다는 걸 자백하는 짓이니까. 내가 탈출한 것도 아니니 그냥 입 다물고 조합법이나 챙기는 편이 낫지.

정확한 시간은 알 수 없었지만 대략 두 시간 남짓 후 비행기가 착륙 준비를 하기 시작했다. 휴대폰을 들키지 않았으니 위치추적도 계속해서 이루어지고 있을 것이다. 비행기의 흔들림을 느끼며 최대한 자연스럽게 베개를 품에 끌어안았다.

"…저기 말입니다, 여기가 어딘지 물어봐도 대답 안 해 주겠죠?"

살짝 겁먹었지만 아닌 척하는 티를 내며 감시자들을 힐끔거렸다. 침묵 속에서 베개를 끌어안은 팔에 좀 더 힘을 주었다. 이대로 마지막 목적지까지 갈 수 있으면 좋을 텐데.

덜컹거림과 함께 비행기가 활주로에 내려서고 얼마 지나지 않아 완전히 멈추었다. 중국 헌터들이 나를 일으켜 세워 밖으로 데리고 나갔다. 다행히 베개를 빼앗지는 않았다.

"형!"

박하율이 반질반질한 얼굴로 나를 반겼다.

"그 베개는 뭐예요?"

"새로 사귄 친구."

"네?"

"저놈들이나 얘나 입도 뻥긋 안 하는 건 마찬가진데 얘는 폭신하기라도 하잖냐. 그러니 얘를 친구 삼는 게 훨씬 낫지."

무해하고 부드럽고. 보면 볼수록 진국이다. 앞뒤로 감시 받아 가며 비행기에서 내려서는 바로 그때였다.

 콰앙!

 폭음과 함께 공항 건물의 귀퉁이가 박살 났다. 동시에 기다렸다는 듯이 군복 차림의 헌터들이 우르르 공항 건물로 달려 나간다. 이런 습격이 잦았던 듯 익숙한 움직임이다.

 솟아오른 먼지구름을 헤치며 누군가 튀어나왔다.

 "…뭐야 저게."

 하얀 옷자락과 긴 검은 머리카락이 흔들린다. 공중으로 높게 뛰어오른 백의의 남자가 멋들어진 자세로 검을 뽑아 들었다. 검이 지잉 울리며 군인들을 향해 휘둘러졌다. 군인들이 일사불란하게 움직이며 대열을 만들었다. 맨 앞에 선 군인들이 방어 스킬을 사용하는 것이 보였다.

 쿵! 겹겹이 펼쳐진 방어막 위로 검이 내려쳐지고, 또다시 커다란 폭음이 울려 퍼졌다. 무슨 일인지는 잘 모르겠는데.

 "…옷이 왜 저 꼴이야."

 하얀 옷이, 그 뭐냐. 무협영화나 드라마에 나오는 바로 그 차림이었다. 당장에라도 호기롭게 문파와 이름을 밝힐 것 같…….

 "나는 무림맹 별동대 대장 첨성의 사목월이오!"

 …S급 헌터로 추정되는 백의의 남자가 크게 소리쳤다. 나를 향해. 시시오 뺨치네. 내가 다 쪽팔린다. 보지 마, 저리 가. 엮이기 싫어.

 사목월이라는 놈이 자신을 향해 찔러 드는 창을 발끝으로 가볍게 디디며 다시 허공으로 몸을 솟구쳤다. 뒤따라오는 공격 스킬들이 검신에 가로막히며 폭죽처럼 터져 나갔다.

 "공자가 바로 해동화룡의 형인 마수사 한유진인가!"

 그런 사람 모릅니다. 해동화룡은 또 뭐야. 중세시대에서 넘어오셨나. 난 미래에서 왔다.

 "…하율아, 저거 대체 뭐냐."

"군부에 반하는 무림인이에요."

박하율이 태연하게 말했다. 뭔 소리야. 지금 21세기 아냐?

"…무림인이 왜 여기서 튀어나오는데."

"민간 각성자 단체를 자칭 무림맹이라고 하거든요. 근데 중국에서 각성자는 무조건 국가 소속이어야 해서 투쟁 중이죠."

그렇… 구나. 그런데 왜… 어째서…….

"왜 굳이… 저러는 걸까."

"이미지 관리요."

박하율이 설명해 주었다.

"현대식 무장단체보다 무림인이라고 하며 나서면 일반 사람들이 덜 위협적으로 느낀대요. 무림인이면 뭐 관부와 싸울 수도 있고, 라나요. 친근감도 있고요."

말을 듣고 나니 제법 그럴듯해 보였다. 새롭게 긍정적인 단체 이미지를 만들어 내는 것보다 기존에 존재하는 단체를 가지고 오는 게 훨씬 쉽고 빠르다. 거기에 신체 능력이 뛰어난 각성자라면 무협 영화의 무공고수처럼 느껴지겠지.

미국에서도 슈퍼 히어로로 상급 각성자 이미지메이킹을 했는데, 그것과 비슷한 방식인 모양이었다.

"한 공자아아아!"

쩌렁쩌렁한 외침이 공항을 울렸다. 저게 좋은 방법이라는 건 인정하지만 내가 엮이는 건 역시 싫어. 게다가 여기서 중국 내부 문제와 얽히는 것도 내키지 않았다. 자리를 피해야 하지 않겠냐고 박하율에게 말하는데 사목월의 전신을 검은빛이 휘감았다. 그러고는.

쿵! 쿵! 쿵!

"크억!"

"막아!"

사목월이 요란한 발소리를 내며 그대로 내 쪽을 향해 돌진해 오기 시작했다. 군인들이 그를 막으려 했지만, 코뿔소에 치인 쥐새끼처럼 우수수 튕겨 나간다. 무기는 물론 각종 공격 스킬도 사목월의 몸에 상처를 내지 못했다. 강력한 방어 스킬인 모양이었다.

막아서는 군부대를 뚫고서 사목월이 나와 빠르게 가까워져 갔다. 설마 여기서 또 납치당하는 건 아니겠지. 살짝 긴장되는 그때, 누군가가 사목월 앞을 가로막고 섰다. 군화로 감싸인 발이 바닥을 강하게 딛고 몸을 크게 틀며 한쪽 다리를 휘두른다. 전신의 힘을 실은 발차기가 돌격해 오는 사목월을 향했다.

"쾅!

사목월의 손바닥과 군홧발이 맞부딪쳤다. 공기가 크게 진동하고 바닥에 금이 쩌저적 간다. 사목월이 자신을 막아선 사람을 향해 씨익 웃었다.

"오랜만이오, 관 낭자."

"꼬리에 불붙은 멧돼지 새끼가."

냉랭한 목소리와 함께 새로 나타난 S급 헌터가 한쪽 발을 붙잡힌 그대로 몸을 허공에 띄우며 킥을 날렸다. 또다시 요란한 소리가 울리고 두 사람의 공방이 거세어졌다. F급의 스탯으로는 눈으로조차 움직임을 따라가기 불가능했다.

"그새 냄새를 맡은 건가."

갑자기 내 옆에서 낯선 목소리가 들려왔다. 흠칫 고개를 돌리자 날카로운 인상의 남자가 서 있었다. 그가 눈동자를 움직여 나를 내려다보았다. 입꼬리를 올려 미소 짓는 얼굴이 잘생기긴 했지만 차갑기 그지없었다.

언뜻 봐도 그 과다. 중급 이하 각성자는 인간 취급 안 하는 잘나신 S급.

"어, 초화운 상장님."

박하율이 그를 보고 아는 척했다. 상장이 뭔진 모르겠지만 높은 자리겠지. 내 주위 중국 헌터들이 바싹 얼어붙은 것이 보였다. 박하율도 답지 않게 긴장한 기색이다. 건드리면 위험한 놈인가 보다. 초화운을 살짝 올려다보며 인사했다.

"안녕하세요."

그래도 S급 헌터면 나한테 기승수 맡기고 싶을 테니까 막 대하진 않겠지. 그사이 비행기 한 대가 박살 났다. 여기까지 파편이 마구 날아들고 내 눈앞에서도 퍽, 소리와 함께 큼직한 비행기 파편이 터져 나갔다. 옆에 선 S급님께서 막아 주신 건가. 움직임을 보지도 못했다.

"사목월 한 놈뿐인가? 다른 일당들은."

"사목월 외의 별동대원은 보이지 않습니다."

"도로 주위에 잠복하고 있을지도 모르니 수색해라."

초화운이 명령을 내렸다. 여기서만 S급 헌터 세 명이라. 공항 상태를 보니 그리 큰 도시도 아닌 듯한데.

현재 중국에 S급 헌터가 몇 명이나 있을까. 공식적으로는 아홉 명이지만 실제로는 그보다 훨씬 많을 터였다. 단순히 인구수만 해도 우리나라의 열 배가 넘으니까. 한국이 S급 헌터 수가 유독 많은 걸 감안하더라도 최소 이삼십은 되지 싶었다.

'…조금 걱정되네.'

초월자 상대 아니면 괜찮아, 라고 했지만 숫자 앞에 장사 없단 말도 있잖은가. 애들한테 조심하라고 전해 주고 싶은데.

지금 내 능력으론 전투의 승패를 짐작할 수 없었지만 사목월은 내게 접근하기는커녕 되레 조금씩 멀어지고 있었다. 아무래도 초화운까지 합세하는 걸 경계하는 듯했다. 두 사람의 싸움을 살펴보던 초화운이 앞서 걸음을 옮겼다. 박하율과 나도 그 뒤를 따라갔다.

"이제 어디로 가는 건데?"

"차오호라고 커다란 호수 있어요."

박하율이 대답했다.

"차오후 특별지구라고 민간인의 출입은 금지된 곳이죠."

저 앞에서 차가 대기하고 있었다. 공항을 힐끗 돌아보았다. 비행기 한 대에 더해 두 대째까지 박살 났지만 공항 시설 자체에는 큰 타격이 없어 보였다. 바닥에 금 좀 가고 말았다.

중국에는 아직 기승수가 없고 기승수가 있다 해도 웬만해선 비행기가 더 빠르다. 그러니까.

조용히 폭발 버튼을 눌렀다.

콰과과광-!

"악, 형!"

"뭐야!"

무시무시한 폭음과 함께 내가 타고 온 비행기와 그 일대가 완전히 날아갔다. 내리기 직전 침대 밑에 슬쩍 넣어 놓은 폭탄이다. 하늘 높이 치솟은 파편들이 유성우처럼 쏟아져 내린다. 활주로는 물론 공항 건물까지 잔해들의 세례를 받고 상처투성이가 되었다. 와장창, 유리창 깨지는 소리가 연달아 들려왔다.

"우, 우리 있던 자리예요!"

박하율이 기겁하며 소리쳤다. 나도 놀라 말문이 막힌다는 표정으로 끄덕거렸다.

"무섭네… 정말……."

와, 소름 돋아. 이 동네 너무 살벌하다. 초화운의 얼굴도 굳어졌다. 저래서야 한동안 이 공항은 사용하기 힘들 것이다.

"저 자리에 있던 자들과 비행기에 접근했던 자들을 전부 조사해."

그럼 댁도 포함되는데. 초화운은 앞의 차를 타고 나는 뒤쪽의 짙게 선팅된 차에 태워졌다. 이번에는 박하율도 같이 탔다. 이내 차가 출발했다.

"민간 헌터들과 군부 헌터들의 갈등이 심한가 봐."

"정부 소속이 아니면 던전 공략도 못 하니까요. 중국은 워낙 넓어서 미등록 던전이 널려 있지만 걸리면 끝이죠. 심지어 던브 때도 미등록 헌터는 나서면 안 돼요."

그건 심했네. 최소한 던전 터졌을 때는 봐줘야지. 중국에 대해서는 회귀 전에도 워낙 밝혀진 게 없다 보니 나도 아는 게 별로 없었다. 중국 출신 헌터 중에 가목월이란 이름을 들어 보지도 못했고. …죽었나? 초화운 또한 기억나지 않았다.

'헌터 간의 분쟁이 심해져 S급 헌터까지 여럿 죽어 버린 걸까.'

우리끼리 싸울 때가 아닌데.

"혹시 중국에 S급 헌터가 몇이나 되는지 아냐?"

"저도 정확히는 몰라요. 군부 소속은 그것도 극비라, 열 명은 확실히 넘을걸요. 무림맹도 다섯 명 이상이라고 했고요. 마피아 쪽도 두엇 있는 모양이고, 무소속도 있을 거예요."

아무튼 많아요, 하고 박하율이 대답했다.

"많아도 던전 관리는 제대로…….."

박하율이 맞은편에 앉은 헌터의 눈총을 받고 입을 다물었다. 대립하는 세력이 있으니 관리가 제대로 안 되는 게 당연하겠지. 중국만 아니라 전 세계적인 문제기도 했다. 주력이 던전 공략하고 있으면 밖에 남은 본진이 털릴 가능성이 있다. 이 사실 때문에 단순히 던전만 공략하는 것 이상의 전력이 필요했다.

사실상 잉여 인력이었다. 서로서로 해치지 말자, 합의가 잘되면 남아도는 헌터 없이 다들 동시에 던전에 들어갈 수 있을 텐데. 뭐, 이게 가능했으면 군대도 없어졌겠지만. 서로 침범하지 맙시다, 라는 합의와 그에 대한 믿음이 없으니까 군비 펑펑 들이는 거 아니겠냐.

한참을 달리던 차가 멈춰 섰다. 차에서 내려서자 하늘에는 어느새 노을

이 져 있었다. 눈앞에 펼쳐진 드넓은 호수에 불그스름한 물이 들었다. 이게 차오호인가. 호수 한번 무지하게 크네. 모르고 봤으면 바다인가 싶을 정도였다.

"여긴 배가 없어요. 예전엔 있었는데 싹 없앴대요."

호숫가에 쳐진 난간으로 다가가는데 박하율이 말했다. 굳이 배가 없다고 말하는 거면, 호수 중앙에 시설이 있는 건가. 수면을 바라보다가 안고 있던 베개를 던졌다.

"형?"

"그냥 짜증 나서."

베개 솜이 이내 물을 먹고 천천히 가라앉았다. 여기서 휴대폰 신호가 끊기면 목적지에 도착했다고 짐작하겠지.

준비된 헬기에 올라탔다. 공중에서 봐도 호수는 정말 컸다. 얼마 가지 않아 철조망이 높게 둘러쳐진 섬이 나타났다. 나 혼자서 도망치는 건 힘들 듯했다.

'내 스탯으로 헤엄쳐서 나가는 건 불가능하겠고.'

배도 없고 헬기 조종도 못 한다. 은신 스킬을 쓴다 해도 헬기 뜨기 전 수색을 철저히 하겠지. 불행 중 다행이라면 저렇게 외부 침입과 탈출이 어려운 환경이라면 나에 대한 감시도 느슨해질 거라는 사실이었다.

일단 내부에서 정보 털어먹으면서 바깥의 도움을 기다리는 길로 갈까.

"피곤해 죽겠는데 오늘은 일찍 자면 안 되냐."

헬기에서 내려서며 박하율에게 부탁했다. 박하율이 말은 해 볼게요, 라고 대답하기 무섭게 거친 손길들이 내 양쪽 팔을 붙잡았다. 그리고 초화운의 명령이 이어졌다.

"몸수색 다시 하고 위치추적기 달아."

내 팔자야. 박하율이 살살 해 주세요! 하고 소리쳤다. 그대로 끌려가서 또 옷이 벗겨지고 발목에 추적기도 달렸다. 몸 안에 안 심고 밖에 달아 주서서 감사합니다, 라고 해야 하나.

 연달아 먼 거리를 이동하고 끌려다니다 보니 말만이 아니라 진짜 지쳤다. 저녁이고 뭐고 이만 쉬게 해 줬으면 싶은데, 장식 하나 없이 건조한 복도를 따라 안내된 곳은 침실이 아니었다. 취조실쯤 되는 분위기의 작은 방 테이블에 중년 남자가 앉아 있었다.

 "…어디서 본 것 같은 얼굴인데."

 중년 남자가 나를 보며 웃었다.

 "오랜만이야, 한유진 소장."

 억양과 입 모양이 한국이었다. 한국인인가, 저거.

 중국 헌터가 내 두 팔을 등 뒤로 돌려 수갑을 채웠다. 갑자기 이러는 걸 보니 저 중년 남자는 비각성자인 모양이었다.

 "이역만리 타향에서 같은 나라 사람을 만나니 참으로 반갑습니다~ 라고 해야겠지만, 누구시더라."

 테이블 쪽으로 다가가자 중년 남자가 자리에서 일어나며 입꼬리를 비틀었다.

 "한때 헌터협회에 몸담고 있었지. 한 소장 덕분에-"

 "아! 기억났다! 완용 씨구나. 성은 이씨, 맞죠? 이야, 어쩐지 중국 애들이 내 정보 빠삭하다 싶더니 완용 씨가 이름값 하셔서 그랬네."

 독 저항은 병원 쪽에도 아는 사람 많으니 그렇다 쳐도, 떡잎 스킬은 극비였는데 말이야. 각성센터 협상하느라 협회 쪽에만 알렸었다.

 내 말에 완용이가 인상을 확 찌푸리더니 대뜸 내 멱살을 움켜잡았다.

 "이 새끼가 입만 살아선!"

 "아무렴 댁보다 더 살았을까. 얼마나 떠벌렸어요? 네? 얼굴이 반지르르한 게 대접 잘 받으셨나 보다."

"나는 헌터협회 인사부장이었던-!"

"네, 완용 씨. 안다니까 그러네."

얼굴 구겨지는 것 봐라, 이러다 한 대 치겠다.

"나라 팔아 자리 잡으셨으면 얌전히 잘 먹고 잘사시지 전 왜 만나려고 한 겁니까? 뭐뭐 팔아먹었어요? 인사부면 협회 헌터들 능력치는 다 넘겼겠네. 송 실장님이 협회 소속이 아닌 게 다행인가. 헌협에서 그냥 쫓아냈을 린 없고, 입 다물라는 계약서 썼을 텐데 해주 받으셨나 봐."

혹시 몰라 저주 저항을 잠시 껐다. 완용 씨가 갑자기 휙 돌아서 날 끌어안기라도 하면 저주가 풀릴 테니까. 내 말에 완용 씨가 욕을 내뱉었다. 계약을 어긴 대가로 받은 저주 못 푼 건가. 사지는 멀쩡해 보이는데 무슨 저주지.

"내가, 협회 초창기부터 얼마나 노력해서 자리를 잡았는데!"

"들었어요. 초기 멤버들 쫓아내는 데 한몫 단단히 하셨다면서? 원래 쫓아냈으면 쫓겨나기도 하는 거고, 세상은 빙글빙글 도는 거잖습니까. 지은 대로 잘 받으셨네."

단순히 분풀이하려고 날 만난 건가. 그건 아닐 텐데. 협회에서 쫓겨난 인간들 중 감옥살이 면한 놈들이 얌전히 살 거란 생각은 안 했지만 이렇게나 빠르게 정보 팔이를 할 줄이야. 알았다고 해도 막을 방법은 딱히 없었겠지만.

'계약서 좀 강한 거로 쓰지.'

하지만 협회로선 인권 문제도 신경 써야 할 테니까. 발설하면 네 목 날아감 수준을 대놓고 쓸 순 없다. 그래서 헌터 등록할 때 스킬이나 능력치 감추는 거 눈치채도 보통 그냥 넘어가는 거고.

"혹시 같이 온 친구는 더 없어요? 전 MKC 쪽은 어때요? 그쪽도 중국이랑 손잡았다던데. 사육소 정보 많이 팔았습니까? 해연은요?"

해연 소리가 나오자 내 멱살 잡은 손에 더욱 힘이 들어갔다. 완용 씨가 나를 당겨 테이블 위로 반쯤 끌어 올렸다. 철제 테이블의 각진 모서리가 좀 아프다.

"동생 새끼나 형 새끼나……."

놈이 이를 갈며 중얼거렸다. 유현이가 왜 나와.

"남의 동생은 왜 걸고넘어집니까?"

"한유현 그 애새끼가 막 각성했을 때 협회에서 거두려고 한 거 모르나? 하긴 그 새끼가 난장 쳐 놨으니."

…협회에서 임시 보호 했다는 건 아는데, 난장? 무심코 인상을 찌푸리자 완용이 놈이 이어 떠벌리기 시작했다. 역시 나보다 두 배쯤은 더 살아 있는 주둥이다.

"미성년자고, S급이니까 협회 소속으로 두려고 설득을 했지. 아무것도 없는 어린애가 S급 헌터라는 게 알려지면 가족도 무사하지 못할 거라고."

…며칠간 실종되었다가 나타난 유현이가 차갑게 돌아섰던 것이 떠올랐다. 협회 놈들이 헛소리를 지껄였던 건가. 물론, 틀린 말은 아니었다. 나와 유현이가 계속 사이가 좋았더라면 아무 뒷배 없는 S급 헌터를 차지하기 위해 날 인질로 잡으려 드는 인간들이 분명 있었을 테니까.

그래도 어린애를 그딴 소리로 협박해? 그게 어른이 할 짓이냐?

"네놈 말대로 그 앤 어린애였어. 그런데 가족 운운하며 숙이게 하려 해? 빌어 처먹을 개새끼가."

어린애 약점 잡아서 흔들려고 했다니. 더럽기 그지없다. 성인 대 성인이라도 가족을 인질로 삼는 건 치사한 짓인데 미성년자잖아. 속이 뜨거워졌다. 개새끼가 이죽거렸다.

"그 애새끼가 상급 각성자 임시 숙소를 쓸어버리고 협회 소속 헌터들까지 죄다 때려눕혔다는 건 알고 하는 소린가. 우린 최대한 좋게 설득하려고 했어. 시발, 그 새끼가 자기 길드 만들 거라며 방해가 들어오면 우리부터 죽이겠다고 협박을-"

"잘했네."

우리 유현이 똑똑하기도 하지. 석시명 도움 받기 전엔 혼자 어떻게 길드 만들 준비를 했나 걱정이었는데 눈앞의 개새끼를 부려먹었다니. 애가 고생 덜해서 다행이다.

"가족 인질 삼는 건 실패했고, 결국 약점 하나 없는 S급 헌터니까 엄청 쫄았겠다? 수틀리면 네놈들 다 죽이고 해외로 튀어도 환영받을 테니까 살려면 얌전히 내 동생 뒤처리하고 다녀야 했겠네. 참 고맙다, 고마워."

길드가 자리 잡은 후라면 저런 식의 협박은 통하지 않는다. 자칫하면 길드에 악영향이 가니까. 하지만 그 전이면 뭐, 세상에 알리겠다고 발악해 봐야 잃을 것도 없지. 길드 세운 후 약점으로 잡힐 가능성은 있지만 그건 석시명이 잘 처리해 주지 않았을까.

완용이가 욕을 지껄였다. 눈을 힐끗 돌려 주위를 살펴보았다. 문 앞에 헌터 두 명이 지키고 서 있었다. 그 옆의 초화운은 지루해하는 얼굴이었다. 테이블 옆에도 하나 서 있었지만 바싹 붙은 건 아니었다. 상급 헌터로도 안 보이고.

"그래서 완용 씨, 한국과 아직 연락합니까? 협회 청소는 했지만 전부 엎은 건 아니다 보니 걱정되네."

심각한 부분만 잘라 낸 정도다. 그 뒤로도 내부 정리를 하고는 있지만 싹 가는 건 불가능했다. 철제 테이블 모서리. 되려나. 운동 좀 열심히 할걸.

"나 어차피 여기서 도망치기 힘든데 스파이가 누구누군지 들어나 봅시다. …아, 자세 불편하네."

멱살 좀 놓아주지, 하고 투덜대며 자연스럽게 테이블 위로 몸을 올려 앉았다.

"그걸 말해 줄 것 같나. 하지만 한 소장에게 충고 정도는 해 줄 수 있지."

음, 이거 혹시 그건가. 먼저 전향한 사람이 야, 너도 편하게 지내려면~

운운하는 거. 동무 어쩌고 하는 장면 본 적 있어.

어쨌든 이 새끼는 앞으로도 계속 한국에서 정보 빼낼 테고, 내 동생 협박도 했고.

"아니, 충고해 주겠단 사람이 시비를 걸어요? 일 더럽게 못하네."

"시비는 네놈이 먼저 걸었잖아! S급들이 그렇게나 싸고돌더니 결국 여기 끌려온 꼴을 구경도 할 겸-"

상체를 뒤로 확 젖혔다. 테이블에 등이 닿고 내 멱살을 잡고 있던 개새끼가 휘청거린다. 동시에 테이블을 박차며 다리를 치켜올렸다. 굽힌 내 무릎이 개새끼의 뒷목에 닿고, 몸을 뒤구르기 하듯 완전히 굴리며 그대로 테이블 모서리를 향해 내 무릎을, 개새끼의 목을 내리찍었다.

쾅!

소리와 함께 우득, 목뼈가 부러지는 소리가 들려왔다. 한발 늦게 달려온 중국 헌터가 나를 붙잡았다. 완용 씨 몸뚱이가 테이블 아래로 주르륵 미끄러지며 쓰러졌다.

"힐러를, 아니, 즉사했습니다!"

니킥이라는 게 원래 그냥 맞아도 위험한 거라서. 거기에 철제 테이블이 거들어 줬으니 제대로 들어갔으면 비각성자로선 살아남기 힘들지. 느긋하게 걸음을 옮겨 온 초화운이 쓰러진 완용 씨를 발끝으로 툭 찼다. 그러곤 내 쪽으로 시선을 돌린다. 뭐 불만 있느냐는 듯 웃어 보였다.

"겉보기와 다르게 가차 없군."

"나라 팔아먹는 개새끼를 살려 둘 이유가 있습니까. 심지어 내 동생까지 건드렸다는데."

살려 두면 한국에서 날 구하려는 움직임까지 흘러들어 오게 될지도 모른다. 처리할 수 있을 때 처리해야지. 초화운이 손을 뻗어 내 뒷덜미를 낚아챘다. 쥐새끼라도 다루듯 가볍게 들어선 바닥에 내던졌다.

"아, 씨."

아프잖아. 등 뒤로 손목이 묶인 채라 무방비하게 바닥에 엎어질 수밖에 없었다.

"해연 길드장이 감싸고도는, 각성한 지 채 반년도 못된 F급 헌터. 그것도 특수보조계. 그럼에도 아무렇지 않게 사람을 죽였어."

"내가 각성한 진 얼마 안 됐는데, 겪은 일은 한두 가지가 아니라서. 그 전에도 팍팍하게 살았지. 납치만 해도 경력자야."

회귀 전까지 합치면 열 손가락을 넘는다.

"그리고 내가, 다른 건 다 참아도 내 동생, 우리 애들 건드리는 것만큼은 못 참아서."

서늘하게 내려다보는 시선과 눈을 마주했다.

"우리 애들한테 손대면 S급이고 뭐고 죽어."

허세로 생각했는지 초화운이 소리 없이 웃었다. 진심이다만. 그때 놈이 내 오른쪽 다리를 지그시 밟았다.

"내 책임하에 사람이 죽었으니 대가를 치러라."

"지랄, 죽든 말든 상관없었잖아."

떨어져 있었고 한눈도 팔았지만, 명색이 S급 헌터다. 날 막을 시도를 했다면 성공할 가능성이 없지는 않았는데, 눈썹 하나 까딱 않고 거북이처럼 느릿느릿 기어 온 주제에 뭔 헛소리야. 하지만 초화운은 들은 척도 안 하고.

"……!"

발에 힘을 주었다. 다리뼈가 순식간에 부러졌다. 순간 눈앞이 하얗게 물들었다. 이를 악물었다가 간신히 숨을 내뱉는데 부러진 뼈를 아예 으스러뜨리기라도 하려는 듯 자근자근 밟아 댄다.

"아으, 윽! 미친……."

극심한 고통으로 전신이 벌벌 떨렸다. 나도 모르는 사이 손가락이 바닥을 긁고 있었다. 미친 새끼가, 으윽…….

내 다리를 짓밟던 발이 겨우 떨어져 나가고 놈이 포션을 꺼내 들었다. 그것을 보자 등골이 서늘해졌다.

"자, 잠깐만! 지금, 포션을 쓰면……."

뼈가 단순히 부러진 것도 아니고 산산조각 난 상태에서 상급 이하 포션을 쓰면 상처가 제대로 아물지 않는다. 엉망이 된 그대로 회복해 버리기에 오히려 더 치료하기 힘들어진다. …경험으로 아는 사실이었다.

하지만 놈은 그대로 포션을 내 다리에 부었다. 고통이 줄어들었지만 완전히 사라지진 않았다. 다친 다리를 움직이려고 힘을 주자.

"…윽."

저릿한 통증이 내달렸다. 진짜, 개새끼네.

"앞으로 네가 살 곳을 직접 안내해 주지. 따라와."

놈이 나를 지나쳐 문 쪽으로 걸어갔다. 야, 이 개새끼야!

"일어나지도 못하겠거든!"

"그럼 기어라도 와야지."

나를 내려다보는 눈빛이 무척이나 기분 더럽게 느껴졌다. 시그마는 저 새끼에 비하면 애가 참 착했어. 밥도 여기보다 맛있었고. 우리 달이가 막 그리워지는구나.

"뭐 눈에는 뭐만 보인다더니 개새끼라 내가 개새끼로 보이냐. 기어 오라고 지랄이야, 멍멍. 방금 너 욕했다. 뭐라고 욕했게."

초화운의 눈썹이 약간 찌푸려졌다.

"못 알아들었나? 개새끼가 아니면, 야옹? 냐아옹. 이것도 아니면 뭘까. 매애애?"

"일으켜 세워."

초화운의 명령에 중국 헌터가 나를 일으켰다. 오른쪽 발을 바닥에 딛기가 무섭게 통증이 느껴졌다. 초화운이 문 쪽으로 다가갔다. 아니, 어떻게 걸으…….

중국 헌터의 손이 재촉하듯 내 등을 밀었다. 반사적으로 발을 내디뎠다가 그대로 쿠당탕, 앞으로 넘어졌다.

"못 걸-"

"다시 일으켜."

냉정한 명령이 떨어졌다. 뭐… 이런. 내가 만난 개새끼들 중에서도 순위권에 들어갈 개새끼다. 어쩐지 박하율마저도 눈치를 보더라니 여간 미친놈이 아니었구나. 다시 몸이 일으켜지고 이를 악문 채 걸음을 옮겼지만 채 두 발짝도 못 가 쓰러졌다.

"일으켜."

아, 집에 가고 싶다.


"차오후 특별지구는 따로 관리관찰이 필요한 각성자들이 보내지는 곳이다."

초화운 놈은 의외로 제대로 된 길 안내를 해 주었다. 걷기 힘든 사람을 억지로 끌고 다니는 것만 제외한다면 귀담아들어야 할 내용도 더러 있었다.

"그중에서도 노산도 제1특수각성자 관리소에서는 희귀하거나 중요한 스킬을 지닌 각성자들이 관리받고 있다."

뭐지, 털어가라는 소린가. 하지만 감시는 확실히 철저했다. 이곳에 현재 머무는 S급 헌터만 해도 초화운과 관 낭자라는 사람을 포함해 셋이었다. 로테이션은 이루어지지만, 항상 세 명 이상 대기한다고 하였다. 그에 더해 긴급 시 상하이에 지원 요청이 가능하다고 했다.

'상하이가 엄청 큰 도시이니 못해도 S급 헌터 서넛은 있겠지.'

여기서 얼마나 가깝지. 일단 S급 헌터 일곱 명 이상이 수 시간 내에 모일 수 있다고 생각해 둬야겠다. 반면에 여기 올 수 있는 우리 쪽 S급 헌터는, 많아야 다섯 명 정도일까. 한국에도 몇 명 남아 있어야 하니까.

"여기는 2번 식당이다."

"…궁금하지 않습니다만."

그냥 놓아줘, 개새끼야. 등이 식은땀으로 흥건했다. 초화운이 나를 돌아보며 미소 지었다.

"독 저항 조절이 가능하다면 진통제를 주겠다."

"못 해. 게다가 뭘 믿고 받아먹어? 내가 진짜 개새낀 줄 아나."

아니, 개도 안 먹을 거다. 그게 진짜 진통제인지 아니면 자백제나 기타 수상한 약물인지 어떻게 알고 넙죽 받겠냐. 초화운 새끼가 다시 걸음을 옮겼다. 방향을 틀다가 또 넘어졌다. 몇 번째인지 모르겠다. 전신이 멍투성이가 되지 않았을까.

'기죽이려고 드는 거겠지, 망할 놈이.'

그냥 잘못했다고 엉엉 울면 이쯤에서 봐줄지도 모른다. 그게 더 편할 테지만, 젠장. 엿 먹으라 그래.


건물 내부에서 끌려다니다가 밖에까지 나왔다. 어느새 해가 지고 호수에서 불어오는 바람이 차갑게 전신을 덮쳐들었다. 계단, 망할, 계단. 그래도 계단에서는 내 머리가 모서리에 부딪힐 거 같으면 잡아는 주었다. 거의 온몸으로 구르다시피 계단을 올라 호수가 내려다보이는 전망대에 섰다. 아니, 구겨졌다.

난간에 기대 웅크려 앉은 채 미친 개새끼를 노려보았다.

"사람 고문하는 데 소질 있다?"

단순히 고통만 주는 게 아니라 지치게 만들었다. 초화운 놈이 난간에 등을 기대며 시가 같은 것을 꺼내 들었다. 중국에는 벌써 상급 각성자용 담배가 나온 건가. 아니면 기분만 내는 걸까. 익숙한 손놀림으로 끝을 커팅하고 불을 붙여 입에 문다.

"앞으로 오래 볼 관계이니 머릿속에 확실히 새겨 두도록."

"새겨? 웃기고 있네."

코웃음을 쳐 주었다. 꿈도 크셔.

"난 집에 돌아가면 깨끗이 치료받고 잘 살 거다. 노력은 하셨지만, 이까짓 거 아무것도 아니야. 정말 아무것도 아니지."

내 가슴을 찢어 놓고 아물지도 못하게 만든 녀석은, 단 한 명뿐이다. 거기에 비하면 진짜 별거 아니었다. 눈을 가늘게 뜨며 난간 틈 사이로 흔들리는 검은 수면을 바라보았다. 감시탑의 불빛이 길게 비쳤다 멀어져 간다.

지금쯤 다들 뭐 하고 있을까.

황금빛 그림자가 호수를 가로지른다. 이른 아침의 호수는 고요했다. 뱃길 하나 없이 홀로 떨어진 작은 섬 또한 마찬가지였다. 금색 용은 단숨에 고도를 높여 노산도를 내려다보았다. 철책과 감시탑에 군인들이 오가고 있다.

노아의 은신 스킬로는 S급 헌터의 눈까지 피할 순 없었기에 구름에 몸을 감추며 조심조심 아래를 살폈다. 다행히 그를 눈치챈 사람은 없는 듯했다. 지위가 특별히 높아 보이는 옷차림의 사람도 없었다. 다들 군복 차림이다 보니 단순한 육안으로도 등급을 짐작하기 쉬웠다.

고위직이 없다는 것을 확인한 노아가 날개만 꺼낸 채 인간으로 변하며 목에 걸고 있던 카메라를 손에 쥐었다. 동시에 비행 높이를 낮추며 노산도 특수각성자 관리소를 구석구석 촬영했다.

'…유진 씨는 괜찮으실까.'

마음 같아서는 안쪽까지 몰래 들어가 보고 싶었다. 하지만 듣기로 이곳에 상주하는 S급 헌터만 셋 이상이라고 하였다.

— 삐약!

노아의 머리 위에 앉아 있던 삐약이도 저기 가자는 듯 파닥거렸다.

"안 돼, 아직은."

노아는 미련을 접고 몸을 돌렸다. 그가 향한 곳은 차오 호수 근처에 위치한 특별지구의 도시였다. 제법 큰 도시에 가득 찬 건물들은 성한 것이 별로 없었다. 어디 한 군데 부서지고 금이 가고 아예 무너진 곳도 보였다. 이제 슬슬 사람들이 활동할 시간이 되었건만 거리에는 인적조차 드물었다. 심지어 눈에 띄는 사람의 반수 이상이 군복 차림이었다.

노아는 허름한 5층짜리 건물로 다가가 열려 있는 창문 안쪽으로 미끄러지듯 들어갔다. 창을 닫고 커튼을 치자 침대에 앉아 있던 남자가 흠칫 보이지 않는 그를 찾아 눈동자를 굴려 댄다.

"아무에게도 연락 안 했습니다!"

"고마워요. 목소리는 낮추고요."

이곳에 도착하자마자 노아는 곧장 거점부터 마련했다. 혼자 사는 남자의 집에 잠입해 계약서를 작성시키고 정보를 얻어 냈다. 남자는 강제로 특별지구에 보내진 각성자였고 자신의 처지에 대한 불만이 컸기에 계약이 아니더라도 제법 협조적이었다.

"이미 말씀드렸던 대로 통신기기는 모두 감시당하고 있습니다."

카메라의 메모리카드를 빼내는 노아에게 남자가 말했다.

"이곳에는 불온 각성자들뿐만 아니라 인질로 삼을 수 있는 각성자의 가족들도 끌려와 있어 바깥과의 연락을 철저히 통제합니다."

"그래도 반항하는 사람들이 없는 건 아닌 모양이던데요. 전투의 흔적이 곳곳에 있었습니다."

"D급 이하 각성자들뿐이지만 멍하니 갇혀 있을 수만은 없으니까요. 뭉쳐서 빠져나가려는 시도가 여러 번 있었습니다만……."

남자가 약간 창백해진 얼굴로 말을 이었다.

"결과는 좋지 않았지요. 저기, 등급이 높은 헌터신 듯한데……."

노아는 자신의 머리 위에 앉아 있던 삐약이를 테이블 위에 내려놓았다. 작은 마석을 주자 냉큼 받아먹는다.

- 삐약!

"집으로 가야 해, 집. 벨라레한테. 유진 씨, 아빠한테는 가면 안 돼. 아빠 안 돼."

- 삐약삐약!

작은 날개를 파닥거리는 삐약이의 발목에 메모리카드가 달려졌다. 집으로 가, 라는 노아의 말에 삐약이가 순식간에 사라졌다. 노아는 삐약이가 사라진 자리를 멍하게 쳐다보는 남자에게 시선을 돌렸다.
"기회가 생길 겁니다."
지금은 저 남자를, 이곳 사람들을 도와줄 여력도 없고 그럴 이유 또한 없었다. 하지만 머지않아 아주 큰 틈이 만들어질 것이다. 어쩌면 이곳이 아예 사라져 버릴지도 모르는 난리통이. 노아는 다시 은신 스킬을 쓰고 창문을 빠져나갔다.

- 삐약!

새끼 새 소리가 들리자마자 소파에 늘어져 있던 도하민이 벌떡 일어났다. 벨라레 또한 시익거리며 머리를 치켜들었다.
"제대로 왔구나!"

공간이동을 멋대로 써 대는 삐약이를 걱정하던 한유진은 일본에 다녀온 이후 아예 제대로 교육시키기로 마음먹었다. 최우선으로 가르친 것은 혼자 나가지 말 것과 아빠에게 가지 말 것, 이었다. 아빠에게 가는 거야 안 가르쳐도 잘해서 문제였다. '집'과 '벨라레'에 이어 '피스'까지도 성공적이었지만 한유진 외의 다른 사람에게는 잘 가지 않았다.

"그래, 삐약아. 아빠한테는 당분간 가면 안 돼. 아빠, 안 돼."

― 삐야.

"여기 마석 먹고, 발목 보자. 메모리카드네. 이제 벨라레랑 얌전히 놀고 있어."

― 삐약삐약!

"아빠 있는 곳 갔다 왔잖아. 지금은 안 돼."

단거리라면 모를까 장거리 공간이동은 자주 쓰지 못하는 삐약이였다. 그래서 자료를 조용히 전달도 할 겸 노아가 삐약이를 데리고 간 것이었다. 교육을 시켰다 해도 언제 아빠 보고 싶다고 사라질지 알 수 없었고 삐약이가 갑자기 한유진 옆에 나타났다간 둘 다 위험해질 가능성이 높았으니까. 이렇게 먼 거리를 한 번 이동했으니 한동안은 안전할 것이다.

"내가 너네 아빠랑 일하기로 한 게 잘한 짓인지 모르겠다. 정보상은 나대면 골로 가기 딱 좋은데! 심지어 중국이잖아. 무섭다고."

한유진이 들었다면 회귀 전이랑 비슷한 소리 하네, 중국을 해연 길드로 바꾸면 똑같다고 생각했을 말을 중얼거리며 도하민이 서둘러 집을 빠져나갔다.

"도련님 기분 더러워 보이네. 당연하겠지만."

문현아의 말에 박예림이 고개를 끄덕거렸다.

"밤새 아저씨 방에서 아저씨 베개 끌어안고 웅크려 있었어요. 저러고 어떻게 3년이나 떨어져 지냈는지 진짜 신기하다니까요."

"막 각성했을 땐 다들 미성년자 S급이라고 만만히 보며 노렸으니까 그럴 만은 했을 거야. 같은 S급 헌터들도 어리니까 밑에 둘 수 있겠다, 생각들 했거든. 성현제 빼고. 걘 해외 돌아다니느라 바빴던 데다가 관심도 없었지."

"언니는요?"

"그래도 어린애니까 조언이라도 해 줄까 하다가 미친놈 하나 더 늘었네, 하고 발 뺐지. 도련님이 조금이라도 사교적이었으면 내가 한 소장님 보호해 주겠다고 했을지도 몰라."

문현아는 각성 시기가 일렀던 데다가 믿을 만한 사람들과 함께 헌터가 되었다. 빠르게 자리를 잡아 그때쯤엔 사람 하나쯤 보호해 줄 능력은 충분히 되었다.

"하지만 도련님은 아무도 믿지 않았어. 사실 그편이 더 옳을 수도 있지. 남을 믿고 형님을 덥석 맡기느니 멀리하며 힘을 키우는 게. 혼자서 잘 해내기도 했고."

"그으건, 저도 좀 대단하다고 생각해요."

박예림이 아무도 접근 못 할 사나운 기세를 풀풀 흘리며 혼자 앉아 있는 한유현을 쳐다보며 말했다.

"석 팀장님이 자기 합류하기 전부터 기반 잘 다지고 있었다면서 막 한유현 칭찬을 하는데, 테이블 엎을 뻔했다니까요. 그 아저씨 그런 거 보면 아저씨랑 되게 잘 지낼 거 같은데."

둘 사이에 묘하게 거리감이 있었다. 행동들만 보면 십 년은 알고 지낸 단짝처럼 주에 두세 번씩 만나 가며 한유현 얼굴에 금칠해 댈 거 같았는데도.

"대단하지. 그 나이에 누구의 도움도 받지 않고 홀로서기에 성공했으니까. 만약 그때 다른 세력의 도움을 받았더라면 석 팀장도 한유현 아래에 들어가지 않았을걸. 부럽기도 해."

"왜요, 언니도 엄청 대단한데."

박예림이 목소리를 잔뜩 낮추며 말을 이었다.

"어때요? 독립 준비는 잘되어 가요?"

"열심히 긁어모으고 있지. 리에트가 의뢰 수락해 준 덕이 커."

남의 뒤 캐고 다니는 건 성미에 맞지 않았다. 하지만 최대한 상처를 덜 입고 길드를 빼내려면 방패막이용 정보들이 필요했다.

"송 실장 휴가 내고 자리 비우는 틈을 타서 무력적인 방법도 써 볼까 하는 유혹이 들지만, 역시 미안하잖아. 뒷말도 나올 거고."

"우리 길드장이랑 세성 길드장님은 그런 거 많이 썼을 거 같은데요."

"안 그래도 리에트한테 답답하다고 한 소리 들었어."

문현아가 쓰게 웃었다.

"작은 흠도 안 내려고 쓸데없이 시간 낭비한다고."

전부 다 쓸어버려도 돼. 욕할 놈은 욕하라지. 욕하는 새끼도 죽여 버려~ 라는 말에 그래서는 안 된다는 대답 외엔 할 수가 없었다. 일정 도덕선을 가볍게 넘어 버리기엔 짊어진 짐이 무거웠다.

"언니는 길드장이고 리에트 언니는 아니잖아요. 그 언니 엄청 막산다면서요."

"예림이 너도 막살아. 넌 그래도 돼. 다른 사람 눈치 같은 건 절대 보지 말고."

문현아가 박예림의 등을 가볍게 두드렸다. 그때 준비가 끝났다는 목소리가 들려왔다. 한유진 기승수 사육소 소장의 실종에 대한 공식 브리핑이 시작되었다.

기자들 앞에서 어제 벌어진 사건에 대한 자료 화면이 띄워졌다. 물에 빠진 차량과 사육 시설 근처에 버려진 차량, 공항에서 발이 묶인 비행기

등. 한유진을 납치한 자들은 중국 마피아와 연관 있을 가능성이 높다는 결론과 함께 중국 정부에 협조 요청을 했다는 내용이었다.

한유진과의 통화 기록과 위치추적 기록은 공개되지 않았다. 어차피 중국에서 잡아뗀다면 증거로 쓸 수 없을뿐더러 괜히 경계만 더 심해지게 만들 뿐이었다. 물밑에서 조용히 움직이기로 결정한 이상 이쪽이 알고 있는 정보들을 최대한 감추는 편이 유리했다.

한유진이 지닌 각성자로서의 능력 이전에 자국민의 무사 귀환을 위해 백방으로 노력할 것이라는 말과 함께 브리핑이 끝났다. 이어 한유진의 가족인 한유현과 박예림에게도 인터뷰가 들어왔다. 아니, 들어가려 했지만 한유현에게는 아무도 다가가지 못하는 바람에 박예림만이 안타까움 가득한 표정으로 아저씨가 무사히 돌아오길 바란다고 말했다.

"홍보팀 울겠다, 길드장님아."

박예림의 말에 한유현이 미간을 좁혔다.

"…감이 좋지 않아."

"손등 아직 무사하다며."

한유현은 자신의 손등을 바라보았다가 입을 다문 채 걸음을 옮겨갔다. 어제저녁부터 형에 대한 걱정으로 머릿속이 가득 차 다른 생각을 하는 것이 힘들 정도였다. 마음 같아서는 다 무시하고 중국으로 달려가고 싶었다.

"세성 아저씨가 사육소로 오래."

박예림이 휴대폰을 들여다보며 말했다. 두 사람은 지체 없이 기승수 사육소로 향했다. 응접실에는 성현제와 도하민이 기다리고 있었다. 도하민이 당장 여기서 탈출하고 싶다는 표정으로 그나마 대하기 편한 박예림을 바라보았다.

"휴가 중인 송태원 씨도 곧 도착할 테니 그때 이야기를 시작하지."

성현제의 말에 박예림이 그럼 잠깐 나갔다 오겠다며 응접실을 나섰다. 도하민이 울상을 지으며 소파 가장 구석진 곳에 움츠려 앉았다.

"노아 헌터로부터 자료가 도착했다고 들었습니다."

한유현이 도하민에게 말했다. 도하민이 고개를 끄덕거렸다.

"사진과 영상 외에도 주변 정황을 적은 메모지 사진까지 여러 장 들어 있더군요. 생각보다 상세했어요."

"그런 쪽으로 교육을 받았거든."

성현제가 말했다.

"노아 군의 능력치 특성은 사실 던전 공략보다는 현대에, 특히 첩보전에 더 잘 어울리지. 비행에 은신, 저주 계약까지. 그래서 따로 가르치도록 했었다네."

다만 일에 대한 의욕이 낮은 것이 문제였다. 성현제에 대한 신뢰도 없었으며 계약으로 묶어는 놓았지만 저주 저항을 가진 탓에 효력도 떨어졌다. 중요한 정보를 다루는 사람이 배신이라도 한다면 되레 큰 타격을 입을 수 있기에 쓸모는 많지만 다루기는 까다로운 패였다. 하지만 한유진이 목적인 이상 정보 탐색에 그보다 더 적극적인 사람은 없을 것이다.

그때 문이 열리며 송태원이 들어왔다. 이어 박예림 또한 돌아왔다. 품에 검은 털의 새끼 양을 안은 채로.

"송 실장님, 송송이요!"

큰 걸음으로 송태원 앞에 다가간 박예림이 대뜸 새끼 양을 내밀었다.

"아저씨가 없어져서 외롭대요."

"…하루 지났습니다."

"그치, 송이송이야."

- 매앵.

"아저씨도 송 실장님이 애 맡아 주시면 안심할 거예요. 일단 안아라도 보세요."

박예림과 새끼 양이 동시에 송태원을 빤하니 올려다보았다. 말간 눈알 두 쌍의 재촉에 송태원이 이기지 못하고 새끼 양을 받아들었다.

"아저씨 돌아오면 송이 꼭 정식으로 데려가시기!"

송태원은 대답 대신 약한 한숨을 흘렸다. 그의 품 안의 양이 매애 울었다.

"잘 어울리는군."

성현제가 노트북 화면을 모두가 볼 수 있도록 돌리며 말을 이었다.

"차오후 특별지구 노산도 제1특수각성자 관리소라네. 휴대폰 위치추적이 멈춘 곳이기도 하지."

"호수 가운데예요?"

"아주 큰 호수야, 꼬마 아가씨."

"그럼 확 엎어 버리면 되겠네요!"

"문제는 이 섬에만 S급 헌터 세 명이 상주하며 지원 가능 S급 헌터는 다섯 명 이상으로 추정된다는 것이지."

성현제의 말에 박예림이 놀란 눈을 했다.

"중국 헌터 아홉 명이라고 하지 않았어요?"

"공식적으로는. 실제로는 그 세 배 이상 되겠지."

"인구수를 생각해 봐. 세 배도 적어."

한유현이 설명을 덧붙였다. 이어 도하민도 한마디 거들었다.

"중국 다음으로 인구가 많은 인도가 서른 명이 넘는 S급 헌터를 보유하고 있으니까요. 중국도 그 정도는 될 거라고 추측하고 있죠. 실제로는 더 많을 가능성도 높습니다. 인도도 중국처럼 꽉 막히진 않았지만 각성자 통계가 제대로 이루어지지 않은 나라라."

"…그래도 호숫가니까!"

"물에 유리한 헌터가 박예림 너만 있다고 생각하진 마. 네가 제일 강하긴 하겠지만."

노트북 화면의 사진이 차례로 넘어갔다. 호수 주위와 노산도, 특별지구 도시까지 상세히 찍혀 있었다. 마지막으로 엉망이 된 공항 사진이 나타났다.

"이건 아마도, 한유진 군의 솜씨로 추정된다네."

"…형."

"와, 아저씨는 무사한 거겠죠?"

이어 성현제가 파일들을 테이블 위에 차례로 놓았다.

"가장 가까운 허페이공항은 한동안 사용이 불가능하겠지만 난징공항은 아직 무사하지. 한유진 군을 언제든지 다른 장소로 빠르게 옮겨 갈 수 있다는 뜻이야."

"그럼 공항부터 막아야겠네요?"

"그리고 최대한 조용히 잠입해 들어가야 한다네. 중국 땅은 워낙 넓으니 제대로 숨어 버리면 찾기 힘들어져. 준비할 수 있는 위장 신분은, 군부야 당연히 제외하고 우선 마피아."

성현제의 손끝이 파일 하나를 펼치며 반대편에 선 한유현과 박예림이 읽기 편하도록 빙그르 돌렸다.

"중립 세력이지만 상대적으로 수가 적어 들통날 확률이 높은 편이라네."

이어 두 번째 파일이 펼쳐졌다.

"무림맹. 군부에 반하는 각성자들이 모인 세력이지."

박예림이 파일에 붙은 사진을 들여다보았다. 감색 창파오 차림의 삼십 대 중반쯤의 여자가 가운데 앉고 양옆으로 장삼과 도포에 검을 찬 남자들이 서 있었다. 컬러였지만 분위기는 몇십 년쯤 된 사진 같다.

"드라마나 영화 촬영하는 거 같아요."

"무림맹은 무협 영화나 소설 같은 곳에 등장하는 무림인을 표방하고 있습니다. 자세한 정보는 중국 밖으로는 거의 전해지지 않았습니다."

송태원이 새끼 양을 안은 자세를 조금 고치면서 말했다. 꼬리를 파닥파닥 친 새끼 양이 그의 소맷자락을 잘근잘근 씹기 시작했다. 송태원이 조금 곤란한 얼굴을 했다가 이내 포기한 듯 무표정해졌다.

"그럼 평소에도 이렇게 입고 다녀요?"

"그렇다네. 복식만 갖추면 무림맹 소속으로 인식되니 위장하기는 편하겠지. 가운데 여성은 무림맹 맹주 단운비라네. 중국 군부에서 애타게 찾아 헤매고 다니는 분이시지."

"일본 생각난다. 컨셉 잡고 다니는 헌터들이 또 있을 줄은 몰랐어요."

박예림의 말에 도하민이 끼어들었다.

"미국도 장난 아니야. 미국 S급 헌터가 명우에게 가운데 별 박힌 원형 방패 제작 가능하냐고 물어보기도 했었대."

"헐, 진짜요? 망치나 금속슈트는 주문 안 했대요?"

박예림이 입을 딱 벌렸다가 까르르 웃음을 터뜨렸다.

"저 얼음으로 성 만들기 할 수 있을 거 같은데! 미국 갈 일 생기면 파란색 드레스 한 벌 맞출까 봐요. 저작권에 걸리나?"

도하민은 물론 박예림의 말 또한 조금도 이해 못 한 한유현이 두 사람을 이상하다는 듯 쳐다보았다.

"마지막으로 무소속 각성자 무리. 대부분 도망자며 위장이라기보단 단순히 중국 국적을 가지는 것뿐이라네. 소속이 없으니 도움도 받을 수 없지."

"마피아나 무림맹은 우리 도와준대요?"

"무림맹은 확실히. 그들로서는 한유진 군이 군부에 힘을 보태는 것을 원하지 않을 테니까."

기승수는 무림맹 헌터들도 탐내겠지만 싫다는 사람을 억류해서야 명분이 떨어진다. 또한 한국 헌터라는 새로운 적을 만들어 버리는 것도 곤란한 일이었다. 그럴 바에는 한국 헌터들과 협력해 군부에 타격을 입히고 한유진을 돌려보내는 편이 훨씬 나았다.

"반면에 마피아는 군부와 충돌하기 싫어하지. 그러니 정체를 들키면 곧장 돌아설 거라네."

"그럼 무림맹 소속으로 들어가는 겁니까."

"달걀을 한 바구니에 담지 말라, 고 했지."

"나누자는 거네요! 마피아랑 무림맹이랑. 어디로 하지."

박예림이 고민 어린 표정을 지었다.

"마피아면… 전 너무 눈에 띄겠죠."

중학생 소녀 마피아라니, 아무리 각성자라지만 겉모습을 완전히 바꾸지 않고서야 누가 봐도 수상쩍을 것이다.

"역시 무림맹 가야 하나. 한유현 넌 어쩔래?"

"뭐든 상관없어. 형만 빨리 되찾을 수 있다면."

"움직이기 편한 건 무림맹이지. 군부 상대로 과격행위를 벌인다 해도 원래 그런 단체니까 의심받을 일도 적고."

"그럼 전 무림맹! 가기 전에 무협 영화 볼까요? 뭐가 유명하지."

"동방불패, 소오강호. 시간 되면 드라마도 봐. 사조영웅전, 의천도룡기. 15세 이상이야."

소파에 쭈그리고 있던 도하민이 재빠르게 속닥거려 왔다.

"책도 있어. 빌려줄게. 마피아도 관심 있으면 무간도 보자."

"네. 한유현, 너도 따라와."

"내가 왜."

"무림맹이 막 나가기 좋다잖아. 아저씨 더 빨리 만날 수 있을걸? 그럼 세성 아저씨랑 송 실장님은 마피아로 위장하실 거예요?"

박예림이 말하면서 송태원을 바라보았다. 성현제와 도하민 또한 그를 향해 시선을 돌렸다. 공직자긴 한데, 라는 눈빛들에 송태원이 나직이 입을 열었다.

"필요하다면 하겠습니다."

"…나도 따라가서 구경하고 싶다."

도하민이 설레며 중얼거렸다. 이어 코디 추천해 줘도 되냐는 물음에 송태원이 정중히 거절했다.

그 밖의 중국 내부 상황에 대한 설명이 짧게 이어지고 송태원이 한마디 덧붙였다.

"죄송하지만 이번 일에는 기한 제한이 있습니다."

"송 실장님 휴가 기간이요?"

"아닙니다. 수능 날입니다."

박예림이 그게 무슨 상관이냐며 고개를 갸우뚱거렸다. 송태원이 그녀에게 설명해 주었다.

"대학수학능력시험 날에는 S급 헌터 또한 차출됩니다. 던전브레이크 시 시험장에 피해가 가지 않도록 빠른 대처를 위해 전국 각 지역에 흩어져 대기해야만 합니다."

"아, TV에서 본 적 있는 거 같아요."

"던전 브레이크가 일어날 가능성이 현저히 낮아졌다고 해도 수능 날 S급 헌터 다수가 자리를 비웠다는 사실이 알려진다면 비난 여론이 형성될 수 있습니다. 지난번 몬스터 출몰 사태의 영향이 아직 완전히 가시지도 않았으니까요."

"그렇게 오래 걸릴 일은 없을 거라네. 최대한 빠르게 한 소장님을 제자리로 모셔 놓아야지."

성현제의 장담에 송태원이 짧게 고개를 끄덕이곤 다시 입을 열었다.

"알리바이는 어떻게 만드실 계획이십니까."

"전 일본에 가 있는 걸로 하기로 했어요. 일본 길드장이 도와준댔거든요."

한유진의 납치 소식을 들은 시시오는 무척이나 협조적으로 나왔다. 박예림의 가짜 행적을 만드는 데에 협조해 주는 것은 물론이요, 아예 직접 중국으로 가겠다는 소리까지 했었다.

"저는 공략이 필요한 S급 던전에 들어갈 예정입니다."

한유현이 말했다. 해연에 공략해야 하는 S급 던전이 있는 것은 사실이었다. 형이 돌아올 수 있는 자리를 지키겠다는 식의 짧은 인터뷰를 하고 공략에 들어가는 척을 할 계획이었다. 물론 실제 공략팀은 해연의 A급 헌터팀이었다. 원래도 S급 하위 던전은 공략 가능한 팀이며, 이번에는 유니콘 두 마리도 동행하기로 하였다.

"나는."

성현제가 테이블 앞을 벗어나며 말을 이었다.

"오랜만에 자택 연금이나 당해 볼까 하는데."

송태원이 품에 안긴 새끼 양을 의식하고 한 걸음 뒤로 물러섰다.

"송태원 씨는 정부와 헌터 협회의 느슨한 대처에 실망한 S급 헌터를 막으려다가 장기 입원 한 것으로 하는 게 어떻겠나. 마침 내가 병원도 하나 가지고 있어서. 편안한 휴가를 위해 특실로 내어드리지."

제안 자체는 나쁘지 않았다. 하지만 송태원은 미간을 좁혔다.

"다른 온건한 방법도 많으시지 않습니까."

"조금 귀찮고, 조금 짜증 나서."

눈치를 살피던 도하민이 얼른 일어나 박예림 뒤쪽으로 피했다. 한유현도 한마디 던졌다.

"형이 자기 건물은 부수지 말라고 했습니다."

싸우든 말든 상관은 없지만 나가서 하란 소리였다. 반면에 박예림은 눈을 빛냈다. 둘이 나가면 따라갈 기세였다.

"화풀이는 적당히 하십시오."

"화풀이라니."

성현제가 입술 끝을 올렸다.

"고작 이 정도로 화풀이가 될 것 같나. 어디까지나 필요에 의해서 하는 행동이라네. 내가 보호하기로 계약한 사람이 납치되었는데 공식적으로는 별다른 대응을 하지 못한다, 라는 말에 네 그렇군요로 끝낸다면 얼마나 입장이 우스워지겠나."

정부와 협회 상대로 화를 내는 척이라도 해야지. 그렇게 말하며 성현제가 발끝을 약간 비틀었다. 공격해 올 것이다. 송태원은 재빠르게 상황을 파악했다.

그가 대응하지 않으면 흥이 꺾여 물러날지도 모른다. 하지만 지금 이 장소에는 비각성자와 낮은 등급의 새끼 몬스터가 있었다. 아무것도 하지 않는다는 선택지는 송태원으로서는 받아들이기가 힘들었다. 새끼 양을 내려놓을 틈이 있을까. 그렇게 생각한 순간 성현제가 발을 떼었다.

두 사람의 간격이 순식간에 좁혀진다. 송태원이 몸을 틀며 한쪽 다리를 치켜들었다. 무게를 실어 날아드는 발길질을 성현제가 일부러 피하지 않고 그대로 팔뚝으로 받았다.

퍽! 묵직한 타격음과 함께 성현제의 몸이 뒤로 밀려났다. 전투 장소를 바꾸고 틈을 내기 위해 힘을 최대한을 실은 발차기였다. 바닥을 긁는 것을 넘어서 성현제의 등이 벽에 부딪혔다. S급 헌터 상대로 방음 효과를 내기 위해 겹겹이 쌓은 특수 벽이 단숨에 부서진다.

콰르르-!

흙먼지가 날리고 정오의 햇살이 비쳐드는 산책로까지 밀려난 성현제가 자세를 바로 하며 옷깃을 가볍게 털었다.

"여기 얌전히 있으십시오."

송태원이 새끼 양을 내려놓으며 말했다. 이어 잔해 사이를 걸어가 벽에 난 구멍을 넘어선다.

"원하시는 대로 맞춰 드리겠습니다."

적당히 싸우는 척하다가 쓰러지면 된다. 성현제의 말대로 사육소를, 사육소장을 보호해 줘야 하는 세성 길드가 이대로 입 다물고 지나가서야 수상쩍게 느껴질 것이다. 아직 영향력 자체는 세성에 비해 모자란 해연과 브레이커와는 입장이 달랐다. 그렇다고 길드 차원에서 항의하고 나선다면 더 까다로워질 뿐이니 길드장 개인의 일탈로 끝내는 편이 훨씬 나았다.

심지어 지금 송태원은 휴가 중이라 그의 선에서 마무리 짓는다면 크게 문제시될 일도 없었다.

"송태원 씨, 인 지금은 좀 더 감정적으로 굴어도 될 텐데."

"…무슨 엉뚱한 말씀이십니까."

"한유진 군의 일 말이네."

"비록 납치는 당하였지만 신상에 문제가 생길 일은 없습니다. 그러니 박예림 헌터는 물론 한유현 헌터 또한 비교적 침착한 편이지 않습니까."

성현제가 한쪽 팔을 가볍게 들어 올렸다. 콰득— 구두굽이 산책로의 블록을 깨뜨리고, 그의 몸이 순식간에 송태원의 바로 앞까지 접근했다. 두 사람의 팔뚝과 팔뚝이 교차되어 맞부딪쳤다. 새끼 양이 물어 당겨 흐트러진 넥타이를 움켜쥐며 성현제가 나직이, 무너진 벽 너머의 S급 헌터들에게 들리지 않을 정도로 작게 말했다.

"어린애들은 아직 모르겠지. 석시명도 일부러 입을 다물고 있는 모양이니. 하지만 송태원 씨는 다르지 않나."

"……"

"홍콩 때와는 달라. 그때는 귀중한 상품이었지. 판매하기 전까지는 최상의 상태를 유지해야만 하는 귀하신 몸. 하지만 지금은, 주인 노릇을 하려 들 거라네."

말을 듣지 않는다면 거친 수단을 써서라도 길들여야 할 대상이다. 물론 목숨이 위험한 지경에는 빠지지 않을 것이다. 의외로 별문제 없을 수도 있다. 하지만 홍콩 때와는 확실히 다르다.

송태원의 입매가 희미하게 굳었다. 움직임까지 따라 멈칫하는 그 틈을 놓치지 않고 성현제가 무릎을 굽혀 송태원의 몸에 날카롭게 찔러 넣었다. 급히 피하는 움직임과 함께 넥타이가 우드득 뜯겨 나간다. 송태원의 옆구리가 길게 찢어지고 성현제가 빙그르 반 바퀴 몸을 돌리며 연이어 발차기를 날렸다.

쾅!

회전력이 들어간 킥에 직격당한 송태원이 사육소 담장까지 날아가 처박혔다. 크게 금이 가는 벽에 성현제가 곤란한 척했다.

"내 파트너가 돌아오면 잔소리하겠군."

송태원은 파편이 떨어지는 벽에 그대로 기대앉은 채 성현제를 바라보았다. 이쯤에서 부상자 노릇 하겠다는 듯 일어날 생각이 없어 보였다.

"이걸로 끝이에요? 세성 병원에 연락할까요?"

박예림이 눈치 빠르게 말하고 도하민이 이제 돌아가도 되냐며 작게 중얼거렸다.

"에블린 헌터에게 상황을 설명해 주면 알아서 처리해 줄 거라네. 도련님께는 입단속을 부탁하지. 해연 길드에서 내려다보이는 위치이니 말이야."

한유현이 알겠다고 대답하곤 몸을 돌렸다. 박예림도 휴대폰을 꺼내며 그 뒤를 따라가고 도하민도 얼른 자리를 피했다.

"송태원 씨를 보고 있자면 가끔은 숨통을 끊어 주는 게 도와주는 것이 아닐까 하는 생각이 든다네."

스스로를 괴롭히며 살아가게 내버려두는 것보다 그편이 더 자비롭지 않을까. 물론 성현제가 송태원을 살해할 일은 없다. 그런 시시한 마지막을 직접 실행할 마음 따윈 조금도 없었다. 천천히 걸음을 옮겨 간 성현제가 송태원의 다리 위에 발을 올렸다.

"그럴듯하게 보이려면 다리 하나쯤은 부러뜨려 둬야 하지 않을까."

대답은 돌아오지 않았다. 원하는 대로 하라는 듯 반항 또한 없었다.

침묵이 차갑게 내려앉은 그때 뚫린 벽을 까만 털뭉치가 폴짝 뛰어넘었다. 통통거리는 가벼운 걸음걸이로 다가온 새끼 양이 두 사람의 주위를 빙글빙글 맴돈다. 송태원이 인상을 약간 쓰며 새끼 양을 바라보았다.

"…가만히 있으라고 하지 않았습니까."

- 매애.

송태원의 말을 알아듣지 못한 듯 새끼 양이 그의 근처에 멈춰 섰다. 아예 자리를 잡고 엎드리는 모습에 송태원이 주먹을 쥐었다. 그리고 새끼 양의 바로 옆을 강하게 내리쳤다.
쾅!

- 매애!

화들짝 놀란 새끼 양이 후다닥 달아난다. 하지만 이내 다시 몸을 돌려 송태원을 노려보더니 반지르르 윤이 도는 발굽으로 바닥을 팍팍 긁었다.

- 매애애!

한번 풀쩍 뛴 새끼 양이 송태원을 향해 달려들었다. 두꺼운 팔뚝에 뿔도 제대로 안 난 머리로 퍽, 퍽 연신 박치기를 하고는 분이 풀렸다는 듯 다시 주저앉는다.

- 매앵.

"어린것은 키워 주는 보호자를 닮는다곤 하지만."

가만히 지켜보고만 있던 성현제가 허리를 굽혀 새끼 양을 안아 들었다. 약간 몸을 뒤척이긴 했지만 새끼 양은 비교적 얌전히 들렸다. 성현제가 자신을 올려다보는 시선을 향해 미소 지었다.

 "축하드리지, 송태원 씨. 자네에게 위협당하고도 도망치지 않는 어린 양이 하나 더 늘어난 것을."

 "……."

 송태원은 입을 떼었다가, 다시 꽉 다물었다.

[외전] 운전면허증

## [외전] 운전 면허증

"아저씨, 이번에는 꼭 면허 따러 가요!"

예림이가 말했고.

"나도 헌터 등급에 맞는 면허 새로 따야 한다더라."

명우가 말했고.

"저도 한국에서 면허 다시 따야 한대요."

노아가 말했다. 그렇게 운전면허 없는 네 사람이 모이게 되었으니 자연히 운전대 잡을 사람이 필요했다. 운전 가능한 사람이야 널리고 널렸지만.

"내가 태워다 줄게."

유현이가 끼어들었다. 그리고 피스가 현관 앞에서 시위를 했다. 삐약이가 벨라레와 함께 나를 빤히 바라보았다. 위험한 곳도 아니고 헌터 전용 시설이니까 뭐.

그렇게 품에 피스를 안아 들고 머리에 삐약이를 얹고 팔목에 벨라레를 감은 채 집을 나섰다.

"예림이 너, 운전 연습 하나도 안 했다며. 괜찮겠어?"

"전 실전에 강하니까 걱정 마세요!"

일단 필기는 통과했고 기본적인 조작법은 배웠다지만 그래도 걱정된다. 옆에서 유현이가 거들어 말했다.

"나도 연습 없이 바로 합격했어. 실수해도 차만 부서지고 말 테니 신경 쓰지 마. 그보다 형이야말로 괜찮은 거야? 내가 운전 연습 도와주겠다고 했는데도 거절하고."

"면허만 없지 운전 안 해 본 건 아니다. 주차나 부지 내에서 차량 옮기는 거 예전에 일하던 데서 시켰었거든."

도로 외에서는 괜찮다면서 말이다. 물론 지금 내가 자신 있어 하는 건 회귀 전에 운전면허를 땄기 때문이지만.

"그래도 헌터용 시험장은 좀 까다로워서 힘들 텐데."

"많이 다른가?"

"유출 금지라 자세히는 말 못 해 주지만 상급 헌터용은 비각성자가 합격하기 불가능할 정도야. 중급은 그렇게 어렵진 않다고 했지만."

코스가 까다롭나? 그래도 초보자는 아니니 괜찮겠지.

빌딩 쪽으로 가자 명우와 노아가 기다리고 있었다.

"명우 너 괜찮겠냐? 상급 헌터용은 장난 아니래."

명우는 나와 달리 A급 헌터로 인정받았으니 상급 헌터용 면허를 따야만 한다. 명우 옆으로 다가가 팔을 툭 쳤다.

"심지어 장롱면허였다며. 혹시 모르니까 포션 꼭 챙기고, 시험장에 힐러 대기하고 있겠지?"

"응. 있다더라. 그리고 난 스킬 특성상 아이템을 사용해도 된다고 했어. 정확히는 내가 만든 아이템만이지만."

"그래도 조심해. 다치면 안 돼."

노아야 S급 헌터니까 아무 문제 없을 거고. 라고 생각하고 시험 잘 보라는 말 정도만 했더니 눈에 띄게 시무룩해진다. 이런.

"노아 씨도 몸조심하시고요. S급 헌터에겐 쉽다고 하지만 그래도 혹 모르니까요."

"네! 고마워요, 유진 씨."

그제야 활짝 웃는다. 오늘도 화사하게 반짝거리는구나.

헌터 전용 운전면허 시험장은 꽤 멀었다. 그리고 특이하게도 시험장 앞쪽 주차장에 외제차들이 줄지어 늘어서 있었다. 모터쇼에라도 온 것 같다. 번쩍거리는 차들 사이에 서 있던 정장 차림의 사람들이 우리를 발견하자마자 눈을 빛내기 시작했다.

"시험 꼭 합격하십시오!"

"응원합니다, 헌터님들!"

저거 설마.

"…딜러들인가."

어디서 소문을 듣고 몰려온 거야? 심지어 몇몇은 플래카드까지 만들어 왔다. 예림이를 응원하는 사람이 제일 많고 그다음이 노아였다. 나와 명우는 상대적으로 적었다. 떨어질 확률이 높아서인가.

수입차 딜러들의 응원 속에서 시험장으로 들어갔다. 긴장한 표정의 담당자가 우리를 맞이해 주었다.

"박예림 헌터님께서는 필기시험을 먼저 치르셨군요."

"네!"

"그럼 우선적으로 기능 시험 안내를 해 드리겠습니다. A코스는 평범한 기능 시험입니다. A코스에서는 스킬과 아이템을 사용해서는 안 됩니다. B코스는 헌터 전용 도로 주행 시험으로 스킬 사용이 가능합니다. 유명우 헌터님 이외의 분들께서는 아이템 사용이 불가능합니다."

기능 시험 담당자가 예림이에게 따라오라고 말했다.

"합격하고 올게요~"

예림이가 기능 시험장으로 나가고 필기시험을 위해 자리를 옮기려는 때였다.

"안녕하세요!"

발랄한 목소리가 들려왔다. 강소영과 함께 리에트가 들어서고 그 뒤로 송태원까지 모습을 나타내었다. 송태원이 우리를 확인하고는 직원에게 말했다.

"박예림 헌터는 기능 시험 중입니까?"

"네. 필기 통과하였기에 먼저 기능 시험장에 들어갔습니다."

송태원이 작게 고개를 끄덕였다. S급 헌터들이 우르르 면허 따러 온 탓에 사고 대비차 온 모양이었다. S급 헌터 일에는 그를 대신할 사람이 없으니 문제. 어디서 국가 소속 할 S급 각성자 하나 구해라도 오고 싶구나.

…송태원 입장에서는 혹이 하나 더 늘어나는 느낌일 수도 있겠지만. 자신과 복제인간 수준으로 비슷한 성향의 S급이라 해도 껄끄러워할 사람이지.

"안녕, 자기야~ 노아 너도 면허 따라 온 거니?"

"예, 누님."

짧은 대답은 평범했다. 가족적인 애정이나 호감이 담긴 건 아니었지만 부정적인 감정도 느껴지지 않았다. 아직 다 풀었다곤 할 수 없고 애초에 모든 일이 사이좋게 잘 지냈습니다~ 로 끝날 수는 없으니까.

"소영 씨는 면허 있을 테고, 리에트 너 한국 면허 없었어?"

"취소됐어. 재시험이지~"

뭔 짓 했냐. S급 헌터 운전면허라면 웬만해선 취소 안 될 텐데.

유현이와 강소영을 제외하고 우르르 필기시험장으로 들어갔다. 피스와 삐약이는 잠시 유현이에게 맡겼다. 벨라레야 반쯤 팔찌 상태였고. 중급 이상 헌터 면허 시험장이다 보니 책걸상은 몇 없었다.

"필기시험은 총 60문항으로 40문항은 일반 시험지와 동일합니다. 나머지 20문항은 헌터 전용 문제입니다. 리에트 헌터님과 노아 헌터님께서는 이쪽 자리로 와 주세요."

한글이 서툰 두 사람을 위해 따로 시험지가 배부되었다. 이어 필기시험이 시작되었다. 일반 문제야 쉬웠고 헌터 전용 문제도 어렵지 않았다. 안전벨트 착용이나 독 저항 및 스탯 등급에 따른 음주운전 예외 사항, 던전 브레이크 시의 교통 통제 등의 내용이었다.

필기시험은 다들 무사히 통과했다. 남은 건 기능시험뿐이었다.

"한유진 헌터님께서는 이쪽으로 따라와 주세요."

중급 헌터는 나뿐이었기에 나만 시험장이 달랐다. 유현이가 내게 삐약이를 건네주며 말했다.

"조심해야 해, 형. 혹시 모르니까 피스도 데리고 가."

"면허 따다 사고 낼 수준은 아니다. 피스 데리고 가도 되나?"

담당자가 괜찮다고 말했다. 다만 기승수의 도움을 받을 시 즉시 불합격 처리된다고 하였다. 스킬 사용은 가능하지만, 타인의 능력을 빌려 오는 것은 불가능하며, 온전히 내 힘으로 통과해야만 했다.

나를 제외한 다른 사람들은 예림이가 간 방향으로 안내되었다. 리에트 언니 파이팅을 외친 강소영이 노아를 향해 크게 소리쳤다.

"노아 씨! 합격하시면 저희 내일—!"

"죄송합니다."

"괜찮아요! 시험 잘 보세요!"

꿋꿋하구나. 둘이 잘 어울리긴 한데 말이야.

담당자를 따라 시험장으로 향했다. 시험장에 다다르자 그새 소식을 들었는지 성현제로부터 문자가 도착했다.

[파이팅^^]

뭐, 일단 감사. A코스 입구에 시험용 차량이 두 대 세워져 있었다. 1종용 트럭에 올라타 곧장 출발했다. 일반 코스야 뭐, 어렵지 않았다. 스틱은 오랜만이긴 했지만, 미리 운전 방법을 알아 뒀기에 감각만 떠올리면 되었다.

무사히 시험을 통과하자 바로 B코스로 안내되었다.

"차량이… 좀 특이하네요."

묵직한 차체의 대형 SUV로 언뜻 봐도 일반적으로 판매되는 차량이 아니었다. 십중팔구 던전 부산물을 사용한 특수품일 터였다. 역시 번호판에 표시되어 있네.

"B코스는 던전 브레이크를 상정하여 구성되어 있습니다. 주기적으로 코스 구성이 일부 변경되지만, 기본 경로는 동일하기에 헌터 전용 운전면허를 취득하지 못한 상대에게는 자세한 내용을 말씀해 주시지 않길 부탁드리겠습니다."

"그럼 재시험은 불가능합니까?"

"재시험 시에는 합격 커트라인이 올라갑니다. 3회 연속 불합격 시 운전면허 시험 응시 자격이 박탈됩니다."

엄격하네. 그래도 재시험 가능하다니까 어려울 거 같으면 코스라도 확실히 외워 두자.

"시험을 중도에 포기하길 원하신다면 운전대 옆의 붉은색 버튼을 눌러 주십시오. 곧장 힐러와 구조대를 보내 드리겠습니다."

"예."

던전 브레이크 환경이라고 해도 몬스터가 튀어나오는 건 아닐 텐데 구조대라니. 초보면 혼자 운전하다 사고 낼 수도 있긴 하다만.

주의사항을 마저 듣고 차에 올라탔다. 피스도 옆자리에 앉았다.

"삐약아, 너도 피스 옆에 가 있어."

― 삐약.

A코스와 달리 속도를 올려야 하니까 위험할 수도 있다. 삐약이를 피스에게 맡기고 차를 출발시켰다. 닫혀 있던 문이 열리고 군데군데 부서진 도로가 나타났다.

"제법 실감 나는데."

도로 옆으로 건물 모형도 세워져 있었다. 4차선 도로를 따라 차를 몰아갔다.

'역시 장애물도 있구나.'

띄엄띄엄 차가 멈춰 서 있었다. 넘어진 전봇대며 건물 잔해도 길을 막곤 했다. 실제 상황은 아니다 보니 잘 꾸며 놓은 코스가 은근 재미있었다. 이래서 시험 비용이 비쌌구나.

'천천히 돌까 빨리 갈까.'

던전 브레이크 장소까지 시간 내에 도착하라, 라는 일종의 미션이기에 시간 제한이 빠듯하다고 하였다. 시간이 다 되면 중간에 돌아가야 하나? 그걸 안 물어봤네. 일단 코스를 끝까지 돌기 위해 속도를 올렸다.

장애물이 점점 늘어나 확실히 초보라면 제시간이 도착하지 못하겠구나, 생각하는 순간이었다.

"사람 살려!"

"헉!"

사람이 도로 위로 튀어나왔다. 황급히 브레이크를 밟았지만.

쾅!

"으악!"

차에 치인 남자의 몸이 공중으로 붕 떠오른다. 그러곤 데굴데굴 도로 위를 구르다 멈추었다. 미친 뭐야 미친. 급히 차 문을 열고 뛰쳐나갔다.

"괜찮으—"

"민간인을 피하지 못하셨습니다. 5점 감점됩니다."

벌떡 일어난 남자가 태연하게 말했다.

"충돌 후 대처 또한 미흡하셨기에 2점 감점됩니다."

"…예?"

"현재 지역은 던전 브레이크 장소와 가깝기에 언제 몬스터가 출몰할지 알 수 없습니다. 사고가 발생하였다더라도 주위를 살피는 것을 잊어선 안 됩니다."

맞는 말… 이긴 한데. 아니, 그래도 이게 뭐야.

"…괜찮으신 건 맞죠?"

"걱정 마십시오. C급 방어계 헌터입니다. 그런데, 한유진 헌터님."

남자가 머뭇거리며 내 뒤쪽을 바라보았다.

"삐약이랑 사진 한 장만 찍으면 안 될까요? 제가 개인적으로 무척이나 팬이라서요. 타이머는 멈춘 상태입니다."

뒤를 돌아보자 어느새 피스가 삐약이를 머리에 얹고서 나를 따라와 있었다. 안 될 거야 없지만. 삐약이를 시험관의 머리 위에 올려 주고 휴대폰을 받아 사진을 찍어 주었다. 시험관은 몇 번이나 감사하다고 말하곤 시험 잘 보라며 자리를 떠나갔다.

"…리얼리티를 너무 살린 거 아니냐."

공포 저항 없었으면 간 떨어졌겠다. 투덜거리며 다시 차에 탔다. 실제 상황에 가깝다 이거지. 그래도 몬스터를 내보내진 못할 것이다. …설마 아니겠지.

숨을 삼키고 출발했다. 속도를 전만큼 올리지 못한 채 신호를 무시하고 건널목을 지나쳤다. 교통신호 관련의 감점은 없었다. 차선도 못 지키는 상황이니. 이어 코너를 돌아가는데.

"앗!"

무언가가 또 불쑥 튀어나왔다. 거무튀튀한 덩어리를 보고 급히 브레이크를 밟았다. 아까와 다르게 속도도 느리고 대비하고 있었던 덕에 삼십 센티쯤 간격을 두고 멈출 수 있었다.

"뭐야 저게. 비켜요."

앞을 가로막은 것은 다름 아닌 인형 옷을 입은 사람이었다. 빵빵 경적을 울렸지만 꼼짝도 하지 않는다.

- 쉬익.

내가 경적을 울리는 걸 본 벨라레가 고개를 쑥 빼었다. 그러곤 핸들에 몸을 감으며 경적을 쿡쿡 눌러 댄다.

"하지 마, 이 녀석아."

애들한테 잠깐 기다리고 있으라 말하곤 차에서 내렸다. 피스는 훌쩍 뛰어 쫓아 나오긴 했지만. 이번에는 주위를 확실하게 살피는데 인형 옷 입은 사람이 다가왔다.

"10점 감점됩니다."

"네?"

"하급 몬스터는 그대로 치고 지나가셔야 합니다. 또한 무방비하게 나오셨으니 추가로 3점—"

부르릉, 갑자기 차가 출발했다. 그대로 내달리더니 건물 모형을 박고 멈춰 섰다. 나와 몬스터 분장 시험관 둘 다 멍하게 차를 쳐다보았다.

"…삐약아!"

너냐? 아니면 벨라레? 아니면 둘 다? 얼른 뛰어가 차 문을 열었다. 운전석에 앉아 있던 삐약이가 나를 돌아보았다. 벨라레는 어느새 기어에 몸을 휘감고 있었다. 절로 한숨이 튀어나오는 광경이었다.

"삐약이 너, 이건 장난감 차가 아니야! 벨라레 너도 무조건 삐약이가 하자는 대로 하면 안 된다고 했지!"

- 삐야.

― 시잇.

"다치기라도 하면 어쩌려고. 시험장이 아니었으면 다른 사람이 다칠 수도 있었다고. 아니, 너희들을 두고 내린 내가 잘못이지. 차 키라도 뽑았어야 하는 건데."

삐약이 이 녀석 벨라레와 붙은 뒤로 점점 활달하게 사고를 치는 것 같아 걱정이다. 그나마 다행인 건 공간이동은 혼자만 할 수 있는 듯하다는 거지만.

"애들 아버… 아니, 한유진 헌터님."

몬스터 시험관이 다가와 말했다.

"관련 항목이 없어서 감점되지는 않습니다만 앞으로 주의 부탁드립니다."

"앗, 네. 죄송합니다. 조심하겠습니다."

얼른 머리 숙여 사과했다. 아무래도 오늘 합격하기는 글러 먹은 것 같다. 그래도 코스 확인은 해 두기 위해 차에 탔다. 건물 모형을 들이받았지만 튼튼한 특수재인 덕에 차는 조금 긁히기만 했을 뿐이었다.

"재시도하는 수밖에."

응시료가 아깝긴 하지만. 어차피 떨어질 거 편안해진 마음으로 액셀을 밟았다. 또다시 튀어나온 몬스터 분장한 사람을 그대로 차로 치고 쓰러진 가로수를 피했다. 물웅덩이를 지나고 인도를 거쳐 가야 하기도 했다.

인도도 도로도 완전히 막힌 구간에서는 잠깐 머뭇거렸지만, 바로 옆 건물 모형의 유리문을 뚫고 들어갔다. 반대편으로 나가자 다시 길이 나타났다.

"이 정도면 다음번에는 합격하겠는걸."

방향 지시를 따라 사거리에서 좌회전했다. 그와 동시에.

우르릉.

스피커에서 나오는 붕괴음이 들려왔다. 주위의 건물 모형이 도로를 향해, 차를 향해 무너지기 시작한다.

"깔리면 불합격인가?"

근처에서 상급 헌터가 싸움박질이라도 하고 있는 설정인가요. 아니면 터진 던전이 A급 이상 되나. 한껏 차의 속도를 높였다. 금이 가고 부서진 도로 위를 요란하게 내달렸다. 뒤쪽으로 녹음된 소리가 연신 위협하듯 울린다.

뒤집힌 대형 트럭이 앞을 가로막았다. 핸들을 틀어 인도로 올라갔다. 입간판을 튕겨 내고 가판대를 박살 내며 장애물을 피해 다시 차도로 내려가 코너를 돌자마자.

- 크아아!

역시나 녹음된 소리와 함께 거대한 풍선 인형이 앞을 가로막았다. 뭐지, 저것도 들이받아야 하나. 하지만 저 크기면 실제라고 쳤을 때 내가 당하고 만다.

여기선 역시 튀어야지.

붕괴음도 멈추었기에 망설임 없이 즉각 후진했다.

덜컹!

"…어?"

차를 뒤로 물리기가 무섭게 멀쩡하던 도로가 내려앉았다. 차체 뒤쪽이 아래로 쑥 꺼지고 앞부분이 번쩍 들렸다.

- 삐약!

데구르 굴러가는 삐약이를 피스가 앞발로 눌러 잡았다. 이게 뭐야!

- 크아아앙!

괴수의 울부짖음 녹음이 연이어 들려오고 발소리도 쿵쿵 울렸다. 아니 어쩌라고.

"일단 밖으로 나가자."

차 문을 열고 도로 위로 빠져나갔다. 피스 역시 삐약이를 물고 밖으로 나왔다. 차는 뒷부분이 완전히 구덩이 속에 빠진 채였다. 견인차가 없는 한 끌어내기 힘들어 보였다.

- 쿠아아앙!

"…아니, 어쩌라고."

뛰어서 도망치는 건가? 하지만 운전면허 시험인데? 차 끌고 목적지에 도착해야 합격이라고 분명히 말했었다. 후진하면 안 되는 거였나.

고민에 빠져 있는데 괴수 풍선이 펑, 하고 터졌다. 하얀 가루가 사방에 날리고 스피커에서 방송이 흘러나왔다.

[한유진 헌터님, 불합격 처리 되셨습니다.]

…합격 못 할 거 알고는 있었다만 이게 뭐야. 끝까지 가 보지도 못했잖아.

"이만 돌아가시지요."

어느새 나타난 시험관이 말했다. 그러곤 두 손으로 차를 붙잡고 도로 위로 쑤욱 끌어낸다.

"…이 구간은 대체 어떻게 통과하는 겁니까?"

"지정된 시간 내에 구덩이에 빠진 차를 꺼내어 10미터 뒤까지 물러나면 거대 몬스터가 사라집니다."

"차를 꺼내라고요?"

"네."

"…맨손으로요?"

"스킬을 사용하셔도 됩니다."

뭐요, 망할. 차에다 대고 사랑한다고 속삭이기라도 해야 하나. 확실한 건 내가 중급 헌터용 운전면허를 따기란 글러 먹었다는 사실이었다.

"형!"

중급 헌터용 기능시험장 입구에서 기다리고 있던 유현이가 내게 다가왔다. 동생에게 힘없이 손을 흔들어 보였다.

"…떨어졌다."

운전면허 시험일 뿐이지만 조금 쪽팔렸다. 유현이가 내 어깨에 쌓인 가루를 털어 냈다.

"다친 덴 없고?"

"그렇게 위험하진 않았어. 건물도 모형이었고. 하지만 스탯 F급한테는 좀 벅차더라."

유현이와 함께 대기실로 걸음을 옮기며 투덜거렸다.

"갑자기 튀어나오는 사람들 피하는 것도 힘들지만 구덩이에 빠진 차를 어떻게 끌어내라는 거야. 차를 혼자 들어 올릴 수 있으면 내가 스탯 F였겠냐고."

세 번이 아니라 열 번을 재도전해도 내 힘으로는 불합격이다. 통과를 못한다.

"중급 시험은 구덩이구나. 상급은 다리가 무너져 있었어."

"…뭐?"

"완전히 끊긴 건 아니고 와이어 몇 가닥 남아 있는 정도였지."

…차를 들고 와이어 타고 건너라는 뜻인가.

"아저씨!"

대기실에 있던 예림이가 나를 보고 반갑게 손을 흔들었다. 명우와 노아의 모습도 보였다. 벌써 셋 다 시험 끝난 건가. 나만 유독 오래 끌었나 보다.

"합격했어요?"

"…아니. 운전면허 따는 거 그냥 포기하기로 했어."

난 안 돼. 불가능하다. 부정행위라도 저지르지 않는 이상은 무리다. 내 말에 셋의 표정에 안타까움이 깃들었다.

"많이 어려우셨나 봐요. 괜찮아요."

"운전면허 없는 사람들도 많아. 신경 쓰지 마."

"제가 있잖아요, 유진 씨. 차 타고 다닐 필요 없어요."

다들 상냥하구나. 시험은 잘 쳤냐는 말에 다들 합격했다며 자랑스럽게 말했다. 나만 떨어졌구나.

"상급 시험장에는 다리가 끊어져 있다던데, 어떻게 통과한 거야?"

"전 그냥 차 들고 날아서 건넜죠."

예림이가 말했다. 비행 스킬이 있으니 쉬웠겠구나.

"내가 시험 칠 땐 아직 푸른 버들잎을 비행 스킬 대용으로 쓰지 못해서, 던졌어."

차를 들고 와이어를 건너기엔 무거워서 끊어질 것 같았다며 유현이가 말했다. 차를 던질 경우 차체에 가해지는 충격이 일정 이하여야만 한다고 했다.

"저도 들고 날아서 건넜어요."

노아도 예림이와 같은 방법을 사용했고.

"차는 무생물이니까. 대장간에 넣어 놓고 나 혼자 건너갔지."

명우도 가볍게 통과했다. 다들 능력 좋구나. 난 백 퍼센트 불합격일 텐데. 근데 저 정도면 던전 브레이크 속에서 차를 타고 다닐 필요가 있나. 그냥 날거나 뛰는 게 나을 거 같은데.

그때 우르릉, 땅울림 소리가 들려왔다.

"…지금 시험 치고 있는 사람, 혹시 리에트인가?"

내 말이 끝나기가 무섭게 방송이 들려왔다.

[리에트 헌터님의 실기시험으로 인한 흔들림입니다. 만일의 사태에 대비해 비각성자 및 E급 이하 각성자분들께서는 건물 밖으로 대피해 주십시오.]

대체 뭘 하는 거야. 얼마쯤 지났을까, 몇 차례 더 땅이 흔들리고 나서야 리에트가 강소영과 함께 나타났다. 그 옆으로 피곤한 표정의 송태원도 보였다.

"규정상으론 합격이잖아?"

"운전면허 시험입니다. 처음부터 끝까지 차를 몰고 달리면 안 됩니다."

"차보다 언니가 더 빨라요! 송 실장님, 던브 터지면 언니가 뛰는 게 더 낫다니까요?"

"…코스의 도로와 건물이 전부 무너졌습니다."

"통 크게 봐주라, 공무원 씨. 왜, 한국에선 모로 가도 서울만 가면 된다며."

"서울을 파괴하는 건 안 됩니다."

송태원이 무뚝뚝하게 말했다. 송 실장님, 오늘도 고생 많구나. 저러다 싸움 나면 어쩌나 싶었지만, 다행히 리에트는 투덜거리면서도 얌전히 물러났다. 강소영이 제가 언니 새 차 뽑아 드리려고 했는데, 하며 아쉬워했다.

"아저씨, 제가 태워 드릴게요!"

시험장 밖으로 나가자마자 예림이가 잘빠진 스포츠카 옆에 서며 말했다. 그 차 딜러 얼굴이 확 피었다.

"바로 차 사게? 괜찮겠어?"

"에이, 이 정도야 용돈 수준이죠. 상급 헌터 전용은 비싸긴 하대요."

그러면서 어떤 차가 내 맘에 드냐고 묻는다.

"이 까만 것도 예쁜데, 어때요?"

"나야 다 괜찮아 보여."

죄다 언뜻 봐도 비싼 차들밖에 없다. 그때 명우가 묵직한 SUV 쪽으로 다가갔다.

"애들 데리고 좁아서 어떻게 타게."

어, 하긴 피스도 있으니까. 명우의 말에 예림이가 저도 큰 차 살 수 있어요, 하고 외쳤다.

"그냥 예림이 네 마음에 드는 거로 사. 첫 차잖아."

"이것도 큼직해서 괜찮은데요. 튼튼할 거 같고."

"저기, 유진 씨."

얌전히 구경만 하고 있던 노아도 끼어들었다. 예림이와 명우를 한 번씩 쳐다보더니 말을 이었다.

"오늘 처음 운전하는 사람 차는 위험하다고 생각합니다. 하지만 전 계속 운전했었어요."

그건, 확실히 그랬다. 명우는 장롱면허였고 예림이는 완전 초보고. 예림이와 명우도 앗, 하는 표정이었다.

"운전 잘할 자신은… 있는데요."

"난 좀 더 연습할게. 유진이 널 보호할 자신은 있지만 사고 자체가 안 나는 게 제일이니까. 자동차 관련 아이템이라도 만들어 볼까."

명우가 먼저 물러나자 예림이도 아쉬워하며 다시 스포츠카 쪽으로 시선을 돌렸다. 승리한 노아가 방긋 웃었다.

"역시 대형차가 편하겠죠?"

날개 달린 로고의 B사 차량으로 가며 노아가 말했다. 그 자리에서 망설임 없이 지르는 모습이 멋있었다. 예림이와 명우도 각자 원하는 대로 골라잡았다. 선택받지 못한 딜러들이 나를 향해 간절한 눈빛을 보내왔다. 전 떨어졌답니다, 여러분. 합격했어도 난 그냥 국산차로… 영원히 합격 못 하겠지만.

"유진 씨."

노아가 나를 불렀다. 그리고.

"형."

마지막 복병이 나타났다.

"나 혼자 돌아가긴 싫은데."

동생 녀석이 자기를 버릴 거냐는 눈빛으로 바라봐 왔다. 아니, 하지만. 반지르르 광택 도는 군청색 스포츠카를 고른 예림이가 길드장님 치사하다, 하고 야유를 보내온다.

"그, 그럼 같이 타고 가자. 네 차는 해연에 연락해서 가지고 가게 하면 되잖아."

노아 씨 호의를 저버릴 순 없었지만, 동생을 두고 가는 짓도 차마 할 수 없었다. 그냥 따로 차 타고 가는 것일 뿐이지만, 그래도. 유현이가 노아를 힐끗 쳐다보곤 고개를 끄덕였다. 유현이의 난입에 잠깐 얼굴이 굳었던 노아도 다시 미소를 머금곤 내게 차 문을 열어 주었다.

"다 같이 점심 먹고 들어가자. 내가 쏠게."

불합격턱이다.

면허 시험 친 다음 날에.

"소식은 들었다네."

성현제가 찾아왔다. 할 일도 참 없으신가 남의 운전면허 시험 떨어진 것 가지고 직접 납시고. 삐약이와 벨라레가 놀고 있는 잔디밭 옆에 쪼그려 앉은 그대로 성현제를 올려다보았다.

"불합격 축하하러 오신 거라면 늦으셨습니다. 좀 전에 현아 씨가 잔뜩 해 줘서 소화도 안 되었거든요."

형님, 어쩌냐~ 로 시작해서 괜찮아, 괜찮아 언제든지 불러! 로 끝났었다. 성현제가 저런, 하고 미소를 머금었다. 해를 등지고 선 탓에 쓸데없이 눈부셨다.

"상심했을 내 파트너를 위한 선물을 준비했지."

"안 했어요, 상심. 차 태워 주겠단 사람 널리고 널렸거든요. 원래 남의 차 타는 게 제일 편합니다."

"언제든지 부르게."

"대기 순번 끝에 가서 서십쇼."

그래서 선물이 뭔데. 받고 싶진 않았지만 궁금하긴 했다. 들고 온 건 없어 보이는데 인벤토리에 있나? 아이템이라면 감사히 받겠습니다. 재촉 어린 내 눈빛에 성현제가 선물이란 것을 꺼내 들었다.

"…자전거?"

"인벤토리에 넣을 수 있는 특수제작품이지. 면허가 없어도 된다네. 운동도 될 테고."

앞에 장바구니도 달려 있는 자전거였다. 삐약이가 둥실 날아오르더니 장바구니 안으로 쏙 들어갔다. 마음에 든 모양이었다.

던전 부산물로 만들어 인벤토리 수납 가능한 자전거가 나중에는 꽤 흔해지긴 했지만 아직은 없을 텐데 하루 만에 이렇게 턱 내놓는다는 건.

"…저 떨어지라고 고사라도 지냈습니까."

문자는 파이팅이랬으면서 불합격할 줄 알고 미리 주문해 뒀다는 거잖아!

"예상할 수밖에 없었다고 대답해 두지."

"솔직히 헌터 등급이 아니라 스탯 등급으로 난이도 정해 줘야 하는 거 아닙니까."

투덜거리면서 일어나 자전거를 살펴보았다. 인벤토리에 들어가는 건 좋긴 하다만, 자전거라니. 쓸 일이 있을까. 인벤토리도 무한정인 건 아니라 자리만 차지할 거 같은데.

"어쨌든 신경 써 주셔서 감사합니다."

"탈 줄은 아는 건가."

"당연하죠."

벨라레도 장바구니에 태우곤 자전거 핸들을 붙잡았다. 정말 오랜만에 타 보는 자전거였지만 처음에 약간 머뭇거렸을 뿐 이내 쉽게 옥상정원을 한 바퀴 돌고 원래 자리로 돌아왔다. 삐약이가 꽤 마음에 들었는지 날개를 파닥거렸다.

"봤죠? 스탯 F급이라고 자전거도 못 타는 거 아닙니다."

애들 산책시킬 때 나도 운동할 겸 타고 다니기에 괜찮을 듯했다. 같이 뛰기엔 너무 느리고 힘들어서.

"특별 서비스로 차 한 잔 내어 드릴게요."

자전거를 세워 놓고 앞장서 엘리베이터로 향했다. 나도 운전면허 따고 싶다. 나만 면허 없어. 하지만 내가 합격하는 것보다 차라리 피스가 합격하는 게 더 빠르겠지 싶었다.

시험 규정 바꿔 줘. 스탯으로 해 달라고!

[부록] 운전면허 필기 기출문제

# 상급 각성자 전용
# 운전면허 필기 기출문제

| 성명 | | 수험번호 | | | | | − | | | |

**1.** 각성자 특별법상 스탯 A급 이상 각성자 운전자가 운전 중 해서는 안 되는 일은?

① 음주운전
② 눈을 감고 운전
③ 운전 중 TV 시청
④ 운전 중 공격 스킬 사용

**2.** 던전 브레이크 발생 시 상급 이상 헌터 운전자의 적합한 대처 요령 2가지는?

> A. 주위에 민간인이 없다면 경적을 울려 몬스터를 유인한다.
> B. 차를 버리고 대피한다.
> C. 각성자 관리실 또는 한국 헌터협회에 연락한다.
> D. 차를 들어 교통과 통행의 방해가 되지 않는 곳으로 옮긴다.

① A, B
② A, D
③ B, C
④ C, D

**3.** 다음 중 대한민국 상급 각성자 운전면허시험에 응시할 수 없는 각성자는?

① 공인된 헌터 자격을 지닌 만 15세의 미성년자
② 대한민국 국적이 아닌 상급 헌터
③ 앞을 보지 못하는 스탯 S급 헌터
④ 각성자관리실장이 운전면허 시험 응시 결격사유가 있다 판단한 상급 각성자

**4.** 각성자 특별법상 각성자와 던전 관련 긴급자동차의 경광등 색상은?

① 적색 백색
② 청색 적색
③ 자주색 황색
④ 녹색 청색

5. 각성자 특별법상 차도를 통행할 수 있는 사람 또는 행렬이 아닌 경우는?

① 천천히 산책 중인 스탯 A급 이상 각성자
② 자동차를 들고 뛰는 스탯 A급 이상 각성자
③ 중형 크기 이상 중급 기승수와 그 탑승자인 중급 이상 헌터
④ 킥보드를 탄 스탯 A급 이상 각성자

6. 상급 헌터 운전자와 다툼이 생겼을 경우 올바른 대처 방법은?

① 상대방을 위협한다.
② 빠르게 그 자리를 피한 뒤 각성자관리실 또는 헌터협회에 신고한다.
③ 민간인이 없는 장소로 이동, 싸운다.
④ 차에서 내리지 않고 경찰서에 신고한다.

7. 차를 긴급히 제동해야 할 시 사용해서는 안 되는 방법은?

① 발을 강하게 내리찍어 차 바닥을 뚫고 멈춰 선다.
② 차를 들고 날아오른다.
③ 공격 스킬을 사용해 차를 산산조각 낸다.
④ 강하게 반동을 주어 차를 뒤집는다.

8. 다음 중 교통사고 발생 시 스탯 A급 이상 각성자가 취해야 할 가장 적절한 행동은?

① 부상자를 구조하여 안전한 곳으로 옮긴다.
② 못 본 척 지나친다.
③ 사고 상황을 촬영 후 차량 안에서 대기한다.
④ 각성자관리실 또는 헌터협회에 신고한다.

9. 각성자 특별법상 좌석 안전띠 착용에 대한 설명으로 맞는 것은?

① 모든 각성자는 반드시 좌석 안전띠를 착용해야 한다.
② 스탯 C급 이상 각성자는 좌석 안전띠 착용 의무가 없다.
③ 스탯 A급 이상 각성자 옆에 동승한 비각성자는 반드시 좌석 안전띠를 착용해야 한다.
④ 스탯 A급 이상 각성자의 차량에는 좌석 안전띠를 설치하지 않아도 된다.

10. 상급 각성자용 운전면허시험에 대한 내용 중 맞는 것은?

① 도로주행시험은 일반 도로에서 시행한다.
② 상급 각성자용 운전면허 기능시험 문제는 공개되어 있다.
③ 운전면허시험에서 세 번 이상 불합격 시 응시 자격이 박탈된다.
④ 상급 각성자용 운전면허 기능시험 시 스킬의 사용이 가능하다.

**11.** 각성자 특별법상 스탯 A급 이상 각성자의 운전면허 취소 사유에 해당하는 것은?

① 대리 시험으로 운전면허를 취득한 경우
② 음주운전으로 교통사고 사상자를 낸 경우
③ 난폭운전으로 구속된 경우
④ 상습적인 심각한 속도위반

**12.** 비각성자 및 하급 각성자가 보복운전 및 시비를 걸어왔을 시의 대처로 바람직하지 않은 것은?

① 자신에 비하면 어린아이보다 약한 존재이니 관대하게 보내 준다.
② 창문을 내리고 자신이 상급 각성자임을 알린다.
③ 참지 않고 동일한 방법으로 갚아 준다.
④ 동영상 촬영 후 신고한다.

**13.** 도로교통법령상 스탯 A급 이상 각성자가 무면허 운전으로 처벌받지 않는 경우 두 가지는?

A. 던전 브레이크 근접 피난 구역 내에서의 운전
B. 각성자 전용면허가 아닌 일반 면허 소지 시의 운전
C. 던전 브레이크 발생 지역과 5km 이상 떨어진 장소에서 운전
D. 가까운 거리의 출퇴근 운전

① A, C
② A, B
③ B, D
④ C, D

**14.** 다음 중 각성자 특별법상 자동차와 자동차 간의 교통사고로 인정하지 않는 경우는?

① 인도에 서 있는 중형 크기 이상 기승수와 차량의 충돌
② 차도를 달리는 스탯 A급 이상 각성자와 차량의 충돌
③ 고속도로 위로 떨어진 스탯 A급 이상 각성자와 차량의 충돌
④ 횡단보도를 건너는 스탯 A급 이상 각성자와 차량의 충돌

**15.** 각성자 특별법상 스탯 A급 이상 각성자가 탄 자전거의 통행방법에 대한 설명이다. 틀린 것은?

① 무동력 자전거라 해도 고속도로 통행이 가능하다.
② 자전거도로가 따로 있는 곳에서는 자전거도로로만 통행해야 한다.
③ 자전거에서 내려 끌고 가는 상태에서도 차도의 통행이 가능하다.
④ 무동력 자전거는 무면허로 운전 가능하다.

**16.** 각성자 특별법상 고속도로에서 자동차 고장 시 적절한 조치요령 두 가지는?

> A. 이동이 불가능한 경우 고장 차량의 후방 100m 이상 떨어진 곳에 안전삼각대를 설치한다.
> B. 고장 난 차량을 들고 계속해서 고속도로를 달려간다.
> C. 고장 난 차량을 들고 고속도로 옆으로 빠져나간다.
> D. 비상등을 켜고 갓길에 정차해 각성자관리실 또는 헌터협회에 신고한다.

① A, B
② A, D
③ B, C
④ C, D

**17.** 중형 이상 기승수의 차도 통행 시 각성자 특별법상 잘못된 것은?

① A급 이상 기승수라 해도 테이밍이 완벽하게 되어 있다면 스탯 C급 이하 각성자가 혼자 탑승할 수 있다.
② 기승수의 차도 이용에는 각성자관리실의 허가가 필요하다.
③ 평균 주행 속도가 일정 기준 미만인 기승수는 차도의 이용이 불가능하다.
④ 기승수의 탑승자는 기승수의 발톱 및 발굽 등이 도로를 파손시키지 않도록 주의해야 한다.

**18.** 각성자 특별법상 스탯 A급 이상 각성자가 고속도로를 주행할 때 옳은 것은?

① 고장 자동차의 표지를 가지고 다녀야 한다.
② 모든 좌석에서 안전띠를 착용하여야 한다.
③ 주기적인 휴식과 환기를 통해 졸음운전을 예방한다.
④ 사고 발생 시 경찰공무원이 도착할 때까지 도로 위에서 교통정리를 한다.

**19.** 던전 브레이크 몬스터 출몰로 인한 전투 또는 각성자 간의 다툼으로 고속도로가 파손되었을 경우 신고 기관은?

① 각성자관리실
② 한국도로공사
③ 한국 헌터협회
④ 도로교통공단

**20.** 중형 이상 기승수의 차도 통행 시 바람직한 주행 방법은?

① 교통체증 시 차량을 뛰어넘어 이동한다.
② 방향지시등 대신 수신호나 꼬리 등으로 주행 방향을 표시한다.
③ 뛰어난 순발력과 기동력을 지녔기에 중앙선을 넘어 진행 방향을 바꾸어도 된다.
④ 야간주행 시에도 별다른 조치를 취할 필요가 없다.

# 상급 각성자 전용
# 운전면허 필기 기출문제 해설

**1. 각성자 특별법상 스탯 A급 이상 각성자 운전자가 운전 중 해서는 안 되는 일은?**

정답 ④

스탯 A급 이상 각성자는 알코올의 영향을 받지 않으며 뛰어난 감각 및 마나감지 능력을 지녀 운전 중 눈을 감거나 한눈을 판다 해도 도로주행에 별다른 영향을 끼치지 못한다. 그러나 운전 중 공격 스킬의 사용은 주위 차량과 도로에 피해를 줄 수 있으므로 해서는 안 된다.

※브레이커 길드의 각성자 전용 술 출시 후 술의 효과에 따라 해당 문제가 수정될 수 있음.

**2. 던전 브레이크 발생 시 상급 이상 헌터 운전자의 적합한 대처 요령 2가지는?**

정답 ②

던전 브레이크 발생 시 상급 헌터는 최우선적으로 몬스터를 상대, 비각성자를 보호할 의무를 지닌다. 운행 중이던 차는 가급적 민간인 대피의 방해가 되지 않도록 처리해야 한다. 던전 브레이크 시 각성자 관리실과 헌터협회의 통화량이 급증하므로 각 소속 길드 및 공략팀에 연락하여 정보를 얻도록 한다.

**3. 다음 중 대한민국 상급 각성자 운전면허시험에 응시할 수 없는 각성자는?**

정답 ④

던전 공략을 수행할 수 있는 능력을 인정받은 상급 헌터는 나이 제한 없이 각성자 운전면허시험에 응시 가능하다. 합법적으로 입국한 상급 헌터는 운전면허시험에 응시 가능하다. 스탯 등급 S급인 헌터는 신체의 장애가 운전면허시험 응시 결격사유가 되지 않는다. 각성자관리실장은 모든 헌터의 운전면허시험 응시 결격사유를 판단, 임의로 적용할 수 있다.

**4. 각성자 특별법상 각성자와 던전 관련 긴급자동차의 경광등 색상은?**

정답 ③

각성자와 던전 관련 긴급자동차의 경광등은 자주색과 황색을 함께 사용한다.

**5.** 각성자 특별법상 차도를 통행할 수 있는 사람 또는 행렬이 아닌 경우는?

정답 ①

빠른 속도로 이동하지 않는 스탯 A급 이상 각성자는 인도를 이용해야 한다. 달리는 스탯 A급 이상 각성자와 중급 이상 헌터를 탑승시킨 중형 크기 이상 기승수, 스탯 A급 이상 각성자가 조작하는 무동력 이동수단은 자동차와 동일하게 취급한다.

**6.** 상급 헌터 운전자와 다툼이 생겼을 경우 올바른 대처 방법은?

정답 ②

상급 헌터 간 싸움이 벌어질 경우 주위의 피해가 커질 수 있으니 최대한 빠르게 그 자리를 피해야 한다. 일반 경찰은 상급 각성자에 대응하기 힘들기에 각성자관리실 또는 헌터협회의 도움을 받아야 한다.

**7.** 차를 긴급히 제동해야 할 시 사용해서는 안 되는 방법은?

정답 ③

공격 스킬을 사용해 자동차를 부술 경우 스킬의 여파와 파편으로 주위 비각성자들이 부상을 당할 위험이 있다.

**8.** 다음 중 교통사고 발생 시 스탯 A급 이상 각성자가 취해야 할 가장 적절한 행동은?

정답 ①

스탯 A급 이상 각성자는 일반 사고를 안전하고 빠르게 수습할 능력이 있기에 최대한 사고 처리를 도와야 한다. 평범한 교통사고 시 각성자 관련 기관이 아닌 112, 119에 신고한다.

**9.** 각성자 특별법상 좌석 안전띠 착용에 대한 설명으로 맞는 것은?

정답 ②

스탯 C급 이상 각성자는 좌석 안전띠를 착용하지 않아도 된다. 스탯 A급 이상 각성자 바로 옆의 비각성자 동승자는 사고 발생 시 스탯 A급 이상 각성자가 안전하게 보호 가능하기에 좌석 안전띠를 착용하지 않아도 된다. 스탯 A급 이상 각성자의 차량이라 할지라도 비각성자 및 하급 각성자의 동승을 대비해 좌석 안전띠는 설치해야 한다.

**10.** 상급 각성자용 운전면허시험에 대한 내용 중 맞는 것은?

정답 ④

상급 각성자용 운전면허시험에는 기능시험에 특수 도로 도로주행이 포함되어 일반 도로 도로주행은 하지 않으며 기능시험 문제는 유출이 금지되어 있다. 상급 각성자는 운전면허시험 응시 횟수에 제한이 없다.

11. 각성자 특별법상 스탯 A급 이상 각성자의 운전면허 취소 사유에 해당하는 것은?

정답 ①

운전면허 취득 시험은 반드시 본인이 치러야 한다. 스탯 A급 이상 각성자는 운전하는 차량보다 스스로의 신체 능력이 더욱 위협적이기에 운전 시와 도보 시의 상태가 동일한 것으로 판단한다. 따라서 운전 중 주위에 피해를 줄 시에도 도로교통법이 아닌 각성자 특별법에 따른 처벌을 받는다.

12. 비각성자 및 하급 각성자가 보복운전 및 시비를 걸어왔을 시의 대처로 바람직하지 않은 것은?

정답 ③

비각성자 및 하급 각성자는 상대적인 약자이니 과격한 대응은 가급적 삼가야 한다.

13. 도로교통법령상 스탯 A급 이상 각성자가 무면허 운전으로 처벌받지 않는 경우 두 가지는?

정답 ②

던전 브레이크 근접 피난 구역은 도로교통법령상 도로로 취급되지 않기에 무면허 운전이 가능하다. 각성자가 일반면허만 소지한 채 운전할 시 도로교통법이 아닌 각성자 특별법으로 처벌한다.

14. 다음 중 각성자 특별법상 자동차와 자동차 간의 교통사고로 인정하지 않는 경우는?

정답 ④

중형 크기 이상의 기승수는 인도에 서 있어도 차량으로 취급한다. 스탯 A급 이상 각성자는 차도에 진입 시에만 차량으로 취급한다.

15. 각성자 특별법상 스탯 A급 이상 각성자가 탄 자전거의 통행방법에 대한 설명이다. 틀린 것은?

정답 ②

스탯 A급 이상 각성자가 탄 자전거는 비각성자와 하급 각성자의 안전을 위해 가급적 차도의 이용을 권장한다.

※스탯 A급 이상 각성자가 탄 던전 부속물 제작 무동력 자전거의 경우 속도 및 내구성이 자동차 못지않기에 운전면허 취득의 필요성이 논의 중에 있다.

16. 각성자 특별법상 고속도로에서 자동차 고장 시 적절한 조치요령 두 가지는?

정답 ③

상급 각성자는 교통사고 및 통행방해 방지를 위해 고장 난 차량을 신속하게 들어 옮겨야 한다. 안전한 갓길에 정차 시에는 각성자 관련기관에 연락하지 않고 일반적인 대처에 따른다.

**17.** 중형 이상 기승수의 차도 통행 시 각성자 특별법상 잘못된 것은?

정답 ①

테이밍된 기승수라 할지라도 던전 및 사육장 밖에서는 만약을 대비해 제압 가능한 능력을 갖춘 동일 등급 미만 각성자 팀 또는 동일 등급 이상 각성자와 동행해야 한다.

※단 도담 기승수 사육소 소장에 한해 그 특수성을 인정해 스탯 F급 각성자임에도 S급 이상 기승수의 단독 탑승이 허가되었다.

**18.** 각성자 특별법상 스탯 A급 이상 각성자가 고속도로를 주행할 때 옳은 것은?

정답 ④

스탯 A급 이상 각성자는 차량 고장 시 곧장, 직접 옮길 수 있기에 고장 자동차 표지가 필요치 않다. 또한 안전띠 착용 의무가 없으며 졸음운전의 위험성 역시 없다. 사고 발생 시에는 인명구조와 교통정리를 도와줄 것을 권장한다.

**19.** 던전 브레이크 몬스터 출몰로 인한 전투 또는 각성자 간의 다툼으로 고속도로가 파손되었을 경우 신고 기관은?

정답 ①

던전 브레이크 및 각성자, 기승수의 전투로 인한 도로 파손은 각성자관리실로 신고해야 한다. 다만 각성자 또는 기승수가 고속도로 주행 중 실수로 도로를 파손하였을 경우 한국도로공사로 신고한다.

**20.** 중형 이상 기승수의 차도 통행 시 바람직한 주행 방법은?

정답 ②

기승수라 하여도 가급적 일반 차량과 동일한 도로주행을 하여야 한다. 야간주행 시에는 다른 운전자가 쉽게 인식할 수 있도록 빛이 나는 스킬이나 아이템, 전등 등을 사용해야 한다.

11권에서 계속.

**초판 1쇄 발행** 2025년 07월 10일
**초판 2쇄 인쇄** 2025년 09월 17일
**초판 2쇄 발행** 2025년 10월 13일

**지은이** 근서
**펴낸이** 김주형
**마케팅** 한재혁

**펴낸곳** 제이플러스미디어(주) | **이메일** jplusmedia@hanmail.net
**출판등록** 2017년 5월 25일 제25100-2022-000077호

**주소** 서울특별시 구로구 디지털로 288, 2층 204호(구로동, 대륭포스트타워 1차)
**전화번호** 02-322-6076 | **팩스번호** 02-332-6076

**ISBN** 979-11-396-4980-2 (04810)
**ISBN** 979-11-396-3514-0 (set)

정가 13,000원

*저자와 협의하여 인지는 붙이지 않습니다.
*이 책은 제이플러스미디어(주)가 저작권자와의 계약에 따라 발행한 것으로 본사와 저자의 허락 없이 어떠한 형태나 수단으로도 내용을 이용할 수 없습니다.